문학콘텐츠와 스토리텔링

문학콘텐츠와 스토리텔링

지역문화읽기시리즈 6

문학콘텐츠와 스토리텔링

김의숙 · 이창식

도서출판 역락

책머리에

왜 문학콘텐츠인가

21세기는 문화감성(文化感性)이 강조되고 있다. 문화활용의 흐름 속에 농업경제나 산업경제를 넘어선 정보 위주의 문화경제의 시대가 온 듯하다. 농업 생산량이 국가의 부를 결정했던 시대가 지나갔고, 공장제품 생산과 수출이 국가의 부를 결정하던 시대도 지나갔다. 이제는 굴뚝 없는 문화산업의 생산량과 수출이 국력의 상징이 되고 있다. 영화 한 편의 수출액이 일년 내내 수출한 자동차 수출액보다 크다는 식의 담론은 당연시되었다.

현대인들의 관심이 서비스와 문화 영역으로 넘어가면서 문화산업 분야의 생산, 수출이 세계 경제에서 차지하는 비중이 높아졌다. 국제 무역의 구조가 농업 생산물은 비교적 후진국들이 담당하는 데 비해, 일반 공업제품들은 중진국들이 담당하고, 문화산업은 선진국들이 세계시장을 장악하고 있다. 문화산업 분야의 생산량이 곧 국부(國富)의 척도가 될 수 있음을 말한다. 국부론에는 문화예술산업이 21세기 세상을 바꾼다는 명제가 들어있다.

문화적 요소들이 문화콘텐츠로서 준비되어 소비되는 전 과정 곧 문화적 요소를 소재로 기획, 제작, 유통, 소비 등에 이에 관련된 모든 요소를 문화콘텐츠산업이라고 한다. 문화적인 요소인 전통문화, 생활문화, 문화예술, 이야기, 미래적 상상 등을 산업화하여 제작하고 유통하는데 필요한 모든 재화와 용역과 연관된 산업을 문화콘텐츠산업이라고 할 수 있다. 문화콘텐츠산업은 영화와 방송뿐만 아니라 만화, 캐릭터, 애니메이션, 음악과 공연, 게임과 엔터테인먼트, 인터넷, 모바일 등의 다양한 영역에까지 그 의미를 확대할 수 있는 분야다.

정보통신을 중심으로 하는 과학기술의 눈부신 발전은 우리의 삶을 완전히 바꾸고 산업의 환경도 바꾸게 했다. 거기에 정보통신의 강국으로 우리나라를 꼽는 것도 현실이다. 이런 현상은 앞으로 문화콘텐츠의 수요가 증가할 것이라는 것과 문화콘텐츠산업이 향후의 국가 경쟁력의 핵심 척도가 된다는 것을 말한다. 우리는 유구한 문화적, 역사적 전통을 가진 국가다. 게다가 거기에 걸맞는 창의력과 상상력을 가진 인적 자원도 풍부한 문화콘텐츠의 강국으로 성장할 환경을 가진 나라라고 말한다. 거기에 정부도 문화콘텐츠산업의 육성의지도 매우 높아서 다양한 지원정책을 제시하고 있다. 그러나 아직은 이 원형 자원들을 제대로 활용하여 성장성을 가진 문화산업으로 만들지 못하고 있는 것도 사실이다. 앞으로 문화콘텐츠에 대한 지속적인 관심과 노력을 통해 문화콘텐츠산업이 제대로 꽃을 피울 시기가 도래할 것으로 생각한다.

어떻게 구성되었는가

이 책은 문학콘텐츠와 스토리텔링의 개발을 통해서 우리만의 독자적 고유인자인 전통문화의 장점을 수준 높게 보여주는 문화상품을 개발해낼 수 있다는 목소리를 담고 있다. 문화콘텐츠 상품이 문화시장의 경쟁논리에 충분히 살아남을 수 있는 저력이 있음을 제시하려 하였다. 우리 문화유산의 원형성과 정체성을 살리면서 오늘날의 현대성을 강조하고 있다. 특히 충북지역의 고유 문화유산을 통해 문학콘텐츠의 개발 가능성을 이모저모 살피고 있다.

실제로 이 책의 2부에 실린 글들은 대학 전공강의에서 문화산업에 대한 이론과 실제를 배운 젊은이들의 글이다. 이들은 문화산업 이론을 토대로 충북의 문화를 세세한 민속현장에 대입하여 그 민속현장을 어떻게 하면 문학콘텐츠화하고 또 어떻게 하면 그것을 구체적으로 스토리텔링화할 수 있는지에 대하여 열린 생각을 서술하였다. 설익은 경우도 있으나 부분적으로 패기가 있다.

책의 1부에서는 문화산업과 스토리텔링 창작에 대한 이론을 제시하였다. 지금 여기의 문화산업에 대한 자세한 이해와 앞으로 문화산업이 나아가야 할 방향 등 이론적 틀을 보여주는 데에 길잡이가 되리라 본다. 2부는 실제적인 응용편이다. 특히 2부는 수강한 젊은이들의 글로 주로 충북지역에 대한 문화적 개체를 각자 또는 팀으로 지정하여 그 문화적인 콘텐츠를 어떻게 하면 문학콘텐츠로, 어떻게 하면 스토리텔링으로 활용할 수 있는지에 대하여 정리하였다.

아쉬운 점은 이 책이 문학콘텐츠와 스토리텔링 작업에 대한 제안에 머물렀다는 것이다. 21세기를 살아남을 수 있는 문화전략은 문화의 유연성(정신적 측면)과 공학의 과학성(물질적 측면)을 동전의 앞뒤와 같이 맞물려 조화를 이루는 데 있다. 그러나 여기에 실린 글들을 통해 어떻게 하면 연구성과나 문화상품 제작의 결과로 이어질 수 있는지에 대한 논의는 깊게 이루어지지 못했다. 한계가 두루 있으나 나름대로 실험적 의미가 담겨 있다.

문학콘텐츠와 스토리텔링이라는 문화전략은 원자질(source)을 통해 문화현상의 이치와 의미를 읽어내는 동시에 현실적인 문제까지 학문적으로 대화하는 방식이다. 민속현상을 현장에서 확인하고 경험론적으로 인식하고 체득하여 보다 실생활에 다가갈 수 있는 방법론의 개척이 절실하다. 원형의 가치화는 어렵다. 더구나 이들 가치를 오늘날 영상문화에 접근하기는 더욱 어렵다. 어렵지만 이처럼 내공을 들이면 길이 보인다. 좁혀서 문학콘텐츠의 길찾기는 멀리 있는 것이 아니라 특유의 원형을 발굴하고 맞춤형 아이디어로 승부하면 된다.

문학콘텐츠는 문학의 원형 소스를 멀티유즈(multi-use)하는 것이다. 문학의 내재적 공감대를 살려내고 누구나 감동하는 미디어 영상물을 만들어 누구나 행복할 수 있기를 꿈꾼다. 민속현장에서 온 몸을 던지며 본질에 진입하고 다시 연수센터나 활용되는 곳에서 우리 문화유산의 진면목을 밝히는 가운데 문화콘텐츠 분야의 참신한 실천적 방법이 나오리라 믿는다. 새로운 세기에 인문학 분야와 문화예술의 영역 중 문학콘텐츠 분야를 새롭게 개척하겠다고 나서야 한다. 이 글을 읽고 분발하여 젊은 인재들이 문화산업을 주도하는 자극제가 되기를 바란다.

인문학도의 미래는 문학콘텐츠에 올인해야 한다. 감수성과 상상력 그리고 원형의 창조적 가치 해석 등을 통해 영상의 미디어에 생명력을 불어넣어야 한다. 원형에 대한 다양한 스토리텔링화는 오늘날 퍽 흥미로운 과제다. 문학콘텐츠의 낯설음은 시작이기 때문이지만 점차 문화의 중심에 있을 것이다. 문학콘텐츠의 힘, 21세기 또 다른 문학의 변신 장르다. 가까운 시일 내에 문학콘텐츠는 21세기 문화패러다임의 한복판에 자리하여 각 방면에 힘을 실어 주리라 예상한다. 새로운 개척분야다. 참여한 젊은이들의 도전정신이 미래의 행복한 지표로 이어지기를 기대한다.

2008년 2월

김의숙 · 이창식

차 례

제1부 문학콘텐츠 이론편

제1장 문화산업과 문학콘텐츠의 이해

제2장 스토리텔링의 적용

제2부 **문학콘텐츠 실제편**

제1부

문학콘텐츠 이론편

제1장 문화산업과 문학콘텐츠의 이해

제2장 스토리텔링의 적용

제1장 문화산업과 문학콘텐츠의 이해

1. 문화산업과 문화콘텐츠의 이해

1) 문화산업의 개념과 시각

가. 문화산업의 개념

20세기와 달리 21세기에는 문화산업(culture industry)이라는 화두가 크게 부상하여 관련 분야의 관심이 매우 높아졌다. 이러한 관심은 1980년대 이후 한국에서 점증하고 있는 대중문화 현상과 이에 대한 학문적 관심의 증대와 맥을 같이하는 것으로 보인다. 종래 한국에서 문화산업에 대한 일반적인 인식은 문자 그대로 상식적 차원이었다. 이른바 문화적인 산업 또는 사업으로 이와 같은 호칭은 극히 호의적이며 가치부여적인 것임을 알 수 있다.

문화산업이라는 용어를 이론적 차원에서 처음 사용하고 이를 체계화한 사람은 프랑크푸르트학파의 창시자인 호르크하이머(M. Horkheimer)와 아도르노(T. Adorno)다. 그들은 ≪계몽의 변증법≫이라는 저서에서 문화산업에 대하여 논하고 있다. 그런데 문화산업론이 영미언어권에서 관심을 끌게 된 것은 1947년에 독일어로 간행했던 이 저서가 영어로 번역, 출판되고 여기에서 '문화산업'이라는 용어가 'Culture Industry'로 번역된 다음부터이다.

현재 쓰는 '문화산업'이라는 용어는 바로 영어로 번역된 호르크하이머와 아도르노의 'Culture Industry'에 근원을 두고 있다. 1947년에 호르크하이머와 아도르노가 처음으로 '문화산업론'을 제기한 이후 영미언어권과 프랑스 언어권에서 문화산업론에 대한 관심과 연구가 미천하였던 것과 마찬가지로 한국에서도 이에 대한 관심과 연구가 1980년대에 들어와서야 비로소 드러나기 시작하였다. 오늘날 우리나라에서 문화산업에 대한 지적 관심이 더욱 보편화된 계기가 된 것은 1982년 유네스코에서 발간한 ≪Culture Industry : A Challenge for the Future of Culture≫가 1987년에 ≪문화산업론≫으로 번역된 데 있지 않은가 생각한다.

이상에서 간단히 살핀 바와 같이 한국에서 문화산업에 대한 지적 관심은 널리 확산되어, 어떤 면에서 보편화되고 있다고도 말할 수 있을지 모르겠다. 그럼에도 불구하고 학문적 연구 성과는 아직 몇 분야에 치중했다고 해도 과언이 아니다. 더욱이 문화산업의 영역을 어디까지, 어떻게 규정해야 할 것인지 아직 명확하지 않다.

그러나 한국사회에서도 1970년대에 들어서면서 문화의 생산과 수용의 양상이 과거에 비해 크게 달라지기 시작하였다. 문화 생산이 산업화되기 시작하고 생산이 확대되었으며 그 수요가 크게 늘어나 이른바 '문화폭증' 현상이 나타났다. 세계적으로 대중문화에 대한 동시적인 증폭현상은 지적 논란으로 이어졌다. 그 논란의 중심적 문제는 문화제국주의 이론으로 중심체제의 주변세계에 대한 문화 지배로 대변된다. 이른바 문화제국주의 이론은 동시적으로 제3세계 국가와 사회주의 국가를 중심으로 제기된 '미디어 제국주의이론'과 병행해서 전개되었던 것이 특징이라고 할 수 있다. 이와 같이 중심국가의 주변국가에 대한 문화지배 혹은 이와 반대로 주변국가의 중심국가에 대한 문화 종속현상은 자연스럽게도 문화생산과 재생산의 문제로 이어지면서 여기에 문화산업의 문제가 국제사회에서 문화에 대한 관심의 문제적인 논제가 되었다.

이 글에서는 호르크하이머와 아도르노 이후 오늘에 이르기까지 전개되었던 문화산업론을 비관론적 입장과 낙관론적 입장으로 나누어 살피고자 한다. 그러나 두 가지 입장이 크게 다른 것은 아니다. 아울러 오늘날 문화산업이 당면한 문제점과 앞으로 이들 문화산업의 바람직한 문제 해결 방향 그리고 이론적 지향성에 대한 논쟁거리를 드러내고자 한다.

나. 문화산업의 시각

문화산업에 대한 논의는 크게 두 가지로 나눌 수 있다. 그 하나는 출발부터 부정적 시각이고 다른 하나는 긍정적 시각이라고 할 수 있다. 여기에서 부정적 시각을 먼저 든 것은 문화산업에 대한 논의가 과거 현상과 연결하여 부정적인 시각에서 출발했기 때문이다. 그것은 호르크하이머와 아도르노의 '문화산업론', 곧 'Culture Industry'라는 이름의 문화산업론으로 대표된다. 그들의 문화산업론은 근본적으로 그들의 사회주의적 비판철학에 입각해 있는 것이며, 그런 점에서 그들의 문화산업론은 현대 자본주의 사회의 문화현상에 대한 사회주의적 접근인 동시에 시대적 위기의식에 입각한 비판적 문화론의 표출이라고 말할 수 있다.

원래 호르크하이머와 아도르노의 문화분석의 주제는 문화산업이 아니라 문화산업의 산물인 대중문화였다. 그들은 대중문화라는 용어가 대중의 자발성에 중점을 두고 있다고 하여 문화산업이라는 용어를 사용하였던 듯하다. 그들이 문화산업을 자본주의와의 관계에서 연구한 것은 자본주의의 한 특수한 연결 관계를 규명하기 위해서라기보다는 문화의 철학적·실존적 역할의 퇴보를 입증하기 위해서였다. 그들이 경제나 권력구조에 눈을 돌린 것이 바로 그와 같은 것을 입증하기 위해서였던 것이다. 결국 그들의 근본적인 관심대상은 대중문화 분석이었으며, 문화산업이라는 개념은 이를 뒷받침하기 위해 동원된 것일 뿐이다. 말하자면 문화산업 개념은 대중문화 개념을 올리기 위한 무대일 뿐 그 자체가 연구의 대상이 아니었던 것이다. 그들의 비판적 문화분석은 1930년대 후반에서 1940년대에 걸쳐 이루어졌다. 미국에서의 오락산업의 팽창, 라디오·영화·음반 산업의 급속한 발달, 나치스 등 전체주의 국가에 의한 문화의 의도적 조작 등 이러한 모든 것들이 그들로 하여금 문화의 변형된 패턴을 규명하기에 이른 것이다.

이와 같은 문화산업에 의한 문화의 기계화, 도구화, 그리고 상품화 과정을 통해서 대중문화는 대중을 비정치화시킴으로써 체제권력에의 수동화를 촉진시킨다. 특히 문화산업은 자본주의적 경제제도와 단단히 결합되어 있기 때문에 대중을 자본주의적 체제의 이데올로기에 일치시키고, 사회규범의 강제 또는 동조화를 촉진시킨다고 본다. 이들 프랑크푸르트학파에 의하면 각각 그 강조점이 다르기는 하지만 자본주의적 생산양식의 변천에 따라서 경제운영이나 문화기구에 대한 국가의 역할이 증대하여 역으로 시민사회의 제 판도가 약체화되었다고 주장한다. 이러한 상황에서 맑스(Karl Marx)가 말하는 혁명적 계급은 문화산업의 손에 의하여 위로부터 체제 속으로 통합된다. 그들은 텔레비전, 라디오, 신문, 잡지 그리고 출판물과 같은 매스미디어를 그러한 문화산업의 선봉이라고 지적하고 있다.

이상과 같은 호르크하이머와 아도르노의 문화산업에 대한 비판철학적 입장과 매우 유사한 것이 구조주의적 맑스주의자인 알튀세의 '이데올로기적 국가장치론'이다. 알튀세는 주장하기를, 자본주의의 유지는 현 체제질서의 규칙에 대한 복종, 즉 노동자를 지배적 이데올로기에 복종시키는 능력과, 지배적 이데올로기를 억압과 착취의 매개자로 정확하게 조작할 수 있는 능력에 달려 있다는 것이다. 그는 현대국가가 사회통합을 달성하는 데 있어서 잠재적 힘에 의해서 지배를 유지하는 국가제도의 기능, 즉 군대와 경찰과 같은 '억압적 국가장치'와 이데올로기 전달에 의하여 부르주아지의 권위를 지탱하는 또 다른 제도, 곧 '이데올로기적 국가장치'를 구별하였다. 이데올로기적 국가장치는 교육, 법률, 종교, 노동조합 등과 함께 매스미디어를 포함하는 문화산업을 지칭하는데, 그는 사회통합을 위한 주된 관심을 이데올로기적 국가장치에 두었던 것이다. 다시 말해서 알튀세의 이데올로기적 국가장치론은 문화제도에 의한 사회통합과 질서에 관한 이론이라고 할 수 있다.

사회주의자들이 말하는 개념화된 문화산업론은 그 후 모랭(E. Morin)에 의해 증폭되었다. 그는 1962년에 발간된 《시대정신》이라는 저서를 통하여 1950년대와 1960년대의 대중문화에서 발견되는 일련의 가치들을 기술하면서 "거대한 위기가 준비되고 있다. 그것은 부르주아 개인주의의 근본적 위기, 문명의 위기가 닥치고 있다"고 주장하면서, "우리들은 문화가 문제의식으로서 존재하고 있다는 것이 분명해진 시대에 도달해 있다"고 하였다. 그는 대중문화라는 용어를 서구의 지배적인 산업문화로 사용하면서 대중문화를 생산하고 창조하는 문화산업의 특성을 관료지구적 산업적 모델과 산업화된 창조로 구분해서 설명하고 있다. 프랑크푸르트학파의 비판적 문화산업론은 또 다른 독일의 문화철학자이며 동시에 브레히트(Brecht) 이후 독일의 대표적 시인인 엔젠스베르거(H. M. Enzensberger)의 의식산업(Consciousness Industry)론을 들 수 있다. 엔젠스베르거는 의식은 원래부터 사회적 산물이며, 의식의 매개가 산업적인 규모로 위급됨으로써 처음으로 의식의 사회적 유도나 매개 등이 문제가 되었다고 말하고 있다.

'문화산업'과 '의식산업'에 대한 극단적인 이데올로기적 비판론을 살펴보았다. 이와 반대로 매스커뮤니케이션 산업을 중심으로 하는 문화산업에서 생산하고 판매되는 문화내용, 즉 대중문화에 대하여 보다 낙관적이며 옹호론적인 평가를 내리는 비평가들이 물론 존재한다. 이들의 낙관론적인 전제는 현대산업사회가 교육수준의 상승, 여가의 증대, 경제적 부유화 등에 의한 고도의 대중소비를 전제로 형성되었음을 강조한다. 따라서 자본주의의 소비문명은 획일적이며 문화적으로 저속한 대중을 탄생시켰다기보다는 모든 수준의 기호나 모든 타입의 청중이나 소비자를 형성함으로써 문화가 중층화되고 그 소비패턴도 다양화되었다고 주장하는 것이다. 이들에 의하면 대중사회는 다원주의와 민주주의의 소산이며 현대산업자본주의가 사회적 제세력의 밸런스 관계에 의하여 자연적으로 통합이 이루어진 사회다.

그들은 대중문화가 모든 사회계층의 인간들로 하여금 정치적·사회적 의사결정에 참여하도록 하였다는 점을 높이 평가하며, 현대에 과학기술의 발전, 커뮤니케이션 발달, 문맹의 극복 등의 제 요인이 대중을 야만화시키기는 커녕 오히려 민주화시켰다고 주장한다. 이와 같은 주장은 대체로 미국의 학계에서 제시되고 논의된 것으로, 이들 주장들의 특징은 덜 철학적이고 덜 도덕학적 경향이라고 볼 수 있다. 이와 같은 점에서 1966년부터 문화산업 또는 의식산업과 같은 개념은 더욱 프래그머틱하고 더욱 포괄적인 의미를 갖는 호칭이나 개념으로 바뀌어 나타났다. 그 대표적인 예가 경제학자인 매크럽(F. Machlup)에 의하여 처음으로 사용된 '지식산업'이라는 개념이다. 그는 지식인의 궁극적 지배와 문화의 비속화를 비난하기보다는 국가생산에서 이와 같은 산업의 새로운 분야의 참여를 연구하는 데 관심을 가졌다. 그는 지식의 '생산과 분배', '취득과 전달' 그리고 '지식의 창조와 커뮤니케이션'을 일종의 경제적 활동으로 규정하고 있다. 그에 의하면 새로 알리는 것, 전달하는 것 그리고 커뮤니케이션은 넓은 의미로 '지식의 생산'이라고 규정한다. 지식생산은 발견, 발명, 설계 그리고 계획뿐 아니라 전달과 커뮤니케이션까지를 의미한다는 것으로 이해된다.

매크럽은 지식생산의 통계적 어려움에 대해 몇 가지 이유를 들고 있는데 첫째로, 지식생산은 대부분의 경우 입력의 정도를 논리적으로 분석하여 출력의 정도를 측정하는 것이 불가능하며, 또한 지식생산에서 대부분의 서비스는 시장에서 판매되는 것이 아니고 대신 낮은 경비 아니면 거의 무료로 분배된다고 지적하고 있다.

이처럼 문화산업에 대한 논의는 주로 비판 이론의 차원과 긍정적인 차원의 논의에 관한 것이었다. 그러나 근래에 이르러 문화산업에 대한 관심은 사회학자들을 중심으로 문화산업의 사회적 기능과 전달대상인 수용자의 특성, 그리고 조직체로서의 특성을 중심으로 문화산업에 대한 구조적 특성을 보다 뚜렷이 개념화한 이론이 제기되고 있다.

가령 굴드너(A. Gouldner)는 지식전달 또는 문화전달기구로서의 사회적 메커니즘을 주로 이데올로기적인 측면에서, 문화적 장치와 의식산업으로 나누어 문화산업을 고찰하고 있다. 굴드너는 그의 저서 ≪이데올로기와 테크놀로지의 변증법≫에서 글을 쓴다는 것 그리고 특히 인쇄매체를 통하여 행하는 커뮤니케이션은 현대 이데올로기의 기본적인 기반이라고 말하고, 이데올로기에 대한 장래의 전망은 부분적으로 미래에 어떤 글이 씌어지는가, 글의 소비대상 그리고 수용자들의 재생산과 서적시장(독자)에 달려 있다고 주장한다.

굴드너와 유사한 관점을 갠스(H. Gans)의 주장에서도 찾아볼 수 있다. 갠스에 의하면 오늘날 미국에서 가장 흥미 있는 현상은 취향문화간의 정치적 투쟁인데 이는 곧 누구(어느 계층)의 취향문화가 미국의 주요 미디어를 지배하는가 그리고 누구의 문화가 미국사회에 그들의 심벌과 가치 그리고 세계관을 공급할 수 있을 것인가에 있다는 것이다. 그러면서 그는 문화의 창조자와 전달자 간에 계속적인 긴장이 있다는 점에 주목하는데 이는 굴드너의 관점에서 본다면 문화장치와 의식산업 간의 갈등으로 표현된다. 이와 같은 지적인 생산은 여러 가지 방법에 의하여 보급되는 것인데, 허쉬(P. Hirsch)는 갠스의 분류와 유사하게 지식을 생산하고 보급하는 조직과 미디어를 문화적 게이트 키퍼로 규정하고, 문화적 게이트 키퍼로서 활동하는 조직체와 미디어의 일차적인 역할에 대하여 '사상과 상징의 창조와 생산'에 있는가, 아니면 그것을 전달하고 보급하는데 있는가에 따라 이를 구별하고 있다.

문화산업에 대한 관심과 논의는 당초에 자본주의 사회의 필연적 소산인 대중문화의 구조적 성격을 네오 맑스주의적인 이데올로기적 시각에서 규명하려는 데서 출발하였다. 그러나 오늘날 문화산업의 분석은 단순히 이러한 비판론적 분석에만 국한시킬 수 없게 되었다. 그것이 문화산업 연구를 과학적으로 엄밀하고 유용한 분석을 통해서 수행하려는 것이라면 더욱 그러하다. 선진 자본주의제국에서의 문화산업을 올바로 분석하기 위해서는 문화산업들이 생산, 전파하고 판매를 위해 제작한 일련의 문화 메시지들과 상품들이 문화발전에 미치는 영향에 관하여 고찰되어야 한다. 아울러 한 나라의 문화산업이 다국적 기업과 어느 정도 연계성을 지니고 있는가를 파악해야 한다.

이와 관련해서 문화산업의 문제를 한국에 돌려서 살펴볼 경우 문화산업에 대한 문제는 기본적으로 문화종속적인 이론적 시각에서 생각해 볼 필요가 있다. 한국에서 문화산업과 대중문화에 대한 두 번째 문제의식은 현대 한국사회에서 문화적 모순이라는 시각에서 출발해야 한다는 점이다. 또 다른 문화적 모순은 근로자 문화, 곧 가치 있는 의미의 대중문화가 소외되고 있다는 사실이다. 궁극적으로 향후 한국의 문화산업은 이러한 모순된 현상을 충분히 인식하고 그 해결을 위한 노력을 강구해야 한다.

2) 문화산업의 필요성

기술과 사회의 분화와 전문화가 심화됨으로써 문화적 혼란이 초래되었다는 사회학적 견해는 매일매일 거짓임이 드러나고 있다. 왜냐하면 오늘날 문화는 모든 것을 동질화시키기 때문이다. 대우주와 소우주의 가시적인 통일성은 개개의 인간들이 그들 문화의 대표자인 것처럼 보여준다. 그러나 그것은 보편과 특수의 잘못된 동일성이다. 독점 하에서 대중문화는 모두 획일적인 모습을 하고 있는데, 독점에 의해 만들어지는 대중문화의 골격과 윤곽이 서서히 드러나기 시작한다. 대중문화의 조종자들은 독점을 숨기려 하지도 않는다. 대중매체가 단순히 '장사' 이외에는 아무것도 아니라는 사실은 아예 한술 더 떠 그들이 고의로 만들어낸 허섭스레기들을 정당화하는 이데올로기로 사용된다.

대중문화의 관계자들은 문화산업을 기술적인 용어로 설명한다. 그들은 문화산업에 수백만이 참여하기 때문에 수많은 장소에서 동일한 상품에 대한 동일한 욕구를 충족시키기 위해서는 어떤 방식이든 재생산 과정이 필요하다고 주장한다. 이러한 주장 속에 가려져 있는 것은 문화산업의 조종과 이러한 조종의 부메랑 효과인 수요가 만드는 순환 고리로서 이러한 순환 고리 속에서 체계의 통일성은 사실 점점 촘촘해지고 있다.

이러한 기술적인 설명 뒤에 은폐되어 있는 것은 기술이 사회에 대한 통제력을 획득할 수 있는 기반은 사회에 대한 경제적 강자의 지배력이라는 사실이다. 오늘날 기술적인 합리성이란 지배의 합리성 자체다. 이러한 합리성은 스스로로부터 소외된 사회가 갖게 된 강압적인 성격이다. 문화산업의 기술은 규격화나 대량생산을 가능케 하며 그 대신 일의 논리와 사회체계의 논리를 구별시켜 줄 수 있는 무엇을 희생시켰다. 그러나 이것은 기술의 운동법칙에서 빚어진 결과라기보다는 현대경제에서 기술이 행하는 기능에서 비롯된 것이다.

기술 매체 또한 서로 간의 차이가 희석되어 끊임없는 획일화가 강요된다. 텔레비전은 영화와 라디오의 종합을 꾀하고 있는데 그러한 종합은 이해당사자간의 의견통일이 아직 이루어지지 않아 저지되고 있지만 그 무한한 가능성은 심미적 소재의 빈곤화를 엄청나게 가속화시킬 것이 분명하며, 그에 따라 아직은 가려져 있는 모든 문화산업의 획일성이 미래에는 확연히 백일하에 모습을 드러낼 것이다.

사람들의 여가시간은 문화산업이 제공하는 획일적인 생산물로 채워질 수밖에 없다. 칸트(Kant)의 도식이 감각적인 다양성을 근본 개념과 연관지을 수 있는 능력을 주체에게서 기대했다면, 산업은 주체로부터 그러한 능력을 빼앗아 간다. 고객에 대한 산업의 가장 두드러진 봉사는 그러한 틀짜기를 고객을 위해 자신이 떠맡은 것이다. 칸트에 따르면 외부로부터 오는 직접적인 자료들을 순수이성의 체계에 끼워 넣도록 도와주는 은밀한 메커니즘이 영혼 속에서 작용하고 있다고 한다.

문화산업은 눈에 띄는 효과나 성과 또는 기술적인 사항들이 작품 자체보다 더 높이 평가되는 추세와 병행하여 발달해 왔는데, 예전에 어떤 이념에 의해 지탱되던 작품이라는 관념은 그 이념과 함께 해체되어 버린다. 부분이 전체로부터 해방되면서 부분은 반란을 획책하게 되어 낭만주의로부터 표현주의에 이르는 동안 부분은 스스로를 자유분방한 표현이며, 조직에 대한 항의의 담당자임을 표방하게 된다.

문화산업의 총체성은 전체적인 구조라는 관념에 종말을 고하게 만든다. 전체나 부분 모두에 대해 문화산업은 비슷한 타격을 가한다. 전체는 부분들과의 필연적인 연관성을 상실하게 되어, 전체란 모든 것을─실제에는 황당무계한 사건들의 총합 이외에는 아무것도 아닌─성공담을 위한 사례와 근거로 끌어들이는 성공한 사람의 인생여정 비슷한 것이 된다. 문화산업의 생산물은 여가의 시간에서조차 소비가 활발히 이루어지기를 노린다. 개개의 문화생산물은 모든 사람들을 일하는 시간과 마찬가지로 휴식시간에도 잡아놓는 거대한 경제 메커니즘의 일환이다. 문화산업은 하자 없는 규격품을 만들듯이 인간들을 재생산하려 든다. 프로듀서로부터 여성단체에 이르는 모든 문화산업의 대리인은 이러한 정신의 단순한 재생산과정에 어떠한 뉘앙스나 사족이 끼어드는 것에 신경을 곤두세운다.

세상에 나타나는 모든 것에는 예외 없이 문화산업의 인장이 찍히기 때문에 문화산업의 흔적을 갖고 있지 않은 것이나 확인 도장이 찍히지 않은 것은 어떤 것도 세상에 등장할 수가 없다. 문화산업의 생산이나 재생산에 종사하는 인기연예인들은 문화산업의 은어를 오랫동안 참아왔던 말문이 터진 양 자유자재로 기쁨에 넘쳐 구사할 수 있는 사람들이다. 문화산업의 분야에서 그러한 태도는 자연스러움이라는 이상(理想)이 되었다. 문화산업의 최종생산물과 일상적 현실의 차이에서 오는 긴장을 완화시키는 기술이 완벽해질수록 문화산업의 영향은 점점 더 절대적이 된다.

다루기 힘든 소재에 대해서는 더 이상 실험해 볼 필요성도 느끼지 않는 문화산업의 양식은 동시에 양식의 부정이다. 보편과 특수의 화해, 또는 대상의 특수한 요구가 규칙과 화해하는 것─이 과정 속에서만 문화산업의 양식은 내용을 얻게 되는데―은 극단 간의 긴장이 더 이상 문제되지 않기 때문에 공허한 것이다. 그렇지만 이러한 양식의 왜곡된 모습은 과거의 진정한 양식에 대해 무엇인가를 일깨워준다. 문화산업을 통해 진정한 양식이라는 관념은 '지배'의 심미적인 등가물임이 드러난다. 양식을 단순한 심미적 법칙성으로 보는 관념은 과거에 대한 낭만적인 환상인 것이다.

모든 예술작품에서 양식이란 하나의 약속이다. 어떤 표현이 양식을 가지게 된다는 것은 진정한 보편성과 화해하려는 소망성을 지향한다. 곧 음악적인 언어든 회화적인 언어든 문학적인 언어든 지배적인 보편성의 형식 속에 들어가는 것을 의미한다. 위대한 예술작품의 양식이 옛날부터 자기부정에까지 이르는 좌절에 스스로를 노출시킨다면 열등한 예술작품은 동일성에 대한 대용물로서 다른 작품과의 유사성에 매달린다. 문화산업에 오면 이러한 모방은 절대적인 것이 된다. 양식을 넘어서는 무엇이 되려는 노력을 포기하면서 문화산업은 양식의 비밀을 폭로한다. 양식에 숨겨져 있는 비밀은 바로 사회적인 위계질서에 대한 순종이다. 오늘날 심미적인 야만상태는 정신적인 형상물들을 문화라는 이름으로 긁어모아서 중화시키게 됨으로써 이 형상물들에 대한 위협을 실제로 실현시킨다. 문화산업은 양식이 결여되어 있다고 비난을 받는 자유주의가 도달할 수밖에 없는 곳이지만, 어떤 양식보다도 강인한 양식임이 입증된다. 문화산업이라는 체계가 좀더 자유주의적인 산업국가에서 출발했으며, 영화, 라디오, 재즈, 잡지와 같은 문화산업의 모든 특징적인 매체들이 그곳에서 번창하고 있는 것은 괜히 그렇게 된 것이 아니다. 이들 매체의 진보는 물론 자본의 보편적인 법칙으로부터 나온 것이다.

문화산업의 특징인 '보다 새롭게 하기'는 대량복제의 개선 이외에는 다른 아무 것도 아니라는 사실이 '체계'의 핵심적 요소다. 무수한 고객들의 관심을 경직된 채 반복하여 닳아빠진, 그래서 이제는 반쯤은 포기된 내용보다는 테크닉에 향하도록 하는 것은 충분한 근거가 있는 것이다. 구경꾼들이 숭배하는 사회세력들은 물거품 같은 내용만이 들어 있는 맥 빠진 이데올로기보다는 기술에 의해 이룩된, 온 사방에 편재하는 똑같은 복제품 속에서 더욱 효과적으로 자신의 존재를 확인한다. 그렇기는 하지만 문화산업은 다른 무엇보다도 유흥산업이다. 문화산업의 소비자에 대한 영향은 흥청거림을 통해 매개되는 것이다.

문화산업은 그들이 소비자에 대해 자신이 끊임없이 약속하고 있는 것을 끊임없이 기만한다. 줄거리나 겉포장이 제공하는 즐거움을 계속 바꾸어가면서 '약속'은 끝없이 연장된다. 모든 관람의 필수요건인 약속은 유감스럽게도 사물의 정곡에 도달하지 못하는 기만적인 것으로서 손님은 배를 채우기보다는 단순히 메뉴판을 읽는 것으로 만족해야 하는 것이다. 문화산업은 충동을 승화시키는 것이 아니라 억압한다.

오늘날 결정적으로 문제가 되는 것은 더 이상 청교도주의—비록 여성운동과 같은 형태로 아직 유효성을 지니고 있기는 하지만—가 아니라, 소비자들이 한순간이나마 저항이 가능하지 않을까라는 의도를 품는 것을 내버려두지 않는 체계 자체에 내재하는 필연성이다. 문화산업은 소비자의 모든 욕구가 실현될 수 있는 것처럼 제시하지만 그 욕구들은 문화산업에 의해 사전결정된 것이다. 소비자는 자신을 영원한 소비자로서, 곧 문화산업의 객체로서 느끼게 되는 것이 체계의 원리다. 문화산업은 자신이 행하는 기만이 욕구의 충족인 양 소비자를 설득하려 할 뿐만 아니라 이를 넘어 문화산업이 무엇을 제공하든 소비자는 그것에 만족해야 한다는 것을 소비자에게 주입시킨다. 문화산업의 기만은 그것이 재미를 제공한다는 데 있는 것이 아니라 해체과정 속에 있는 문화의 진부한 이데올로기와 연루된 문화산업의 상업적인 고려가 재미를 망친다는 데 있다.

문화산업은 타락이라고 한다. 그 이유는 문화산업이 죄 많은 바벨탑이어서가 아니라 들뜬 재미에 한정된 성전이기 때문이다. 헤밍웨이로부터 에밀루드비히에 이르는, <Mrs. Miniver>로부터 <외로운 레인저>에 이르는, 토스카니니로부터 구이 롱바르도에 이르는 모든 단계마다 진실성이 결여된 정신, 다시 말해 예술과 과학으로부터 도용한 기성품적 성격이 따라다닌다. 예술과 유흥적 흥행의 융합은 오늘날 예술의 박탈뿐만 아니라 오락의 어쩔 수 없는 '정신화'도 초래한다. 문화산업의 위치가 확고해지면 확고해질수록 문화산업은 소비자의 욕구를 더욱더 능란하게 다룰 수 있게 된다. 문화산업은 소비자의 욕구를 만들어 내고 조종하고 교육시키며 심지어는 재미를 몰수할 수도 있다. 문화의 진보에는 어떤 걸림돌도 없다. 그러나 이러한 경향은 시민적·계몽적인 원리로서 오락의 원리에 이미 내재해 있는 것이다.

　문화산업은 오직 자신의 고객이나 피고용자로서만 인간에 대해 관심을 가지며 그에 따라 실제로 인류 전체나 각각의 구성원을 빈틈없는 틀 속에 가두어 놓는다. 그때그때 어떤 측면이 두드러지는가에 따라 현대의 이데올로기는 계획 또는 우연을, 기술 또는 삶을, 문명 또는 자연을 강조한다. 문화산업은 자신의 피고용자인 사람들에게 그때그때 합리적인 조직성을 상기시키고는 그러한 조직성에 강건한 인간오성(悟性)과 영성을 가지고 적응할 것을 강요한다. 그렇더라도 사람들이 객체의 상태를 벗어날 수 있는 것은 아니다.

　문화산업이 제공하는 약속이나 삶에 대한 의미 있는 설명이 적어질수록 문화산업이 유포하는 이데올로기도 공허해진다. 사회의 조화나 선(善)이라는 추상적인 이념조차 선전이 일반화된 시대에는 너무나 구체적인 것이 된다. 사람들은 추상적인 개념까지도 고객유치를 위한 선전으로 활용하는 법을 알게 되었다. 문화산업은 두꺼운 안개층 때문에 통찰이 불가능하면서도 온 사방에 편재하는 현상을 이상(理想)으로 설정하고는 현상을 충실히 재현함으로써 드러난 거짓정보와 분명한 진리 사이에 있는 험한 협로를 능숙하게 항해한다. 문화산업은 생명의 순환을 먹고산다. 곧, 어떤 일이 있어도 어머니들은 끊임없이 아이들을 만들어내고 있고, 바퀴는 멈추지 않고 돌고 있다는 충분히 근거 있는 경이를 먹고 산다. 이러한 상황이 변경 불가능한 관계를 더욱 강화하는 데 기여한다.

　문화산업에서 개인이라는 관념이 환상이 되는 것은 생산방식의 표준화 때문만은 아니다. 개인이라는 관념은 개인과 보편성과의 완전한 동일성이 문제되지 않을 경우에만 용납될 수 있다. 개별성이라는 원리는 처음부터 모순에 찬 것이었다. 이 원리는 한번도 진정한 개별화를 달성한 적이 없다. 개인은 겉보기에는 자유를 갖고 있는 것 같지만 사실은 사회라는 경제적·사회적 장치의 산물이다. 문화산업이 개별성을 마음대로 가지고 놀 수 있는 이유는 본래 부서지기 쉬운 사회의 성격이 개인 속에서 재생산되기 때문이다.

오늘날 벌써 문화산업은 예술작품을 정치적인 구호처럼 포장해서 결코 호락호락하지만은 않은 청중들에게 싼값으로 퍼붓는다. 공원처럼 예술작품도 민중에게 접근 가능한 것이 되었다. 그러나 예술작품이 지니는 진정한 상품적 성격이 소멸했다는 것은 자유가 실현된 사회에서 예술작품이 지양되었다는 것을 의미하는 것이 아니라 예술작품이 케케묵은 문화재로 전락하는 것을 막아 주는 마지막 보루가 무너졌다는 것을 의미한다.

문화는 패러독스한 상품이다. 문화가 완전히 교환법칙 밑에 종속되면 문화는 더 이상 교환 불가능한 것이 된다. 문화가 맹목적인 소비로 해체되면 더 이상 소비할 수 없는 상태가 되는 것이다. 그 때문에 문화와 선전은 용해되어 하나로 된다. 독점 하에서 선전이 아무 의미 없는 것이 되면 될수록 선전은 더욱 전능한 것이 된다. 그 동기는 충분히 경제적인 것이다. 사람들은 분명 문화산업 없이도 살 수 있을지 모른다. 문화산업은 소비자들에게 너무나 많은 포만감과 둔감만을 만들어 주고 있기 때문이다. 문화산업 스스로는 이러한 사태를 호전시킬 만한 능력을 갖고 있지 않다. 기술면에서나 경제면에서 선전과 문화산업은 하나로 용해된다. 선전에서나 문화산업에서 무수한 장소에서 동일한 무엇이 나타나고 있으며, 똑같은 문화생산물을 기계적으로 반복한다는 것은 이미 똑같은 선동구호를 기계적으로 되풀이하는 행위가 되고 말았다. 소비자는 자신이 말하는 언어를 통해 그 자신 문화의 선전적 성격에 일정한 기여를 한다. 언어가 단순한 전달기능으로 완벽히 해소되어 버리고, 말이 실체를 지닌 의미의 담화이기보다는 질을 상실한 기호가 되어 버릴수록 언어는 더욱 더 순수하고 투명하게 자신의 의도를 전달하게 된다. 하지만 언어는 그럴수록 더 이상 파고들 수 없는 것이 된다.

오늘날 문화산업은 개척시대의 기업가 민주주의를 문화적으로 상속하고 있지만 정신적인 섬세한 편차에 대한 감각을 전혀 발달시키지 않았다. 종교가 사회적으로 중화된 이래 모든 사람은 무수한 종파에 발을 들여놓을 자유를 가지게 된 것처럼, 모든 사람은 자유롭고 춤추고 즐길 수 있게 되었다. 그러나 항상 경제적인 압박의 뒷면을 이루어 왔던 이데올로기 선택에서의 자유는 모든 분야에서 '항상 동일한 것'을 선택하는 자유임이 입증된다. 인간의 가장 내밀한 반응들조차 스스로에게까지 철저히 물화(物化)되어 있기 때문에 고유한 개성이라는 이념조차 극도로 추상적인 것이 되고 말았다. 이것은 문화산업에서 선전이 승리했다는 것과, 소비자들은 문화 상품을 꿰뚫어보면서도 어쩔 수 없이 거기에 동화되지 않을 수 없다는 것을 말한다.

3) 문화산업의 방향

앞서 이야기했듯이, 문화산업이라는 용어는 호르크하이머와 아도르노가 1947년 암스테르담에서 출간한 ≪계몽의 변증법≫에서 처음으로 사용되었다. 그 책에서 호르크하이머와 아도르노는 '대중문화'를 언급하였다. 그들은 처음부터 그 말을 옹호하는 자들이 동의할 만한 해석을 배제하기 위해 대중문화라는 표현을 '문화산업'으로 대체하였다. 사실 대중문화는 대중 자신들로부터 자발적으로 우러나오는 문화 같은 어떤 것, 현대적 대중예술의 형태와 같은 것이다. 그러나 문화산업은 대중예술과는 완전히 다르다. 문화산업은 옛 것과 친숙한 것들을 융합하여 새롭게 만든다. 모든 작은 부문에서 대중들의 소비를 위해 만들어지고 그러한 소비의 성질을 결정하는 데 크게 기여하는 상품들은 어느 정도 계획에 따라서 제조된다.

각 부문들은 구조적으로 유사하거나 적어도 각각 잘 조화되어, 거의 어긋남이 없이 조화롭게 체제에 자신들을 잘 적응시킨다. 이러한 점은 경제적이고 행정적인 집중에 의해서뿐만 아니라 현대의 기술적인 능력에 의해서 가능하게 되었다. 문화산업은 의식적으로 위에 언급한 것에 의하여 그 소비자들은 통합시킨다.

문화산업은 수천 년 동안 분리되어 왔던 고급예술과 저급예술의 영역의 해악을 보임으로써 그들을 한데 묶는다. 그리하여, 비록 문화산업이 목표로 삼고 있는 수백만 명의 의식적, 무의식적 상태를 확실히 고려할지라도 대중들은 중요하지 않은 이차적인 대상, 계산의 대상, 즉 기계의 부속물일 뿐이다. 문화산업은 문화산업의 고객들을 왕으로 믿게 하지만 실제로 고객은 주체가 아닌 객체에 불과하다. 특별히 문화산업을 위해 갈고 다듬어진 대중매체라는 말 자체가 이미 해를 끼치지 않는 영역이라는 점을 강조하고 있다. 이것은 대중에 관한 근본적인 관심의 문제도 아니고, 의사소통의 기술의 문제도 아닌 대중에게 영향을 주는 정신의 문제이다.

문화산업은 대중들의 정신을 복제하고 보강하고 강화하기 위해 그들에 대한 관심을 남용하는데, 그 정신은 이미 주어져 있고 변하지 않는 것으로 여겨진다. 이러한 정신이 어떻게 변할 것인가라는 문제는 전적으로 배제된다. 문화산업 자체가 대중들에게 적응하지 않고는 존재할 수 없듯이, 대중들은 문화산업의 척도가 아니라 이념이다. 산업의 문화상품들은 그 자체의 특정한 내용이나 조화로운 구성에 의해서가 아니라 가치로서 실현되는 원칙에 의해서 결정된다. 문화산업의 전적인 실행은 수지타산이라는 동기를 그대로 문화적인 형태로 변형시키는 것이다. 산업내의 가장 전형적인 생산물 속에서 세밀하게 그리고 철저히 계산된 효율성이라는 직접적이고 있는 그대로의 우월성이 문화산업 분야에서 새롭게 대두되고 있다. 완전히 순수한 형태가 지배적이지도 않아서 항상 일련의 영향을 받았던 예술작품의 자율성은 통제하는 자들의 의지에 상관없이 문화산업에 의해 의도적으로 제거된다. 문화가 전적으로 그러한 마비된 관계 속에 동화되고 합쳐지게 될 때 인간의 가치는 낮아졌다.

문화산업 자체 내의 전형적인 문화적 실체들은 더 이상 일시적인 상품들이 아니고 처음부터 끝까지 철저히 상품화된 그 자체다. 이러한 양적인 전환은 너무나 커서 완전히 새로운 현상을 불러일으킨다. 궁극적으로 문화산업은 모든 곳에서 그것이 산출한 이익들을 직접적으로 추구할 필요를 요구하지 않는다. 이러한 이익들은 문화산업의 이데올로기 속에서 객관화되었고, 이 이익들은 심지어 어떤 식으로든지 소비되는 문화상품의 판매 욕구로부터 독립적으로 되었다. 문화산업은 특정한 회사나 팔 만한 물건들을 고려하지 않고 공적인 관계, 곧 본질적으로 '선의'의 제조과정으로 변화되어 갔다. 일반적인 무비판적 세례와 세상에 대한 광고로 문화산업의 각 생산품들은 그 자체가 광고가 되었다.

문화산업에서 기술의 문제는 단지 명목상 예술작품에서의 기술과 동일하다. 문화산업은 그것이 상품 속에 포함되어 있는 기술의 잠재력 속에 자신을 조심스럽게 보호하는 한 이데올로기적인 지지를 얻는다. 문화산업은 자체의 기능성이 의미하는 내적인 예술적 전체성에 얽매이지 않고 또 미학적인 자율성이 요구하는 형태의 법을 고려하지 않고 상품의 물질적 생산의 예술 외적인 기술에 기생하여 유지된다. 문화산업의 외형에 대한 결과는 한편으로는 필수적으로 유선형, 사진 같은 견고함과 정밀함이고 다른 한편으로는 개별적인 잔여분들, 감수성 그리고 이미 합리적으로 사용되고 적용된 낭만적이다. 이것은 문화산업이 자신의 이데올로기적인 남용을 배반하는 것을 의미한다.

소비자 의식의 진전을 위한 커다란 중요성을 지적하는 대신에 문화산업을 평가 절하하는 것에 대해 경고를 하는 것이 최근에 사회학자들뿐만 아니라 문화담당자들의 관습이 되었다. 그것은 세련된 속물주의에 물들지 않고 진지하게 채택되었다. 실제로 문화산업은 오늘날 우세한 정신으로서 중요하다. 대중의 영적인 구조에 있어서 문화산업의 중요성은 자신을 실용적이라고 여기는 과학에 의해 자체의 객관적인 정당화, 필수적인 존재에 대한 고찰을 위한 필수조건은 아니다. 반대로 그러한 고찰은 정확히 다음과 같은 이유에 대해 필수적이다. 문화산업을 당연한 역할처럼 진지하게 받아들인다는 것은 그것의 독단적 성격에 위축되지 않고, 그것을 진지하게 비판적으로 받아들이는 것을 의미한다. 굴종적인 지성인들이 문화산업과 갖는 관계 속의 양면적인 아이러니는 그들 자신들에게만 제한된 것은 아니다. 소비자 자신들의 의식이 문화산업이 제공하는 규정된 재미와 그 축복에 대한 특별히 잘 감추어지지 않은 의심 사이에서 분열되어 있다고 또한 가져올 수도 있다.

　오늘날 문화산업에 대한 가장 야심 찬 방어책은 수월하게 이데올로기라고 불릴지도 모르는 자체의 정신을 찬양하는 것이다. 그러나 문화산업에 의해 유지된다고 옹호자들이 상상하는 것은 사실상 훨씬 더 철저히 그 정신에 의해 파괴된다. 고통스럽고 모순된 표현으로서의 정당하게 조절된 문화는 훌륭한 인생에 대한 사고를 파악한다. 문화는 단지 존재하는 것을 대변할 수도 없거니와 마치 존재하는 현실이 훌륭한 삶인 것처럼 그리고 그러한 범주들이 진정한 척도인 것처럼 문화산업이 훌륭한 삶이라는 생각에 두르는 관습적이고 더 이상은 결합력이 없는 범주들은 대변할 수 없다. 어떠한 과실도 이와 같이 책임을 설명함으로써 정당화될 수 없다. 문화산업이 주창(主唱)하는 것은 혼탁한 권위의 맹목적인 강화이다. 만약 문화산업이 자신의 논리에 의해서가 아니라 효율성, 실제의 위치, 분명한 요구에 의해서 판단된다면, 그리고 진지한 관심의 초점이 문화산업이 항상 의지하는 효율성에 있다면 그 영향의 잠재력은 두 배가 된다. 그러나 이런 잠재력은 문화산업의 힘을 집중적으로 받는 현대사회의 무기력한 구성원들의 운명지어진 허약한 자아의 증진과 촉진에 있다.

　문화산업은 그것이 정확히 제시한 질서 내에 세계가 존재하는 행복한 감정을 불러일으키는 한 사람들을 속여서 인간을 위해 준비하는 대리만족은 행복을 주지 못할 것이다. 문화산업의 전체적인 효과는 호르크하이

머와 내가 주목했듯이 자연에 대한 진보적인 기술의 우월을 나타내는 계
몽이 대중에 대한 속임수가 되고 의식을 속박하는 수단으로 변하는 반(反)
계몽의 하나다. 그것은 스스로 의식적으로 판단하고 결정하는 자율적이고
독립적인 개인들의 발전을 방해한다. 그러나 이런 것들은 자체를 유지하고
발전시키려고 수많은 세월을 보낸 성인들을 필요로 하는 민주사회를 위한
선결조건일 것이다. 만약 대중들이 위에서 언급한 대중으로서 불공정하게
비난받는다면, 문화산업은 대중을 바로 그 대중으로 만들고 그들을 경멸하
는 데에 대한 최소한의 책임도 지지 않는다. 그러나 문화산업은 그 시대의
생산력이 허락하는 한 인간의 성숙한 영성(靈性)에 한계를 지닌다.

4) 문화인식과 문화산업

취향문화(趣向文化)시대의 문화산업은 대단히 중요하다. 산업시대의 실상
은 실용성, 효율성을 추구하는 것이었다. 이에 비해 앞으로 전개될 세상은
'문화감각의 시대'가 될 것이다. 산업시대의 경우 빠른 성장과 최소 비용
을 통한 최대 효과의 발휘, 전국적인 통일성, 개성보다는 전체와 조직의
제일성(齊一性, uniformity)이 무엇보다 중요한 미덕이었다. 아름답고, 멋들어
지고, 그럴듯한 꾸밈은 공연한 사치로 여겨져 왔다. 산업 제품은 단순하
고, 작고 간편하며, 가능한 값이 저렴해야만 좋게 여겼다. 그러나 최근에
는 다기능(多機能)의 복잡한 제품을 더 선호하며, 이러한 현상은 다기능 제
품을 능률적인 것으로 여기는 심리 때문에 발생한 것이다.

문화감각의 시대에는 전과 다른 모습의 상품은 물론 다른 모습의 삶이
추구될 것이다. 텔레비전이나 냉장고도 단순히 기능만 좋은 제품보다는
기왕이면 보기 좋고 말쑥한 제품을 찾는 시대가 되었다. 값이 싼 것만이
아니라 이제는 감동적으로 그럴 듯하게 와 닿는 제품을 원한다. 배가 고
파서 먹어야 하는 순간에도 예쁘고 보기 좋은 먹을거리를 가리는 상황이
다. 단순히 무주택자에게 집을 장만해 주는 수준에서 한 걸음 더 나아가

좋은 구조, 좋은 색깔, 좋은 위치의 집을 지어야 한다.

문화감각은 좀 더 세련되고, 고급스러우며, 여유롭고, 기분 좋은 느낌을 말한다. 경제감각이 이윤을 만들기 위해 투자를 하고, 절약을 하고자 하는 마음 씀씀이고, 정치감각이 권한 있는 직책을 점해 경륜을 펴고자 하는 마음 씀씀이인데 비해, 문화감각은 여유롭게 즐기고 기분 좋게 하는 마음 씀씀이다. 사람들의 심성을 세세하게 챙기는 감각이다. 원래 이런 문화감각은 어느 정도 삶에 여유 있는 계층에서 누릴 수 있는 것이었다. 그러나 생활수준이 향상되었고, 매력적인 문화산업이 발달함으로써 많은 숫자의 국민들이 문화감각을 즐길 수 있게 되었다. 문화산업의 공헌은 지대하다. 문화산업의 발전은 기존 공장제품들의 부가가치를 높이는 데도 이바지한다. 문화의 산업화는 물론 산업의 문화화가 전개되는 순간이다. 산업의 제품들을 보기 좋고 이용하기 쉽고 편리하며, 모양과 구조·색감이 좋게 하는 일은 모두 문화적 감각에서 비롯된다. 단순히 기능 위주의 제품 개발에서 더 나아가 수요자의 만족감을 고양하는 것이다. 물건 자체가 예술적 감동의 장이 된다.

21세기는 농업경제나 산업경제를 넘어선 문화경제의 시대가 될 것이다. 농업 생산량이 국가의 부를 결정했던 시대가 지나갔고, 공장제품 생산과 수출이 국가의 부를 결정하던 시대도 지나갔다. 이제는 문화산업의 생산량과 수출이 국력의 상징이 되고 있다. 영화 한 편의 수출액이 일년 내내 수출한 자동차 수출액보다 크다는 식의 담론은 당연시되었다. 국민들의 관심이 서비스와 문화 영역으로 넘어가면서 문화산업 분야의 생산, 수출이 세계 경제에서 차지하는 비중이 높아졌다. 국제 무역의 구조가 농업 생산물은 비교적 후진국들이 담당하는 데 비해, 일반 공업 제품들은 중진국들이 담당하고, 문화산업은 선진국들이 세계시장을 장악하고 있다. 문화산업 분야의 생산량이 곧 국부의 척도가 될 수 있음을 말한다. 문화산업이 21세기 세상을 바꾼다.

5) 문화산업의 범주

문화산업은 문화상품의 창출과 직접 관련된다. 문화상품 분야에는 책이나 조각품, 회화와 같이 유형물 형태의 것과 공연이나 음악, 춤과 같이 무형적인 것이 있다. 편의상 문화상품을 아이디어와 기술 집적도가 높은 출판·인쇄물, 미술품, 공연 예술, 영화, 음반, TV 프로그램, 패션, 그리고 외국에 지적재산권의 가치를 지불하는 상품권·실용신안·특허·디자인을 포함한 공업 소유권 등 8개 분야로 나눈다(한국문화예술진흥원, 1997). 한국콘텐츠진흥원의 범주론은 다소 탄력이 있다.

1986년 유네스코에서는 <문화 용품의 국제 비교>라는 연구 보고서에서 문화산업의 경제성과 문화적 영향을 인식하기 위해 문화산업의 분류표를 만들었다. 그 분류표에는 문화산업은 인쇄 문화·문학, 음악, 시각 예술, 영화·사진, 라디오, TV 등으로 나뉘었다. 이 이전에 1980년 유네스코 총회에서는 문화 분야를 문화유산, 인쇄 자료 및 문헌, 음악, 공연 예술, 시각 예술, 영화 및 사진, 라디오·텔레비전, 사회 문화 활동, 체육 활동, 자연과 환경, 문화의 일반 운영 및 봉사 활동 등 11개 분야로 나눈 경우도 있다.

분류가 광의적이냐 협의적이냐에 따라 다를 수 있다. 문화산업은 창작물의 기본적인 표현 양식을 토대로 다음과 같이 분류할 수도 있다.

- 도서 출판 및 인쇄 : 글 문화
- 음악 : 노래 연행 문화
- 미술 조형 : 그림, 글씨 판각 및 조형 문화
- 공연 예술 : 율동 문화, 종합예술 문화
- 영화 : ⎤
- 방송 :　　　　　　　　　　 영상
- 광고 및 사진 :　　　　　　　 문화
- 게임·소프트웨어 : ⎦

· 문화재 : 역사적 축적물, 축제 관련 자료
· 문예 정보 : 문예 정보 관련 자료
· 인터넷상의 콘텐츠

김문환은 문화산업 분야를 다음과 같이 구분하고 있다.

① 소프트웨어(software)를 생산하는 문화산업

　⬤ 예술과 디자인, 과학, 문화, 교육 방송의 노하우를 생산하는 영리 · 비영리 기관 등.

② 펌웨어(firmware)를 생산하는 문화산업

　⬤ 문화적 소프트웨어에 의해 뒷받침되는 하드웨어 산업. 섬유예술 또는 디자인이 가미된 섬유 제조, 수공과 도자기 공예, 디자인 건축 등.

③ 하드웨어(hardware)를 생산하는 문화산업

　⬤ 문화 소프트웨어를 위해 필요한 제품을 공급하는 제조업. 비디오 기계, TV수상기, CD플레이어, 녹음기, 카메라, 인쇄기 등.

④ 문화 상품, 용역의 분배나 배달을 담당하는 문화산업

　⬤ 영화 · 비디오 · 인쇄물 · 음악의 분배 체계, 미술의 네트워크, 관광이나 운동 경기 관람 코디네이터 등.

6) 문화원형과 문화콘텐츠 산업

21세기의 문화산업은 복합적 성격을 띠고 있기에 배타성과 총망라성을 동시에 만족시킬 수 있는 분류 방식을 찾기가 용이한 일이 아니다. 진행형의 분야이기에 단정지을 수 없다. 또 문화산업 자체가 변화를 요구하고 있기에 지나친 과정 분류론은 대응력이 없다. 정부의 표준 산업 분류, 유네스코의 분류, 문헌 번호 체계상의 분류 등을 참고할 수 있지만, 여전히

생소하고 앞으로 변화도 예측해야 한다. 한국문화정책개발원과 문화콘텐츠진흥원에서는 몇 차례에 걸쳐서 문화산업에 대한 정리, 문화산업 지표 체계 개발 등의 노력을 통해 문화산업의 합리적 분류에 노력하고 있다.

첫째, 문화 중에서 예술문화의 분류에 초점을 맞추어야 한다. 산업화와 관련된 생활문화는 한 묶음으로 다루어야 바람직하다. 예술문화에 초점을 둔 문화산업 분류는 미국, 캐나다 등에서 디지털 신기술(CT, Cultural Technology)을 중심으로 이루어지고 있는데다가 cultural industry보다도 art industry라는 용어를 쓰는 것과 맥락을 같이한다.

둘째, 그동안 사회 통념상 분류하던 체계는 최대한 그대로 원용하는 것이 좋다. 예를 들면 전자 출판의 경우에 전례대로 출판 분야로 분류하는 것이다. 음악, 미술, 영화 등 이미 독립된 분야로 인식되고 있는 것들은 새로운 전산기술이나 통신 매체에 의해 다른 분야와 복합적인 모습을 보이더라도 기존의 분류 방식을 그대로 따르는 것이 대체로 맞다.

셋째, 문화상품과 관련된 하드웨어적인 기계 제작이나 전자기기 생산은 원천적으로 문화산업에서 제외한다. 그렇지만 악기 제작, 산업 디자인, 방송 기술과 같이 순수 문화 예술 활동과 구분이 쉽지 않은 것은 문화산업의 일환으로 보아야 한다.

넷째, 새롭게 등장한 주요 문화산업 분야에 대해서는 독자성을 부여해야 한다. 무한 경쟁시대에 아이디어 싸움은 치열할 것이다. 예를 들면 게임 소프트웨어는 기존 분류 방식에 포함시키기 애매한 측면이 있다. 전문가 시대를 대비하여 관련 자격증 제도에 새롭게 제시될 것이다.

문화콘텐츠진흥원이 제시한 주요 문화콘텐츠 분야는 다음과 같다.

① **문화콘텐츠 시나리오 소재 개발 분야**

문화콘텐츠 시나리오 창작소재 개발을 위해 역사, 설화(신화·민담·전설)·서사무가, 야담 등의 문화 유형을 비교, 분석, 해설 및 재구성하여 디지털 표현양식에 맞는 디지털 콘텐츠 만들기.

② **문화콘텐츠 시각 및 소재 개발 분야**

문화콘텐츠 시각 및 청각 소재 개발을 목적으로 고분벽화, 색채 등 미술 디자인, 구전 민요·무가 등 음악, 건축, 무용, 무예, 공예, 복식 등의 문화 원형을 디지털 복원, 비교, 분석, 해설 및 재구성한 디지털 콘텐츠 만들기.

③ **전통문화·민속자료 소재 콘텐츠 개발 분야**

의식주, 관혼상제, 세시풍속, 민속놀이, 민속축제 등 문화원을 비교, 분석, 해설 및 재구성하여 문화콘텐츠 창작에 활용할 수 있도록 한 디지털 콘텐츠 만들기.

2. 문화산업의 체계적 분류

1) 문화재

문화재 또는 문화유산은 역사적으로 축적된 자연환경, 유물, 수집품들이다. 이들은 있는 그대로 의미 있게 받아들여지기도 하지만, 특별히 미적·문화예술적 성격이 가미되어 있어 이를 감상 활용하는 사람들에게 특별한 의미를 준다. 예술 창작의 기초로 활용되거나 문화 상품화, 관광 상품화하기 때문에 문화산업으로서 중요한 위치를 차지한다. 문화재는 오래된 옛날 것뿐만 아니라 가까운 과거의 유물들도 포함한다. 문화재의 법고 창신과 핵심이다.

✔**세부분류**

> ① 유형문화재 : 눈에 보이는 형체가 있는 문화재로서 고적, 건축물, 서적 등을 말한다.

> ② 무형문화재 : 눈으로 보이지 않는 형태의 문화재로서 판소리, 농요,
> 설화 등을 말한다.

2) 문학, 출판, 인쇄

문화예술 중에서 글, 글씨(문자)를 토대로 표현되어 대중에게 전달되는
것과 관련된 산업이다. 문학, 전문지식, 기사들을 토대로 이루어지는 도서
출판, 인쇄, 신문, 잡지 등이 여기에 포함된다. 문학 창작, 인쇄 기법, 출판
기획, 번역, 편집들이 모두 지적 작용의 산물로서 저작권법의 적용을 받는
다. 전문 서적과 관련해서 비교적 오래 전부터 저작권이 인정되던 분야다.
관련 전문가의 상상력과 심미적 안목이 요구되는 것이다.

✔ **세부분류**

> ① 문학 : 시, 소설, 수필, 희곡, 아동문학, 문학평론, 번역 등 창작된 글
> 들을 말한다. 작자들에 의해 처음으로 창출된 문화상품이다. 출판
> 이전에 원고 형태로 만들어진 것들도 문화상품으로 인정된다.
> ② 도서 출판 : 인쇄 기술을 통해 책으로 출간된 서적들이다. 작자들에
> 의한 창작물들을 한 차원 높여 부가 가치가 있는 상품으로 만드는
> 작업이 출판이다. 서적뿐만 아니라 서적상, 도서관 등이 여기에 관
> 련된다.
> ③ 신문 : 신문은 그 자체로도 문화상품이 되지만 더욱 중요한 것은 다
> 른 수많은 문화산업을 중간 매개하는 역할이다. 각종 문화산업의 생
> 산, 유통, 소비에 지대한 영향을 발휘하는 매체다. 신문의 경우에는
> 발행 간격, 사용 언어, 크기와 면수 등에 의해 구별된다.
> ④ 잡지 : 신문이 비교적 매일 또는 주간 정도의 빈도를 갖는데 비해
> 잡지는 그보다 긴 간격을 두고 발행되는 경우가 많다. 잡지도 여러
> 문화산업들의 생산, 유통, 소비를 매개하는 기능을 가지고 있다.
> ⑤ 기타 인쇄물 : 인쇄 기술을 사용한 산업이다. 달력, 각종 선전물, 문
> 방구 등이 포함된다.

3) 음악, 음반

소리를 기본적인 창작 형태로 하는 것으로서 국악, 가요, 오페라, 음반 및 악기 제작, 공연들과 관련되어 있다. 작곡과 작사 등이 1차적 창작물이라면 음반 제작과 공연은 2차적 재생산과 관련이 있다. 음악 공연은 공연 예술분야가 아니라 여기에 포함하고, 음악 예술의 표현과 직접 관련이 있는 악기와 음반을 여기에 포함시킨다. 영상음악, 음악치료학 등으로 확대되어야 한다.

✔세부분류

> ① 국악 : 위 고유의 음악으로 국악, 판소리, 민요, 농요, 시조 창, 농악, 사물놀이 등이 여기에 포함된다.
> ② 양악 : 서양으로부터 전래된 음악들로 관현악, 가요, 팝, 재즈 등 대부분의 현대음악이 여기에 포함된다. 동남아나 남아메리카, 중동 등의 음악도 모두 이 분류에 포함시킨다.
> ③ 음반 : 음반은 음악 내용을 2차적으로 기계화·전산화한 것이다. 이 속에는 음악 기록, 재생과 관련된 테이프, LP, CD 등이 모두 포함된다. 전축, 스피커 등은 비록 전자 제품으로 분류되지만 사실 이 분류 속에 포함시켜서도 이해할 필요가 있다.
> ④ 악기 : 음악 연주와 관련된 기기들이다.

4) 미술, 조형

그림, 조형물 등과 같이 시각적으로 표현, 전달되는 예술과 관련된 것들이 여기에 포함된다. 디자인이나 사진은 영상 분야로 분류된 성질도 가지고 있지만 기본적으로 회화적 요소가 많은 만큼 여기에 포함시키는 것이 좋을 듯하다. 만화는 책으로 만들어진 것은 도서 출판으로 분류되겠지만 창출 작업이 그림을 토대로 하기 때문에 이곳에 포함시키고자 한다.

✔세부분류

<table>
<tr><td>1) 한국화</td><td>2) 양화(洋畵)</td><td>3) 판화</td></tr>
<tr><td>4) 조각</td><td>5) 공예</td><td>6) 디자인</td></tr>
<tr><td>7) 건축</td><td>8) 사진</td><td>9) 서예</td></tr>
<tr><td>10) 만화</td><td></td><td></td></tr>
</table>

5) 공연 예술

예술인들의 역할 연기와 율동에 의해 표현되는 예술과 관련된 것들이다. 기본적으로 공연 무대가 필요한 것으로 문학적·시각적·음악적인 요소들이 복합적으로 융화되어 있다. 크게 연극과 춤으로 나누어 볼 수 있다.

✔세부분류

<table>
<tr><td>1) 정극(正劇)</td><td>2) 마임극</td><td>3) 뮤지컬</td></tr>
<tr><td>4) 창극(唱劇)</td><td colspan="2">5) 기타 극(굿, 국극(國劇), 퍼포먼스 등)</td></tr>
<tr><td>6) 전통무용</td><td>7) 현대무용</td><td>8) 발레</td></tr>
<tr><td>9) 기타 춤</td><td></td><td></td></tr>
</table>

6) 영화

필름 또는 이를 토대로 만들어진 영상 형태로 표현되는 예술과 관련된 것들이 여기에 포함된다.

✔세부분류

<table>
<tr><td>1) 영화</td><td>2) 만화영화</td><td>3) 비디오물</td></tr>
</table>

7) 방송

기본적으로는 방송 프로그램들이 여기에 포함된다. 그러나 이런 프로그램 제작과 관련 있는 모든 방송인, 방송 시설들이 문화산업과 관련이 있는 만큼 여기에 포함시켜야 한다. 라디오, 텔레비전, 유·무선 방송, 위성방송들이 모두 포함된다.

✔세부분류

1) 텔레비전	2) 라디오	3) 유선방송
4) 위성방송	5) 전자통신	

8) 광고, 게임 소프트웨어, 문화 정보산업

광고는 문자, 시각, 율동, 영상이 복합되어 있어 앞서 제시한 어느 한 곳으로 포함시키기가 곤란하다. 그래서 독자 영역으로 분류하고, 여기에 최근에 새로 등장하고 있는 게임 소프트웨어, 문화 정보산업과 같은 새로운 영역을 첨가하여 한 분야로 하였다.

✔세부분류

1) 광고	2) 게임 소프트웨어	3) 문화 정보 산업

9) 관광, 체육, 문화행사, 여가 활동

관광과 여가 활동, 체육들은 문화 예술 활동과 밀접한 관련이 있다. 이는 문화 예술의 소비 행위와 관련되기 때문에 이 부분과 관련된 산업도 여기에 포함시켜 생각해야 한다.

✔**세부분류**

<table>
<tr><td>1) 관광</td><td>2) 체육</td><td>3) 문화행사</td></tr>
<tr><td>4) 여가 활동</td><td></td><td></td></tr>
</table>

10) 문화 행정, 기업 및 단체의 문화 예술활동, 수출입

문화 예술산업을 지원, 규제, 조장하는 모든 정부와 민간단체의 활동을 여기에 포함시킨다. 정부기관에 의한 문화 행사, 문화의 거리 조성, 문예촌 조성, 문예 활동 지원과 규제 등이 여기에 속한다. 아울러 수출입 관련 통계도 여기에 포함시켜 대체로 종합적으로 다룰 필요가 있다. 문화운동의 주도적 세력을 살필 필요가 있고 창의적 항목 개발이 요구된다.

✔**세부분류**

<table>
<tr><td>1) 중앙정부</td><td>2) 지방자치단체</td><td>3) 민간단체</td></tr>
<tr><td>4) 수출입</td><td></td><td></td></tr>
</table>

3. 문화산업 기획과 전망

1) 문화산업의 매력적인 기획

문화산업의 출발은 기획에서 비롯된다. 기획은 구성원들의 방향과 목표로 이어지는 역할을 할 수 있어야 한다. 기획 과정에서 장(長)과 소속원들이 목표와 수단에 대해 의견일치를 보이며 만들어진 계획은 조직 전체의 힘으로 결집된다. 계획서가 만들어진 이후에는 목표 달성을 위해 모든 사람이 총력을 기울여야 한다. 좋은 기획은 모든 사람이 이해하기 쉽고, 매일 해야 할 일이 명쾌하게 제시되어 있어야만 한다.

기획 단계에서 관련 집단의 이해가 적절히 반영되어 있어야 계획의 집행 과정에서 혼란이 없다. 광주 비엔날레와 과천마당놀이는 여러 요인이 있겠지만 소속원들 사이의 갈등 관계가 추진을 어렵게 하는 요인으로 작용하였다. 순수 예술인들과 행정 및 기획 전문가들 사이의 의견 차이가 일 추진을 어렵게 만들었다.

좋은 기획은 미래 상황이 예측하고 있어야 한다. 미래 상황은 불확실성이 높아 예측하기가 쉽지 않다. 엄밀한 양적 예측 방법은 물론 주관적·질적 예측 기법들도 복합적으로 활용하여 예측의 적합성을 높여야 한다. 심형래의 '용가리'는 엄청난 제작비와 국민 성원을 바탕으로 만들어졌는데 영화를 상영하는 시점에서의 흥행성 예측이 잘못되어 어려운 상황에 처해 버렸다.

간결하고 이해가 쉬워야 한다. 기획 과정에서는 여러 요인을 복합적으로 면밀하게 검토해야 하지만 최종적으로 만들어진 계획서는 소속원들이 보아서 쉽게 이해할 수 있어야만 한다. 그런 의미에서 지나치게 통계적으로 숫자화되어 있거나, 너무나 많은 변수들을 집어넣어 복잡하게 만드는 것은 바람직하지 않다.

기획 과정은 물론 계획서의 내용도 체계적이고 모순이 없어야 한다. 또 장기 계획과 단기 계획, 상위 목표와 하위 수단 사이에도 모순이 없어야 한다. 후자는 전자를 토대로 하고 있어야 한다. 구체적인 사업 계획의 경우에는 세세한 업무와 활동 내용이 모두 밝혀져 있어야 한다. 철저한 업무 분담, 예산 지출, 일정표 등이 조직적으로 갖추어져 있어야 한다.

2) 문화산업의 상품성 판단

문화상품을 생산하고자 할 때는 그것이 시장에서 얼마나 판매될 것인가를 먼저 염두에 두어야 한다. 문화 상품을 처음 기획하는 사람들은 누구나 '아! 이것이면 틀림없이 성공할 거야?'라는 확신을 가지고 시작한다. 하지만 이것은 자신의 주관적인 판단일 뿐 성공에 대한 보장은 아니다. 최근 활발한 벤처 창업도 마찬가지지만 어느 문화 상품이든 성공 확률은 매우 낮다. 큰 이윤을 낳지 못하더라도 투입된 비용만 회수할 수 있다면 성공이라고 보아야 할 정도로 경쟁 시장은 냉정하다. 성공에 대한 판단은 매우 신중해야 한다. 면밀한 상황 파악과 미래 예측이 완벽히 된 이후에 뜻하는 대로 좋은 상품을 생산하고, 계획표대로 홍보, 판매가 이루어져야만 성공하는 것이다. 기획 단계에서부터 최종 성공에 대한 판가름이 나기까지는 기간이 적지 않게 길다. 그동안 벌어질 수 있는 변수를 잘 살펴 대처해 나가야만 한다.

상품의 성공 가능성에 대한 판단은 특별히 전문적 판단력과 예견력이 있는 이들을 중심으로 관계된 여러 마니아들의 의견을 복합해 이루어져야 한다. 누구도 성공에 대한 판단을 하기 어려울 경우에는 그만큼 신중하게 여러 사람들의 의견을 들어야 한다. 성공에 대한 판단은 신중해야 하지만 지나친 비관은 옳지 않다. 미래의 상황은 사업추진자의 능동적 역량으로 변화시켜 갈 수도 있기 때문이다. 변화무쌍한 미래 상황을 예단하고 낙담하는 사람들 앞에는 기회가 주어지지 않는다. 불확실한 미래 상황을 위해 능력 있는 추진자, 상황 적응적 집행 능력의 소유자를 발굴해 내면 된다. 새로운 상품은 생각을 자유롭게 펼칠 수 있는 사람에게서 나온다. 어른보다는 매인 게 적은 아이들이 훨씬 더 창의적이다.

3) 기획에 대한 창의적 대안 탐색의 요령

가. 개인 명상하기

소설가는 실제로 있었던 경험담을 토대로 이야기를 엮기도 하지만, 때로는 무한대로 자유로운 상상의 나래를 펼치면서 거짓말 같은 이야기를 풀어 간다. 시공을 넘나들고, 차원을 뛰어넘는 이야기를 만들어 낸다. 창의적인 문화 상품을 찾아내고자 하는 사람은 상상력이 풍부해야 한다. 그동안 보고 겪었던 것들을 다양하게 전개해 보는 노력도 중요하지만 전혀 보고 듣지 못했던 것을 스스로 창조해 낼 수 있어야 한다. 남들보다 창의력이 뛰어난 사람은 생각을 적극적으로 하고, 기발한 착상을 즐긴다. 이런 사람들이 많아야 문화상품의 대외종속 현상을 극복하여 차별화 할 수 있다.

'2000 광주 비엔날레' 주제로 설정된 '人+間'은 사람 '人'과 사이 '間'을 해체해서 재구성한 일종의 조어(造語)다. 인간과 사회, 인간과 성, 인간과 권력, 인간과 환경 등 종횡으로 걸쳐 있는 다양한 문제들을 인간이라는 본연의 문제로 돌아가 새로운 문화적 비전을 보여 주자는 의도를 이 '2000 광주 비엔날레' 주제 속에 담고 있다. 곧 각각 다른 지역, 조건, 상황에서 빚어지는 인간의 참된 의미에 대한 예술의 풍부한 발언을 '人+間'이라는 주제를 통해 표출하고자 하는 것이다.

나. 머리 짜내기

관계 전문가들이 모여서 집단적으로 두뇌를 짜내면 개인 수준보다도 훨씬 나은 창안을 할 수 있다. 머리 짜내기는 자유로운 분위기를 조성하여 사람들로 하여금 뭐든지 새로운 안을 내게 하고자 할 때 사용한다. 오스본(Alex Osborn)에 의해 처음 시도되었던 머리 짜내기(brain storming)는 다음과 같은 절차를 통해 이루어진다.

첫째, 토론 집단은 주제 분야와 관련 있는 통찰력 있는 전문가들로 구성한다.

둘째, 아이디어 개발과 이에 대한 평가는 엄격히 구분한다. 선입견을 가진 비판이나 논쟁으로 인해 진지한 집단 토의가 제한되어서는 안 된다.

셋째, 아이디어 개발 단계에서 머리 짜내기 분위기는 개방적이고 허심탄회해야 한다.

넷째, 아이디어에 대한 평가 작업은 모든 아이디어들이 빠짐없이 다 나온 뒤에 시작해야 한다.

다섯째, 평가 단계에서는 모든 아이디어에 우선순위를 부여해야 한다. 아이디어들은 대안 수립과 제안 속에 적절히 통합되어야 한다.

머리짜내기는 의외로 좋은 대안들을 만들어낼 수 있다. 비교적 유동적이고 자유로운 분위기 속에 진행되지만 필요에 따라 구성적인 형태로 진행될 수 있다. 조직에서 운영하는 두뇌 집단(think tank)과 추진집단이 이런 열정을 보이고 있다.

다. 정보 거꾸로 읽기

주변에 널려 있는 자료를 활용하되 아이디어 위주로 정리하고 지속적으로 관찰한다. 변화 가능성을 읽는다. 수요자 중심으로 생각하되 고객 만족, 수요자 감동 등을 명심해야 한다. 자기능력을 최대한 극대화한다.

4) 대안 비교·평가 요령

① 대안의 집중화
② 실현성 위주의 판단
③ 여건 고려―기술 수준, 활용 가능
④ 미래 예측―가치관 패러다임 고려
⑤ 비용 진단―편익과 효과 이중성
⑥ 최적 사업 내용 결정
⑦ 집행을 위한 준비

5) 기획에 따른 문화산업 전망

취향문화(趣向文化)시대에 걸맞게 질 좋은 상품을 만든다는 신념과 자신감이 필요하다. 수요자인 고객 구매에 맞는 다품종 소량 생산의 상품도 동시에 고려해야 한다. 생활문화의 고급화에 부응하기 위해 예술적 안목이 요구된다. 고객 만족의 기획욕구가 우선되어야 한다. 소비자의 가치관 변화에 대한 읽기가 감각적으로 준비되어야 한다.

4. 문화산업활동의 경제성과 모형

새 천년의 선도산업(leading industry)으로서의 문화산업은 문화자산의 재해석과 독창적인 아이디어를 통해 높은 부가가치를 창출하는 두뇌집약형 산업분야다. 지식산업에 걸맞게 문화 경제적 감각을 필요로 한다. 최근 각국이 치열한 경쟁을 하고 있는 분야인데 국운을 걸다시피 한다. 특히 천연자원 등 각종 부존자원이 부족한 한국의 경우 가장 적합한 산업이며, 문화산업은 환경친화적 특성으로 인해 21세기형 주력산업으로 더욱 각광받고 있다. 나아가 국가이미지와 상품이미지를 홍보하는 데 있어서 가장 중요한 수단으로 등장하고 있는 문화산업의 산출물이다. 영화, 애니메이션, 음반, 출판물 등 문화산업 상품은 그 상품에 생산국가의 가치관, 문화 등의 정서를 포함하고 있기 때문에 생산국가의 문화 전파 및 이미지 제고에 크게 기여하게 된다. 따라서 이러한 문화상품은 단순한 경제적 효과뿐만 아니라 국가이미지 제고라는 2차적 효과를 거둘 수 있으며 이것은 국가 경쟁력 향상으로 연결된다.

다른 산업에 미치는 영향력이 지대한 문화산업은 한 국가의 문화·예술, 정서 등을 산업화하는 것으로 기타 관련 산업과 여타 문화분야에 대한 파급효과는 매우 크다. 아울러 파급 대상의 범위가 무차별적이고 광범위하여 사회질서 형성에 미치는 영향력이 심대하다는 특징을 갖고 있다. 또한 생산국의 문화적 정서를 바탕으로 한 문화상품은 다른 공산품과는 달리 상품에 내포되어 있는 정서적 측면이 소비를 재창출하도록 유도하고 있다는 점이다. 이러한 문화의 특성에서 비롯되는 수요의 확대 재생산 경향은 수입국의 문화적 정체성 위기를 비롯하여 경제적 역조 등의 현상도 유발시킬 수 있다. 물론 자국의 문화를 발전시키기 위한 선진문화의 흡수는 바람직하다고 볼 수 있으나, 상업적 이윤만을 목적으로 침투하는 외래 문화상품으로부터 한국문화의 정체성을 확보하고 나아가서 한국문화의 세방화(世方化)를 위해서는 전통적인 문화를 기반으로 한 문화산업의 진흥이 반드시 필요하다.

첨단 과학기술의 발달과 탄력적인 분야인 영상산업은 초고속정보통신망과 인터넷의 등장, 새로운 정보전자매체의 개발, 국경을 넘나드는 위성방송의 전개 등 여러 가지 과학기술 발달을 가장 잘 수용하는 문화산업의 중심적인 분야다. 이러한 특징은 시장 및 수요확대 등을 통하여 문화산업이 경제적 부가가치를 극대화하는 방향으로 첨단 과학기술을 적극적으로 활용할 수 있음을 의미한다. 이러한 컴퓨터, 멀티미디어 및 첨단 정보통신 기술의 등장은 문화산업이 경제적 효과를 극대화하는 중요한 기반으로 등장하였다.

그 외에도 국민들의 소득과 여가의 증대는 영화, 애니메이션, 비디오, 컴퓨터게임 등 영상산업의 문화산업에 대한 수요를 점증시킨다는 점에서 미래의 유망산업으로 부각되고 있다. 이제 문화와 산업간에 새로운 관계를 모색하여 문화자체에서 생산적인 요소를 창출하려는 관심들이 사회의 여러 분야에서 제기되고 있다. 문화산업에 대한 사회 전반의 관심의 증대는 기업의 문화산업 분야에 대한 활발한 투자를 촉진시키고, 정부의 문화산업에 대한 본격적인 진흥정책을 추진하게 만들었으며 이러한 현상은 최근의 일이다. 이러한 제반사항을 고려할 때 다가오는 21세기에 한국의 경제적 기능에 대한 새로운 인식에서 출발해야 할 것이다.

한국은 유구한 역사를 자랑하며 고유한 문화를 축적하여 왔다. 이것은 과거에 있었던 향토적인 삶의 자취는 물론, 소멸되어 가는 전통적인 삶의 모습, 현재 삶의 모습 및 변화 양상을 내포하고 있다. 그런데 이러한 내용들은 지난 수 십 년간 급속한 산업화와 국민적 무관심으로 소멸되어 가고 있다. 따라서 더 이상 소멸되기 전에 일관된 체계로 종합적으로 발굴·수집하고 이것을 체계적으로 분석하여 후대에 전승해야 할 것이다.

21세기는 문화와 경제가 개방되는 무국경의 시대로서 외국의 선진문화를 단순하게 모방해서는 경쟁력의 우위를 확보할 수 없고, 자국의 고유한 전통문화를 바탕으로 국가이미지를 구축할 때만이 세계시장에서 절대 우위의 경쟁력을 확보할 수 있다. 이것은 오늘날까지 전승되어 오고 있는 독창적인 전통문화를 국가경쟁력의 원천으로 활용할 수 있다는 것을 의미한다. 이러한 문화적 고유성은 각 지역에 산재해 있는 향토문화에서 찾을 수 있으며, 이것을 개발하여 지역마다 특색 있는 일촌일품(一村一品)의 전통문화를 발굴하여 특화시킬 수 있는 작업이 절실히 요구되고 있다. 향토문화를 발굴·연구하는 과정에서 발생하는 여러 가지 기대효과를 얻을 수 있다.

전국적으로 문화네트워크가 형성되고 발굴된 문화를 향유하는 과정에서 문화공동체가 형성된다. 지역주민의 생활기반인 향토지역문화를 정확하게 이해하면 합리적인 애향심을 갖게 되고 건전한 지방자치제를 확립할 수 있다. 그리고 불모화된 향토문화를 확립시킴으로써 국민 전체의 문화의식을 고양시켜 범람하는 외래문화를 주체적으로 수용할 수 있는 잠재력을 육성한다. 타지역에 대한 이해를 높여 국민통합의 계기를 마련할 수 있다. 더욱 중요한 것은 문화생산의 지역분권화는 문화생활의 형평이라는 문화정책의 이념적 지향과 일치한다는 점이다.

이와 같이 각 지역의 향토문화가 문화상품으로 개발되면 지역주민의 소득과 고용증대로 지방과 중앙이 균형 있게 발전할 수 있으며, 인구의 중앙 집중화를 막을 수 있고 분산의 효과를 가져올 수 있다. 문화상품을 관광자원으로 개발하면 외국의 관광객을 지방으로 유치하는 동시에 국가 이미지로 연결되어 한국의 수출상품에 대한 수요로 연결될 수 있다. 뿐만 아니라 한국의 제조업에서 가장 취약한 분야로 평가받고 있는 디자인이 독창성과 고유성을 가질 때 경쟁에서 우위를 확보할 수 있기 때문에 각지에 산재해 있는 향토문화로부터 창출된 아이디어를 활용할 수 있어야 한다.

문화는 삶을 규정하고 인성, 사고방식, 방향성, 그리고 행동유형을 결정하는 역할을 한다. 저질 외국문화의 무분별한 침투와 전도된 가치관 때문에 왜곡된 사회적 가치체계를 창조적 방향으로 이끌기 위해서는 국민 각자가 능동적으로 참여하는 문화운동이 필요하다. 이를 위해 국민 각자가 자율적·창의적인 문화의 생산자이며 향수자로서 활동할 수 있는 문화공간을 마련해 주는 것도 각종 사회병리와 사회 갈등을 줄여 나가는 방법이 될 수 있다. 외래문화는 일반적인 삶의 조건과 경험의 세계와는 동떨어진 의미체계를 다루는 경우가 많고, 특히 외국의 문화자본에 의하여 만들어져 강제적으로 유입되는 문화상품은 쾌락적·폭력적인 오락물이 주를 이루는 조작된 가치체계를 전파하는 것이기 때문에 삶의 주체성과 생활체계를 파괴시키기 쉽다. 물론 우리 문화산업의 수준이 고급하고 건전하다면 외국문화가 가지고 있는 부정적인 측면을 어느 정도 상쇄 및 여과시키는 역할을 하고 있다. 중점 육성산업인 영화산업·애니메이션산업·공연예술산업·시각예술산업을 중심으로 한국 문화산업의 전략적 발전방안을 도출하기 위하여 다음과 같은 모형을 설정하여 접근하여 본다.

① 순수창작성 : 개인 또는 그룹의 창작활동이 중심이 된 작품발표회, 연주회 등 비상업적인 순수예술활동의 관점
② 시장·상업성 : 창작활동이 문화상품화되어 시장에서 교환가치를 가지는 상업적인 흥행성의 관점
③ 기획력 : 창의력을 중심으로 한 공연기획, 전시기획 등 순수예술활동의 중심적인 요소
④ 독창성 : 콘텐츠(contents)와 스토리로 차별화시킬 수 있는 응용예술활동의 중심적 요소

순수예술산업인 공연예술산업과 시각예술산업을 문화산업으로 발전시켜 나가기 위해서는 예술성이 강조되면서 기획력을 통한 문화상품화가 요구되는 산업이다. 응용예술산업인 영화산업과 애니메이션산업은 시장성을 기반으로 경쟁력을 확보하기 위해서는 독창성을 통한 차별화가 요구되는 산업이라 할 수 있다.

5. 문화상품의 생산원리

1) 문화상품의 특성

문화상품의 매력은 차별화와 공감성 그리고 기대효과 획득에 있다. 앞으로 예측되는 문화산업 분야에서 문화상품의 주요 특성은 다음과 같다.

① **문화지향성** : 유형적인 것, 형체가 없는 무형물 등 심리적 만족감을 추구해야 한다. 수요자들에게 심리적 포만감과 편안함, 그리고 웃고 즐겁게 누릴 수 있는 상황이어야 한다.

② **부가 가치성** : 일반적인 기능에다가 예술적 감각을 활용하여 새로운 자극을 주어야 한다.

③ **외부 다발식 연관 효과성** : 파급효과가 크다. 아이디어에 따라 지속으로 동시다발의 다른 영역으로 확대 재생산된다.

④ **복제의 수월성** : 최초의 생산비에 비하여 2차적 복사비는 의외로 적게 들기에 매력적이다. 지적재산권 제도를 두고 있다. 최선의 효용을 누리는 결과물인 셈이다.

⑤ **독점 또는 과점(寡占)의 경쟁성** : 문화권력자의 독점 현상이 있을 수 있다. 반대로 소수의 몇몇이 좌우할 수도 있다. 과거 판소리 수요자

처럼 구매력 과점현상이 일어난다.

⑥ **승자 독식성** : 승자에 의해 시장이 완전 지배되는 경향을 띠기도 한다. 생산비 면에서 현격하게 우월한 최고의 상품만이 시장에서 판매된다.

2) 감동적인 문화상품 만들기

무엇보다 경쟁력 있는 문화상품의 개발은 창안자의 눈높이와 미래지향적 안목이 우선되어야 하는데 주요 핵심은 다음과 같다.

① **고객 중심의 문화 욕구 충족** : 우선적으로 대상 고객 집단을 정확히 파악하고 이들의 가치내용과 문화욕구의 수준을 읽어야 한다.

② **부가가치가 큰 상품생산** : 기능적 요건을 넘어서서 효용가치와 아울러 예술적 감동이 요구된다.

③ **수익성이 좋은 것** : 시장 경쟁성이 있는 기획이어야 한다. 팔리지 않는 것은 만들지 말고 착안도 하지 말라는 것이다.

④ **지배적인 국민정서와 조화로운 것** : 건전한 문화욕구에 충족하면서 국가 이미지 향상도 어느 정도 고려해야 한다.

⑤ **앞 뒤 연관 효과성이 큰 것** : 상품 본래의 수익성이 있지만 성공할 경우 최초의 기대효과가 추가이익을 끊임없이 창출한다.

3) 문화상품의 생산활동

문화상품의 생산은 시장 판매(디지털 시대의 네트워크식 전개)를 목적으로 문화상품을 만들어내는 것이다. 출판(책), 제작(영화나 방송프로그램), 연출(연극, 춤), 공연(각종 공연항목), 조각 및 그리기(조각, 조형예술 등), 강의(교육), 관람(관광, 이벤트) 등이 여러 이름으로 불리고 있고 문화상품의 생산활동인 셈이다.

4) 문화상품의 창작과 개발

좋고 괜찮은 문화상품을 창작할 경우에 필요한 네 가지 요건은 고객지향성(재미와 지적 욕구 만족), 이윤창출, 문화발전, 장·단기 전망예측 등인데 다음 몇 가지를 아울러 기억해야 한다.

① 소재 개발에서 기상천외(奇想天外)한 구상이 필요하다. 창안과정에서 현실성을 고려하여 최소한도로 과정을 통제하고, 최종적인 결과물을 찾아가도록 한다.

② 유형의 개인 작품은 판매 가능한 수준으로 추진되어야 한다. 무엇보다 안정적인 상품개발을 위해서는 창작비용에 대한 부담을 줄여야 한다.

③ 실연(實演)은 주체의 역량이 매우 중요하다. 보조재료, 기초소재, 실연자 등 3대 요소가 유기적으로 활용되어야 한다.

④ 연출은 대규모 자본이 필요하고 이를 주도하는 경험자가 우선 되어야 한다. 사실 연출자는 만능이어야 한다.

⑤ 사업프로그램 형태로 나타날 수 있다. 사업프로그램에 의한 문화상품이 현재 문화산업의 기본적인 진행방향이다. 대상항목에 대한 변화가능성을 재며, 적시에 입맛에 맞는 개발이 요구된다.

⑥ 시대감각의 변화를 날카롭게 읽고 이에 대한 적절한 개발의 총체성이 마련되어야 한다. 창출자, 고객, 분야의 참신성 등이 동시다발로 함께 고려되어야 한다.

6. 충북 지역문화와 문화콘텐츠 개발

1) 충북문화를 온몸으로 이해해야 콘텐츠가 보인다

충북지역의 문화권 문제는 주변성과 행정구역성 때문에 독자적인 하위 권역 설정은 어렵다. 이른바 중원문화권이라는 이름은 충주 일대를 중심으로 남한강 상·중류 유역으로 국한하여 정리할 수 있으나 충북 전지역으로 확대하여 말하기는 어렵다. 또 호서(호좌)문화권은 충북을 중심으로 충남·대전 지역을 확장하여 충청문화권이라는 이름으로 대등하게 사용할 수 있다. 민속의 실상을 집약할 경우에 충북지역의 문화권 설정은 남한강 수계의 충주 중심축과 금강 수계의 청주 중심축을 인정하되 동질성과 이질성을 변별하여 인식할 필요가 있다. 충북문화의 정체성(正體性)은 충북 북부 지역의 남한강 유역 민속의 복합지향성과 충북 남부 지역의 금강 유역 민속의 순환지향성과 맞물려 있다. 인성 면에서 복합성, 이중적 구조성, 선비지향성, 교류적 친화성 등을 그 특징으로 한다.

민속문화의 개별적 양상으로 볼 때 분명히 충북문화권이라고 할 만한 요소가 있다. 다만 기층문화가 가층문화를 수용하거나 갈등하는 과정에서 통시적으로 역사적·지리적 영향을 받아 영남권, 호남권, 기호권 등의 문화적 인자가 드러난다. 남한강 수계 지역의 민속에는 마을신앙과 세시의례에서 보듯이 열악한 생산여건을 극복하고자 노력한 지역의 진취성을 엿볼 수 잇다. 반대로 금강 수계 지역의 민속을 '풍장'처럼 집단적인 민속소가 비교적 개방적으로 나타나고 있다. 다만 앉은굿의 무가처럼 백두대간의 서남향 안쪽과 남한강·금강의 물길 접점대(接點帶), 영남대로의 관통지(貫通地)이지만 독특하게 분포하는 것을 볼 수 있는데 이는 복합적 풍습과 내향적 인성 탓이라고 판단할 수 있다. 물질·행위·구비전승 분야 전반에 걸쳐 남한강 수계(水系)와 금강 수계의 동질성은 타문화권에 대한 배타적 지역의식이 화석화된 채 남아 있다는 것이다. 사회적 변화에 의해 주도권은 상실되었지만 향토적인 생활의식을 통해 민속적 유대감을 유지하였다. 생활의식은 남한강 수계의 진취적 기상, 금강 수계의 전략적 여유 등이 그것이다. 이는 둘이 아니고 하나로 묶일 수 있는 선비지향의 인성(人性)이다.

2) 충북 민속문화에는 지역적 정체성(正體性)이 있다

갈래별 지역별 특성을 하나씩 점진적으로 파악하고 이를 찾아 지금 여기의 감동적 문화상품이 되어야 한다. 충북의 선비지향적 아름다움을 청풍명월의 캐릭터처럼 교감해야 한다. 충북지역에 산재해 있는 유산은 문화콘텐츠 개발의 보고다. 2003년 지금 여기의 시각에서 유·무형의 유산과 대화해야 한다. 그 자산의 주체 곧 사람을 볼 수 있어야 한다. 이를 활인성(活人性)의 현장이라고 한다. 문화콘텐츠(culture contents)의 법고창신(法古創新)이 필요하다. 충북문화를 감동적으로 이해하는 문화마니아라고 생각해야 한다. 단순히 봉사하는 것은 뜻이 없다. 공부하고 체험하고 즐기는 자세가 필요하다. 지역문화의 주체라는 입장에서 체험하고 자료를 읽어야 한다. 문화유산 문화산업전사, 그 자체도 움직이는 문화상품이다. 적극적인 자기변신이 필요하다. 문화산업의 활동도 연출이다. 상품 아이디어의 매력은 감동의 창작이다. 그래서 다시 즐기고 거꾸로 보는 눈이 필요하다.

3) 충북민속의 특수성

충북지역의 민속 특성에 대한 담론은 과거의 원형 찾기(남한강 수계, 금강 수계)와 더불어 미래지향의 지역정체성 찾기(북·중부·남부권)와 맞물려 있다. 충북의 장소성(場所性)과 인성을 동시에 고유화하여 떠올리는 이른바

'청풍명월'과 '양반'의 화두도 기층민의 민속양태에 반영되어 있다. 이를 축제와 박물관 같은 지역 관광자원에도 고스란히 민속화하고 있다. 충북 지역은 '신화 없는 양반문화'의 지역성에 '양반적' 또는 '선비적' 전승문화를 고집스럽게 유지하고 있다. 우륵, 김유신, 박연, 의병, 직지 등의 인물이나 문화재를 향토화하면서도 앉은굿, 탑신제, 별신제 등을 지역의 구심점으로 삼아야 한다. 충북민속학은 바로 이 점을 염두에 두고 지역문화 연구의 모범을 보여야 한다. 그 방법은 문헌과 현장을 상생적으로 연결하는 역사현장론적 시각이 될 것이다.

가. 청주지역

사람들은 '청주'하면 우암산과 무심천, 나무터널, 홍덕사를 떠올린다. 그만큼 이러한 유산은 교육적 도시의 사람들에게도 깊은 인상을 주고 있다. 무심천의 벚꽃 축제나 우암산의 형상, 상당공원, 고인쇄박물관, 국립청주박물관, 용두사 쇠당간, 압각수공원 등은 청주다운 이미지에 어울린다. 산성과 교육, 역사문화재 등을 문화자원화해야 한다. 특히 '직지'를 통한 각종 콘텐츠 개발과 동시에 관광 아이템이 요청된다. 고인쇄의 다양한 유산은 책 관련 문화상품을 만들어야 한다.

나. 충주지역

충주는 대문산의 강직함과 탄금대의 부드러운 흐름이 달래강에 녹아 있어 남성다운 용맹성과 여성다운 온화함이 함께 있다. 충주는 계명산을 축으로 사과의 향기가 충만하며, 남한강 선율을 푸는 마음으로 우륵이 가야금을 연주하였던 예향의 고장이다. 신라 미륵 신앙의 영향을 받은 미륵사지가 있으며, 고려 때 수도로 정하려던 지명의 흔적이 남아 있다. 또한 물이 좋아 임금님도 찾았다는 수안보와 중국 사신이 물맛을 보고 놀랐다는 달래강 등이 있다. 근래에는 전통 무술인 택견, 중앙탑돌이, 탄금대 방아타령, 김생사지, 목계별신제터, 담배와 활석 생산 등을 전승하고 있다.

다. 제천지역

제천은 중앙선, 충북선, 태백선을 연결하는 교통의 요지이며 삼한시대 축조된 의림지로 널리 알려진 곳이다. 구한말 마지막까지 절개를 지킨 유생들의 기운이 '제천의병'이라는 이름으로 살아 숨쉬고 있는 곳이며, 청풍명월의 본향으로 내륙의 바다인 청풍호의 청풍문화마을, 백두대간의 한 줄기에 우뚝 솟은 월악산과 박달재 사연, 배론성지, 약령시 등으로 그 옛날 많은 지식인들의 발걸음을 오게 하였다. 최병헌 태생지, 자양영당, 관란정, 의병제, 청풍명월제, 의림지 정월보름제 등은 앞으로 관광지와 연계해야 한다.

라. 청원지역

청원군은 할 이야기가 많고 갈 곳이 많고 생각해 볼 것이 많다. 할 이야기란 마을마다의 전설과 설화일 것이고 갈 곳이란 펼쳐져 있는 풍경들일 것이다. 또한 생각해 볼 것이란 이러한 자원을 가지고도 충분히 활용하지 못하고 있는 지역적 한계일 것이다. 또한 초정약수의 관광지, 구녀산성, 대청호문의마을 등은 손병희 등 지역인물 선양과 함께 새롭게 부각하고 있다.

마. 영동지역

영동군은 소백산맥과 노령산맥이 갈라지는 곳에 위치해 군 전체가 산맥을 병풍 삼아 자리잡고 있다. 충북의 가장 끝에 있고, 경상북도, 충청남도, 전라북도와 접하고 있어서 삼도의 풍속이 어우러져 있다. 신라 무열왕 때 김흠운 장군이 조청성(현 옥천군)에서 백제군과 싸우다 죽었는데 이것을 기리기 위해 만든 '양산가', 그리고 영동할미제도 다시 보아야 한다. 이처럼 삼도의 어우러짐이 있기는 하나 나름대로의 독특한 색깔이 있어 영동만의 매력을 느낄 수 있다. 영동은 감으로 유명하고, 난계 박연이 태어난 곳으로도 잘 알려져 있다. 또한 영동을 찾은 이들은 영동역과 난계관에서 들려주는 국악을 듣는 또 다른 낭만과 영국사 불교체험, 감마을 등을 체험할 수 있다.

바. 옥천지역

옥천지역의 대표적인 민속문화로 동이면 청마리의 탑신제를 들 수 있는데, 마을 앞에 신당인 탑이 있고, 그 옆에 짐대(솟대)가 있다. 탑신제가 끝나면 장승제를 지내고 풍장을 치면서 하루를 즐긴다. 옥천지역의 민요도 중요하다. 노동요로서 <가래질노래>와 <지정다지기노래> 등과 의식요로서 <상여소리>가 있다. 대청댐과 이어진 장계관광지 일대와 향토 자료전시관 등이 주목된다. 조헌, 송시열, 정지용, 육영수 등의 학맥과 문향이 있는 곳이다. 정지용의 문학적 메카 작업이 콘텐츠화되어야 한다.

사. 보은지역

자연의 색깔을 어디에서나 느낄 수 있고 사시사철 자연과 쉴 수 있는 곳이 바로 보은이다. 속리산의 깊고 빼어난 산자락을 품고 발걸음을 옮길 때마다 법주사 등 불교유적지를 지날 수 있어 충북의 보물 창고와도 같은 곳이다. 예로부터 보은의 토종 대추를 으뜸으로 친다. 특산물로서 대추는 속리산의 천연암반수로 자라 맛과 향이 살아 있다. ≪동국여지승람≫에 보은 사람은 대추를 많이 먹어 코가 뾰족하다고 전하며, 대추가 흉년이 들면 살림이 어려워 시집을 못 간다는 민요도 전한다. 정이품과 황금소나무, 동학 보은집회, 삼년산성 등은 새로운 이미지다.

아. 진천지역

예로부터 "진천에서 살다가 죽어서는 용인으로 간다"는 말이 있다. 이 말은 진천이 평야가 넓고 비옥하며 가뭄이 없어 생전(生前)에 머물기가 좋은 곳이고, 좋은 나무가 많이 나는 용인은 죽어서 묻히기 좋은 곳이라는 뜻이다. 진천은 역사적인 인물뿐 아니라 자연경관도 수려한데, 김유신장군탄생지, 길상사, 송강묘소 등이 연계되어야 한다. 진천군 일대에 산재해 있는 여덟 곳의 경승지인 상산팔경과 평사절경이 장관을 이루고 있지만, 쌀 관련 덕산모심기 소리축제가 필요하다.

자. 괴산지역

괴산은 산이 높고 골짜기가 깊어 곳곳에 관광명승지가 많아서 예로부터 유명한 학자나 문인들이 자주 찾았었다. 명승지에는 화양구곡(華陽九曲), 괴산팔경(槐山八景), 고산구경, 선유동구곡, 수옥정폭포, 용추폭포 등이 있다. 명승지 중 팔경이라는 이름이 유난히 많지만 괴산은 구곡이라는 이름으로 불릴 만큼 아름다운 곳이 많다. 사찰연기전설·지명연기전설·명당전설 및 역사적 인물과 관련된 전설 등과 새재, 만동묘, 운곡리 국사제, 원풍주막, 충민사 역사유적과 '백중놀이'가 유명하다.

차. 음성지역

음성은 옛 시골의 향취를 느낄 수 있는 곳이 많으며, 사람들이 순박하고 온후하다. 그래서 유교적 전통 예절을 존중하며, 향학열이 불타고 있는 곳이다. 예로부터 많은 충신·열사·효자·효부가 배출된 유교문화가 융성하였던 고장으로 역사적 유적지가 많다. 그밖에 음성의 거북놀이는 형상화한 거북을 앞세우고 있는 세시놀이라는 독자성이 있고 품바축제와 연계되어야 한다. 자연적 관광지보다 역사적 유적지가 많아 앞으로 역사의 교육장으로 개발이 좀 더 체계적으로 이루어져야 한다.

카. 단양지역

단양은 남한강의 상류 물줄기를 따라 유명한 단양팔경(丹陽八景)과 신단양팔경이 있다. 정도전의 아호인 '삼봉'을 딴 도담삼봉(島潭三峯)을 비롯하여 퇴계 이황, 난고 김삿갓, 단원 김홍도 등이 천하명산으로 감탄한 옥순봉(玉筍峯)이 있다. 그리고 옥같이 맑은 물과 자연경관이 수려한 상선암, 중선암, 하선암, 그리고 수백 척의 기암괴석이 솟아 있는 사인암, 물 속에 거북바위가 있다는 구담봉, 두 개의 석주가 대덕을 떠받치고 있는 석문(石門)이 있다. 온달문화축제를 비롯한 죽령국행제, 갈천별신제, 뗏목, 짐배소리, 마늘 먹을거리 등이 있다.

7. 문화관광의 매력 : 축제와 이벤트

1) 관광민속의 인식

문화관광은 취향문화시대에 문화산업 활성화와 병행해서 나타난 개념이다. 그 이전의 관광이 "호기심이 동하는 볼거리를 찾아가 살펴보는 것" 정도로 인식되어 왔다면 문화관광은 의식적으로 특정한 문화를 살펴보는 것이다. 문화관광이라고 할 경우에는 '문화적 동기', '문화감동성'이 들어 있어야만 한다. 생활문화를 고려할 때는 특정 대상 지역이나 국가의 사람들이 어떻게 살아왔고, 살아가고 있는가에 대해 의미 있게 관람하는 것이 문화관광이 될 것이다. 예술 문화를 전제로 한다면 특정 분야의 예술이, 특정 대상 지역민이나 민족에게 어떻게 구현되어 왔고, 펼쳐져 있는가를 관람하는 것이 문화관광이다.

문화관광을 논할 때, 체험이나 접촉, 교감, 학습, 몰입, 문화 욕구 충족 등의 용어를 곁들이는 것도 문화관광이 단순한 관람, 찾아보기 정도를 넘어서는 것이라고 여기기 때문이다. 사람들에 따라서는 단순한 볼거리 관람 정도로 문화관광 코스를 섭렵하는 사람도 없지 않을 것이다. 그러나

'관광' 개념에서 한 단계 승화된 것으로 보는 '문화 체험 관광'에서는 당사자가 좀더 진지하게 대상 문화에 빠진다는 것을 전제로 하고 있다.

문화관광의 대상은 우리 주변의 모든 것이 될 수 있다. 사람들의 관심이 미치는 모든 대상이 문화성을 지닌다는 것이다. 생활 문화와 관련된 사회생활, 의복, 주거, 음식, 교통, 아파트, 도시와 농촌, 학생, 젊은이와 늙은이, 설날과 추석의 차례, 대보름 풍속, 여가 생활, 놀이, 축제 등 모든 것이 대상이다. 예술문화와 관련해서 인쇄 출판, 음악, 미술, 연극, 공연, 영상, 애니메이션, 운동 경기, 오락, 도서관, 박물관, 문화재, 향교와 고궁 등이 대상이다. 문화관광의 유형 분류는 필요에 따라 다양하게 할 수 있다. 문화관광의 기초 자원이 무엇이냐를 토대로 분류가 가능하기 때문이다.

문화관광은 산업체계의 변화로 최근에 그 중요성이 매우 높아졌다. 이전의 단순 관광에 비해 경제성, 산업성이 높아졌고 수요자는 이를 적극적으로 요구한다. 있는 그대로의 볼거리만을 제공하는 단순 관광만으로는 이제 더 이상 사람들을 끌어 모으기 어려워졌고, 문화를 적절히 상품화하면 수십 수백 배의 관광 수익을 낼 수 있게 되었기 때문이다. 문화를 어떻게 상품화하느냐에 따라 관광객의 숫자가 크게 영향을 받을 수 있다.

문화관광은 사람들의 호기심을 끌 수 있도록 잘 만들고 다듬어서 적당히 의미 있게 마련된 상품이 있어야 한다. 모든 것이 문화관광의 소재가 될 수 있지만, 그것을 매력 있는 상품으로 전환시키는 것은 기획자의 '지혜'다. 기획자는 문화관광, 문화산업, 문화상품에 대한 감각이 남달라야 한다. 아울러 자신이 기획한 상품을 크게 '대박을 치는 것'으로 만들 수 있는 기획력, 디자인 능력, 추진력이 있어야 한다. 관광도 문화산업의 활용성으로 인식되어야 한다.

2) 문화관광 상품의 조건

문화관광 상품이 질 좋게 하기 위해서는 다음과 같은 요소가 복합적으로 작용해야 한다.

가. 문화성

사람들이 '기분 좋게 향유하고 싶은 멋진 것'이라는 느낌이 들어야 한다. 문화 개념이 '삶의 문채 나는 꾸밈'을 뜻하기 때문에 가능한 한 즐기고, 보고, 느끼고, 가까이 하고 싶은 것이어야 한다. 기분 나쁘고, 버리고 싶은 것이거나, 보기 싫은 것이어서는 안 된다. 함께함으로써 편안하고, 행복감을 느낄 수 있는 그런 문화성을 가진 것이어야만 상품이 될 수 있다.

나. 희소성

상품이 되기 위해서는 수요자가 탐을 낼만큼 흔하지 않고 희소성이 있는 것이어야 한다. 주변에서 쉽게 구할 수 있는 것이라면 별로 관심을 끌 수 없다. 더욱이 대가를 지불하고 소비하려 하지 않는다. 아무데서나 보고, 듣고, 쓸 수 있는 것은 문화상품성이 떨어진다. "가장 지역적이고 한국적인 것이 세계적인 것"이라는 말은 다른 나라에는 없는 특별한 한국적인 것일수록 세계적으로 관광상품화가 가능하다는 것을 말하고 경쟁력이 있다는 뜻이다.

다. 차별성

비슷한 유형의 것이라도 다른 것과 차별성을 추구하여 문화상품화하는 수가 있다. 현대인들은 뭔가 특별한 것, 전에는 맛보지 못했던 놀라운 것을 찾아다닌다. 다른 것과 비슷하거나 같은 것들은 관심의 대상이 아니다. 문화관광 상품을 사람들이 돈을 내면서 즐겨 찾도록 하기 위해서는 그들의 관심과 호기심을 자극할 정도로 색다른 것이어야 한다.

라. 이벤트성

문화관광 상품은 '뭔가 특별한 것'으로 만들어져서 사람들을 깜짝 놀라게 하여 충격적 감동을 주어야 한다. 이벤트는 사람들의 관심을 끌 수 있도록 계획적으로 만들어진 상품이다. 아무리 희소성이 있고 차별성이 있는 문화라 할지라도 사람들에게 좀더 체계적이고 자극적인 형태를 띠지 못하면 관심을 끌지 못한다.

마. 경제성

문화관광 상품은 적당히 경제적 이익을 낳을 수 있는 것이어야 한다. 단순한 홍보라면 괜찮지만 문화관광 산업이라는 입장이라면 반드시 경제적 가치성이 고려되어야 한다. 현재 각 지방정부에서 추진되고 있는 수많은 문화관광 상품들은 경제성 면에서 미지수인 것들이 많다. 착상이나 아이디어는 그럴 듯하지만 개발이나 추진 과정에 들어가는 엄청난 돈에 비해 결과로서 얻어지는 수익은 형편없는 것들이 많다.

바. 인지도

사람들에게 이미 잘 알려져 있는 것들은 상품화가 유리하다. 어느 지역에 뭐가 유명하고, 어느 나라에 무슨 문화가 있다는 것들이 공공연하게 알려져 있다면 그것의 문화관광 상품화가 쉽게 이루어질 수 있다. 인지도가 낮은 문화를 상품화한 경우에는 홍보비가 많이 들어간다.

문화관광 상품이 탄생하기 위해서는 상품화 가능성이 기획가 곧 상품 창안자들의 예리한 눈에 띄여야 한다. 그리고 멋진 기획과 프로그램 개발 과정을 통해 만들어져야 한다. 상품화에는 적절한 재정 투자가 수반되어야 한다. 이런 제반 요소가 온전히 조화를 이룰 수 있어야 문화관광 상품이 탄생한다. 상품 주제 개발 곧 품목 선정을 앞서 논의한 상품의 조건을 잘 살펴야 한다. 희소성, 차별성, 다른 상품과의 경쟁성, 산업적 잠재력 등을 고려해서 신중하게 검토되어야 한다. 상황적 여건을 잘 살펴서 시의 적절하게 주제 또는 품목을 선정해야 한다. 기획가는 적당히 엉뚱하기도 하고, 관련 분야의 문화 및 기존 상품의 시장에 대해 잘 알고 있어야 한다. 국내외를 섭렵하고, 고금의 문화를 넘나들어야 한다. 아는 만큼 차별화할 수 있다.

기획가는 선정된 주제를 가지고 구체적인 상품을 만들 수 있어야 한다. 제목을 정하고, 프로그램을 만들며, 재정 투자를 유도하여 상품을 만들어 낸다. 훌륭한 기획가의 손을 통해서 문화관광 상품이 개발된다. 기획가는 전체를 총괄하는 능력과 일 추진력이 복합되어야 한다. 재원 조달이나 홍보 방법 등에 대해서도 일가견이 있어야 한다. 종합적인 연출가가 되어야 하고, 정력적인 행정관이 되어야 한다.

3) 축제의 분류

축제(祝祭, festival)는 말 그대로 설명하면 마을 지킴이나 특정 대상에 "제사를 지내며 축복하는 행사"다. 예로부터 제례는 길사(吉事)에 속하는 것으로 옛 조상이나 복을 내리는 신을 만나는 행위다. 제례를 준비하며 정성을 다하고, 경건히 제례를 올리며 숙연하고, 뒤이어 음복을 즐겼다. 제사를 지내고 나서는 풍성한 음식을 서로 나눠 먹고, 함께 모인 사람들이 놀이를 즐기며 흥겨운 시간을 보냈다. 축제는 사람들이 제례를 치르면서 즐겼던 문화를 지칭하는 것이었다. 그러나 이제는 변화하여 다양한 문화 행사에 축제란 의미를 부여하고 있다. 온 동네, 지역민들이 모여 한판 잔치를 벌이며 노는 행위를 축제라 한다. 형식적인 제례가 있건 없건 관계없이 축제란 말이 널리 쓰이고 있다.

축제는 이제 주기적으로 진행되는 문화행사, 잔치, 향연을 뜻한다. 축제 속에는 다양한 문화 행사들이 포함되어 있어 예술 발전에 기여하고, 많은 볼거리를 제공한다. 흥겨운 노래와 춤, 음식들이 함께 어우러져 주최자들과 지역민들은 물론 국내외의 관광객들을 불러모은다. 세계적으로 축제는 주요 문화관광 자원이 되고 있다. 축제가 점차 중요시되는 것은 그것이 대규모 예산을 필요로 하고, 관광객을 통해 적지 않은 수익을 올릴 수 있는 문화상품이기 때문이다. 전국의 각 지방자치단체들은 전통적으로 행해져 오던 축제를 새롭게 포장하여 상품으로 개발하고 있다. 또 새로운 축제를 만들어 사람들의 관심을 끌려고 노력하고 있다. 축제의 복합성은 특정 지역문화를 밖으로 알리는 데 효과적이라는 말과도 통한다. 문제는 수준인데 문화의 감동적 세례가 요구된다.

가. 개최 목적에 따라

① **주민화합 축제** : 지역 주민들의 화합 차원의 축제로서 각 지역의 전통적인 축제, 문화 행사, 시 · 군 · 구민의 날 행사 등이 포함된다.

② **관광 축제** : 관광산업 발전과 관광객 유치를 통해 발전, 경제육성을 목적으로 개최되는 행사로서, 단양 온달문화제, 함평나비축제 등이 좋은 예다.

③ **산업 축제** : 주요 산업 발전을 목적으로 이루어지는 문화행사로서, 부산영화제, 탄광문화제, 충북 바이오 엑스포축제 등이 그런 예다.

④ **특수목적 축제** : 환경 보호 또는 역사적 인물 · 사실을 추모하거나 재현하는 목적으로 개최되는 축제로서, 김삿갓축제, 갯벌축제 등이 포함된다.

나. 축제항목 구성 형식에 따라

① **전통문화 축제** : 오랫동안 전수되어 오고 있는 전통문화와 관련된 축제로서, 양주 오광대놀이 축제, 하회 별신굿축제 등이 포함된다.

② **예술 축제** : 예술 문화 발전과 관련된 축제로서, 서울연극제, 부천영

화제, 춘천 마임페스티벌 등이 좋은 예다.

③ **종합 축제** : 여러 형태의 축제가 복합되어 있는 것으로, 10월 중에 집중 개최되고 있는 각 지방자치단체의 축제들이 이런 모습을 띠고 있다. 우륵문화제 등.

④ **기타 축제** : 위의 세 가지 분류 속에 포함되지 않는 여러 축제들로서 특산품 판매를 위해 만들어진 축제, 특정 사건이나 인물을 기념하여 만들어진 축제들이 여기에 포함된다.

다. 관광성 여부에 따라

① **종합 예술 축제** : 종합 예술 축제는 다양한 예술 행사 또는 예술적 활동을 매개로 아마추어리즘을 수용한 예술제다. 현대의 많은 축제는 관광상품과 각종 이벤트, 주민 화합을 위한 행사 등이 복합적으로 어우러져 종합 예술제 형태를 띠는 경우가 많다. 제천의병제 등.

② **관광 축제** : 지역 관광 활성화나 지역 특산물 홍보를 목적으로 하는 축제다. 단양 어상천수박축제 등.

③ **문화 이벤트** : 생활 속의 다양한 문화 예술적 욕구 충족이나 의도된 목적에서 개최되는 행사다. 영월책축제(영월책박물관) 등.

4) 이벤트의 목적과 성공 여부

가. 이벤트의 목적

이벤트(event)는 '뭔가 특별히 보여주는 것'을 뜻하는 사건(事件)이라는 말이다. 단순한 사건이 아니라 여러 사람들에게 관심을 끌 만한 주요한 사건이다. 보통 명사로 사용할 때는 객관적으로 발생한 사실 그 자체와 관련되어 있겠지만 문화산업론에서 이벤트라는 말은 "주관자가 특별한 의도로 만들어낸 행사"를 말한다. 문화 분야에서 사용하는 이벤트라는 말은 "주관자들에 의해 특별한 목적을 가지고 만들어진 문화 프로그램"을 뜻한다.

이벤트라는 말을 위와 같이 정의할 때 우리가 다양하게 사용하는 대회, 축제, 페스티벌, 박람회, 전시회, 각종 쇼, 경연대회, 체육대회들이 모두 포함된다. 또 기업이나 단체, 국가 기관에서 의도적으로 벌이는 상품 판매 행사, 정치 행사, 학술 행사, 주민 대회, 홍보 행사 등이 모두 포함된다. 이벤트의 목적은 유형에 따라 다양하다. 그러나 일반적인 특성과 목적을 들어보면 대체로 다음과 같다.

① 특정 주제를 집중적으로 부각시킨다. 어떠한 이벤트는 핵심주제(또는 테마)를 의도적으로 돋보이게 하는 방향으로 진행된다. 수많은 꾸밈, 다양한 연출은 모두 주제를 부각시키고 표현하며 의미를 담는 것이어야 한다.

② 한정된 시간 속에서 치러진다. 상설 이벤트가 있을 수 없는 것은 아니지만, 대체로 이벤트는 시간을 정해 놓은 상태에서 추진된다. 이는 고객 또는 관객들의 관심은 적당히 충격적일 때 높아지기 때문에 한정된 시간을 정해 놓고, 깜짝 쇼 형태로 치러지는 경우가 많다.

③ 특정 주제에 대한 관객들의 관심을 최대로 증폭시키고자 한다. 관객들을 주관자가 의도하는 방향으로 성공적으로 인도하기 위해서는 다른 상황에서는 느껴보지 못했던 행사 내용을 통해 의외성을 주는 것이 필요하다. 깜짝쇼는 물론, 간헐적으로 지속되는 자극을 통해 흥분 상태를 조성하고, 관객들을 알게 모르게 의도하는 방향으로 유도하여 최종적으로 관심의 정도를 최고에 달하게 만들고자 한다.

④ 특정 주제를 관객들에게 교육하기 위한 목적으로 치러지기도 한다. 교육을 위해서는 관객들을 잘 이해시켜야 하기 때문에 그들의 수준에 맞게 적당히 쉽거나, 적당히 지적(知的)이어야 한다. 만화나 애니메이션 등을 이용하기도 하고 영화나 음악 등을 활용하기도 한다.

⑤ 사회·문화·정치적 목적을 띠기도 한다. 주민 통합, 국민 단결, 주

민들의 반발심 완화 등의 사회 정치적 목적으로 치러지는 이벤트가 그런 예다. 또 관객들의 문화 향수를 위해 치러지는 이벤트가 있다. 이런 이벤트의 경우에는 발생 편익이 무형(無形)이기 때문에 비용 부담이 커 보일 수가 있다.

⑥ 경제적 이익을 목적으로 할 수 있다. 물건 판매, 관광 수입, 공장 유치, 스타 활용 등을 위해 치러지는 이벤트가 그런 예다.

나. 이벤트의 성공 요건

① 목적, 주제, 콘셉트(concept)를 분명히 하라

이벤트를 하는 목적, 주제, 콘셉트를 분명히 해야 한다. 학교 운동회나 소풍처럼 일상화되고 다반사로 진행되는 이벤트라면 사람들의 관심을 끌지 못한다. 목적과 주제가 명확해야 이를 위한 프로그램이 구체화되고, 심도 있는 것이 될 수 있다. 단순히 소풍 오는 사람이 아니라 진지하게 찾는 마니아들을 불러올 수 있어야 이벤트가 반복될 수 있다.

② 틀을 깨는 역발상(逆發想)을 하라

이벤트는 특별한 사건이나 행사를 만들어 내는 것이다. '뭔가 다르다'는 감각을 불러일으켜야 한다. 이런 착상을 틀에 박힌 사고 운용을 통해서는 얻을 수 없다. 숨은 그림 찾기처럼 물구나무서서 뒤집어 보고, 옆으로 보고, 거꾸로 볼 때 정답을 찾을 수 있다.

③ 목표 고객 만족을 지향하라

이벤트 대상을 누구로 할 것인가가 서 있으면 대응 방안을 찾기가 쉽다. 지역 주민 전체를 위한 행사와 노인들만을 위한 행사, 어린이 위주의 행사는 전혀 다르게 꾸며져야 한다. 관내의 군민, 시민들만을 대상으로 할 것인가 아니면 수도권을 비롯한 대도시 지역 전체를 대상으로 할 것인가에 따라 행사 규모가 달라진다. 진해 군항제는 진해 사람들만을 대상으로

한 것이 아니고 한국 군인 가족 전체, 봄내음을 맡고 싶어하는 수요자 전체를 대상으로 생각하면 차원이 다른 행사가 된다.

④ 능력 있는 이벤트 연출가를 발굴하여 맡겨라

이벤트의 성공 여부는 능력 있는 한 사람의 지도자, 연출가가 우선적으로 필요하다. 착상이 좋고, 그 분야의 지식이 많고 전문가들을 많이 알고 있으며, 수하 사람들을 잘 통제하여 관리할 수 잇는 사람이어야 한다. 사고가 개방적이며, 확고한 신념의 추진력이 겸비되어야 한다. 참여자들의 아이디어를 살려내고, 적절히 지원할 줄 알아야 한다. 최근 과천, 광주, 전주, 이벤트 행사와 관련해서 연출 총책임자들이 교체 또는 갈등을 겪은 경우가 많은데 이는 상부 기관 또는 재정 후원 기관 책임자들과 조화를 꾀하지 못한 경우다.

⑤ 전문가들의 참여를 유도하라

이벤트 내용과 관련 있는 사람, 관련 분야의 이벤트를 수행해 본 경험이 있는 꾼들, 분야별 전문 마니아들을 처음부터 적절히 참여시켜야 한다. 이들의 시각과 의견을 존중하고 정책에 반영시켜야 한다. 이벤트 각 단계별, 분야별로 다양한 전문가들을 참여시켜 시작부터 끝의 평가까지 도움을 받아야 한다.

⑥ 홍보에 목숨을 걸어라

이벤트는 홍보에 생명이 달려 있다고 해도 과언이 아니다. 평면적 홍보보다 입체적 홍보를, 단발성 매체보다는 지속적 매체를, 영상이 가미된 종합 홍보물을 이용할 수 있어야 한다. 방송국을 최대로 이용하여 뉴스, 특집 기사, 광고 등을 다양하게 이용하고, 지방지는 물론 전국 규모의 신문·잡지를 잘 활용해야만 한다.

⑦ 돈을 아끼되 살려라

'돈을 처바르는 듯하는' 행사는 문제가 있다. 국가나 상급 자치단체로부터 엄청난 예산 지원을 받아 치러지는 지역 축제와 이벤트들이 낭비적 행사로 끝나는 수가 많다. 있는 돈 마음대로 싸다보니 전단지, 팜플릿, 소식지, 안내장 등 홍보물이 홍수처럼 넘쳐 난다. 대기업에서 홍보 차원에서 지원해 주는 후원금을 마음 놓고 쓰는 것만이 능사가 아니다. 이벤트는 내용과 행사 그 자체로써 승부해야 한다. 돈을 죽이지 말고 살리는 방안이 요청된다.

8. 인터넷의 무서운 놀이 : 게임

1) 게임 산업의 특성

21세기에 게임은 이제 오락 이상의 의미가 있다. 게임은 날개 달린 돈의 전쟁놀이다. 게임 산업의 특징은 다음과 같다. 첫째로, 새로운 아이디어와 뉴 미디어 기술, 풍부한 게임 소재 등의 결정체로 다른 산업에 비해 적은 시설과 장비 투자로 고부가가치를 창출할 수 있는 지식집약형 산업이며 최고의 감성(感性) 산업이다.

둘째로, 게임 산업은 무엇보다 오락성과 대중성을 특징으로 하고 있다. 곧, 게임 소프트웨어는 사용자로 하여금 끊임없는 호기심을 불러일으켜 지속적인 수요 창출이 가능하고, 가상의 오락문화 공간을 제공함으로써 현대인의 다양한 기호를 충족시킨다. 또한 게임 프로그램은 각 언어별로 손쉽게 번역되어 국제 상품화가 가능하므로 문화적 파급 효과가 매우 크다.

셋째로, 게임 산업은 멀티미디어 산업의 모든 핵심 기술이 요구되므로 영화, 애니메이션, 캐릭터 등 주변 산업에 큰 경제적 효과를 동시다발로 유발한다.

넷째로, 게임 산업은 벤처적 요소를 많이 가지고 있다. 여타 영상 분야와 마찬가지로 소비 수요의 불확실성이 높을 뿐 아니라 특히 게임 콘텐츠는 제품 판매의 라이프사이클이 짧아 사업 실패의 위험도가 상대적으로 높다고 할 수 있다. 이는 다른 영상업종에 비해 상대적으로 재활용의 가능성이 낮다는 점에도 있다.

다섯째로, 게임은 교육 및 정서적 요소를 갖고 있다. 특히 가정용 게임은 동료 간 그리고 가족 간 유대 관계를 돈독히 하는 데 기여한다. 또한 학생들에게는 문제 해결 능력을 배양시키고 집중력과 전략적 사고 등 자기 개발의 긍정적 효과도 얻을 수 있다.

2) 게임 현황

국내 게임 시장은 1993~1995년에는 증가율이 30~53.5%로서 큰 폭의 성장을 이루다가 1996~1998년에는 증가율이 5.1~13.0%로 둔화되었다. 1999년 이후 2002년까지 다시 큰 폭의 성장을 보이고 있다. 게임 종류별 시장을 보면 현재 국내 시장의 67%이상을 아케이드 게임이 차지하고 있으나, 1990년대 초반에는 비디오게임이, 그리고 중반에 접어들면서 PC게임과 온라인게임이 국내 시장의 성장을 주도하고 있다. 온라인게임 시장은 통신과 인터넷을 통한 급속한 네트워크화로 향후 성장 가능성이 높을 뿐 아니라 현재도 국산 게임 소프트웨어가 해외에서 점차 호평을 받고 있는 것으로 알려져 있다.

게임 제작 기술은 크게 기획, 시나리오, 음악 및 사운드, 그래픽, 프로그래밍, 디자인 및 게임 패러다임 기술 등으로 분류된다. 이 중 국내 개발사들이 특히 취약한 부분은 기획 부문으로 게임 기획력의 부재는 전반적인 국내 게임 콘텐츠 제품의 국제 경쟁력을 크게 약화시키는 요인으로 지적

되고 있다.

향후 PC네트워크화의 급속한 진행과 더불어 온라인게임의 시장 확대가 가장 빠르게 이루어질 것으로 예상된다. PC게임이나 비디오게임 콘솔에 비해 온라인 게임은 세계적으로 현재 걸음마 단계에 있다. 그러나 모뎀 기술의 발달과 소비자들의 수요 증대, 네트워크 게임에 대한 친숙성이 증가함에 따라 향후 빠른 성장을 보일 것이라는 점이 많은 전문가들의 일치된 의견이다.

3) 게임산업의 문제점과 미래

현재 우리나라 게임산업이 안고 있는 문제점으로는 첫째, 국내 게임산업의 기반이 되는 기술과 하드웨어가 부족하다. 게임기, 게임엔진 등이 자체 기술로 개발될 수 있어야 한다. 둘째, 독창적인 기획력이 부족하다. 셋째, 게임 제작에 필요한 핵심 인력이 부족하다. 넷째, 게임 개발에 필요한 투자 유치가 매우 힘들다.

무엇보다 게임이 일반 문화상품으로 자리를 잡지 못하고 있는데, 그 이유는 게임을 즐기는 층은 많지만 돈을 지불하고 구매하려는 층은 극히 적다는 점이다. 게임을 하기 위해 돈을 지불해야 한다는 의식이 없다 보니 불법 복제도 성행한다. 안정적인 자금 지원 부족도 게임 산업발전을 가로막는 요인 중 하나다. 게임산업은 기발한 아이디어만으로도 세계적인 상품을 생산할 수 있는 창조적인 지식집약형 산업이므로 국제 경쟁력의 핵심인 인력의 적극적인 발굴과 해외 우수 인력유치에 심혈을 기울여야 한다.

국내 게임 업체의 과제인 개발 자본의 영세성과 비효율성을 극복하기 위해서는 게임 전문 업체 단독 자본의 게임 개발보다는 개발된 게임 캐릭터를 사용할 수 있는 연관 업종인 방송사, 캐릭터 제조 회사, 전자 회사, 서적 출판사, 음반 제작사 등과의 협력 사업 또는 기업결합을 시도함으로써 개발 위험도를 낮추든지 혹은 이를 통해 안정적인 개발 자금을 확보하는 방안이 필요하다. 게임 소프트웨어는 문화적 장벽이 낮고 그 전파력이 강해 수출 유망 업종으로 성장할 가능성이 매우 높다. 수출 시장을 개척하기 위해서는 우선 미국, 일본 등 게임 산업 선진국 업체들과의 기술 격차가 비교적 적은 PC용 게임 콘텐츠 및 온라인용 게임 콘텐츠 등을 중심으로 한 틈새시장 개척에 집중하는 전략이 바람직하다. 게임산업은 무한대로 개방되어 있다.

9. 기술력의 상품화 : 애니메이션

1) 애니메이션의 길

만화는 암각화에서부터 예술적 꿈의 영상이다. 만화란 사물의 특징을 단순화시켜 그린 그림을 토대로 이야기를 전달하는 회화의 한 형식이다. 만화 영화는 그런 만화를 토대로 그 장면들을 움직이는 영상으로 촬영해 만든 영화다. 애니메이션(animation)이란 말은 정적인 하나 하나의 만화 장면들에 기술력을 통해 활동성을 불어넣는 역동적인 작업을 가리킨다.

만화의 특성을 보면 만화는 첫째, 그림과 글이 의미 있게 복합된 상품이다. 각각의 장점을 하나로 결합한 것으로, 그림의 시각성을 바탕으로 글의 의미 전달 기능을 보완한 것이다. 둘째, 만화는 융통성이 넓은 성격을 지니고 있다. 책으로 인쇄되고, 영상물로도 만들어진다. 대상과 언어를 자유롭게 변형시킬 수 있고, 이야기 전개를 쉽게 바꿀 수 있다. 셋째, 만화는 오락성을 띠고 있다. 상품화를 통해 재미있고, 해학과 유머가 있으며, 유쾌함을 제공한다. 때로는 진지함을 띠고 무게 있는 내용을 전달하기도 한다. 교육적 효과까지 있다.

2) 애니메이션의 세계

만화산업은 만화의 특징적 미학을 토대로 발전해 산업화 차원까지 이르러 있다. 우선 만화는 인쇄물로서는 책의 한 형태로 제작하고 판매할 수 있다. 이 부분은 출판산업 부분에서 다루어야 한다. 만화산업이라고 할 때는 무엇보다도 영상 애니메이션, 곧 영상만화산업을 중심으로 살펴보는 것이 의미가 있다.

첫째, 만화는 영상물로 전환되면서 경제적 부가가치가 높은 상품이 된다. 책으로 읽고 보는 형태에서 발전해 활동 사진으로 만들어져 텔레비전, 영화로 상영된다. 책으로도 시장성을 고려할 수 있지만, 영화화해 일반 영화와 어깨를 겨루는 차원 높은 문화상품이다.

둘째, 제작비 규모의 대형화 현상이 나타난다. 일반 촬영 영화는 배우들의 연기를 직접 촬영함으로써 배우, 촬영 스태프, 촬영 작업 등에 비용이 든다. 그러나 만화영화는 1초에 20~30장까지 그려내야 하고, 모든 장면을 원화, 동·선화, 채화로 표현해야 한다. 만화영화 한 작품에 무려 수십만 장의 셀이 필요한데, 그 인건비, 재료비가 엄청나다. 제작비, 투자규모가 매우 크다.

셋째, 기획과 제작 기간이 매우 길다. 장면 하나 하나에 대한 그림, 이야기 전개에도 신경써야 하지만 실제 만화영화 제작시에 요구되는 조명, 캐릭터의 감정 연기, 음악, 효과 등 다양한 주변 장치의 복합적인 설계가 동시에 고려되어야 한다. 동시 다발적인 이미지 작업이 요구된다. 만화영화는 원화부터 채화까지 완료된 셀을 촬영하고 다시 셀을 수정해, 재촬영하고, 재차 반복하여 수정 작업을 해야 한다. 실사 촬영 영화에 비해 많은 시간과 노력이 필요하다.

넷째, 애니메이션 작업, 영상 만화화 작업은 지속적인 전후방 연관 효과를 낳는다. 제작 과정을 둘러싼 고용 효과, 회화 발전 효과가 후방 연관 효과라며, 만들어진 애니메이션을 토대로 형성된 캐릭터, 광고, 비디오물 등은 전방 연관 효과를 낳는다.

만화산업은 크게 출판 만화산업, 영상 만화산업, 기타 연과 만화산업으로 나뉜다. 출판 만화는 책자 형태로 만들어져서 유통되는 것을 말하며, 영상 만화는 사진과 동영상 형태로 제작되어 영상 장비를 통해 소비 행위가 이루어지는 것이다. 기타 연관 만화산업이란 만화 주인공을 이용한 팬시, 광고 등의 산업을 말한다. 만화 부문은 관련 전문 용어로 표현하면, 카툰(cartoon)과 코믹 스트립스(comic strips), 애니메이션(animation)으로 분류된다. 카툰은 1컷~4컷 만화와 삽화, 시사 만화, 넓게는 의미를 담은 일러스트레이션(illustration)까지를 포함한다. 코믹 스트립스는 이야기 만화로서, 줄거리가 있는 모든 형태의 만화를 포함한다. 애니메이션은 선으로 이루어진 2차원적인 만화에 동작을 첨가한 만화영화와 전자 오락 게임 등을 포함한다. 그리고 연관 산업은 캐릭터(character)산업과 팬시(fancy)산업, 테마 파크산업, 광고(advertisement), 홍보(public relation), 선전(propaganda), 교육 관련 산업 등으로 구성된다. 그중 팬시산업은 시장성이 확대되고 있고 그 가능성이 무한하다. 다양성의 묘미를 살려나가야 한다.

10. 디지털 속의 경쟁력 : 문학 그리고 출판

1) 출판산업의 특성

출판 자체는 인간의 마지막 기록 경쟁의 창조적 행위다. 출판은 매력적인 분야다. 신문, 방송 등 언론 매체에 비해 특정 분야를 비교적 학문적·전문적으로 다루는 역할을 수행한다. 오랜 동안의 기획과, 집필, 인쇄기간을 거쳐 만들어진 만큼 특정 항목이나 사유, 집필자의 창의적인 의도를 담는 세계가 있다. 한글을 비롯한 다양한 언어 표기, 도표와 그림을 활용, 사진과 만화의 삽입, 미려한 활자체의 활용 등을 통해 독자의 관심과 이

해도를 높이기 위해 감성적으로 다가간다.

출판된 책은 내용의 다양성, 저렴한 가격, 휴대의 간편함, 즉시성 매체의 단점을 극복한 보조 기구의 도움을 받을 필요가 없이 쉽게 이동시켜 가면서 활용한다. 책은 지식의 대중화라는 주요한 기능을 충족시키기에 마땅한 존재다. 장기간의 출판 인쇄기간 소요, 그로 인한 메시지 전달의 지연, 속보성 결여 등의 단점이 있을 수 있지만 책은 가장 일찍부터 문화산업의 중심에 서 왔다. 한자의 발굴, 목판 인쇄술 발전, 고려시대의 ≪직지심경≫ 인쇄에서 비롯된 금속 활자의 발달을 거쳐 이제는 전자출판 단계에까지 이르러 있다.

출판산업은 책이라는 인쇄물을 통해 대량 보급, 판매가 이루어지기 때문에 일찍부터 상업성이 추구되어 왔다. 고품질의 지식과 정보가 비교적 저렴한 책을 통해 판매되기 때문에 사람들이 그만큼 쉽게 구입하여 활용할 수 있다. 특히 책은 기본적인 교육 매체이기 때문에 거의 필수품이 되어 버렸다.

종이책 시대를 넘어서서 이제는 전산기를 활용한 출판시대가 도래하였다. 컴퓨터를 이용한 출판이 전자출판이다. 전자출판은 그 최종 출력물을 기준으로 종이책 전자출판과 비종이책 전자출판으로 구분한다. 비종이책 전자출판에는 디스크책 전자출판과 통신망을 사용하는 화면책 전자출판이 있다. 종이가 아니고 디스크에 출판된 디지털 디스크 책이다. 디스크에 저장된 책, 잡지, 사전, 왕조실록, 백과사전, 학회보 등이 출판된다. 이런 디스크 책들은 종이책에 비해서 대량의 내용을, 작은 디스크 속에 저장할 수 있어 매우 경제적이고, 보관·관리가 쉽다. 전자책 속에는 단순한 글자 형태의 내용물만이 아니라 그림과 사진, 도표 등이 충실하게 포함되어 있고, 나아가서는 영상과 소리까지도 동시에 제공될 수 있다.

전자출판물이 '전자계산기+CD' 형태라면, 이 둘을 하나로 만든 것이 전자책이다. 영상화면책이라고도 할 수 있는 것으로, 손바닥만한 책장 자체가 전자화하여 읽을거리를 만들어낸다. 이 책은 이제 움직이는 문화의 경

생릭이고 인터넷, 휴내전화, 개인용 컴퓨터와도 연결되어 자유롭게 칙 내용을 전달받을 수 있다.

2) 출판산업의 방향

한국 출판과 인쇄 산업은 급격히 확장세에 있으면서 여전히 불안하다. 양적으로나 질적으로 모두 의미 있는 발전을 거듭하고 있다. 이는 전후 교육 과정을 통해 많은 지식 수요층 발전에 힘입은 것이다. 그러나 선진국의 출판 수준에 비춰볼 때는 아직도 여러 면에서 문제점을 노출하고 있다. 출판사 자체가 매우 영세해 장기적인 기획 출판을 하지 못하고 있으며, 무실적 출판사가 많고, 중·고교 교과서 위주의 출판에 머물러 있다. 대외 무역 관계에서 아직도 수입 초과 현상이 심하고, 일본의 저질 만화가 판을 치고 있으며, 유명 저작물에 대한 중복 출판이 많다. 이런 현실은 발전 가능성을 충분히 가지고 있는 우리 출판계가 아직도 그 역량을 충분히 발휘하지 못하고 있기 때문인 것 같다.

선진국의 출판업계가 소수의 몇몇 대형사로 흡수 합병되어 가고 있는 것처럼 우리도 점차 소수의 대형 출판사와 서점으로 재편될 소지를 가지고 있다. 이는 출판 시장의 대외 개방과 관련해 환영할 만한 일이기도 하나 한편으로는 많은 소수 출판사들의 퇴장을 전제하는 만큼 조화 있는 병존의 길이 필요하다.

이제 출판 시장의 개방은 당연한 것으로 받아들여지고 있다. 이를 위해 출판계 자체는 물론 정책 담당 부서도 적절한 대응책을 강구 중에 있다. 그중에는 출판 인쇄 및 유통 시장에 대형 투자자가 진입하는 바람직한 현상도 나타나고 있다. 정부로서는 출판 산업 활성화를 위한 노력으로 책의 해 사업, 서울도서전, ISBN 및 ISSN 부여, 도서관 활성화 등 다각적인 사업을 전개하고 있다. 도서 출판 산업은 고도의 지적 창의성을 토대로 하는 만큼 단순한 인쇄술 발전에 의해서만 발전할 수 있는 것이 아니라 한국 학문 발전, 지적 능력 발전과 병행해서 생각해야 한다.

첫째, 출판사 수의 증가 추세에 비춰볼 때 1년 동안 한 권의 책도 발간치 않은 무실적 출판사의 비율이 무려 60~70%에 이른다. 출판업이 전문화되기보다는 그때그때 편의에 따라 출판사를 만들어 개인적 차원에서 한두 권의 책을 발간하고 있기 때문인 것 같다.

둘째, 출판실적이 있는 경우에도 1년 동안에 불과 10권 이내의 책만을 출간하는 경우가 대부분이다. 하나의 출판사에서 얼마나 질이 좋고 판매 부수가 높은 책이 나왔느냐에 대해서는 달리 조사해 보아야겠지만 과연 이런 출판실적만 가지고도 경영이 제대로 이루어질지는 의문이다. 이럴 경우엔 전문적인 기획이나 편집에 의존한 출판이 이루어지기보다는 임시방편적인 출판일 경우가 많을 것이다.

셋째, 출판물에서도 그 내용을 보면 학습 참고서와 아동 도서의 비율이 지나치게 높다는 점을 눈여겨볼 필요가 있다. 이를 만화와 연계된 출판물 생산에 승수를 걸 필요가 있다.

넷째, 현재 세계의 출판 시장은 관련 기업의 흡수·합병에 의해 과점화 집중화 경향으로 흐르고 있다. 이는 중소기업의 열세한 재정이나 능력 가지고는 국제시장에서 살아남기 어렵다는 의식이 급격히 확산되고 있기 때문이다. 출판사의 대형화는 과점의 우려가 있기는 하지만 대량 생산에 따른 비용 절감, 기획 출판을 통한 전문성 고양, 전산 출판 활성화의 효과 등이 기대된다.

도서의 유통은 출판사－도매업자－소매 서점－독자의 단계를 거쳐 이루어지는 것이 정상이다. 이 단계는 지극히 당연하다. 그러나 현실적으로는 이 네 단계를 차례로 거치면서 거래가 이루어지지만은 않는다. 앞으로 이것조차 바뀔 것이다.

11. 새로운 신화의 도전 : 음반

1) 음악의 디지털화

음악은 인간이 만들어 낸 최고의 종합예술이다. 21세기에도 영상과 접근되어 변모의 핵폭발을 예상할 수 있다. 음악 분야는 다양하게 분류해 살펴볼 수 있는데 첫째, 대중음악, 서양음악, 전통음악식으로 살펴볼 수 있다. 대중음악은 대중가요와 팝 음악으로, 서양음악은 한국 가곡과 서양음악 연주, 현대음악 작곡, 음반 감상 등으로, 전통음악은 아악과 민속음악으로 나누어진다. 둘째, 성악과 기악, 작곡, 오페라 등으로 살펴보는 것이다. 셋째, 창작이냐 아니면 이차적인 연주나 합창이냐 등으로 구분하는 것이다. 음반 제작을 위한 합창이나 연주는 일차적인 성격을 띤다. 넷째, 관객에게 전달되는 형태에 초점을 맞춰 연주 또는 합창을 통한 것이냐 아니면 음향기기를 통한 것이냐로 나눌 수 있다.

최근에 각 장르를 넘나드는 디지털 위주의 대형 뮤지컬이 음악산업의 중심으로 급격히 부상하고 있다. 뮤지컬은 노래, 춤, 연기가 어우러진 현대적인 공연 양식으로 미국에서 발달한 대중예술이다. 음악 특히 노래가 중심이 되어 무용과 극적 요소가 조화를 이룬 종합 공연물이라 할 수 있다. 장르적인 특징은 연극과 오페라 또는 오페레타, 무용극과 현대적인 화려한 쇼가 한데 모여 있다는 데 있다.

구체적으로 뮤지컬 음악 구성 요소들의 특징을 살펴보면 다음과 같다.

① **서곡** : 극이 시작하기 전에 오케스트라가 연주하는 것으로 관객으로 하여금 음악에 미리 익숙하게 하고 또한 극의 분위기를 조성해 감정을 정돈케 하는 역할을 한다.

② **오프닝 넘버** : 오프닝 코러스라고도 하며 서곡이 끝난 후 연주되는

곡, 혹은 코러스들의 합창을 일컫는다. 이 곡의 역할은 관객의 관심 집중, 분위기 안정, 상황 설명 등이며, 따라서 대부분 힘차고 활력 있는 게 특징이다.

③ **제시** : 앞으로 진행될 극중 상황 이전에 어떤 배경과 상황이 선행되었는가를 설명해 주는 것이다.

④ **프로덕션 넘버** : 대체로 1막의 중간 부분 그리고 1막의 끝에 나오는 곡이다. 뮤지컬의 각 요소들이 모두 동원되는 부분으로 화려하고 대담해 유쾌하다. 뮤지컬의 하이라이트라고 할 수 있다.

⑤ **반복 연주** : 중요한 극적 순간에 앞의 노래가 다시 연주되는 것을 말하나 반드시 같은 선율이 되풀이되는 것은 아니며 대부분 변주로 이루어진다. 반복 연주는 한 작품의 음악적인 특색을 담고 있는 것으로 작품의 음악적인 특징을 고스란히 드러낸다.

⑥ **쇼 스토퍼** : 뮤지컬에서 유머러스한 노래나 연기를 삽입시켜 일종의 기분 전환의 역할을 하는 부분으로 이때 관객의 박수나 환호로 인해 극의 진행이 사실 상 끊어지게 되는 경우를 일컫는다.

⑦ **아리아** : 뮤지컬의 백미로 일컬어지며 흔히 남녀 주인공의 사랑의 환희나 사랑의 비극, 작품의 주제를 담고 있는 클라이맥스 부분에서 연주된다. 한 마디로 이 부분을 위해 하나의 뮤지컬이 존재한다고 해도 과언이 아니다.

⑧ **커튼 콜** : 공연이 모두 끝난 뒤 배우들이 관객들의 환호에 답하는 의미에서 그동안 공연된 극중의 중요 멜로디나 아리아합창곡 등을 편집해 짤막짤막하게 배우들의 노래와 춤을 보여 주면서 화려한 막을 내린다.

2) 음반산업의 방향

음악산업은 가수들의 노래, 실연, 디지털음반, 악기 등과 관련된 것인데, 그중 산업적으로 중요성을 띠고 있는 것은 음반이다. 음반이란 음성 및 기타 현상을 기록한 레코드, 테이프 및 기타 오디오 기록 매체를 말하며, 레코드, CD, 테이프 등이 있다. 음반은 생산 단계에서 초판 비용이 투입되면 재판부터는 복제 비용만이 추가되고 단위당 소요되는 생산비용이 적게 들어간다. 복제품은 처음 출고 가격의 몇십 분의 일 정도 비용이면 만들어질 수 있다.

1970년대 후반부터 등장한 음악 카세트는 재상 기기의 소형화 및 간편화에 힘입어 급격히 빠른 속도로 진전해 왔다. 1980년대의 외국 음반사의 직배 체제 확립, 국내 대기업의 음반시장 참여, 1990년대 후반부터 시작된 CD 열풍, LD와 MD의 등장, 2000년대 이후의 MP3, 인터넷 음악 판매업 등장에 의해 다시 한 번 발전의 궤도를 걷는다.

현대의 기업들은 직원의 복지 차원에서도 음악 단체를 활용할 필요가 있다. 개인이나 소수 단체의 경우에는 정규 직원으로 근무하듯이 연주 활동을 할 수 있게 해야 한다. 음악 단체를 문화 법인 형태로 전환할 수 있게 해 세제상의 특혜를 주는 방법도 재정 문제해결에 도움된다. 외부로부터의 기부 행위를 유발할 수 있고 전문 경영과 연주를 분리할 수도 있을 것이다. 음악 단체 입장에선 무엇보다도 자체 연주 수입 증대에 노력해야 한다. 외부의 재정 지원도 좋지만 근본적으로는 스스로 자본주의의 경제 논리에 익숙해져야 하는데 그 첫째 요소가 자체 수입 증대다. 이 부분은 기획 능력 고양과 함께 논의될 수 있는 내용이다.

음반산업 분야의 기획 능력 고양이 급선무다. 장·단기 공연 계획을 짤 때 관객의 호응을 유도하고 수입의 증대를 꾀할 수 있는 방안을 고려해야 한다. 자본주의 시대의 산업이 되기 위해서는 이윤 개념에 더욱 철저해야 한다. 고액권과 할인권의 조화, 공연장의 변화, 관객 참여 유도 등 다양한 상품개발에 주력해야 한다. 전문 기획을 위한 능력가를 양성해야 한다. 전문 트레이너, 상임 지휘자를 양성해야 한다. 오케스트라 같은 경우 전문 트레이너나 상임 지휘자를 양성해 음악적 완성에 기여토록 해야 한다. 또

창작에서나 공연에서나 하루 빨리 서구 모방 수준을 벗어나야 한다. 서양 음악의 경우에는 그 성립 배경을 알고 출신 지역 분위기에 가장 어울리는 형태로 창작과 연주가 이루어져야만 최선의 음악이 될 수 있다는 생각이 은연중 우리 음악인들의 머리 속에 자리잡고 있는 것 같다.

국악(전통음악을 말하지만 서양음악과 대응 논리가 숨겨 있는 용어)의 경우에는 무엇보다도 산업화하기 위한 적극적 자세가 필요하다. 지금의 수준은 국가 홍보 수단으로 활용되거나 국민 강습 도구 정도에 머물러 있다. 이를 보완하기 위해서는 국악을 옆에서 연구하고 비평하며 도와주는 사람들이 필요하다. 해외 홍보나 강습, 감상을 위한 외국어판 개론서나 교재가 없는 것도 문제다. 이런 부분도 음악 정책이 얼마나 부재 상태를 노출시키고 있는지 짐작할 수 있다. 정책을 탓할 게 아니라 이 분야의 전문가의 인식부터 바뀌어야 한다.

12. 디지털 기술의 종합판 : 영상산업

디지털 예술은 디지털 시대에 아날로그와 이별이 아니라 지적 세계의 진전이다. 디지털이란 용어의 등장으로 인해 나타난 변화로는 VJ의 등장, 인디 영화의 확산, 새로운 영상 형식의 등장(Interactive 영상), 디지털 매체에 대한 요구, 영상 산업의 구조 개편 등을 들 수 있다. VJ는 Video Journalism, Video Journalist를 의미하며, 1992년 'New York On'이라는 도시 방송 프로그램에서 본격적으로 활용되었다. 이는 2,000명의 젊은 VJ들이 6mm 카메라 등을 이용해 찍어온 다양하고 독특한 영상물들을 수집하여 이를 방송하는 것으로, 전문가 및 아마추어 VJ들의 참여를 북돋아 저렴한 비용으로 풍부한 콘텐츠 확보를 할 수 있다.

이러한 변화 속에서 개인용 컴퓨터가 점차 멀티미디어화됨에 따라 HOME-

VIDEO 영역에서도 개인용 컴퓨터가 중요한 요소로 자리 잡게 되면서 보다 활성화되기 시작했다. 컴퓨터에 장착된 CD-ROM 드라이브를 이용하여 CD 형태로 제작된 각종 영화를 시청하는 것은 이미 상당히 일반화된 상태이며, 최근에는 컴퓨터에 TV 수신 카드나 위성방송 수신 카드를 장착하는 경우도 증가하고 있다. 또한 이전에는 전문적인 비디오 전문 스튜디오나 방송국에서 가능하던 비디오 편집 작업도 최근에는 저장 능력의 확대와 빠른 실행 속도를 갖춘 개인용 컴퓨터를 이용해 가능하게 되었다.

영상 처리 카드와 영상 편집 소프트웨어가 장착된 이러한 개인용 컴퓨터, 데스크톱 비디오(DTV : Desktop Video)를 이용해 화면을 직접 편집할 수 있다. 게다가 컴퓨터 영상 편집 시 요구되는 주변기기의 가격도 저렴해지고 영상 편집용 소프트웨어 또한 고도의 영상 효과 기능을 내장한 전문용뿐만 아니라 간단한 영상 효과와 영상자막처리 기능을 지닌 일반용도 여러 종류 개발되어 비디오 편집에 대한 전문 지식이 없는 일반인도 가정에서 쉽게 영상 편집을 할 수 있게 되었다.

VJ를 활용한 콘텐츠 확보의 사례로, 현재는 철수했으나, 개인 VJ가 많이 존재하는 일본의 동경 MX TV에서 이러한 프로그램을 실시한 경우가 있었다. 국내에는 1995년부터 Q채널의 아시아리포트나 인천민영방송 및 케이블TV 등에서 저예산으로 새로운 프로그램을 확보할 수 있다는 장점을 활용하면서 활성화되었다. 인천민방의 'Real TV'는 병원 24시, 다큐멘터리, 연예 부문 등 다양한 소재를 다루고 있다.

또한 디지털화는 인디 영화를 확산시키는 데에도 한 요인으로 작용했다. VJ의 증가 및 확산을 촉진했던 6mm 제작 시스템은 저렴하고 기동성을 갖추고 있어 독립영화나 다큐멘터리, 청소년 영화 활동 등 광범위한 영상물을 포괄하는 활동을 활성화시켰다. 일반 영화관에서도 상영된 바 있는 영화 '죽거나 혹은 나쁘거나'는 6mm 저예산 독립영화로 제작되었다.

아직 널리 보급되거나 제작이 활성화되지는 못했으나 인터랙티브 영상 제작의 움직임도 보이고 있다. 이는 정보통신기술의 발달과 함께 멀티미디어화가 진행되면서 정보 전송의 양방향성의 확보라는 요인이 크게 작용했다. 이러한 양방향성은 Down-link(방송국에서 시청자에 이르는 정보 전달 경로)와 Up-link(시청자에게서 방송국으로 정보 전달 경로)를 확보함으로써 가능하다. 이를 통해 시청자는 프로그램에 직접 참여하거나 프로그램의 내용과 형태를 변환 할 수 있으며, 프로그램에 대한 정보를 얻을 수도 있다. 미국의 경우에는 뮤지션의 의상을 시청자가 선택할 수 있는 뮤직비디오도 등장했으며, 드라마 대사 이어쓰기라 하여 시청자가 드라마 전개에 참여하는 경우도 나타나고 있다.

그리고 각 지역에 광케이블을 설치하고 지역별 station을 마련, 가맹점 혹은 원하는 곳에 콘텐츠를 송출해 주는 Broad-band Service나 인디 TV, 한 화면에 동영상 창이 3개가 동시에 열리고 search가 가능한 Web TV 등 다양한 디지털 매체도 시도되고 있다. 국내 기업 SK의 경우에도 콘텐츠 회사를 설립하여 이러한 광대역 송출 서비스를 실시하려는 계획을 마련 중이다.

영상 제작에서의 디지털화는 영상산업의 구조 개편에도 영향을 미치고 있다. 제작 및 배급 시스템도 변화하고 있으며, 영상물의 상영에서도 디지털화가 진행되고 있다. 또한 시네포엠 등 웹캐스팅도 활성화되고 있으며, 영화 및 방송 등 '콘텐츠' 간의 융합이 이루어지는 산업이 다양한 형태로 등장하고 있다. 게다가 새로운 장르의 콘텐츠를 파생시키기도 한다. 예를 들어 플래시 애니메이션의 경우 스틸과 동영상 애니메이션의 중간 형태로 제작이 간편하여 개인들의 창작 및 제작이 가능한데, 현재 업로드되고 있는 플래시 애니메이션은 그 소재나 시나리오도 독특하다.

현재로서는 이 플래시 애니메이션이 인터넷 상에서만 이루어지기 때문에 제한적이긴 하지만, 또다른 장르로 볼 것인지 아니면 트랜드로만 그칠 것인지에 대한 논쟁과 함께 주목을 받고 있는 분야 중 하나다. 앞으로도 점차 그 라이브러리가 많아지면서 보다 활발한 제작이 이루어질 것으로 전망되고 고도로 숙련된 전문가를 필요로 한다.

13. 문화산업 시대의 인디펜던트문화

디지털 시대와 문화산업의 제작 과정이 인디펜던트(independent)에 어떤 영향을 끼치는지에 대해 음반을 예로 들어보면 알 수 있다. 매일같이 몇 만 개나 되는 음악 부호의 조직체들이 발표되고 소비되어 가는 상황하에 감상자들은 '이것은 어딘가에서 들어 본 것이다'고 하는 데자부(旣視感, 어딘가에서 들은 것으로 착각하는 느낌)를 갖게 되는 수가 있다. 이것은 대개가 '모든 음악 부호는 조직되어져 울려 퍼지기' 때문에 그렇다. 무의식의 대중화, 대중의 집단적 마취라고 해도 된다.

향후의 뮤지션의 역할은 지금까지 발표된 음악의 해체와 재생이 중요한 임무 중의 하나로 등장한다. 최저음과 최고음의 끝까지 각각의 마디를 해체하고, 좋은 부분만을 사용해 새로운 곡으로 조직해 내는 것이다. 이것은 아티스트와 감상자 사이의 갈라놓을 수 없는 접근을 보여 준다. 아티스트는 동시에 편곡자가 되며 과거의 음악을 재편집하고, 현재의 잘 알려진 곳에 자신의 감각을 접붙여 꼴라주 형태로 감상자들에게 제공하는 것이다.

이것은 표절의 시비를 부를 수도 있지만 현대 음악 생산의 한 형식으로 자리 잡았음에는 부인할 수 없는 현실이다. 이는 광범위한 음악 기호와 동시에 컴퓨터로 인한 미디 음악이 가능해지면서 나타났다고 할 수 있다. 그러나 이러한 '융합', '접합'의 형태는 그 융합과 접합에 필요한 '원본'이 더욱 필요하다는 점에서 또다시 원시적이며 토종적인 순수·창조적 음악 부분이 더 중요하다는 것을 역설적으로 보여 주고 있다. 미디 음악이라는 융합과 접합의 시대에도 인디권의 음악에 대한 확장이 더욱 필요해지는 것이다.

비주류 음악을 만들어가야 한다는 주장이 증가하는 것도 특히 이들의 시장에서 차지하는 위치가 점점 더 중요해지면서이다. 이런 면에서 미디

(MIDI) 소프트웨어나 CD 자판기, MP3는 오히려 비주류 음악, 인디 음악을 활성화시킬 수 있는 유통기제이다. 이러한 '인디즈'들에 의해 대중문화와 문화산업의 자양분이 공급되고 이를 토대로 영상음반산업의 유통 등 문화산업의 변화와 성정이 가능하다. 그러므로 문화 네트워크를 지식 창조와 관리에 두었을 때도 이러한 소규모 공동체를 어떻게 조직화하느냐가 가장 핵심적인 부분이 된다.

인터넷의 등장과 함께 통신·방송이 융합되고 한국에서도 1998년 이후 가입자망 고도화가 실현되면서 방송의 소규모적 형태인 인터넷 방송이 현실로 다가왔다. 인터넷 방송에 의해 독립 제작사와 인디즈들의 유통분배망 진입 비용이 현저히 낮아진 것이다. 이는 인디문화의 활성화에도 큰 영향을 미치게 된다.

인터넷 방송의 등장에 따라 인디 공동체들은 매우 들뜨고 있다. 그들은 기존 국가로부터 상품으로서 소외되는 상황하에서도 자신들만의 독특한 문화를 만들었다는 자긍심을 갖고 있지만, 이렇게 만들어진 자신들의 작품을 공개할 수 있을 만한 장은 없었다. 대부분이 공개적이고 공식적인 무대나 장소밖에 없는 것이 우리나라의 현실이었기 때문이다. 그러다가 인터넷에서의 방송이 가능해지자 자신들이 제작한 필름으로 새로운 활력들을 솟아 내고 있다.

이러한 인터넷 방송 등의 소규모적 방송과 문화 표현 활동이 가능해짐에 따라 정책 입안의 방향도 새로운 접근을 요구하고 있다. 음반·영화 등의 인디들을 체계적으로 관리하는 제반 정책을 마련함으로써 한 나라의 창조성을 관리하는 문화 정책을 입안해야 할 시기가 도래한 것이다. 그러나 자칫 시장의 원리에만 맡겨 놓을 경우 기존의 케이블TV처럼 대규모 방송사들과 언론 기관에 의한 인디문화 유통망이 재현될 우려가 있으며, 이 경우 인디문화가 지향하는 독립적이고 공동체적인 활동성은 제대로 반영될 수 없을지도 모른다.

기존의 독립영화인들은 이미 인터넷 방송국을 자체적으로 만들어 가고 있다. 중·고등학생들의 작품들을 모으는 한국청소년방송국, 다큐멘터리 독립 제작과 방영을 전문적으로 지원하는 인터넷 방송국 등은 활성화되어 있다. 국가의 지원과는 관련 없이 벌써 인터넷 방송국은 특화된 방향으로 나가고 있으며, 이들에 대한 네트워크로 인디문화를 어떻게 활성화시키느냐가 중요한 내용으로 떠오르고 있는 것이다.

인터넷 시대에 인디문화를 활성화하기 위한 정책으로는 인디들의 문화 공동체 형성을 지원하고, 발표 공간을 위해 인터넷 방송사들과 인디 공동체간의 네트워크를 안내 시스템 등을 지원하며, 그 외에도 현재 인터넷 방송의 거점일 수 있는 국내 유수의 통신사 및 IPS들에 대한 지원 방향도 고려할 수 있다. 특히 문화관광부, 정보통신부 등에서 추진하고 있는 '콘텐츠 문화산업 활성화 방안'에서도 이러한 문화 부문의 인디 공동체들을 지식창조적 관점에서 지원하는 것을 핵심 사안으로 만드는 것도 시급하다.

한국의 경우 문화산업에 있어 창의성이 제대로 발휘되지 못한 이유는 독립적인 예술 운동의 축소와 적절한 국가의 지원이라는 이 양자가 부족했기 때문이라고 할 수 있다. 문화산업도 상업화에만 집중 투자하다 보니 양적이고 외형적인 지원에 매달렸다. 지식과 창의성은 근간인 인디 공동체에 대한 체계적인 지원보다는 전시나 공연 등 양적으로 환산이 가능한 문화 지원이 대다수를 이룬 것이다. 이렇게 외부 환경이 급변하고 있고 인디문화도 새로운 전기를 맞이하고 있는 시점에서, 또다시 예전처럼 양과 외형에 치중하는 고답적인 문화 지원정책만을 펼 경우 지식정보사회에서 엄청난 부가가치를 창출하는 문화산업의 근간은 와해되고 만다. 새로운 환경에 적절히 대응하기 위해 문화산업의 근간인 인디와 인디 공동체 집단을 어떻게 인디의 특성을 해치지 않으면서 이를 확대하고 발전시킬 수 있는지 그 지원책에 대해 중앙 정부와 지방 정부의 고민이 필요한 시점이다.

14. 문화산업의 부문별 마케팅 방안

1) 응용예술산업

가. 영화산업

영화산업은 창구효과(window effect)가 큰 고부가가치산업으로 볼 수 있으나 투자에 대한 성공 가능성이 불투명한 일조의 벤처산업이다. 그러나 영화산업은 하드웨어의 신규 수요를 창출하는 등 파급효과가 광범위한 산업이며, 영상물 다단계 유통 경로를 통한 가치 증폭작용을 일으키는 창구효과(window effect)가 크다는 점에서 성장 가능성은 무궁무진한 산업이기도 하다.

그렇지만 영상산업의 중추적인 영화산업은 앞에서 지적한 장점들을 가지고 있기 때문에 이러한 강점을 어떻게 극대화시키느냐에 성패가 달려 있다. 그러면 영화산업이 가지고 있는 경영의 실제 문제점과 해결책이 무엇인지 크게 생산·자본 부문과 유통·배급 부문으로 나누어 살펴본다.

① 생산·자본 부문

제작자본의 영세성을 들 수 있다. 현재 국내 영화 제작비의 80% 이상이 대기업 자본으로 충당되는 등 제작부문에 대한 대기업의 참여가 높은 편이나 아직까지 영화 제작에 대기업이 공식적으로 참여하지 않고 있다. 현행 영화진흥법에서 대기업의 영화 제작등록이 허가되지 않고 있는 상태이다. 대기업이나 금융자본이 영화산업에 투자한다면 한국 영화도 세계시장에서 경쟁할 수 있는 기획력을 가지고 얼마나 좋은 영화를 만들 수 있느냐는 별개의 문제이기 때문에 한국의 영화산업의 성패는 기본적으로 기획력과 자본력에 달려 있다.

② 유통·배급 부문

영화 배급체계에 있어서 전근대적인 유통시스템을 들 수 있다. 아직까지 배급사에 대한 법적 규정이 없어 배급체계가 제도적으로 투명하지 못하고 비공식적으로 유통구조가 형성되어 왔다.

나. 애니메이션산업

한국의 애니메이션 시장은 대부분이 외국의 값싼 완제품의 수입·배급·방영이 유통구조의 주종을 이루고 있으며 해외 제작물을 배급사가 직접 배급·판매·유통을 가속화시키고 있다. 애니메이션산업에 대한 기존 정책의 문제점은 영화산업이 처한 문제점과 거의 비슷하다. 그러나 여기서는 애니메이션산업의 특성을 중심으로 경영의 실제 문제점을 살펴본다.

① 생산·자본 부문

한국은 세계 3위의 애니메이션 생산국이다. 그러나 지금까지 생산은 주로 주문자상표 방식의 하청제작이었기 때문에 기획(pre-production)부문의 비중이 매우 낮고, 원화·동화·채색·편집·촬영 등 주제작(main production) 위주의 제작 형태를 띠고 있다.

애니메이션 생산의 질적 수준을 높이기 위해서 애니메이션 전문인력의 양성이 필요하다. 국내 14개 대학에서 애니메이션 전문교육이 이루어지고 있으나 이론 중심의 교육으로 현장에서 실질적으로 필요한 기획, 시나리오, 디자인 작업 등이 이루어지지 않고 현장과 유리된 교육 내용으로 인해 실질적인 효과가 미미한 상태이다. 따라서 기획력·창작력을 가진 우수한 애니메이터를 양성하기 위해서는 국내 4년제 대학의 만화학과에서는 현장감을 가질 수 있는 교육을 실시해야 한다.

② 유통·배급부문

애니메이션산업의 국내 배급부문의 문제점은 영화산업의 문제점과 대

동소이하다. 애니메이션은 다른 영상 프로그램에 비해서 각 나라의 문화
적 특성이 뚜렷이 드러나지 않는 문화상품이며, 외국어 더빙이 용이하여
해외시장 진출에도 유리하기 때문에 문화산업 중에서 가장 유망한 수출
전략산업 중의 하나다. 그런데 문제는 대부분의 수출 실적이 주문자상표
(OEM) 방식이라는 것이다. 한편 수출 지원부문에서 현재의 수출금융은 부
동산 담보를 활용할 수 있도록 기준을 마련하고 한국은행에서 이것을 담
보로 인정해야 한다.

다. 비디오산업

비디오산업은 영화산업에 병행되어지는 제2차 시장적 성격이 강한 분
야이다. 영화산업의 창구화 과정(windowing) 중 일부로 해석 될 수도 있으나
VCR의 보급이 확대되고 이용의 편리성이 강조되면서 영화산업 시장을 능
가하는 규모로까지 성장이 예상되는 분야이다.

① 생산·자본부문
비디오 생산은 중소기업 고유업종으로 지정되어 있으나 현실적으로 외
국 직배사나 국내 대기업의 지배구조 속에 있다. 아직까지 중소비디오 제
작사들 규모 면에서 자체 프로그램을 제작 할 만한 종합적인 시스템을 갖
추지 못한 상태이다.

② 유통·방영부문
한국 비디오산업의 유통구조는 복잡한 형태로 구성되어 있고 비효율적
인 거래관행이 상존하는 등 전근대적인 성격을 벗어나지 못하고 있다.

라. 컴퓨터게임산업

한국의 컴퓨터게임 시장은 외형적인 규모에서는 지속적으로 성장을 거

듭하고 있으나 일본, 미국 등의 외국 제품이 전체 유통량의 80% 이상을 차지하는 근본적인 문제점을 가지고 있다. 이러한 열악한 환경에 처해 있는 한국 컴퓨터게임 산업이 대외 경쟁력을 확보하고 지속적인 성장을 하기 위해서는 다양한 방안이 필요하다.

첫째, 영세성을 면치 못하는 제작사(개발사)에 대한 자금 지원을 확대할 필요성이 있다.

둘째, 법·제도를 엄격히 규정하여 산업적 측면에서는 심의제도를 탄력적으로 운용하여 컴퓨터게임산업을 적극적으로 지원할 필요가 있다.

셋째, 정부와 산·학·연 그리고 대기업과 중소기업간의 협력체제를 수립하여 중·장기적으로 개발 된 첨단 게임 관련 기술이 사업화 될 수 있도록 유대관계를 형성해야 한다.

2) 순수예술산업

가. 공연예술산업

공연예술이 문화산업의 한 부문으로 발전하기 위해서는 일반인들이 공연예술에 대한 수요정도가 중요한 요인이 된다. 공연예술에 대한 향수 정도가 낮은 이유는 크게 두 가 측면으로 사회구조적인 요인과 수요자의 사회경제적인 요인을 들 수 있다. 사회구조적인 요인으로는 한국의 공연예술이 전통적인 문화양식을 제외하고는 거의 서구화되어 버렸다는 점이다. 이러한 기본적인 사항에 대하여 한국문화정책개발원(1998)에서 실시한 조사 내용을 중심으로 국·공립 예술단체와 민간예술단체로 구분하여 공연예술산업에 대한 경영의 실제 문제점을 살펴본다.

① 국·공립 공연단체

첫째, 예술단체의 현안문제로서 가장 많이 지적하고 있는 부문은 재정 지원의 부족을 들고 있다.

둘째, 공연예술단체의 관리·행정·인력과 공연 기획자들의 전문성 부족을 들고 있다. 이것은 모두 공연예술산업의 관리 및 기획력 부족을 지적한 것으로 공연예술산업이 해결해야 할 중요한 본질적인 문제점이라고 할 수 있다.

셋째, 국·공립 공연예술단체의 운영상의 문제점을 지적 할 수 있으며 이에 대하여 '국민의 정부'와 '참여의 정부'에서는 국·공립 공연단체의 민영화를 강력히 추진하겠다는 의지를 가지고 있으나 '가능성'만 열어 놓았다.

② 민간공연단체

첫째, 민간공연예술단체 역시 재정적인 문제점과 공연기획의 전문성, 즉 창작력·기획력 부족으로 인하여 존폐 위기에 놓인 기관도 있다.

둘째, 국내 공연예술 발전 위한 주요현안으로 무대기술 전문인력과 공연 예술가 그리고 공연예술 전문 경영자를 양성하기 위한 전문대 학원설립 등을 들 수 있다.

셋째, 문화예술진흥기금 운용을 개선하여 공연예술 분야의 재정 지원이 적극적으로 이루어지도록 하고 나아가서 지원제도에 있어서도 심의 절차 및 기준을 개선하여 공연 예술인의 상당수가 요구하는 있는 집중지원제도를 확대하는 문제를 심중하게 검토할 필요가 있다.

나. 시각예술산업

시각예술산업이 안고 있는 문제점으로 정부의 미술에 대한 정책적인 지원이 문화 전반에 대한 총체적인 인식 부재 때문에 일관성이 없다는 시각이 지배적이다.

첫째, 박물관·미술관의 전문적인 큐레이터의 독립성과 그에 맞는 자질이 요구된다.

둘째, 미술시장의 유통구조의 문제점으로서 미술품의 매매는 시장기능에 의하여 합리적으로 이루어지는 것이 원칙이다.

셋째, 미술관 제도 및 관행에 관한 문제점으로 공모전·미술상·미술저작권을 들 수 있다.

넷째, 미술창작에 관한 사항에서 신인 등용은 한국미술계의 앞날을 예견해 볼 수 있는 대단히 중요한 일이다.

다섯째, 미술교육 문제에 있어서 문화적 정체성이 없는 창작과 이론은 그 뿌리가 약하므로 늘 다른 문화에 동화되기 때문에 한국의 미술교육은 문화적인 정체성을 확고히 하면서도 세계미술사조를 과감히 받아들일 수 있는 미술교육이 되어야 한다는 지적이다.

3) 중점육성산업

가. 응용예술산업

영상분야는 창작한 사람의 정신이 스며 있어 감수성 많은 어린 세대 및 청소년에 미치는 문화적 영향이 크고 국가의 이미지 홍보, 국가간의 문화 전파에 기여하는 등 문화적 파급효과가 지대한 사업이다. 문제점으로는 영화산업의 영세성과 애니메이션산업의 주문자상표(OEM) 방식 위주의 산업구조로 인하여 기획력·창작력의 부재와 부족, 생산체제와 자본의 영세성, 유통구조의 취약 등이 지적될 수 있다. 이러한 문제점들을 경영관리의 측면에서 정리하여 본다.

첫째, 생산운용관리(production & operation management) 측면에서 응용예술 문화산업은 시장에서 경쟁력을 확보하기 위해서는 고도한 기획력과 콘텐츠 개발능력이 요구되는 산업이다.

둘째, 재무·회계 관리(financial & accounting management) 측면에서 재정 지원이나 투자는 문화예술 분야 전반에서 제기되고 있는 절박한 요구사항이나 아직까지는 미흡한 수준이다.

셋째, 인력관리(personnel management) 측면에서는 문화산업 전반에서 요구되고 있는 우수한 기획팀, 제작팀, 마케팅팀, 연기자 등 모든 부문에서 전문인을 체계적으로 양성하는 전문교육기관이 필요하다.

넷째, 마케팅 관리(marketing management) 측면에서 철저한 시장조사와 분석 그리고 그에 적합한 마케팅 전략을 수립하여 기획·제작·유통·홍보로 연결되는 종합적인 경영전략이 필요하다.

다섯째, 예술경영(art management) 측면에서 상기되어 언급된 여러 가지 경영관리, 즉 기획·생산·재정·회계·인사·마케팅 등에 대한 기법을 종합적인 시스템으로 경영할 수 있는 기법을 개발하고 그것을 운영·관리할 수 있는 전문 예술경영인(art manager)이 필요하다.

여섯째, 경영관리 이외의 사항으로는 통계자료의 미비로 인한 문제점을 들 수 있다.

나. 순수예술산업

순수예술산업의 기반 위에서 응용예술산업은 발전할 수 있으며 경쟁력을 확보할 수 있다. 문화산업이 세계시장의 경쟁에서 절대적 우위를 확보하기 위해서는 다른 나라와는 구별되는 독창성을 지닌 아이디어와 시나리오 그리고 콘텐츠(contents)에 의하여 문화상품을 창작하여야 한다. 따라서 문화산업 정책을 수립하는 데 있어서도 이런 응용예술산업과 순수예술산업의 균형적인 지원정책이 반드시 고려되어야 한다.

첫째, 생산운용관리(production & operation management) 측면에서 순수예술

문화산업은 예술 장르별로 수준 높은 창작력이 요구되는 산업이다.

둘째, 재무관리(financial management) 측면에서도 응용예술산업과 비슷한 처지에 놓여 있다. 따라서 순수예술산업에 대한 재정지원 정책은 국가 문화정책 차원에서 접근해야 할 것이며 응용예술산업과 더불어 발전할 수 있는 정책적 배려가 요망된다.

셋째, 시각예술산업에 속하는 미술의 경우, 젊고 유망한 신인이 발굴되고 등용될 수 있도록 제도적인 장치가 필요하다.

넷째, 마케팅 관리(marketing management) 측면에서 그동안 공연예술산업과 시각예술산업과 단순한 홍보활동 수준에 머물렀다. 이제는 공연예술산업과 시각예술산업의 문화산업의 핵심적인 콘텐츠산업 기지가 되기 위해서는 순수예술산업에도 전략적 마케팅이 필요한 시대가 되었다.

다섯째, 예술경영(art management) 측면에서 순수예술산업도 경영 관리의 전문화가 요구되는 시대가 되었다.

15. 문화산업과 생태관광

1) 생태관광의 의미

최근에 이르러 특징 있는 자연을 '세계유산'으로 지정되고 '물'과 '산'이 기념되는 해라고 하여 자연을 있는 그대로 보호하면서 감상하고 학습하는 활동이 점점 중시되었다. 세계유산 조약은 1972년에 파리에서 열린 유네스코총회에서 채택되어 1993년 9월 현재 136개국이 가입하였다. 조약의 목적은 "인류사회에서 현저하고 보편적인 가치를 지닌 유산을 보호하기 위해서 그 중요성을 널리 알리고 보호를 위한 국제협력을 추진한다"는 데에 있다.

세계유산위원회는 생태관광을 장려해서 유산의 가치를 홍보하고, 유산이 있는 지역에 외화 수입과 고용을 창출하는 등 현지인들에게도 유산보호의 중요성을 인식시키고 있다. 세계유산회가 추진하는 생태관광은 '비교적 파괴되지 않은 자연 지역을 기본으로 한 관광으로, 생태적으로도 지속가능한 것'((財) 日本自然保護協會, 1994)을 말한다. 이는 1972년에 스톡홀름의 국제연합 인간 환경회의에서 제안된 '지속가능한 개발'의 이념과도 일치한다. 곧 지구를 하나의 생태계로 보고 무분별한 개발에 제동을 걸어 환경의 열악화를 막으려는 제안으로, 관광개발에도 이 이념이 요구된다. 이러한 생각은 야외박물관 구상과도 일치하며, 세계 각지에서 생태관광이 계속 등장하고 있다.

2) 문화활용과 생태관광

자연감상을 목적으로 하는 관광에는 산과 바다, 강, 호수, 폭포 등의 경관을 대상으로 하는 것과 특정 동물이나 식물을 대상으로 하는 것이 있다. 경관이나 식물은 계절에 따라 모습을 달리하지만, 움직이지 않으니까 관찰장소를 고정할 수가 있다. 그러나 동물은 매일 활동장소를 바꾸므로 그 동물의 습성을 잘 파악하고 나타나기 쉬운 장소에 가서 기다리지 않으면 안된다. 따라서 동물이나 현지 지리에 밝은 가이드가 필요하게 된다.

아프리카에서는 사바나 투어가 널리 알려져 있어, 관광객은 현지 가이드와 함께 차를 타고 사자나 치타, 기린, 얼룩말, 코뿔소 등을 관찰하기 위해 찾아다닌다. 이러한 투어에서 오랜 역사를 자랑하는 케냐나 탄자니아의 국립공원에서는 차가 가까이 가도 동물들이 도망가지 않고 유유히 풀을 뜯고 있는 경우가 많다. 그러나 여기서는 자동차라는 안전장치로 격리시킨다는 규칙이 있기 때문에 야생동물에게 접근할 수 있으며, 관광객이 차에서 내려 밖으로 내려오는 것은 금물로 사전 교육이 필요하다.

그런데 산림에서는 자동차를 이용해서 동물을 추적할 수 없다. 자신의 발로 걸으면서 덤불을 헤치고, 여러 가지 동·식물과의 직접적인 만남을 시도해야 한다. 이것이 생태관광의 기본이다. 원래는 관광객이 열대림의 풍요로운 세계를 모든 감각을 동원해서 감상하는 '숲 속 걷기'가 이상적이다. 그러나 열대림 속을 걷는 데는 체력과 인내심이 필요하다. 어떤 목적이나 걷는 지표가 없으면 숲 속 걷기에 익숙하지 않은 사람들은 금방 포기하게 된다. 그런 까닭에 매력적인 동물을 관찰대상으로 정해 놓고, 그 동물의 발자국이나 소리 등의 흔적을 추적하면서 반드시 만날 수 있다는 기대감에 힘을 얻어 걷도록 하는 것이다.

열대림 생태관광의 매력은 다양한 생명체와의 직접적 접촉을 통해서 인간이 갖고 있는 능력을 가능한 한 끌어내는 데에 있다. 어디에 무엇이 숨어 있는지 알 수 없는 장소를 두려워하면서 걷는 동안에 뜻밖의 동물이나 식물과의 만남을 체험한다. 그리고 어떤 동물을 추적하는 동안 그 동물의 생활상을 파악하고 그들의 눈을 통해서 자연과 접하는 기술을 익힌다. 여러 가지 생명과 함께 함으로써 인간의 감각세계는 그 폭을 넓힐 수가 있다. 이런 능력은 인간이면 누구나 지니고 있을 뿐만 아니라, 인간의 정신을 풍요롭게 해 주는 원천이기도 하다. 생태관광은 원초적인 체험학습을 지향하는 가장 인간적인 관광이라 할 수 있다.

문화를 활용하여 생태관광을 만들려면 친자연적인 세계관을 바탕으로 생태공동체로서 공동체 문화를 회복해야 한다. 농촌공동체가 문화공동체로 거듭나야 민족문화의 전통이 지속 가능한 것처럼, 농촌공동체가 생태공동체로 거듭나야 민족사의 존립과 인류사의 지속이 가능하다. 생태공동체는 생태학적 이치에 따라 순환성과 공생성, 생물종 다양성이 확보되고 지속되어야 건강하다. 이러한 생태학적 이치는 한결같이 전통적인 문화지식을 통해 이어지고 있다. 농촌공동체의 전통문화를 재인식하고 그 토대 위에서 새로운 공동체 구상을 설계하는 것이 효율적이다. 생태학적 순환성을 전통지식에 입각해서 되살려야 농촌이 생태공동체로서 거듭날 수 있다. 그리고 농촌공동체의 공생적 문화 전통도 되살려야 한다. 인간과 자연이 더불어 산다는 데서 소극적인 공생이 아니라 자연물을 두루 섬기며 산다는 적극적인 공생의 문화전통을 말이다.

3) 생태관광의 상품화

숲 속에서 행해지는 가장 좋은 관찰 대상은 곤충이나 새, 원숭이, 다람쥐 등 낮에 활동하는 동물이다. 코끼리나 들소, 표범 등의 대형 포유류 동물은 거의 모두가 야행성이거나 저녁 무렵에 활발히 움직이는 습성 때문에 위험하다. 따라서 아주 운이 좋거나 관찰을 위한 오두막집을 지어 먹이로 불러들이는 것과 같은 특별한 방법을 쓰지 않으면 볼 수가 없다. 낮에 주로 활동하는 동물 중 곤충이나 새는 자주 나타나는 장소나 시간을 선택하면 만날 수 있다. 하지만 인간의 능력으로는 곤충이나 새를 추적해서 숲 속을 걸을 수 없다.

영장류를 생태관광의 대상으로 삼는 것은 그들이 비교적 대형이어서 관찰하기 쉬우며, 천천히 이동하기 때문에 추적하면서 그들의 기분이 되어 숲 속을 두루 살필 수 있는 이점이 있기 때문이다. 이리저리 옮겨 다니는 생활을 한다 해도 그들이 하루에 움직이는 거리는 기껏해야 수킬로미터에 불과하며, 삼림을 위에서 아래까지 넓게 이용하기 때문에 그들의 모습이나 흔적을 쫓는 것만으로 삼림을 넓게 바라볼 수 있다. 또한 활동적이며 집단생활을 하는 종류가 많으며, 여러 가지 독특한 행동을 하기 때문에 보는 데서 싫증이 나지 않을 뿐만 아니라 영장류는 지금까지 연구가 많이 되어 있어서 관찰학습을 추진하기 쉬운 이점도 있다.

생태관광이 점차 활성화되자 생산성이 낮아 그동안 매우 폄하되어 온 원시 자연이 인류의 가치있는 유산으로 재평가되고 있다. 근대문명에 뒤떨어져 있다는 이유로 일방적으로 수탈당하고, 세계의 경제기구에서조차 버림받아 빈곤이라는 가면을 덮어 쓴 개발도상국 사람들은 자신들의 전통사회와 그것을 가꾸어 온 고향의 자연을 자랑스럽게 되돌아볼 수 있게 되었다.

생태관광은 현지의 자연을 잘 알고 있는 전문가이드가 필요하다. 가이드는 여러 외국에서 온 관광객에게 자기 고장의 자연의 발자취를 가르치고, 자연으로부터 배워 온 문화적 전통을 설명한다. 가이드가 이 일을 계속하기 위해서는 다른 나라에서는 얻을 수 없는 현지 자연이나 문화에 대한 풍부한 지식을 갖춰야 하며, 또한 긍지를 가지고 임해야 한다.

비파괴형·체제형 체험학습을 지향하는 생태관광에 호화스러운 호텔이나 값비싼 식사, 효율적인 이동수단은 그다지 환영받지 못한다. 대형관광산업보다 오히려 현지의 비정부조직(NGO)이 직접 만든 시설 쪽이 더 바람직하다. 왜냐하면 외부인이 현지의 자연이나 살아있는 전통문화에 쉽게 접근할 수 있기 때문이다. 대형관광에서는 관광객과 현주민이 접할 수 있는 기회가 거의 없지만, 소규모 체제형 관광에서는 여러 형태의 교류가 일어날 수 있다. 현지 물품의 유통기회도 늘어날 것이다. 이렇게 해서 생태관광은 현지인에 의한 관광산업을 만들어 내며, 고용을 창출해서 경제를 활성화하는 역할도 하게 된다.

그러나 아직 이러한 이상은 실현되지 않았다. 왜냐하면 보호의 이념과 관광개발의 의도가 맞아떨어지지 않기 때문이다. 또한 유산지역을 가진 개발도상국에서는 생태관광이 현지주민의 직접적인 이익에 좀처럼 연결되지 않는 현실이 장애가 되고 있다. 세계 각지에서 관광객을 불러들이기 위해서는 광범한 선전활동이나 어느 정도의 안전과 쾌적함을 보장할 설비가 필요하다. 이를 위한 자본이나 통신수단을 갖추지 못한 현지주민은 기본적인 관광설비나 관광객 유치를 외국자본에 의존할 수밖에 없다. 그 결과 현지에 떨어지는 수익은 입장료와 관광산업에 종사하는 사람들의 임금뿐이다. 현지주민은 생태관광에 참가할 기회도 없으며, 적절한 보수도 받지 못한 채 돈 많은 외국인에게 봉사하게 되어 관광이 '새로운 식민

지화'를 초래한다는 비판도 나온다.

유산지역에서 생태관광을 뿌리내리게 하는 데는 비파괴·체류형 관광산업을 담당하는 현지 NGO를 육성하는 것이 무엇보다도 중요하며, 하루빨리 국제적 자금원조와 기술협력이 이루어져야 할 것이다. 생태관광의 가장 장점은 체험행위가 현지의 지역활성화에 바로 연결된다는 점이다. 최근 구미나 일본 문화의 일방적 유입에 따라 개발도상국 사람들은 생활양식의 급격한 개혁을 강요당하고 있다. 그러나 문화 생태관광을 도입함으로써 현지의 자연이나 문화의 가치가 향상되며, 전통사회를 유지하며 자연과 밀착된 삶을 살아온 조상들에 대한 관심이 되살아나고 있다. 나아가 전통기술에 근거한 산업을 되살려 스스로 양보하고 협력하는 화합과 공동연대의 장을 만들 수 있다.

제 2 장 스토리텔링의 적용

1. 스토리텔링과 문학콘텐츠

21세기 문화산업에 대한 논의가 여러 각도에서 조명되면서 문화콘텐츠를 어떻게 활용하고 가치 있게 사용할 수 있는지에 대한 여러 방안이 나오고 있다. 문화란 객관적 실체다. 이미 사람들이 이루어 놓은 많은 것들, 그것들이 공동체를 이루어 여러 사람들이 그 속에서 살아가고 있는 현상이 문화의 실체다. 그 문화 속에서 문학적 특성을 찾아내고 그것을 콘텐츠화하는 것이 문학콘텐츠이며 그 콘텐츠를 이야기 풀어 말한 것이 스토리텔링이다.

스토리텔링이란 '스토리(story)＋텔링(telling)'의 합성어로서 상대방에게 알리고자 하는 바를 재미있고 생생한 이야기로 설득력 있게 전달하는 행위의 총체다. 이 때 이야기는 특정 부류를 타겟으로 하여야 효과가 크며 내용은 듣는 이의 흥미를 자극하며 그 방향은 다중성(多衆性)을 지녀야 하는데 새로운 것을 이해할 수 있는 계기를 마련해 주어야 한다. 요즘세대는 점점 복잡한 것을 싫어하는 경향이 늘어남에 따라 재미있는 이야기형태로 상대방에게 메시지를 전달하는 방법의 필요성이 커지고 있다. 또한 지식의 생산과 활용이 중시되는 정보화 사회에 따른 교육제도의 변화로 인해 감성의 시대로 접어들었다. 이로 인해 예술과 상품의 경계가 와해되고 문화콘텐츠산업이라는 제3의 개념이 생겼다.

문화산업은 물질을 산출하는 생산방식보다 기호를 산출하는 생산방식을 선호하면서 상품의 미학적 효과가 강조되면서 예술과 상품의 구분이 모호해지는 경향으로 대두되었다. 스토리텔링은 방법을 사용하여 효율적인 커뮤니케이션을 시도하고 있다. 이는 지나치게 사무적이고 전문적이며 압축적인 형태의 것을 부드럽지만 매우 설득력 있는 스토리로 전달하여 감성을 자극한다. 이를 좁혀서 말하면 문학콘텐츠의 방향으로 이해해야 한다. 문학의 고유영역에다가 전달의 고부가 가치화를 상생시킨다는 의미이다.

한국문학 유산에는 누대에 걸쳐 특이한 잠재 토속문화의 인자가 다양하게 전승되고 있다. 문화원형을 현대인들의 특성에 맞도록 문학콘텐츠화하는 일이나 문화원형을 스토리텔링화하여 동화나 애니매이션 또는 영화를 만드는 일 등은 고유한 유·무형 문화자산의 원형을 이용한 문화산업 —좁게 충북지역의 더 나아가 한국의 문화산업—을 지적 재산권 위주의 특화된 문화로 바꾸는 데 그 효용이 있다.

2. 스토리텔링 활용방안

애니메이션과 캐릭터 개발 사업은 상징캐릭터의 활용을 다양하게 전개할 수 있다. 그리고 더불어 나이스 제천을 알리고 고유문화를 정립하는데 지대한 효과를 지닌다. 캐릭터 라이센싱, 캐릭터 매니지먼트 그리고 캐릭터 머천다이징 등을 통해 상품 기획제조, 캐릭터 상품 유통 및 판매를 할 수 있으며 제천 고유의 특화된 문화자산을 문화에서 경제적 측면으로 넓힐 수 있는 것이다. 이를 생태체험관광의 문화상품으로 연계함으로써 지역민의 삶을 제고할 수 있다.

캐릭터 사업은 하나의 캐릭터가 다양한 파생시장을 형성하여 고부가가치 창출이 가능하며, 시장의 글로벌화가 용이한 분야이다. 이미 창작 애니메이션의 지상파, 케이블 TV 등의 매체를 통해 애니메이션의 주요인물을 캐릭터화할 수 있다.

방송 애니메이션은 방송 및 비디오 특성에 적합한 콘텐츠 및 제작시스템 구축하며, 극장용 애니메이션은 사전 조사와 검증을 통한 프리마케팅 그리고 방송애니메이션 및 디지털콘텐츠 제작 노하우를 바탕으로 세계적인 디지털 애니메이션 영화를 제작할 수 있다. 지방 대학연구소 및 기술보유 기관과 기술제휴를 통해 영상시장에 진입한다.

또한 제작한 애니메이션의 캐릭터와 인지도를 활용할 수 있는 게임을 지속적으로 개발한다. 제천이 보유하고 있는 애니메이션 소스는 물론 다양한 아이디어 영상소스를 활용함으로써 디지털 애니메이션과 캐릭터 사업 그리고 온라인 및 PC게임으로 그 활용을 넓힌다. 제천의 오장사 애니메이션 창작물 및 캐릭터 유통의 장으로 인터넷을 활용할 것이며, 이를 통해 온라인 및 오프라인 상에서의 애니메이션 및 캐릭터 그리고 게임의 연동을 통한 시너지 효과를 얻을 수 있다. 그러한 내용으로는 캐릭터 다운로드, 벨소리 다운로드, 모바일 게임개발, 플래시와 연계된 모바일 콘텐츠 개발 등을 들 수 있다. 이를 장기적인 계획으로 추진하여 문화 관광상품으로 부각시키고 해외에까지 확대하여 경쟁력을 높이는 데 있다.

3. 우리 문화콘텐츠산업의 발전가능성과 성공사례

정보통신을 중심으로 하는 과학기술의 눈부신 발전은 우리의 삶을 완전히 바꾸고 산업의 환경도 바꾸었다. 한국은 정보통신의 강국으로 급부상하고 있다. 정보통신의 발달은 곧 문화콘텐츠산업이 향후 국가 경쟁력의 척도가 됨은 시간문제다. 우리나라의 정보통신 인프라가 세계 제일이기에 선진국의 정보통신 관련 연구기관들이 속속 우리나라를 거점으로 활용하려는 움직임이 일고 있다. 유구한 문화적 역사적 전통을 가진 국가로서 거기에 걸맞는 창의력과 상상력을 가진 인적자원이 풍부하여 문화콘텐츠의 강국으로 성장할 가능성이 무한한 나라다. 거기에 정부의 문화콘텐츠산업의 육성의지도 매우 높다.

문화콘텐츠산업의 육성이 국가경쟁력과 우리의 문화정체성 활보의 핵심과제로 대두됨에 따라 문화콘텐츠진흥원이 설립되고 콘텐츠 산업 진흥 방안이 마련되기도 하였다. 문화콘텐츠진흥원에서는 여러 콘텐츠 공모전을 통해 콘텐츠 산업 육성에 힘쓰고 있다.

하지만 아직 콘텐츠산업을 육성하기에는 많은 보완책이 필요한 실정이다. 우수한 시나리오와 아이디어를 생산하고 각색하는 창작력과 연출력 그리고 이들을 상표화하는 기획력을 갖춘 높은 수준의 제작 인력이 필요하다. 그 대책으로 전문가의 해외연수, 특별 교육 프로그램 운영, 정규 교육과정에 콘텐츠관련학과 설치 등의 지원책이 요구된다. 또한 자원들을 제대로 활용하여 성장성을 가진 산업으로 만들지 못하고 있으므로 지역의 우수한 유·무형의 문화적 역사적 자원의 활용이 필요한 시기가 도래했다.

한국은 문화콘텐츠산업이 성공한 사례가 많지 않지만 단 하나의 캐릭터나 아이디어가 가치사슬이 되어 지속적인 수익을 창출하는 사례가 발생하고 있다. 미국의 '라이언 킹'이나 일본의 '아톰'에 대비되는 우리나라의 '둘리'가 비록 그 규모면에서는 적지만 다양하고 지속적인 수익을 만들어가고 있음을 알 수 있다. 아톰이 40년 기념으로 '아스트로 보이'로 재탄생하였고 둘리는 부천시의 주민등록증을 갖게 되었다. 만화로 출범된 둘리는 캐릭터 상품, 만화단행본, 애니메이션, 영화, 뮤지컬 등 1,500여 가지의 품목으로 변신해 가면서 직접적안 매출 외에도 연간 로열티만 해도 엄청나다.

한류 열풍으로 인한 문화콘텐츠 역시 전형적인 성공사례가 될 수 있다. 한 연예인, 또는 노래와 드라마가 문화적인 관심을 일으켜서 이것이 이미지로 각인되고 있다. 다양한 상품이나 프로그램이 판매되고 나아가서 부대적인 산업에까지 영향을 미치는 결과를 가져왔다. 이는 의도적으로 만든 것이 아니라 중국에서 우리문화가 중국에 흐르는 현상을 한류과 이름 지어 사용하고, 그것을 집중적으로 소개하거나 언론매체가 보도하고 이용하는 형태로 번져간 것이다. 우리의 문화가 차츰 그 효력을 발생하게 된 결과다.

4. 스토리텔링과 문화산업[1]

1) 의림지 사례

의림지는 충청북도 제천시 모산동에 있는 저수지이다. 우리 나라에서 오랜 역사를 가진 저수지로 손꼽힌다. 제천의 옛이름인 내토(奈吐)·대제(大堤)·내제(奈堤)가 모두 큰 둑이나 제방을 의미하는 것으로 보아 이 제방의 역사가 서력기원전후의 시기까지 오르는 것으로 믿어지고 있다. 『세종실록』에서는 의림지를 "낮은 산줄기 사이를 흐르는 작은 계곡을 막은 제방은 길이가 530척(尺)이며, 수위는 제방 밖의 농경지보다 매우 높아서 관개면적이 400결(結)이나 되었다. 못의 둘레는 5,805척이나 되고 수심은 너무 깊어서 잴 수 없다"고 하였다. 상주의 공검지(恭儉池)나 밀양의 수산제(守山堤), 김제의 벽골제(碧骨堤)와 같은 시기의 것이지만 제방의 크기에 비해 몽

---

1) 김정진

리 면적이 큰 것은 제방을 쌓은 위치의 수위가 높기 때문이다. 현재는 물의 주입부에 서부터 토사(土沙)가 쌓여 작아진 것이다. 제방은 산줄기사이의 낮은 위치에 자갈과 흙과 모래, 벌흙을 섞어서 층층으로 다지되 제방의 이면이 크게 단(段)을 이루도록 하였다. 단면이 이중의 사다리꼴을 이루고 외면은 석재로 보강하였다. 출수구는 본래의 자리가 원토인 석비레층으로 그 위에 축조되었던 것이나 지금은 원형(原形)이 사태로 말미암아 없어지고 패어나간 흔적만 남아있다.

옛날부터 의림지의 생성에 관한 재미있는 전설이 전해내려 오는데 간단히 소개해 보도록 하겠다.

옛날 내토(奈吐)마을에 인색하기로 소문난 부자가 살고 있었다. 하루는 한 노승이 시주차 들렀는데 부자주인은 늘 하던 대로 이를 박절히 거절했다. 주인의 거절에도 노승은 아랑곳하지 않고 계속 목탁을 두드리자 마침 외양간을 치고 있던 주인은 쇠똥을 가 득 퍼서 스님의 바랑에 쑤셔 넣었다. 그러나 놀랍게도 스님의 태도는 의연하였다. 한동안 목탁을 두드리던 스님은 쇠똥 보시면 어떠냐는 듯이 정중히 절하고 그 집을 나선다.

'아무리 구두쇠라고 하지만 노승에게 이렇게 대할 수가.' 부엌에서 이 광경을 지켜보던 그 집 며느리가 얼른 쌀을 퍼다가 스님을 뒤쫓아가 시아버지 대신 사과하고 이를 시주한다. 이때 노승은 착한 며느리에게 이렇게 귀띔한다.

"당신이 살고 싶으면 지금 당장 산 속으로 들어가시오. 다만 가는 도중에 어떤 일이 있어도 뒤를 돌아보지 마시오."

그러나 며느리는 스님의 이 당부를 지키지 못했다. 황급히 아이를 들쳐 업고 용두산으로 향하던 중 갑작스런 천둥번개에 놀라 그만 뒤를 돌아보고 말았던 것이다. 순간 세찬 비바람과 함께 집은 순식간에 물에 잠기고 며느리와 아기는 그 자리에 선 채 돌로 굳어져 모자(母子)바위가 되고 말았다.

의림지 전설은 악덕 주인의 죽음만으로 끝나지 않는다. 집이 못으로 변할 때 그 집주인은 이무기로 변신하여 물 속에서까지 계속 심통을 부린다. 가끔 물위로 올라와 사람이나 가축을 해치기도 하고, 또 못에서 수영하는 사람을 물귀신으로 만들기도 한다. 이런 못된 횡포를 보다 못한 이 고을 어(魚)씨 집안의 다섯 형제가 나서서 교묘한 방법으로 이무기를 죽여버린다. 의림지 인근 마을에서 전해오는 어씨오장사(魚氏五長士)의 이야기이다. 어씨 오장사 전설은 다음과 같다.

조선조 선조 때의 이야기다. 제천에 어씨 다섯 형제가 있었다. 맏형인 어득황을 비롯한 형제들은 모두 힘이 장사여서 사람들은 어씨 오장사라 불렀다.

하루는 오형제가 의림지에 있는 대송정에서 놀고 있었다. 담배를 피우려고 했으나 불이 없어 피우지를 못했다. 그런데 의림지 건너 산기슭에서 나무꾼이 앉아 담배를 피우고 있는 것이 보였다. 맏형인 득황은 담뱃대에 담배를 담더니 그것을 상투의 머리에 꽂고 의림지에 뛰어들어 헤엄쳐 건너가 나무꾼에게 불을 얻어 담뱃대에 불을 붙여 다시 머리에 꽂고는 뒤돌아 헤엄쳐오는 것이었다.

의림지에는 큰 이무기(이심)가 있어 가끔 나와서 사람이나 가축을 해치는 일이 있었는데 득황이 의림지 중간쯤 왔을 때 물속에서 커다란 이무기가 솟아오르더니 그를 쫓아 오는 것이었다. 이것을 보고 있던 네 동생이 나무가지를 꺾어들고 물가에서 크게 소리치면서 형이 무사히 헤엄쳐 오기만 기다렸다. 맏형 득황은 쫓고 쫓기면서 물가에 올라오게 되었다. 화가난 이무기는 물가까지 쫓아 올라와 크고 단단한 꼬리를 휘둘러 득황을 후려쳤는데 득황이 얼른 피하여 맞지를 않고 단단한 꼬리는 옆에 있던 큰 나무에 박히고 말았다. 득황은 잽싸게 달려들어 주먹과 발길로 이무기를 쳤으며 나머지 동생들은 나무막대로 때려 죽여버렸다. 이무기의 비늘이 부서져 사방에 흩어졌고 흐르는 피는 의림지물을 붉게 물들였다.

죽은 이무기를 들어 커다란 나무의 윗가지에 걸었더니 머리는 꼭대기에 있고 꼬리가 땅에 닿았다. 그렇게 큰 구렁이었다. 어씨 오 형제가 이무기를 잡은 다음부터는 사람들이 안심하고 놀 수 있게 된 것이다. 현재 김이만의 어장사 참사가 전해지고 있다.

흔히 '장자못 설화'라 일컫는 이런 류의 이야기는 우리나라 지명 전설의 대표적인 유형이다. 장자못 설화란 앞에서 소개한 의림지 전설처럼 부자가 중(또는 도승, 거지)을 학대한 벌로 집이 함몰하였다는 장자못부분과 며느리(또는 딸, 아내, 하녀)가 금기를 어겨 돌이 되었다는 화석부분으로 이루어져있다. 증거물에 따라 때때로 어느 한 부분만이 따로 이야기되는 경우도 있는데, 이럴 경우 대체로 앞의 장자못에 관한 이야기가 많이 나타난다. 장자못 설화는 단순한 악행응징(惡行膺懲) 이상의 의미를 지니고 있다. 중은 초자연적인 세계의 절대선적(絶對善的)인 질서를 대변하는 존재이고, 장자는 세속적인 본능적 욕망의 표상이며, 며느리는 초월적 질서와 본능사이에서 갈등하는 인간의 모습을 대변하고 있다. 이러한 해석은 장자못 설화가 권선징악적 교훈 이상의 인간의 존재양상에 대한 철학적인 인식을 담은 설화임을 말해준다. 이 설화는 광범위하게 전승됨으로 향유층의 의식을 밝히는 데 중요한 자료가 될 뿐만 아니라, 폭넓은 분포와 전승과정에서 파생된 변이는 설화변이 연구에도 기여하는 바가 크다. 비록 문화적·종교적 배경 차이는 있다 하더라도 이런 장자못 설화는 구약성경에 나오는 '소돔과 고모라'이야기와 너무나 흡사하다. 이런 현상을 두고 혹자는 설화의 세계성을 운위하기도 한다.

의림지 아랫마을인 장락동에서도 장자못 설화를 닮은 전설이 있다. 이곳에는 옛날에 큰절이 있었는데, 그 절터에 남아있는 7층 모전석탑(보물 제457호)의 형성과 관련된 이야기가 그러하다. 단지 차이가 있다면 시주승에게 쇠똥대신 모래를 퍼주었고, 벼락을 맞아 못 속으로 가라앉은 집이 여기서는 탑으로 변했다는 것뿐이다.

제천(堤川)은 앞에서 언급했던 것처럼 본시 냇가에 형성되었던 마을이었던 것 같다. 제천의 고구려 때의 지명 '奈吐'에서 이를 추정해 볼 수 있다. 奈吐는 시냇가의 터전을 일컫는 말로서 '내토' 정도로 읽었을 것이다. 고구려 지명 내토(奈吐)는 바로 奈堤로 바뀌고, 다시 고려 때의 堤州를 거쳐 지금의 제천(堤川)에 이른다. 아마도 오랜 세월에 걸쳐 냇가에 방북(堤)를 쌓아 오늘날처럼 이렇게 큰 저수지를 만들었던 모양이다. 수리관개뿐만 아니라 유서 깊은 경승지로 이름 있으며, 충청도 지방에 대한 별 칭인 '호서(湖西)'라는 말이 바로 이 저수지의 서쪽이라는 뜻에서 유래된 것이다.

이 저수지의 본래 이름은 임지(林池)라고 했다. 지금도 400년 이상의 수령을 자랑하는 노송이 우거진 것을 보면 옛날에도 방죽가에 숲이 무성했던 모양이다. 그런데 임지란 이름 앞에 '의(義)'자를 덧붙인 것은 이 고을 현감이었던 박의림(朴義林)의 이름에서 비롯되었다는 설이 있다. 박의림현감은 이 제방공사에 인근 단양과 청풍 주민들까지고 동원했다고 한다. 그런데『세종실록』에는 이 제방의 명칭을 의림제(義臨堤)라 적고 있어 이 설도 믿을 만한 것이 되지 못한다.

의림지 축조의 역사는 조선조 박의림보다 700여 년을 더 거슬러 올라가야 한다. 또 다른 기록에 의하면 신라 진흥왕 때 우륵(于勒)이 처음 이 둑을 쌓았다고 한다. 축조자의 이름으로 둑의 명칭을 삼는다면 의림지가 아니라 우륵지라고 해야 옳을 듯 하다. 우륵은 누구나 다 아는 것처럼 가야국의 가실왕과 신라 진흥왕때 악사로 이름을 떨친 가얏고의 명인이다. 우륵은 그의 조국 가야 국이 어려워지자 신라에 귀하 하면서 그를 따르는 제자들과 함께 이곳 임지(林池)에 이르러 가야금을 벗삼아 말년을 보낸다. 그가 조석으로 가야금을 뜯었다는 우륵대와 우륵정이 있어 이 사실을 더욱 뒷받침해준다.

문헌에 기록된 바로는 세종 때 충청도 관찰사였던 정인지(鄭麟趾)가 수축하고 다시 1457년(세조3) 체찰사가 된 정인지가 금성 대군(錦城大君)과 순흥부사 이보흠(李甫欽)의 단종 복위 운동에 대비하여 군사를 모으면서 호서·영남·관동지방의 병사 1,500명을 동원해서 크게 보수한 것으로 되어있다. 그 뒤 1910년부터 5년 동안 3만여 명의 부역에 의한 보수하였던 것이 1972년의 큰 장 마때 둑이 무너지자 1973년에 다시 복구한 것이 오늘날의 것이다. 현재의 의림지는 호반둘레가 약 2km, 호수의 면적은 15만 147m^2, 저수량은 661만 1891m^3, 수심은 8~13m이다. 현재의 몽리면적은 약 300정보에 이른다.

또, 의림지의 특산물로는 붕어와 빙어가 유명하다. 고원분지인 제천지 방은 일교차가 매우 심하여 옛부터 유난히 말라리아 환자가 많았는데 의 림지의 붕어 창자회를 약처럼 사용했다고 한다. 그 쓴맛이 키니네 같아서 '약붕어'라는 말이 의림지 붕어에서 유래되었다고 한다.

송학산을 좌청룡으로, 백운산을 우백호로 하는 천하명당 용두산이 얼싸 안은 의림지 이 거대한 호수는 울창한 노송과 수양버들에 파묻혀 있어 더 욱 운치 있는 1807년(순조 7)에 세워진 영호정(暎湖亭)과 1948년에 건립된 경 호루(鏡湖樓)의 두 정자와 함께 높이 40척에 달하는 용폭포를 갖추고 있어 분명히 제천의 자랑거리로 손색이 없다. 게다가 이 호수는 기호(畿湖)와 호 서(湖西)를 가르는 분기점이 되기에 더욱 그러하다.

이런 유서 깊은 호수에 악성(樂聖) 우륵의 전설을 좀 더 부각시킨다면 금 상첨화가 아닐까 싶다. 이러한 의미에서 이곳 의림지 숲 속에 가야금 산 조가 은은히 울려 퍼지게 하면 어떨까?

다음은 스토리텔링 기법으로 의림지 전설을 바탕으로 한 창작설화이다. 먼저 내레이션을 맡은 화자 박달이와 금봉이가 있다. 두 남녀의 모습은 이미 제천인근과 충북에서는 그 캐릭터가 익숙한 존재들이다. 이미 <울 고넘는 박달재의> 가사에 등장하는 이 둘을 캐릭터로 하여 스토리를 내 레이션하기로 한다.

가. 박달이와 금봉이의 의림지 전래 설화 소개

안녕하세요. 박달이와 금봉이입니다. 제천의 특별한 설화를 들려드리지 요. 의림지의 옛날이야기는 우리나라에서 제천에만 있는 아주 재미있는 이야기입니다.

지금도 존재하고 있는 의림지는 삼한시대에 축조된 김제 벽골제, 밀양 수산제와 함께 우리나라 최고의 저수지로 본래 "임지"라 불렸습니다. 고 려 성종 11년(992)에 군현의 명칭을 개정할 때 제천을 '의원현' 또는 '의천'

이라 하였는데, 그 후에 제천의 옛 이름인 '의'를 붙여 의림지라 부르게 되었습니다. 축조된 명확한 연대는 알 수 없으나 구전에는 신라 진흥황 (540~575) 때 악성 우륵이 용두산에서 흘러내리는 개울물을 막아 둑을 만든 것이 이 못의 시초라 합니다. 가야금의 대가인 "우륵"선생이 노후에 여생을 보낸 곳으로도 알려져 있으며 가야금을 타던 바위인 우륵대는 일명 제비바위, 혹은 용바위로 불립니다. 우륵선생님께서 마시던 우물인 "우륵정"이 지금도 남아 있습니다. 그 후 700년이 지나 1200년경에 고려조 고을 현감 "박의림"이 4개 군민을 동원하여 연못 주의를 3층으로 석축을 해서 물이 새는 것을 막는 한편 배수구 밑바닥 수문은 수백관이 넘을 정도의 큰돌을 네모로 다듬어 여러 층으로 쌓아 올려 수문기둥을 삼았고 돌바닥에는 "박의림" 현감의 이름이 새겨져 있습니다. 또한 어씨 오장사이야기도 아주 유명하답니다.

나. 삼한 시대 옥토의 저수지로 용이 솟은 의림지의 역사

이땅의 농경문화가 시작하고 전국각지에서 농사가 바야흐로 전개되었을 때 농부들은 가뭄을 대비해 물을 저장해 두어야만 했지요. 대개 산골에서 흘러내려온 물을 대어 썼지만 물을 가득 담아두고 쓰기가 용이하지 않았지요. 더구나 논 부근으로 흐르는 강물이 없다면 물을 끌어 쓰기가 불가능했겠지요. 충청북도 제천인근에는 강물이 없지요

남쪽 멀리 단양으로 남한강이 흐르고 북쪽에는 신림에 주천강이 흘렀지만 제천의 논밭에 물을 끌어올 수가 없었지요. 제천지방에는 가뭄이 들면 강물이 없어서 농사가 힘들어 고생을 하였답니다. 많은 농부들은 한결같이 논농사에 필요한 물을 원했고 그 정성이 하늘에 닿았는지 하늘과 땅에 상서로운 기운이 감돌았습니다. 그러던 어느날 의림지 숲위의 용머리를 닮은 용두산에서 용이 솟아오르며 샘물이 터져 나왔습니다. 그로부터 용두산 샘물은 의림지를 굽이쳐 흐르며 개천을 이루었고 농부들은 그 물

로 농사를 짓게 되었습니다.

용은 참으로 놀라운 영물입니다. 예로부터 용은 물과 땅 그리고 하늘 등으로 우리 조상들의 세계관 전체를 자유롭게 드나들었던 영물입니다. 용은 바다와 하천 등 물이 있는 곳을 발생지로 하여 승천하여 하늘에서 활약하는 신성한 동물로 상징됩니다. 일차적으로는 물의 세계를 대표하는 상상의 동물입니다. 처음에는 물에 살지만 비상하는 동물로 변하는 것이지요. 물에 사는 동물이 육지에 나오는 일은 자라, 거북이, 게 등 몇 종류가 있지만 하늘로 비상하는 용은 신적인 존재로 전환합니다. 때로는 물고기로 변하고, 때로는 인간으로 변하여 인간과 결혼도 합니다. 용은 모습을 마음대로 바꿀 수 있는 능력을 가지고 있고, 자유자재로 모습을 보이기도 하고 모습을 숨기기도 합니다. 용은 구름과 비를 만들고, 땅과 하늘에서 자유로이 활동하며 자연과 인간을 사랑하는 의로운 존재인 것입니다. 이런 상서로운 영물이 만들어낸 용두산과 의림의 물은 그 근원이 의롭고 상서롭다 하겠습니다.

다. 우륵선생이 용두산 물을 막아 의림지를 본격적으로 관계수로 개발

용두산에서 흘러내려온 의림의 개천물은 농사에 도움이 되었습니다. 그러나 의림지를 휘돌아가는 개천물로는 필요할 때 많은 양의 관개수를 쓸 수가 없었습니다. 그 당시 신라시대 전국을 떠돌던 악성 우륵선생이 말년에 제천 땅에 와 머물게 되었습니다. 충주 탄금대에 거하다가 제천 용두산 기슭에 거처를 정하고 가야금을 제자들과 연주하며 소일하던 우륵 선생은 제천의 백성들이 물이 모자라 고생하는 것을 딱하게 여겼습니다. 그리고 우륵선생은 제자들과 인근 사람들을 모아 제방을 쌓고 용두산 개천물을 막아 물을 가두게 되었습니다. 그리고는 그 물이 점차 불어나 의림지라는 커다란 호수가 된 것이지요.

나중에 우륵선생이 용두산 용바위 위에 앉아 가야금을 연주할 때면 하늘에는 제비가 날고 의림지 수면위에 물고기들이 뛰어놀았다고 합니다.

라. 구두쇠영감, 며느리, 탁발승 그리고 이무기 설화

옛날 의림지 부근에 부자집이 있었습니다. 그런데 그집 주인은 무척이나 인색한 위인이었습니다. 하루는 이집에 스님이 찾아와 시주할 것을 청하였다. 그런데 이집 주인은 탐욕스러울 뿐 아니라 심술도 또한 사나웠습니다. 한동안 아무 대꾸도 없으면 스님이 가버리려니 했는데 탁발스님은 가지 않고 목탁만 두드리고 있는 것이었습니다.

심술이 난 집주인 구두쇠영감은 거름 두엄에 가서 거름을 한 삽 퍼다가 스님에게 주는게 아니겠습니까? 하지만 스님은 묵묵히 그것을 바랑에 받아 넣고 선 머리를 한 번 조아리더니 발길을 돌리는 것이었습니다. 그런데 이것을 집안에서 보고 있던 며느리는 얼른 쌀독에 가서 쌀을 한바가지 퍼다가 스님을 뒤쫓아가 스님에게 주며 자신의 시아버지의 잘못을 빌었습니다. 스님은 그것을 받더니 며느리에게 이르는 것이었습니다.

조금 있으면 천둥과 비바람이 칠터이니 그러면 빨리 산속으로 피하되 절대로 뒤돌아보면 안 된다고 하였습니다.

이 소리를 듣고 며느리는 집으로 돌아왔습니다. 그랬더니 집안에서는 집주인이 하인을 불러 놓고 쌀독의 쌀을 누군가 축내었으니 누구의 소행인지 대라고 호통을 치고 있는 것이었습니다. 며느리는 시아버지에게 자기가 스님이 하도 딱해 퍼다 주었다고 아뢰었습니다. 시아버지는 크게 노하며 며느리를 뒷광에 가두더니 문에 자물쇠를 채워 밖으로 나오지 못하도록 해 버렸습니다.

그런데 갑자기 번개와 천둥이 울리고 세찬 바람과 함께 비가 쏟아지기 시작했습니다. 며느리는 광속에서 안절부절 못하는데 더 요란하게 번개가 번쩍하고 천둥이 치더니 잠겼던 광문이 덜컹 열리는 것이었다. 광문을 잠가두었던 빗장에 벼락이 쳤던 것이었습니다. 며느리는 탁발승의 말이 생각나 얼른 광속을 빠져나와 동북쪽의 용두산 산골짜기로 도망치기 시작했습니다. 얼마쯤 달려가던 며느리는 집에 남아 있는 아이들이 생각이 나서 뒤돌아보지 말라던 스님의 말을 잊고 집이 있는 쪽을 뒤돌아보고 말았습니다.

그 순간 천지가 무너지는 듯한 굉음이 울리더니 며느리의 몸은 돌로 변했고 집이 있던 자리는 땅속으로 꺼져서 온통 물이 괴고 말았습니다. 물이 고인 집터가 의림지의 일부가 되어버렸고 며느리가 변해서 돌이 된 바위는 우륵이 가야금을 타던 제비바위 혹은 용바위 근처 있다고 합니다.

그 심술쟁이 구두쇠영감을 벼락을 맞고는 이무기가 되었다고 합니다. 그래서 그때부터 의림지에는 이무기가 살게 되었습니다.

마. 조선 선조때 어씨 오장사와 이무기 설화

조선조 선조 때. 제천에 어씨 다섯 형제가 살았습니다. 맏형 어득황(魚得潢)을 비롯한 형제들은 모두 힘이 장사여서 사람들은 어씨 오장사라 불렀습니다. 그들은 모두 힘이 장사였고 수영을 잘해서 몸에 용처럼 비늘이 달린 장수들이었습니다.

충주 어씨의 시조는 어중익으로, 고려 태조 때 문하시중 평장사를 지낸 분입니다. 본성은 지씨였는데, 어씨로 성이 바뀐 설화가 유명합니다. 지씨 부모가 어중익을 낳았는데 겨드랑이에 큰 비늘 셋이 있어 그 광채가 사람을 압도했다고 합니다. 후에 그의 아들이 고려 개국 원훈이 되었는데 태조가 그 사실을 알고 몸에 비늘이 있으니 물고기라 하여 어씨로 사성하여 지씨에서 어씨로 분적 충주 어씨의 시조가 되었다는 것입니다. 그리고 충주백에 봉해져 충주를 본관으로 삼게 된 것입니다.

하루는 오형제가 의림지에 있는 대송정에서 놀고 있었습니다. 담배를 피우려고 했으나 불이 없어 피우지를 못했습니다.

그런데 의림지 건너 산기슭에서 나무꾼이 앉아 담배를 피우고 있는 것이 보였습니다. 맏형인 어득황은 담뱃대에 담배를 담더니 그것을 상투의 머리에 꽂고 의림지에 뛰어들어 헤엄쳐 건너가 나무꾼에게 불을 얻어 담뱃대에 불을 붙여 다시 머리에 꽂고는 뒤돌아 헤엄쳐오는 것이었습니다. 의림지에는 큰 이무기가 있어 가끔 나타나 사람이나 가축을 해치는 일이 있었는데 득황이 의림지 중간쯤 왔을 때 아니나 다를까 물속에서 커다란 이무기가 솟아오르더니 그를 쫓아오는 것이 아니겠습니까?

이것을 보고 있던 네 동생이 나뭇가지를 꺾어 들고 물가에서 크게 소리치면서 형이 무사히 헤엄쳐 오기만 기다렸다. 맏형 득황은 성난 이무기와 쫓고 쫓기면서 수중전을 펼쳤습니다. 물가의 나머지 네 형제도 각각 나뭇가지를 칼이나 창을 삼아 거대한 이무기와 수중전을 펼쳤습니다. 이무기가 한명을 쫓으면 다른 네 명이 나무로 이무기를 공격하며 치열하게 싸움을 벌였습니다. 그러다가 이무기에게 바짝 쫓기던 맏형 어득황이 가까스로 물가에 올라오게 되었다. 약이 오를 대로 오른 이무기는 물가까지 쫓아 올라와 크고 단단한 꼬리를 휘둘러 득황을 후려쳤는데 득황이 얼른 피하여 맞지를 않았고 단단한 꼬리는 옆에 있던 큰 나무에 박히고 말았습니다. 도끼처럼 강하고 단단한 이무기의 꼬리가 소나무에 틀어박혀 꼼짝달싹하지 못하게 된 이무기에게 득황은 잽싸게 달려들어 주먹과 발길로 이무기를 쳤으며 나머지 동생들은 나무막대를 들고 덤벼들었습니다. 꼬리가 노송에 박힌 이무기는 용트림을 하며 저항했지만 어장사 오형제는 죽을 힘을 다해 이무기를 때려 죽여버렸다.

이무기의 비늘이 부서져 사방에 흩어졌고 흐르는 피는 의림지의 물을 붉게 물들였다. 죽은 이무기를 들어 커다란 나무의 윗가지에 걸었더니 머리는 꼭대기에 있고 꼬리가 땅에 닿았을 정도로 큰 구렁이었습니다. 어씨 오형제가 이무기를 잡은 다음부터는 사람들이 안심하고 생활할 수 있게 되었는데 현재 김이만(金履萬)의 어장사 참사가(魚壯士斬蛇歌)라는 민요가 전해지고 있습니다.

　이상의 다섯 챕터는 스토리텔링 기법으로 의림지를 통해 전해내려 오는 전설들을 하나로 묶은 것이다. 이러한 이야기에 등장하는 내레이터 박달이와 금봉이는 물론 우륵, 어씨오장사, 이무기 등의 모습을 캐릭터로 진전시킨다면 훌륭한 캐릭터 사업으로 추진될 수 있을 것이다. 또한 우리나라 농경문화의 산역이기도 한 의림지에 농경문화 역사박물관을 설치하여 농사의 역사를 되새기는 작업도 필요하다 하겠다. 탁사 최병헌기념관과 연계시켜도 좋다. 그리고 오장사와 이무기의 격투장면을 애니메이션이나 수중연극(수중인형놀이)이나 동극으로 각색하여 공연해도 문화산업의 일환으로 매우 가치 있는 일이 아닐 수 없다.

참고문헌

강인수, 초성운 외, ≪정보기술(IT)을 활용한 게임산업 발전방안≫, 정보통신정책
　　　연구원, 연구보고 99-19, 1999.
고영수, <인터넷과 출판산업>, ≪출판연구≫ 제11호, 1999.
과학기술처·한국토지개발공사, ≪고도기술산업 집적도시의 건설방향과 운영전
　　　략에 관한 연구≫, 1987.
구운모, ≪게임소프트웨어산업의 지식경쟁력 강화 방안≫, 산업연구원, 1999.
국토개발연구원, ≪지방산업의 실태와 육성방안 연구≫, 1998.
권오혁, <지방자치단체의 복합단지 개발방안>, 한국지방행정연구원, 1996.
＿＿＿, <지방도시의 문화산업지구 조성전략>, 1998.
＿＿＿, <맨하탄의 봄 : 실리콘 앨리(Silicon Ally)만들기>, 미발표 논문, 1999.
＿＿＿, <지방문화산업 육성방안>, 한국지방행정연구원, 2000.
그래엄 터너, 김연종 역, ≪문화연구입문≫, 한나래, 1996.
김대호, 김도연 외, ≪콘텐츠 산업의 현황과 정책과제≫, 정보통신정책연구원 연
　　　구보고 98-20, 1998.
김동현, <한국 컴퓨터 게임산업의 발전 전략>, 전주국제컴퓨터게임축제 학술세
　　　미나, 2000. 10.
김두식, ≪전자출판과 멀티미디어의 이해와 활용≫, 타래, 1994.
＿＿＿, ≪전자출판론 I ≫, 타래, 1993.
김묵한, 권오혁 엮음, <맨해튼의 첨단기지, 실리콘앨리>, ≪신산업지구≫, 한올아
　　　카데미, 2000.
김문조 외, ≪대전·충청권의 도시화와 지역발전≫, 백산서당, 1998.
김삼철, <첨단산업단지 입주 예상업체의 입지행태 및 고급인력의 정주 행태에 관
　　　한 연구－광주 테크노폴리스를 중심으로>, 서울대학교 환경대학원 석사
　　　학위 논문, 1993.
김선배, <한국 컴퓨터산업 네트워크의 공간적 특성>, 서울대학교대학원 박사학
　　　위 논문, 1997.
김영석, ≪정보사회와 디지털 테크놀러지≫, 나남, 2000.
김원제, ≪콘텐츠산업의 패러다임 전환에 따른 한국 콘텐츠산업의 시장매카니즘

　　　　조정 방안》, 한국전산원, 1999.

김재윤, <국민독서실태 분석 및 국민독서 진흥 전략 모색>, 《출판문화》 7월호, 2000.

김정탁, 《미디어와 인간》, 커뮤니케이션 북스, 1998.

김종수, 고경대, <출판유통·마케팅의 변화와 대응책>, 《출판연구》 제11호, 1999.

김종호, <네트워크 게임산업의 경제적 특성에 관한 연구>, 서강대학교 석사학위 논문, 1999.

김진오, 《CD-ROM》, 정보시대, 1989.

김행남·김홍수·정상기, <정보통신망의 발달과 지적재산권법의 대응>, 《계간 저작권》 가을호, 1997.

김현정, <스티븐 킹의 실험적 E-북 판매>, 《KISDI IT FOCUS》, 2000. 9.

김형석, 《영상 비즈니스의 세계》, 문지사, 1998.

_____, 《한국 음반산업 연구》, 삼성경제연구소, 1999.

_____, 《한국 대중문화산업 발전전략》, 삼성경제연구소, 1999.

김휴종·신현암, 《일본 대중문화 개방의 경제적 효과 분석》, 삼성경제연구소, 1998.

김희락, <전자출판의 현황과 대응방안>, 《출판연구》, 1993. 6.

노나까, 《지식경영》, 지식창조사, 1999.

_____, 《지식창조기업》, 지식창조사, 1999.

노병성, <한국 출판산업 활성화에 대한 일고찰>, 《'96 출판학연구》, 한국 출판학회, 1996.

데이비드 베스커빌 저, 김주호 역, 《뮤직비즈니스 핸드북》, 시유시, 1998.

문화관광부·한국문화정책개발원, 《문화예술통계》, 1998.

문화관광부, 《통계로 보는 문화산업》, 1998.

_________, 《콘텐츠 산업발전 방안 연구》, 1999.

_________, 《전자출판산업의 전략적 육성 방안》, 2000.

문화정책개발원, 《음반산업 유통구조개선 인력양성 방안연구》, 1999.

류형석, <저작권 집중관리와 음악저작권>, www.orizine.net, 2000.

박문석, 《멀티미디어와 현대저작권법》, 지식산업사, 1997.

_____, <글로벌 디지털시대의 방송환경 변화와 바람직한 저작권 정책 방향>, 문화관광부 저작권 세미나, 1998.

박삼옥, <기술지구의 발전역동성과 지역개발>, 세계과학기술도시 연합시장회의, 1997.

박삼옥 외 편역, 《경제 구조조정과 산업공간의 변화》, 한울아카데미, 1998.

박성진, <콘텐츠 중심지 뉴욕 실리콘앨리 현황>, 정보통신정책연구원, 1999.

박신홍·송민정 편저, ≪출판매체론≫, 경인문화사, 1991.

박재룡 외, ≪IMF시대의 지방첨단산업단지개발 효율화 방안≫, 삼성경제연구소, 1999.

박재룡 외 4명, <멀티미디어를 지원하는 다중 사용자용 게임엔진의 구현>, ≪한국정보과학회 학술발표논문집≫, 1997. 4.

박창현·송민정, ≪정보 콘텐츠산업의 이해≫, 커뮤니케이션북스, 1999.

백석기, <출협 DOI사업 추진에 관하여 : 디지털 콘텐츠 저작권 보호 및 전자상거래 환경 구축을 위하여>, ≪출판문화≫ 5월호, 2000.

부르디 외, 최종철 역, ≪구별짓기 : 문화와 취향의 사회학≫, 새물결, 1995.

빌딩문화, <뉴미디어의 또다른 역사가 시작되는 곳-미, 뉴욕시 맨해튼의 <IT센터>>, ≪빌딩문화≫, 1976.

브라이언 롱허스트, ≪대중음악과 사회≫, 예영커뮤티케이션, 1999.

블라셀 저, 권명희 역, ≪책의 역사 : 문자에서 텍스트로≫, 시공사, 2000.

산업연구원, ≪권역별·지역별 산업발전 비전과 특화산업 진흥 전략≫, 1997.

__________, ≪문화산업의 발전방안≫, 2000.

삼성경제연구소, ≪벤처기업 육성을 위한 입지지원방안≫, 1997.

____________, ≪IMF시대의 지방첨단산업단지개발 효율화 방안≫, 1999.

____________, ≪인터넷방송의 현황 및 전개방향≫, 2000.

석종훈, ≪실리콘밸리 현장 메일≫, 북마크, 1999.

세계과학기술도시연합 조직위원회, ≪과학기술도시와 지역경제발전연계전략≫, 국제심포지엄.

신기남, ≪게임산업 육성을 위한 정책연구≫, 국회 정책보고서, 1999. 9. 27.

신상철, <인터넷 시대의 출판 방향과 준비>, ≪출판문화≫ 5월호, 2000.

신영상산업추진센터, ≪애니메이션 비즈니스 연구회 조사보고서≫, 1998.

신일순 외, ≪전자상거래를 이용한 전통적 산업의 경쟁력 강화방안 연구≫, 정보통신정책연구원, 1999.

원용진, ≪대중문화의 패러다임≫, 한나래, 1996.

유의선, <전자출판 저작물의 적정보호 수준>, ≪한국언론학보≫ 44-3, 2000.

유선실, <MP3서비스로 살펴본 인터넷 음악산업의 현황과 전망>, ≪KISDI IT FOCUS≫, 2000. 3.

_____, <인터넷영화의 현황과 전망>, ≪KISDI IT FOCUS≫, 2000. 6.

유승호, ≪후기산업사회와 서비스산업≫, 녹두, 1998.

_____, <디지털 유통의 음반산업에의 영향과 파급효과에 대한 연구>, ≪정보화저널≫ 6권 3호, 한국전산원, 1999.

유승호 외, ≪국내 음반산업 유통구조 개선 및 인력양성 방안 연구≫, 한국문화정
　　책개발원, 1999.
윤기호·우지숙·김병준, ≪지식정보화사회에서의 지적재산권보호에 대한 경제
　　적 분석≫, 정보통신정책연구원, 1999.
윤석민, ≪다채널 TV론≫, 커뮤니케이션북스, 1999.
윤선희, ≪애니메이션 산업 육성정책 연구≫, 한국방송진흥원, 1997.
윤창번·강인수 외, ≪방송 통신융합에 대비한 방송발전방안 수립-방송기술 발
　　전방안≫, 정보통신정책연구원, 1999.
윤형두, ≪출판물 유통론≫, 범우사, 1994.
이기성, ≪전자출판≫, 영진, 1996.
＿＿＿, ≪전자출판Ⅱ≫, 장왕사, 1997.
＿＿＿, <전자출판의 오늘과 내일>, ≪출판연구≫ 제11호, 1999.
＿＿＿, <전자출판과 e-book>, ≪출판문화≫ 7월호, 2000.
＿＿＿, ≪e-book과 한글폰트≫, 동일, 2000.
이대희, ≪문화산업이론≫, 대영문화사, 2001.
이동역 편역, ≪하위문화는 저항하는가≫, 문화과학사, 1998.
이동훈, <미국지역방송사들의 스트리밍 미디어 경영전략>, ≪방송 동향과 분석≫
　　2000-12, 2000.
이두영, ≪출판유통론≫, 청한문화사, 1993.
이민정, <한국 콘텐츠산업의 발전방안 연구>, 중앙대학교 대학원 신문학과 석사
　　학위 논문, 1999.
이정춘, ≪출판산업과 출판정책≫, 이진출판사, 2000.
이정택, ≪중소기업간 협력과 기업혁신-이탈리아 사례·베네통-≫, 한국노동교
　　육원, 1991.
이종오, <게임산업의 새로운 주역 온라인게임>, ≪주간경제≫ 595호, 2000.
이창식, ≪문학공학과 민속학≫, 대선, 2000.
임재해, ≪문화산업과 지역문화≫, 지식산업사, 2001.
임태주, <온라인 게임 동향>, ≪1999년도 국내 게임산업 동향조사≫, 게임종합지
　　원센터, 2000. 3.
장명수, ≪전주 첨단영상산업단지 추진과 산·학·연 협력방안≫, 한국과학기술
　　정책평가연구원, 1995.
장석인, ≪지식기반산업의 정의와 범위≫, 산업연구원, 1998.
저작권심의조정위원회, <온라인 서비스제공자의 저작권 침해 책임>, 1999.
전영표, ≪정보사회와 저작권≫, 법경출판사, 1993.
정보통신부, ≪소프트웨어진흥구역지정에 관한 고시≫, 1997.

정보통신정책연구원, ≪인터넷 이용 활성화≫, 1998.

_______________, ≪방송산업 발전을 위한 정책과제≫, 1999.

_______________, ≪정보통신 산업동향 : 콘텐츠 및 소프트웨어 편≫, 2000.

정상기, ≪MP3 등 디지털음악저작권물의 보호 및 이용에 관한 연구≫, 문화관광부, 1999.

_____, ≪MP3와 저작권제도≫, 경희대학교 국제법무학술세미나 자료, 1999. 10. 26.

정상조 외, ≪인터넷과 법률≫, 현암사, 2000.

정세일, <MP3의 도입에 따른 한국 음반산업의 구조 변화에 관한 연구>, 중앙대 대학원 신문학과 석사학위 논문, 1999.

조명래, <새로운 산업 공간과 네트워크 이론>, ≪한국지역개발학회지≫ 제10권, 제2호, 1998.

조병석, <출판유통 정보화의 현단계의 발전 전망>, ≪정보통신정책≫ 제12권 16호, 2000.

조지원, <온라인 음악산업의 현황 및 전망>, ≪정보통신정책≫ 제12권 16호, 2000.

주영호, <디지털 테크놀로지로 인한 방송산업 구조변화에 관한 연구>, 중앙대 대학원 박사학위 논문, 1996.

중앙출판문화원, ≪현대출판론≫, 세계사, 1999.

중앙출판문화원, ≪멀티미디어시대의 전자출판≫, 세계사, 2000.

차봉희, ≪비판미학≫, 문학과지성사, 1990.

초성운·김은미 외, ≪인터넷을 이용한 영상서비스의 현황과 전망≫, 정보통신정책연구원, 1999.

초성운·김휴종 외, ≪영화산업의 변화와 발전 방안≫, 정보통신정책연구원, 1999.

초성운·윤석민 외, ≪디지털 방송시대의 방송산업 육성방안≫, 정보통신정책연구원, 1999.

초성운·한창완 외, ≪한국 애니메이션산업의 IT개발을 통한 육성방안≫, 정보통신정책연구원, 1999.

최경수, <저작권환경의 변화와 출판산업>, ≪출판연구≫ 제11호, 1999.

최 영, ≪인터넷방송≫, 커뮤니케이션북스, 1998.

최지현, <컴퓨터 음악과 미디의 이론과 활용 연구>, 숙명여자대학교 대학원 작곡학과 석사 학위 논문, 1998.

통상산업부, ≪해외 테크노파크 동향≫, 1997.

한국문화정책개발원, ≪전자오락게임의 문화정책적 접근≫, 1996.

_______________, ≪국내 애니메이션산업 육성방안≫, 1997.

＿＿＿＿＿＿＿＿＿＿, <신기술이 캐나다 음반산업에 미친 영향에 관한 연구>, ≪문화정책자료≫ 78, 1999.

＿＿＿＿＿＿＿＿＿＿, ≪문화산업의 활성화≫, 1999.

＿＿＿＿＿＿＿＿＿＿, ≪문화지구 조성모델 개발 및 정책방향에 관한 연구≫, 1999.

＿＿＿＿＿＿＿＿＿＿, ≪인터넷 영화 육성방안에 관한 연구≫, 정책과제, 2000-10.

＿＿＿＿＿＿＿＿＿＿, ≪전자출판산업의 전략적 육성방안≫, 정책과제, 2000-3.

한국방송개발원, <애니메이션 산업육성정책>, ≪방송현안연구≫ 97-1, 1997. 12.

＿＿＿＿＿＿＿＿＿＿, ≪인터넷방송 현황 및 육성방안 연구≫, 1998.

한국방송공사, ≪방송문화연구 '97≫, 1997.

한국소비자보호원, ≪"온라인 게임" 서비스 제공 및 이용실태 조사≫, 2000.

한국영상음반협회, ≪한국 음반·비디오 연감≫, 1998.

한국전산원, ≪1999 국가정보화백서≫, 1999.

한국전자통신연구원, <컴퓨터 기술의 발전 과정과 전망>, ≪주간기술동향≫, 1996.

＿＿＿＿＿＿＿＿＿＿, ≪디지털 콘텐츠제작시스템－디지털TV스튜디오 시스템 기술개발≫, 1998.

＿＿＿＿＿＿＿＿＿＿, <광 저장장치 기술 동향>, ≪주간기술동향≫, 1999.

＿＿＿＿＿＿＿＿＿＿, ≪VR 현실감 향상(Agumented Reality)기술개발≫, 1996.

한국정보문화센터, ≪웹캐스팅의 현황 및 발전방안에 관한 연구≫, 1999. 11.

한국첨단게임산업협회, ≪한국 게임산업의 현황과 전망≫, 1999. 2.

＿＿＿＿＿＿＿＿＿＿, ≪온라인게임산업의 현황과 발전방안≫, 2000.

한기호, ≪디지털과 종이책의 행복한 만남≫, 창해, 2000.

한승헌, ≪정보화시대의 저작권≫, 나남, 1992.

한종희, ≪네트워크경제의 구조와 전개≫, 삼성경제연구소, 1999.

황주성 외, ≪정보통신산업지구 활성화를 위한 연구－서울S/W타운을 중심으로－≫, 정보통신정책연구원, 1999.

한창완, ≪애니메이현 경제학≫, 커뮤니케이션북스, 1998.

허희성, <뉴미디어 출현과 저작권 환경변화>, ≪뉴미디어와 저작권≫, 한국언론연구원 총서, 1996.

홍순영 외, ≪디지털 충격과 한국경제의 선택≫, 삼성경제연구소, 2000.

홍유진, <음반시장에서의 거래연결망에 관한 연구>, 이화여자대학교 사회학과 석사학위 논문, 1996.

홍인기, <디지털 기술 도입이 TV방송제작 시스템에 미치는 영향>, 중앙대학교 신문방송 대학원.

홍일래 외, ≪첨단게임산업 육성방안≫, 한국첨단게임산업협회, 1998.

황주성 외, ≪정보통신산업지구 활성화를 위한 연구-서울S/W타운을 중심으로-≫,

정보통신정책연구원, 1999.

황희철, <정보통신망 발전과 저작권>, ≪뉴미디어와 저작권≫, 한국언론연구원 총서, 1996.

현재호, ≪과학기술단지의 조성동학과 향후 정책추진 방향≫, 한국과학기술정책 평가연구원, 1996.

제 2 부

문학콘텐츠 실제편

제천지역 문화유산의 콘텐츠화 방안*

1. 박달재, 그리고 박달도령과 금봉이의 애틋한 사랑

충청북도에는 많은 재가 있지만 험하기로 따지면 제천의 '박달재'를 능가할 재가 없다. 박달재의 원래 이름은 천등산과 지등산의 영마루라는 뜻을 지닌 '이등령'이었으나 조선 중엽 경상도의 젊은 선비 박달과 이곳에 살던 금봉 낭자의 애달픈 사랑으로 인해 박달재로 불리게 되었다. 충주를 지나 제천시에 들어서면 박달재를 넘기 전에 다리재가 나온다. 굽이굽이 다리재를 돌아 나오면 낙향한 서울 사람들이 많이 모여 산다는 제천시 백운면이다. 풋풋한 농촌의 인심이 물씬 느껴지는 곳이 바로 이곳이다. 다리재와 박달재를 병풍 삼아 자신의 본분을 지키며 열심히 사는 사람들이 백운 사람들이다. 다리재를 넘어오면서 쌓였던 긴장과 피로를 이곳에서 풀자마자 바로 박달재다. 아흔 아홉 굽이 30리 고갯길을 넘어가며 재 너머로 펼쳐지는 천하절경에 모두들 넋을 잃게 된다. 드높은 산세와 파란 하늘이 맞닿아 그려낸 한 폭의 자연경관이 이곳을 지나가는 이들의 시선을 붙잡는다.

---

* 송진규

박달이와 금봉이

제천시 백운면과 봉양면의 접경을 이루는 이 고갯길은 과거에 하루 수백 대의 차량들이 넘나들기도 했다. 그러나 박달재터널과 다리재터널의 개통 이후 한적한 옛길이 되었다. 지금은 자동차를 이용하면 10여 분만에 재를 넘을 수 있지만 옛날에는 박달재와 다리재를 넘으려면 걸어서 며칠이 걸렸다고 한다. 또 고갯길이 워낙 험하고 가파른 데다 박달나무가 우거져 있어 호랑이 같은 산짐승들이 불시에 튀어나오는 것은 물론 지나가는 행인을 노리던 도둑이 많아 이곳을 넘는 새색시는 두 번 다시 친정에 가기 어려웠다고 한다. 이 때문에 친정이 그리워도 다시는 갈 수 없는 슬픔에 시집가는 새색시가 눈물을 쏟는다 해서 '울고 넘는 박달재'가 되었다 전한다. 박달재에는 예로부터 전해 내려오는 전설이 있다. 이 인물전설은 비극적 남녀 결연담의 유형이다.

조선조 중엽 경상도에 살던 젊은 선비 박달(朴達)이 과거를 보러 한양으로 가던 길에 백운동 평동리에 도착했다. 때마침 날이 저물어 박달은 한 농가에 찾아 들어 하룻밤을 묵게 되었다. 이 집에는 금봉이라는 과년한 딸이 있었는데 사립문을 들어서는 박달과 눈이 마주쳤다. 이 순간 금봉의 청초하고 아름다운 모습에 넋을 잃었고 금봉도 박달의 의젓함에 마음이 끌렸다. 그날 밤 박달은 삼경이 지나도록 잠을 못 이루고 밖에 나온 금봉과 마주치게 되었다. 박달과 금봉은 서로에게 끌려 가까워지고 하룻밤을 묵고 떠나려던 박달은 며칠을 더 묵었다. 두 사람은 밤마다 만나 사랑을 속삭이면서 박달이 과거에 급제한 후 함께 살기로 굳은 언약을 했다. 며칠을 더 묵은 뒤 재를 넘어 한양으로 온 박달은 자나 깨나 금봉의 생각으로 아무 일도 하지 않고 오로지 금봉을 그리워하는 시만 지었다.

난간을 스치는 봄바람은
이슬을 맺는데
구름을 보면 고운 옷이 보이고
꽃을 보면 아름다운 얼굴이 된다.
만약 천등산 꼭대기서 보지 못하면
달 밝은 밤 평동으로 만나러 간다.

박달은 과거 시험장에 나가서도 이처럼 금봉을 그리워하는 시를 지어 결국 낙방하고 말았다. 박달은 금봉을 볼 면목이 없어 평동에 가지 않았다. 금봉은 박달을 한양으로 떠나보낸 뒤 매일 서낭당에 찾아가 박달의 장원급제를 빌었으나 박달은 돌아오지 않았다. 그래도 서낭당에 빌기를 지속하던 금봉은 마침내 박달이 떠나간 고갯길을 박달의 이름을 부르며 오르내리다 상사병으로 한을 품은 채 죽고 말았다. 금봉의 장례를 치른 뒤 사흘째 되던 날 낙방거사 박달은 풀이 죽어 평동에 돌아왔다. 그러나 사랑하는 금봉은 자신을 그리워하다 죽은 후였다. 고개 아래서 이 소식을 들은 박달은 땅을 치며 한참을 목메어 울다 얼핏 고갯길을 쳐다보았다. 이때 금봉이 너울너울 춤을 추며 고갯마루를 향해 달려가는 모습이 보였다. 이 모습을 본 박달은 벌떡 일어나 금봉 잡을 수 있었다. 박달은 와락 금봉을 끌어안았으나 천길 낭떠러지로 떨어져 버렸다. 이후로 사람들은 박달이 죽은 고개를 박달재라고 부르게 되었다.[1]

이 전설은 비극적인 사랑이야기인데, 악극 <울고 넘는 박달재>로 현대화되어 민속의 자원화와 관광화를 보여주는 좋은 사례가 되었다. 또한 박달재 정상의 휴게소 주변에는 수십 기의 장승이 세워져 있고, 길 건너편 산에는 서낭당이 있어 이곳을 찾은 사람들의 눈길을 끈다. 장승의 생김새는 박달이와 금봉이를 닮았거나 이들의 애틋한 사랑이야기를 형상화하였다. 타 지역의 장승이 대체로 험상궂은 모습을 하고 신성시 여겨지는데 반해 이곳의 장승은 친근하고 익살스러운 형상이다. 또 다소 외설적이라

---

1) 1998년에 조사한 자료(제보자 : 양상용, 남 · 66세, 제천시 백운면 가정리)와 동양일보출판국, ≪발로 쓴 충북기행≫, 1995 참조.

박달재 비석

는 생각이 들만큼 성(性)에 대해 거침없이 표현해 놓았다. 자연에서 소재를 얻고 자연과 동화가 된 장승공원이 지금보다 활성화되고 잘 조성된다면 좋은 반응을 기대할 수 있다.

특히 박달재에는 '박달재 자연휴양림'이 조성되어 있어 많은 사람들의 발걸음이 끊이지 않는 곳이다. 자연휴양림은 말 그대로 친자연적인 세계관을 바탕으로 생태공동체로서 공동체문화를 추구하는 공간이다. 특히 2004년 전국을 강타했던 웰빙 열풍은 해를 거듭할수록 고조되리라 전망된다. 생활수준이 향상되고 삶의 방식이 변함에 따라 사람들의 관심은 건강한 삶을 누리는데 모아지고 있다. 이런 시점에서 자연휴양림과 장승공원을 연계하여 박달재를 개발한다면 생태학적 이치에 따라 순환성과 공생성을 바탕으로 자연과 더불어 두루 살아가는 웰빙문화의 1번지가 될 수 있다.

충청북도와 제천시에서는 2005년도부터 박달재를 관광특구로 개발하고자 기획하고 있다. 도로변에 토종 벚꽃나무도 심고 천등산의 청정한 지하수를 먹는 샘물로 관광객들에게 제공하기 위해 박달재 정상에서 옹달샘을 팔 계획이며, 소형 인공폭포도 설치할 예정이다. 이와 함께 박달재 정상에 공원도 만들기로 했다. 이를 계기로 박달재가 제천 지역민의 역사의식과 민속 전승을 살필 수 있는 '문화의 옛 고개'로 거듭나고, 이곳을 찾는 관광객들에게 신선한 충격을 주어 색다른 경험을 선사할 수 있으리라 기대한다.

2. 의림지(義林池)와 악성 우륵의 가야금 소리

의림지는 제천지역의 대표적인
문화유산으로 김제의 벽골제·밀
양의 수양제와 더불어 국내에서
가장 오래된 삼한시대의 저수지
로 한국 농경문화의 원형을 엿볼
수 있는 곳이다. 지방기념물 제11
호로 지정된 의림지는 수 백 년
묵은 노송이 정자와 어우러져 마

의림지

치 한 폭의 동양화를 보는 듯하다.[2] 의림지의 소나무는 최고의 자연적 심
상을 보여주는 명물이다. 이곳을 찾은 사람들이 호수 주변을 산책하거나
잔잔한 물 위에 배를 띄워놓고 즐기는 모습은 여느 호수 유원지와 다를
게 없어 보인다. 하지만 의림지는 곳곳에 풍부한 문화유산을 간직하고 있
는 유서 깊은 곳으로 제천의 자랑이다. 여기에서는 악성(樂聖) 우륵(于勒)과
관련된 문화유산만 한정하여 다루고자 한다.

우륵은 고구려의 왕산악(王山岳), 조선의 박연(朴堧 : 1378~1458)과 함께 우
리나라 3대 악성의 한 사람으로 추앙받고 있다. 우륵의 출생지에 관한 내
용은 ≪삼국사기(三國史記)≫에 인용된 <신라고기(新羅古記)>에 '가야국 성열
현 사람'이라고 기록되어 있다. 성열현은 지금의 고령지방으로 원래 대가
야 즉 고령가야 출신임을 알 수 있다. 그런데 가야국의 성열현은 지금의 충
북 제천시 청풍이라고 하는 설이 있다. 성열현과 비슷한 음을 가지고 있는
'사열이현'이 ≪삼국사기≫의 <지리지(地理志)>에 나오는데, 이곳이 지금의
충북 제천시 청풍의 고구려 시대 지명이므로 이곳을 우륵의 출생지로 보는
견해다. 이에 대해 단재 신채효도 ≪조선상고사≫에서 '성열현'은 지금의

---

2) 뿌리깊은나무, <충청북도>, ≪한국의 발견≫, 1992.

우륵의 초상화

'청풍'이라고 밝히며 우륵과의 관계를 설명하고 있고, 또 ≪대한강역고≫에 " '성열'은 '사열'이니 지금의 청풍이다. 우륵이 청풍과 충주에서 놀았다."고 기록되어 있지만 근거가 빈약한 편이다.[3]

우륵이 의림지에 와서 머물렀다는 기록은 남긴 사람은 박수검(朴守儉 : 1629~1698)이다. 박수검의 문집인 ≪임호집(林湖集)≫에 "우륵이 충주에 머물다가 제천의 의림지 동쪽에 와서 살다 자취를 감추었다"고 기록되어 있다. 다만 이 기록은 근거가 명확하지 못하며, ≪삼국사기≫에 실려 있는 우륵 관련 내용을 인용한 것이어서 신빙성이 부족하다. 이후 ≪제천군지(堤川郡誌)≫에서 김이만은 우륵이 가야금을 연주한 장소가 바로 제비바위[燕子巖]라고 기록했으나 실질적인 증거는 찾을 수 없다. 하지만 여러 정황으로 미루어 우륵이 음악적 재능을 마음껏 펼치며 활동한 무대가 역시 충북지역이었을 것이라고 상정할 수 있다.

우륵은 어려서부터 음악적인 재능이 탁월하여 노래를 잘 불렀고, 특히 '쟁'이라고 하는 악기 연주에 능하였다. 이후 그는 궁중의 악사로 발탁되어 음악 발전을 위해 힘썼는데, 임금이었던 가실왕도 음악에 조예가 깊었기에 그를 총애하였다. 그런데 당시 궁중에서 즐겨 연주하던 쟁은 중국에서 전래된 악기로 곡조도 자연히 중국식이었다. 이 때문에 가실왕은 "모든 나라의 방언도 각각 서로 다른데, 성음(聲音)이 어찌 하나일 수 있겠는가?"라고 말하며 우륵에게 가야금에 알맞은 새로운 곡조를 만들도록 분부하였다.[4] 이에 우륵은 우리의 얼이 깃들어 있는 열두 곡을 만들었다.[5] 하

____

3) 구완회, <제천(堤川) 의림지(義林池)에 관한 역사적 검토>, ≪의림지 보전 및 학술관리를 위한 세미나 자료집≫, 1998.

지만 그 무렵 세력을 넓히려는 신라로 인해 가야국이 혼란해지자 제자 이문과 함께 신라 진흥왕에게 투항하였다.

진흥왕 12년(551년) 3월, 왕이 국내를 순행하며 하루는 낭성(娘城－지금의 청주)에 이르렀는데 우륵과 그 제자 이문을 불러 음악을 연주하게 하였다. 이때 그들은 <하림조>와 <눈죽조>라는 새로운 곡조를 지어 연주하였는데, 진흥왕으로부터 극찬을 받았다. 이때 신라의 신하들은 이 곡들을 '망국의 음'이라 하여 물리칠 것을 간청하였으나 진흥왕은 이를 받아들이지 않았다. 오히려 우륵과 이문을 아끼는 마음으로 거처를 중원(中原－지금의 충주)에 마련해 주며, 음악을 계승할 제자들을 기르도록 당부하였다. 우륵은 세 명의 제자 중 계고에게는 가야금을, 법지에게는 노래를, 만덕에게는 춤을 가르쳤다. 그런데 이들 세 제자는 원래부터 신라의 악사였으므로 우륵의 곡조를 쉽사리 익힐 수 있었다.[6]

우륵이 중원에 머물면서 제자들을 기르고 있을 때의 일이었다. 신라에 들어와 진흥왕의 아낌을 받게 된 후 우륵의 제자들은 그가 작곡한 열두 곡을 모두 배워 익혔다. 그러나 새로운 음악을 찾고자 했던 제자들은 여기에 만족하지 못했다. 이에 "이 음악은 번하고 음하다. 군더더기가 있으므로 아정하지 못하다."고 하며 열두 곡을 다섯 곡으로 집약하여 새로운 곡을 만들었다. 이 소식을 들은 우륵은 내심 불쾌하게 생각했으나 막상 다섯 곡을 다 듣고 나서는 눈물까지 흘리며 감탄하였다고 한다. 그러면서

---

4) ≪삼국사기≫에 의하면 가야금(伽倻琴)은 가야국의 가실왕이 6세기에 당나라의 악기를 보고 만들었다고 한다. 하지만 4세기 이전의 것으로 추정되는 토우에서 가야금이 발견되고, ≪삼국지≫ <위지 동이전>에 삼한 시대에 이미 한국 고유의 현악기가 있었다는 기록이 나온다. 원래 명칭 또한 가얏고이며, 가야금은 한자화 된 명칭이다.

5) 우륵이 가실왕의 명을 받아 지었다는 열두 곡은 <상가라도(고령)>, <하가라도(고령)>, <물혜(선산)>, <보기(성, 산)>, <달기(예천)>, <사물(사천)>, <하기물(금천)>, <상기물(금천)>, <사자기(사자춤)>, <거열(거창)>, <사팔혜(초계)>, <이사(미상)> 등이다. 그런데 열두 곡 중 보기, 사자기, 이사를 제외한 아홉 곡은 가야를 이루던 지역의 명칭과 곡명이 동일하다. 이는 우륵이 가실왕의 뜻에 따라 가야의 독특한 정서가 드러나는 악곡을 창작하려 했기 때문이다. 결과적으로 우륵이 창작한 열두 곡은 민요의 성격이 강하다는 특징이 있다.

6) 한국정신문화연구원, ≪한국민족문화대백과사전≫ 16권, 1997.

"이 음악은 즐겁되 지나치게 즐거움에만 흐르지 않고 슬프되 비통하지 않다. 이 음악이야말로 정악이라 할 것이다."라고 극찬하였다. 우륵은 제자들의 실력이 자신을 능가하여 뛰어난 데 기쁨과 보람을 느끼는 참된 스승이었다.

우륵은 제자들에게 새로 만든 곡을 진흥왕 앞에서 연주해 드리라고 권유했다. 마침 이때 진흥왕이 이들 세 사람을 불러 연주하게 하였는데, 크게 만족하여 "옛적 낭성에서 우륵으로부터 듣던 음과 다름이 없도다."라며 후한 상을 내렸다. 이리하여 우륵의 곡조는 신라의 대악서에 정식 편입되어 신라 삼현(三絃)의 하나가 되었고, 민족 음악으로서 천년의 역사를 자랑하게 되었다. 또 가야는 1500여 년 전에 망하였으나 우륵이 만든 가야금을 통해 그 이름이 전해지고 있는 것이다. 하지만 아쉽게도 우륵의 노년 생활과 죽음에 대한 기록이 전하지 않고 있어 그의 생애를 정확하게 밝힐 길이 없다. 다만 충주의 탄금대에서 우륵이 타던 가야금 소리에 이끌려 모여든 사람들이 만든 마을이 지금의 칠금동, 금능리, 청금리라고 하며, 제천의 백운면 애련리와 의림지 일대에 우륵과 관련된 설화가 전하고 있다.7)

≪제천읍지(堤川邑誌)≫에 "우륵은 의림지 동쪽 석봉(石峰)에서 살았다 하며 그 유적으로 우륵당의 옛 터가 남아 있으며 그 옆에 우륵이 식수로 사용한 우륵정이 현존하고 또 신라 진흥왕 때 우륵이 의림지를 축조했다"는 내용이 기록되어 있으나 모두 확인이 불가능하다.8) 이로 인해 우륵의 문화유산은 마치 충주지역에서만 전승되는 듯 알려졌고, 제천지역에서 전승되던 우륵의 구비전승은 잊혀졌다. 하지만 제천에는 장금터와 의림지 북

---

7) 제천시 백운면 애련리에 장금대(長琴垈)라는 곳이 있는데, 여기에서 조금 떨어진 냇물 가운데에 '명암(鳴岩)'이라는 바위가 있다. 우륵이 세 제자를 데리고 와서 가야금과 노래와 춤을 가르쳤다고 한다. 이곳의 아름다운 경치와 계곡의 물소리, 그리고 가야금 소리가 한데 어울려 하나의 선경을 이루었다. 우륵이 이곳을 떠난 다음에도 날씨가 화창하면 냇물이 바위에 부딪치는 소리가 마치 가야금 소리를 내는 듯 했다. 이후 사람들은 우륵이 세 제자를 가르쳤던 곳을 장금터(長琴垈)라 하였고, 가야금 소리를 내는 바위를 명암이라고 이름 지었다.

8) 제천군, ≪제천군지≫, 1969.

쪽의 돌봉재에 있었던 우륵당, 동북쪽의 제비바위, 우륵바위 등 우륵의 기록이 남아있다.[9] 현존하지 않는다고 하여 역사가 사라지는 것은 아니다. 이런 면에서 우륵의 문화유산을 적극적으로 활용하는 충주지역의 사례는 시사하는 바가 크다.

충주지역에서는 일찍이 1977년에 '악성 우륵 선생 추모비'를 건립하여 얼을 기리고 있다. 또 우륵문화제를 해마다 개최(2004년 제34회)하여 지역민들은 물론 외지에서 찾는 관광객들로부터 좋은 반응을 얻고 있다. 물론 제천지역에서 우륵문화제와 같이 대규모 행사를 하자는 것이 아니다. 하지만 많은 비용을 들이지 않고, 일회적이지 않으며 지속성을 가질 수 있는 방안을 모색하여 추진해야 한다. 예컨대 의림지 주변의 산책로를 따라 음향시설을 설치하고, 우륵의 가야금 소리를 방송

배론성지

하여 이곳을 찾는 사람들에게 우리 전통음악의 아름다움과 세련미를 전해줄 수 있다. 또 우륵이 만든 곡을 악보와 함께 게재한 안내판을 제작하여 볼거리를 제공하며, 나아가 교육적 효과까지도 기대할 수 있다. 현재 의림지는 대규모 공사를 진행하고 있으며, 완공 후에는 이곳을 찾는 사람들에게 많은 볼거리와 즐거움을 줄 것이다. 하지만 이런 개발이 의림지 생태에 미치는 영향을 고려할 때 긍정적이지만은 않다. 의림지에 악영향을 주지 않는 한도에서 적극적인 개발이 이루어져야 한다. 이제라도 우륵에 대한 본

---

9) 한국국악협회 제천시지부, ≪전설지≫(제천, 단양, 충주, 보은, 괴산을 중심으로), 1996.

격적인 조명을 통해 의림지와 우륵을 정신적 문화유산으로 의미 부여할
필요가 있다.

3. 한국 천주교의 모태 배론성지[舟論聖地]와 순교자들

배론성지는 충북 제천시 봉양면 구학리에 위치해 있다. 지리적으로 치
악산(稚岳山) 동남 기슭에 우뚝 솟은 구학산(485m)과 백운산(582m)의 연봉이
둘러싼 험준한 산악지대에 자리 잡고 있어 외부와는 차단된 산골이다. 그
러나 산길로 4km정도를 가면 박달재 정상에 오르게 되고, 이어 충주, 청
주를 거치면 전라도와 통하며, 제천에서 죽령을 넘으면 경상도와 통하게
된다. 또 원주를 거쳐서는 강원도와 통할 수 있으며, 육로와 수로를 이용
하면 서울과 통할 수 있는 교통이 편한 곳이었다. 이러한 지리적 조건은
당시 이곳에 숨어살던 천주교인들이 은밀히 연락하기에 편리했고, 위험을
느끼면 도망치기에도 수월하다는 이점이 있었다.

배론이라는 지명은 이곳의 지형이 배의 밑바닥처럼 생겼으므로 주론(舟
論)이라 부른데서 연유했다. 이처럼 지형이 배의 밑바닥을 닮은 것은 구학
산과 박달재 사이의 긴 계곡에 마을이 위치하고 있어 양쪽이 솟아 있기
때문이다. 1929년에 원주읍 본당주임이었던 정네오 신부의 기록에 의하
면, "배론은 교우촌으로 직경이 약 10리나 되는 산골로서 6지역으로 구별
되니 곧 아랫배론, 중땀배론, 윗배론, 점촌배론, 박달나무골, 미륵재로 이루
어져 있다."고 설명되어 있다. 하지만 배론의 조선시대 행정지명은 '충청도
(忠淸道) 제천현(堤川縣) 근석면(近石面) 팔송정리(八松亭里) 도점촌(陶店村)'으로
'옹기'를 굽던 마을이었다. 이처럼 배론에 처음부터 천주교인들이 모여 살
던 것은 아니며, 1791년(정조 15년) 윤지충의 신주사건을 계기로 일어난 신
해박해(辛亥迫害) 때 교우촌이 형성된 것이다.[10] 이후 배론성지는 안성의 미

리내성지와 함께 우리나라 천주교사에서 빠질 수 없는 큰 획을 그은 곳으로 인정받고 있다.

신해박해는 양반출신 천주교인들이 후퇴하고 그 주도권을 중인층 인사가 갖게 되는 전환점이 되었으며, 서울에만 거주하던 천주교인들이 이 사건을 계기로 전국적으로 확산되기에 이르렀다.[11] 이때 배론에 숨어든 천주교인들을 원주민들은 쫓아 보내지 않고 함께 지낸 것이다. 천주교인들은 자신들이 구운 옹기를 팔러 전국 각지를 돌아다녔는데, 다른 일에 비해 동료들과 접촉하거나 정보를 수집하기에 용이했기 때문이다. 현재 옹기를 굽던 흔적은 찾을 수 없으며, 작은 규모의 가마를 한 개 만들어 놓았다. 그리고 요셉신품학당 뒤로 황사영이 숨어서 백서를 쓰던 토굴을 복원해 놓고,

배론성지

토굴 앞에 옹기 몇 개를 가져다 놓았다. 물론 배론성지 내에서 가마를 피워 옹기를 굽는 일은 불가능하지만 이에 대한 해결방안을 강구해야 한다. 곧 모진 탄압과 박해를 받으면서도 종교에 대한 믿음과 신념으로 어려움

---

10) 신주사건은 진산(珍山)의 윤지충이 모친상을 당했을 때 유교식 제례를 무시하고 신주(神主)를 불살라 버린 뒤 천주교식으로 치렀다가 잡혀 죽은 사건으로 우리나라의 첫 순교자다.
11) 이충우, 《한국의 성지》, 분도출판사, 1981.

을 극복했던 초기 천주교인들의 숨결을 느낄 수 있도록 사실적으로 재현할 필요가 있다.

배론에서 가장 먼저 일어난 파란은 1801년(순조 1년) 신유박해(辛酉迫害)에 이어 일어난 황사영 백서 사건이었다. 신유박해는 1801년 천주교에 대하여 비교적 관대하였던 정조(正祖)가 승하하고, 어린 순조(純祖)가 즉위하자 정권을 잡은 안동 김씨의 세도정권은 천주교 탄압을 구실로 남인 세력을 제거하기 위하여 천주교도들에 대하여 혹독한 박해를 일으킨 사건이다. 1801년 신유박해가 일어나면서 권철신(權哲身)·이가환(李家煥)·이승훈(李承薰)·정약종(丁若鍾) 등 많은 남인 인사들이 처형되거나 유배되었으며, 중국인이었던 주문모(周文謨) 신부도 죽임을 당했다.[12] 신유박해는 그 희생자가 무려 500여 명에 이르렀으며, 천주교의 세력이 쇠퇴하는 계기가 되었다. 결국 천주교인 가운데 일부에서는 조정의 탄압으로 천주교인들이 무고하게 죽어 가는 것을 방지하고, 나아가 서양의 무력을 빌어 교회세력을 만회하고자 하였다. 이를 위해 신유박해의 전말을 보고하는 한편 외국의 원조를 요청하는 백서를 작성하여 북경의 주교에게 보내기로 한다.

당시 천주교 지도자 중 한 명이었던 황사영(黃嗣永 : 1775~1801)은 화를 피하고자 한양을 떠나 배론으로 왔는데, 토굴을 파고 숨어서 천주교인에 대한 박해 사실을 낱낱이 적은 백서를 쓰게 된다.[13] 그리고 황심(黃沁)·옥천희(玉千禧)로 하여금 중국에 가는 동지사(冬至使) 일행과 동행케 하여 베이징[北京] 주교에게 전달하려다 발각되고 만다. 결국 황사영은 대역죄인이 되어 능지처참을 당하였고, 관련자들이 모두 죽임을 당하는 것으로 사건은 일단락되었다. 그러나 배론의 천주교인들은 더욱 심한 탄압과 박해를 받아야 했으

---

12) 김익진, ≪민속과 서학≫, 성바오로출판사, 1971.

13) 황사영의 백서는 가로 62cm, 세로 38cm 가량 되는 명주(비단)에 썼기 때문에 '백서(帛書)'라고 하는데, 깨알같이 작은 한자로 122줄 1만 3311자나 되는 방대한 내용을 기록했다. 그 내용은 대략 세 부분으로 되어 있다. 먼저 당시의 천주교 교세와 중국인 주문모(周文謨) 신부의 활동, 신유박해로 인해 죽은 순교자들의 약전 그리고 주문모 신부의 자수와 처형, 끝으로 당시 국내의 실정과 이후 포교하는 데 필요한 방안들을 제시하고 있다.

며, 이를 피해 다시 뿔뿔이 흩어지게 된다. 백서의 내용 중 문제가 된 부분은 대략 다음과 같다.

> … 만일 할 수만 있다면, 병선 수백 척에 정병 5~6만과, 대포 등 강한 병기를 많이 싣고, 글을 잘하고 사리에 밝은 중국 선비 3~4명을 데리고 오십시오. 그리고 이 나라의 해안에 정박하여 국왕에게 글을 보내 선교를 용인하고, 우호 조약을 체결하도록 요구하십시오. …

위의 내용은 백서의 일부분이지만 지금 보아도 상당히 큰 문제를 일으킬 수 있는 내용이다. 그러니 당시의 상황에서 이 백서로 인해 천주교의 박해가 가속화된 것은 어쩌면 당연한 일이라 여겨지기도 한다. 곧 외세를 끌어들여 자신들의 안전과 이익을 도모하려 했다는 점 때문에 황사영의 백서는 민족 감정에서 나오는 공격의 대상이 될 수밖에 없는 것이다. 하지만 평등주의라는 원칙과 천주교가 당시 조선사회에 미친 혁명적인 영향을 간과해서도 안 될 것이다. 황사영이 쓴 백서의 원본은 당시 서울 주교로 있던 뮈텔(한자명 閔德孝)이 1925년에 교황 피우스(11세)에게 바쳤는데, 현재 로마 교황청 민속박물관에 소장되어 있다.

황사영의 백서 사건 이후 1866년에 배론은 또 한 번의 회오리에 휩쓸리게 된다. 1855년 천주교 교구장 서리였던 이(李) 메스트르 신부가 배론에 와서 우리나라 최초의 근대식 서양교육기관인 '성 요셉 신학당'을 설립했다.[14] 그러나 병인박해(1866년)로 인해 신학교의 교장이었던 푸르티에 신부와 교사였던 프티니콜라 신부, 학교로 쓸 집을 제공했던 요셉(세례명) 등이 잡혀가 서울의 새남터에서 죽임을 당하고 신학교는 폐쇄되었다.[15] 현재

---

14) 동아일보출판국, ≪발로 쓴 충북기행≫, 1995.

15) 푸르티에 신부는 우리나라 사람으로는 두 번째 사제가 된 최양업(崔良業) 신부가 1861년 문경에서 병으로 죽게 되자 종부성사를 주고 시신을 배론에 안장했다. 또 잔디 뿌리 밑에 있는 검은 흙과 재를 섞어 만든 '광명단'이란 새로운 유약을 개발하여 우리나라 옹기 제작기술의 발전에도 기여했다.

배론성지에는 요셉을 기리기 위해 세운 성 요셉 성당이 있다. 또 성 요셉 신학당을 재현해 놓은 초가 건물이 있는데, 실제 배론 신학교가 있던 자리는 그 옆에 강당 건물이 있는 자리라고 한다.

배론은 일찍부터 천주교를 믿는 사람들에게 독실한 신앙의 길을 안내하였다. 이로 인해 우리나라뿐만 아니라 세계적으로 천주교사에 길이 남을 성지로 인정받고 있다. 비단 천주교인뿐 아니라 비신자들에게도 투박하지만 인정미가 넘치는 옹기처럼 살아가라는 가르침을 주는 곳이다. 옹기는 우리 민중들의 삶을 넉넉하고 안락하게 해 주었으며, 사람과 사람 사이, 혹은 자연과 사람 사이를 친숙하게 맺어주기도 하였다. 하지만 현재 배론은 교구와 마을주민들 간의 대립으로 진통을 겪고 있는 상태다. 하루빨리 서로의 이해관계가 절충되어 그 옛날 믿음과 사랑으로 충만해 있던 배론으로 돌아가야 한다. 200여 년 전 이 땅에서 종교의 자유를 찾는 사람들이 모여 한 마음으로 신을 섬기고, 한마음으로 옹기를 구웠던 마지막 성지임을 되새겨야 할 때다.

4. 제천이 낳은 최고의 문인 옥소 권섭과 청풍명월

옥소(玉所) 권섭(權燮 : 1671~1759)은 조선조 시가의 대가인 고산(孤山) 윤선도(尹善道)가 세상을 뜬 해에 서울에서 출생하였으나 대부분의 생애와 문필활동을 충북 제천에서 하였다. 옥소는 조선 시가사에서 사대부 시가의 맥을 이어주는 역할을 했다는 점에서 큰 의미를 갖는다. 그러나 창작 활동의 양과 질적인 면에서 오히려 고산을 능가한다는 평가를 받고 있다. 옥소는 기호학파였던 율곡(栗谷) 이이(李珥)로부터 시작하여 우암(尤庵) 송시열(宋時烈), 수암 권상하의 뒤를 이었다.16) 또한 송강(松江) 정철(鄭澈), 노계(蘆溪) 박

---

16) 박요순, 《옥소 권섭의 시가 연구》, 탐구당, 1987.

인로(朴仁老), 고산 윤선도로 이어지는 강호가도(江湖歌道)의 시맥을 이어받았는데, 박인로에 버금할 만한 문학적 성과를 이루었다고 해도 과언이 아니다. 다음은 옥소의 대표적인 작품 <황강구곡가(黃江九曲歌)> 전문이다.[17)]

> 하늘이 뫼흘여러 地界도 붉을시고
> 하늘이 산을 열어 땅도 밝구나
> 千秋 水月이 分밧긔 묽아셰라
> 천추 수월이 언제나 맑구나
> 아마도 石譚巴谷을 다시볼듯 ᄒ여라
> 아마도 석담파곡을 다시 볼 듯 하구나.
>
> — 총가(摠歌)

> 一曲은 어드메오 花岩이 奇異홀샤
> 일곡은 어디인가 화암이 기이하구나
> 仙源의 깊은믈이 十里의 長湖로다
> 선원의 깊은 물이 십리의 장호로다
> 엇더타 一陣帆風이 갈듸아라 가ᄂᆞ니
> 한바탕 돛바람이 갈 곳을 알아가는구나.
>
> — 대암(對岩)

> 二曲은 어드메오 花岩도 됴흘시고
> 이곡은 어디인가 화암도 좋구나
> 千峰이 合잡한데 限없슨 烟花로다
> 천봉이 중첩한데 한없는 봄 경치로구나
> 어디셔 犬吠鷄鳴이 골골이 들니ᄂᆞ니
> 어딘가 개 짖는 소리와 닭 울음소리가 고을마다 들리는구나.
>
> — 화암(花岩)

> 三曲은 어드메오 黃江이 여긔로다
> 삼곡은 어디인가 황강이 여기로구나

---

17) 이창식, <권섭의 황강구곡가 연구>, ≪시조학논총≫ 17집, 한국시조학회, 2001.

洋洋 鉉誦이 舊齋를 니어시니
글 읽는 소리가 옛집을 이으니
至今의 秋月亭江이 어제론듯 ᄒ여라
지금의 추월정강이 어제인 듯 하구나.

— 황강(黃江)

四曲은 어드메오 일흠도 홀난홀샤
사곡은 어드메오 이름도 혼란하구나
灘聲과 岳危이 一壑을 흔드ᄂ더
여울물소리와 높은 절벽이 한 골짜기를 흔드는데
그 아래 깁히자는 龍이 櫂歌聲에 ᄭᅵ거다
아래 깊이 자는 용이 뱃노래 소리에 깨겠구나.

— 황공탄(皇恐灘)

五曲은 어드메오 이 어인 權소ㅣ런고
오곡은 어디인가 여기가 권소인가
일흠이 偶然한가 化翁이 기ᄃ린가
이름이 우연인가 화옹이 기다리는구나
이 中의 左右村落의 살아 볼가 ᄒ노라
이 중의 마을에 살아볼까 하노라.

— 권호(權湖)

六曲은 어드메오 屛山이 錦繡로다
육곡은 어디인가 병산은 비단에 수를 놓은 것 같구나
白雲 明日이 玉京이 여긔로다
흰 구름과 밝은 달을 보니 옥경이 여기로구나
더우희 太守神仙이 네 뉘신줄 몰내라
저 위에 태수신선이 누구이신 줄 모르는구나.

— 금병(錦屛)

七曲은 어드메오 芙蓉壁이 奇絶홀샤
칠곡은 어디인가 부용벽이 뛰어나구나
白尺天梯의 鶴唳를 듯ᄌ올듯

아득히 높은 곳의 학 울음소리가 들려오는 듯하고
夕陽의 *泛泛孤舟*로 오락가락 ᄒᆞᄂᆞ다
석양의 흔들리는 외로운 배로 오락가락 하는구나.

– 부용벽(芙蓉壁)

八曲은 어드메오 *凌江洞*이 묽고깁희
팔곡은 어디인가 능강동이 맑고 깊어
琴書 四十年의 네어인 손이러니
금서 사십 년이 어찌된 손님인가
아마도 一室雙亭의 못내즐겨 하노라
아마도 일실쌍정이 못내 즐겁구나.

– 능강(凌江)

九曲은 어드메오 一閣이 그 뉘러니
구곡은 어디인가 일각이 그 누구인가
釣臺丹筆이 古今의 風致로다
조대단필이 고금의 풍치로구나
져긔 져 別有洞天이 千萬世가 ᄒᆞ노라
저쪽에 별유동천이 천만세인가 하노라.

– 구담(龜潭)

  <황강구곡가>는 옥소가 지은 국문시가로 총 10연으로 이루어져 있으며 한시(漢詩) <黃江九曲歌>도 전하고 있다. <황강구곡가> 10수는 그가 지은 ≪옥소장계(玉所藏弆)≫에 실려 있다. 옥소가 <황강구곡가>를 짓기까지는 옥소 일가의 학문적 계통을 통해 짐작을 할 수 있다. 옥소가 지극히 존경하던 백부 수암은 우암의 수제자로서, 옥소는 백부가 은거하여 학문을 이룩한 황강을 두고 구곡가의 필요성을 새삼 느꼈으리라 생각된다. 이렇게 해서 창작된 <황강구곡가>는 서두에는 충주와 청풍의 경계에서 시작하여 일 곡의 대암, 이 곡의 화암, 삼 곡의 황강, 사 곡의 황공탄, 오 곡의 권호, 육 곡의 금병, 칠 곡의 부용벽, 팔 곡의 능강, 구 곡의 구담에 이르는 구처(九處)의 특징을 각각 한 수씩 노래하고 있다.[18)]

<황강구곡가>는 제천지역 시가의 뿌리라고 할 수 있다. 남한강의 빼어난 절경을 승화시킨 작품이며, 그 속에 나오는 청풍 일대는 사상적으로 수암의 도학터전이고 문학적으로는 옥소의 예술 현장이다. 또한 청풍은 선사시대로부터 남한강을 이용한 수운이 발달하고 자연경관이 수려하여 문물이 번성했던 곳이다. 이로 인해 고려 충숙왕 4년에 군으로 승격되고, 조선 현종 원년에는 명성왕후의 관향이라 하여 도호부로 승격되어 많은 문화유산을 간직하고 있는 유서 깊은 지역이다. 옥소는 이곳 청풍에서 금수산을 병풍 삼아 밝은 달 아래 한 마리 학과 더불어 살았을 것이다. 이처럼 자연의 도리에 어긋남이 없이 속세의 구속에서 벗어나고자 했던 옥소의 삶을 오늘날에 이어받아 계승할 필요가 있다.

옥소의 시문학은 청풍의 선비 문학을 계승하였으며, 강호가도의 풍류관이 인간애와 조화를 이룬 조선후기 대표적인 사대부 문학이다. 옥소는 일찍이 백부로부터 정치를 피하고 학문에 전념하면서 허세는 본래 자기 것이 아닌 양 가까이 하지 말라는 가르침을 받았다. 이에 어느 사상에도 얽매이지 않고 명승지를 두루 돌아다니며 책을 벗으로 삼고, 감흥에 취하면 시를 짓고 노래하며 관직에 나가지 않은 사대부로서 일생동안 자유로운 삶을 누렸다. 그야말로 옥소는 제천이 낳은 자랑스러운 지역문화유산이다. 그럼에도 제천지역은 옥소의 가치를 잘 모르고 있으며 소중한 문화유산을 사장시키고 있는 실정이다. 21세기에 상품으로서의 가치를 가지는 것은 각 지역의 특산품만이 아니라 이러한 지적 유산이라는 점을 염두에 두어야 한다.

현재 청풍에는 청풍문화재단지와 수상레포츠를 즐길 수 있는 공간이 마련되어 있다. 1985년 처음 문을 연 청풍문화재단지는 충주댐 건설로 인해 수몰될 위기에 있던 문화재들을 물태리 망월산 기슭에 모아 보존하는 곳이다.19) 단지 내에는 보물 528호인 한벽루(寒碧樓)를 비롯하여 지방유형

---

18) 지역문화연구소 편, ≪제천학과 청풍명월≫, 제천문화원, 2003.

문화재, 민가(民家), 생활유물, 지석묘, 문인석, 비석 등이 있다. 특히 이곳은 전체구성을 민가군, 관아군, 향교군, 석물군으로 나누어 배치함으로써 짧은 시간 내에 많은 문화재를 접할 수 있는 장점이 있다. 이 때문에 각급 학생들이 역사와 민속을 배우는 산교육의 장으로 각광받고 있다. 청풍문화재단지가 수몰지역의 문화재를 보존하기 위한 목적으로 설립되었다고는 하나 이곳에도 옥소의 정신을 계승할 수 있는 공간이 마련되어야 한다.

청풍은 수상레포츠를 즐기기에 최적지의 조건을 갖추고 있다. 2002년에 개장한 청풍랜드 번지점프장이 있으며, 청풍 일대의 아름다움을 하늘에서 감상할 수 있도록 국내 최초로 수상항공기를 도입하여 2002년부터 운영 중이다. 청풍호수에 떠 있는 진달래 조형물에서 최고 162m까지 솟아오르는 수경분수는 만물의 소생과 새롭게 태어나는 청풍의 이미지를 상징하며, 이곳을 찾는 사람들의 발길을 잡는 또 하나의 명물이다.[20] 이 외에도 청풍에는 남한강 물길을 통해 충주로 올라가거나, 단양의 장회로 내려가는 유람선이 운행 중이다. 그리고 유람선이 지나는 곳마다 옥소의 발자취가 남아 있음에도 옥소에 대한 안내는 전혀 하고 있지 않다. <황강구곡가>의 소재가 되었던 각 명소에 대한 안내와 더불어, 이를 응용한 기념품 개발, 체험상품 등도 마련해야 한다. 소비지향적인 문화상품이 단기적인 이익은 극대화시킬 수 있겠지만 장기적인 안목으로 발전 계획을 수립해야 한다. 이런 면에서 옥소는 제천의 보물이다.

---

19) 내륙 속의 바다인 청풍호는 1980년 1월에 착공되어 1985년 10월에 완공된 충주댐이 만들어 낸 절경으로 충주댐은 우리나라에서 제일 큰 콘크리트 중력식 댐이다. 이 거대한 다목적 댐의 건설로 저수면적 97km^{2}에 이르는 광대한 청풍호가 형성되었다. 이후 청풍 일대는 남한강의 풍류를 간직한 문화 유적과 절경을 한눈에 감상할 수 있는 관광지로 거듭났다.

20) 수경분수는 150~162m의 높이로 솟아오르는데 이는 충북도민 150만 명과 제천시민 15만 명을 상징하기 위한 발상이다.

5. 제천지역 테마여행과 문화상품 개발을 위한 제안

테마여행을 선호하는 경향은 문화산업의 활성화와 병행해서 나타난 현상이다. 그 이전의 여행이 "호기심을 자극하는 볼거리를 찾아가 살펴보고, 별미를 먹는 것" 정도로 인식되어 왔다면 테마여행은 의식적으로 특정 지역의 문화유산을 꼼꼼하게 살펴보는 것이다. 테마여행이 되기 위해서는 문화적 동기와 문화에 대한 욕구가 있어야만 한다. 테마여행을 언급할 때, 체험이나 접촉, 교감, 학습, 몰입, 문화 욕구 충족 등의 용어를 곁들이는 것도 단순한 관람, 찾아보기 정도를 넘어선 여행이라고 여기기 때문이다. 물론 사람들에 따라서 단순한 볼거리 관람 정도로 인식하는 경우도 있을 것이다. 그러나 테마여행 곧 '주제가 있는 여행'은 '관광'이라는 개념에서 한 단계 승화된 것으로 당사자가 좀더 진지하게 대상 문화에 빠진다는 것을 전제로 하고 있다.

테마여행은 최근 주 5일제 근무제가 본격적으로 실시되면서 각광을 받고 있으며, 이로 인해 각 지자체마다 그 중요성을 인식하고 있다. 이전의 단순 관광에 비해 경제성, 산업성이 높아졌고 수요자는 이를 적극적으로 요구한다. 있는 그대로의 볼거리만을 제공하는 단순 관광만으로는 이제 더이상 사람들을 끌어 모으기 어려워졌고, 지역의 고유한 문화유산을 적절히 상품화하면 수십 수백 배의 관광 수익을 낼 수 있게 되었기 때문이다. 문화를 어떻게 상품화하느냐에 따라 관광객의 숫자가 크게 영향을 받을 수 있다. 지역문화유산을 사람들의 호기심을 끌 수 있도록 잘 만들고 다듬어서 의미가 부여된 상품을 개발해야 한다. 모든 것이 문화상품의 소재가 될수 있지만, 그것을 매력 있는 상품으로 전환시키기 위해서는 기획자의 지혜와 독창성이 요구된다. 기획자는 문화관광, 문화산업, 문화상품에 대한 감각이 남달라야 함은 물론 기획력, 디자인 능력, 추진력이 있어야 한다.

지역문화유산을 활용한 문화상품의 질을 높이기 위해 다음과 같은 요소가 복합적으로 작용되어야 한다. 먼저 사람들이 '기분 좋게 향유하고 싶은 멋진 것'이라는 느낌이 들어야 한다. 문화의 개념이 '삶의 질을 높여 주는 꾸밈'을 뜻하기 때문에 가능한 한 즐기고, 보고, 느끼고, 가까이 하고 싶은 것이어야 한다. 기분 나쁘고, 버리고 싶은 것이거나, 보기 싫은 것이어서는 안 된다. 함께 함으로써 편안하고, 행복감을 느낄 수 있는 그런 문화성을 가진 것이어야만 상품이 될 수 있다.

값어치 있는 지역문화상품이 되기 위해서는 수요자가 탐을 낼만큼 흔하지 않고 희소성이 있는 것이어야 한다. 주변에서 쉽게 구할 수 있는 것이라면 별로 관심을 끌 수 없다. 더욱이 대가를 지불하고 소비하게 만들기는 기대하지 않는 편이 낫다. 아무데서나 보고, 듣고, 쓸 수 있는 것은 문화상품성이 떨어진다. 하지만 대부분의 관광지에서 지적되는 문제점이 바로 지방색이 배어 있는 독창적인 문화상품의 부재다. 어느 곳을 가든 값싸고 조잡한 중국산 기념품이 관광객을 기다리고 있을 뿐이다. 토속먹거리도 예외는 아니다. 산채비빔밥이나 국밥은 꼭 그곳이 아니어도 언제든지 먹을 수 있는 음식이다. 각 지역의 특산품을 이용해 독특한 맛을 제공함으로써 오랫동안 기억에 남을 수 있도록 해야 한다.

주지하다시피 "가장 지역적이고 한국적인 것이 세계적인 것"이라는 말은 다른 나라에서 찾아볼 수 없는 특별한 것일수록 세계적으로 관광상품화가 가능하다는 것을 의미하며 경쟁력이 있다는 뜻이다. 비슷한 유형의 것이라도 다른 것과 차별성을 추구해야만 성공할 수 있다. 현대인들은 뭔가 특별한 것, 전에는 맛보지 못했던 새로운 것을 찾아다닌다. 다른 것과 비슷하거나 같아서는 이들의 관심을 끌 수 없다. 제천지역을 찾아온 사람들이 지갑을 열어 지역문화상품을 기꺼이 사가게 하기 위해서는 그들의 호기심을 자극하여 구매욕을 부추길 수 있는 색다른 것이어야만 한다.

사람들에게 이미 잘 알려져 있는 것들은 상품화가 유리하다. 어느 지역에 뭐가 유명하고, 어느 나라에 무슨 문화가 있다는 것들이 공공연하게 알려져 있다면 그것의 문화상품화가 쉽게 이루어질 수 있다. 반면 인지도가 낮은 문화를 상품화하는 경우에는 제작비보다 홍보비가 더 많이 들어

가는 경우도 있다. 제천지역은 예로부터 의향이라 일컬어지며 독특한 사군 문화를 형성해 왔던 곳이다. 이를 적극적으로 활용한 지역문화상품의 개발이 절실하다. 뿐만 아니라 의림지나 의병유적 등도 좋은 소재가 될 수 있다. 지역문화상품은 '뭔가 특별한 것'으로 만들어져서 사람들을 깜짝 놀라게 하고 충격적인 감동을 주어야 한다. 아무리 희소성이 있고 차별성이 있는 문화라 할지라도 사람들에게 좀더 체계적이고 자극적인 형태를 띠지 못하면 관심을 끌지 못한다. 이런 면에서 제천지역은 입지가 좋은 편이다.

마지막으로 지역문화상품은 적정 수준의 경제적 이익을 낳을 수 있는 것이어야 한다. 곧 지역문화산업의 개발이 지역경제를 살리데 실질적으로 기여해야만 한다. 현재 각 지자체에서 추진하고 있는 수많은 지역문화상품들은 경제성 면에서 미지수인 것들이 많다. 착상이나 아이디어는 그럴 듯하지만 개발이나 추진 과정에 들어가는 엄청난 돈에 비해 결과로서 얻어지는 수익을 크게 기대하기 어려운 사례들이 많다. 지역문화상품이 탄생하기 위해서는 상품화 이후 수익창출의 가능성 여부에 대한 치밀한 조사가 선행되어야 하며, 이러한 과정을 거친 후에 꼼꼼한 기획과 개발이 이루어져야만 한다. 이런 제반 요소가 온전히 조화를 이룰 때 생산자와 소비자 모두에게 가치 있는 지역문화상품이 탄생함은 의심할 여지가 없다.

충청북도를 찾는 관광객의 수는 해마다 증가하고 있는 추세다. 충청북도에서 발표한 수치에 다르면 외지에서 찾아 온 관광객의 수가 지난 2003년 2,844만 명에서 2004년에는 3,153만 명으로 10.9% 증가한 것으로 집계되었다. 이에 발맞춰 제천지역의 문화유산을 적극적으로 활용하여 주제가 있는 관광지로 탈바꿈한다면 청풍명월의 진가를 유감없이 발휘하게 될 것이다. 오래 전부터 제천은 충청북도 내의 다른 지역에 비해 정치, 경제, 사회 등 대부분의 분야에서 소외받았다. 하지만 문화관광 산업의 활성화를 통해 이를 충분히 극복할 수 있다. 제천은 천혜의 자원을 보유하고 있으며, 그동안 소홀히 여기던 문화유산에 대한 인식도 바뀌고 있다. 이를 계기로 우리나라 사람뿐 아니라 세계인이 즐겨 찾는 제천으로 거듭나기를 기대한다.

참고문헌

구완회, <제천(堤川) 의림지(義林池)에 관한 역사적 검토>, ≪의림지 보전 및 학술
　　　관리를 위한 세미나 자료집≫, 1998.
김익진, ≪민속과 서학≫, 성바오로출판사, 1971.
동아일보출판국, ≪발로 쓴 충북기행≫, 1995.
박요순, ≪옥소 권섭의 시가 연구≫, 탐구당, 1987.
뿌리깊은나무, <충청북도>, ≪한국의 발견≫, 1992.
이창식, <권섭의 황강구곡가 연구>, ≪시조학논총≫ 17집, 한국시조학회, 2001.
이충우, ≪한국의 성지≫, 분도출판사, 1981.
지역문화연구소 편, ≪제천학과 청풍명월≫, 제천문화원, 2003.
제천군, ≪제천군지≫, 1969.
한국정신문화연구원, ≪한국민족문화대백과사전≫ 16권, 1997.
한국국악협회 제천시지부, ≪전설지≫, 1996.

어린 의병 홍사구*

1. 홍사구 이야기-스토리텔링

홍사구는 경북 순흥 위쪽에 위치한 남양에서 나고 자랐다. 그곳은 평민들의 농가 몇 채와 부유한 계층의 가옥들이 모여 한 마을 단위를 이루고 있었다. 사구네 집은 그 가운데 여유로운 삶을 사는 가옥 가운데 하나에 속했다. 증조부인 홍운은 누차 감사를 지내왔고 부친 또한 벼슬길에 참여하여, 집안의 재물이 풍족하고 풍요로운 삶을 누릴 수 있는 여건에서 사구는 태어났다. 이러한 환경에서 그는 부모님의 사랑을 받으며 철없는 말썽꾸러기의 모습으로 자라났다.

그렇게 세월은 흘러 사구는 어느덧 여덟 살이 되었고, 그의 아버지가 병이 나 자리에 눕게 되었다. 하루하루 힘겨운 지병과 싸우던 사구의 아버지는 어느 날 그를 불러 앉히고서는 말을 꺼내었다.

"사구야!"

힘없는 아버지의 부름에 사구는 대답했다.

"네."

---

* 김상미

“너도 이제는 글공부를 해야 할 때 아니냐? 밖으로만 놀러 다지지 말고 어머니를 잘 따르며 공부 열심히 해서 꼭 훌륭한 어른이 되거라.”

“네. 아버지!”

그의 아버지는 계속 말을 이어나갔다.

“우리 조상 중에 홍익한이라는 분이 있었단다. 병자호란이라는 전쟁이 일어나고 있을 때 그 분이 청나라에 잡혀갔는데, 거기서도 끝까지 상대에게 굽히지 않고 싸웠단다. 우리는 바로 그러한 훌륭한 분의 후손이며, 너 또한 우리 가문의 피를 이어받은 자손이니, 부디 후일에 좋은 스승을 만나 불의에 굴하지 않고 삶을 스스로 사는 법을 배우거라.”

“네.”

어린 사구가 자신의 말에 대답하는 동시에 그의 아버지는 사구의 손을 꼭 쥐고선 세상을 떠나고 말았다.

“아버지!”

사구는 울면서 아버지를 불렀다. 그리고 아버지의 말씀처럼 꼭 훌륭한 사람이 될 것이라고 다짐하였다. 사구의 아버지의 죽음으로 인해 모두가 슬픔에 잠긴 날이 계속 이어져 갔다. 그리고 아버지의 빈자리가 익숙해질 무렵, 사구는 어머니와 함께 공부를 시작하게 되었다. 사구는 어머니의 말씀을 잘 따르고 지극한 효성으로 하루하루를 지냈다.

세월이 흘러 그가 16세가 되던 해 좀더 깊은 공부를 하기 위해서 그는 집을 떠나게 되었다.

“어머니, 꼭 훌륭한 사람이 되어서 돌아올게요.”

“그래, 사구야! 몸조심하고, 밥 잘 챙겨먹고…… 꼭 돌아오거라.”

“네. 어머니.”

사구와 그의 어머니는 서로를 안고서는 한없이 눈물을 흘렸다. 그리고는 모자는 헤어지게 되었다.

그는 충북 제천으로 와 자리를 잡고 글공부를 하였다. 이곳은 청풍면 남한강 상류에 위치한 곳으로 “명성왕후의 관향”이라 정해진 곳이다. 그는 이곳의 산기슭에서 생활하게 되었다. 그곳은 맑은 공기와 청정한 물이 흐르는 살기 좋은 곳이었고 조용히 공부하기에 좋은 장소였다.

그러던 중, 하루는 산책을 하다가 도적들을 만났다.

"이런 곳에서 홀로 독서를 즐기는 것을 보니 배 가죽을 잡고 뒹굴어 본 적이 없고, 담요하나의 잠자리에서 천당과 지옥을 한번도 오간 적 없어 뵈는 소생 같구나. 만일 무엇이라도 우리에게 베풀어준다면 이 옆에 꽂힌 칼을 빼는 일은 없을 것이다."

홍사구는 침착하게 그들을 대하며 말하였다.

"나는 아직 독서에 익숙하게 임하지 못하였소. 단지 책 몇 권만을 들고 이곳에 온 빈곤한 자일 뿐이요. 나 또한 당신들처럼 누군가로부터 도움을 받아야 할 처지요. 고로 내 살에 칼을 대고 협박을 한다해도 내 조상들의 피만을 얻어갈 수밖에 없을 것이니 속히 돌아들 가시오."

"그런가? 헌데, 그 주둥이를 함부로 놀린 말들이 우리들에게 통할 거라고 생각하느냐?

"내 말을 믿을 수 없다면 할 수 없지만 내 모든 얘기는 거짓이 아니오."

"아니, 이 놈이 그래도……."

도적의 무리 중 한 명이 왈칵 성을 내며 옆구리에 차고 있던 칼을 빼들었다. 후에 홍사구를 내리치려는 순간 복면을 쓴 검은 도복의 누군가가 칼을 빼든 도적을 찔러 죽이고 나머지 무리 또한 물리쳤다. 그리곤 아무 말 없이 돌아서 가려 하였다.

"저기… 잠시만…"

사구의 부름에 그는 뒤돌아보았다.

"괜찮으십니까? 여기는 도적들이 떼 지어 많이 나타나므로 밤에는 더욱 위험하오니, 다음엔 이른 저녁부터는 나오시지 않는 게 좋을 것입니다. 몸 조심하십시오."

"저기…"

그렇게 말하곤 또다시 되돌아서 가려는 그를 사구는 불러 세웠다.

“괜찮으시다면 누추하지만 저희 집에 가서 차라도 한잔 대접하고 싶은데요, 한낱 보잘 것 없는 몸이지만 제 생명을 구해주신 것에 대한 작은 보답이라도 하고 싶습니다. 부디 거절 마시고 저와 함께 걸음을 하시지요.”

“그럼, 오늘 내 말동무나 합시다.”

막 되돌아서 가려던 그는 의외로 사구의 말에 순순히 그를 따라나섰다. 집에 도착한 사구는 복면을 벗은 그를 놀랜 기색으로 바라보았다.

“아니!”

“놀라셨습니까?”

“아니, 사내인 줄 알았던 사람이 여인의 모습으로 내 앞에 이렇게 앉아 있는데 어찌 놀라지 않을 수 있겠습니까?”

그 여인을 뚫어져라 쳐다보던 사구는 다시 입을 열었다.

“아니, 어찌된 일입니까?”

“아까 보시다시피 여기는 도적들이 떼지어 다니기 때문에 여자의 모습으로는 다니기 힘든 곳입니다. 만일 제가 지금 이 모습으로 그때 나타났다면 그들은 어지간해서는 물러서지 않았을 것입니다.”

“아니, 왜?”

“아무리 못난 남자라도 여자한테 패한다는 건 자존심 상하는 일일 것이며 아직 무술이 완벽하지 않은 이상 죽을 듯 달려드는 그들을 당해낼 재간이 없었을 것입니다. 그들은 제 무술에 당한 것이 아니라 당연히 남자인 것이라 생각하고 한남자의 무술에 지레 겁먹고 패한 것이니까요. 뛰어난 실력을 갖춘 어떤 자라 하더라도 지레 겁부터 집어먹게 되면 제 실력을 다 발휘하지 못하는 거 아니겠습니까.”

“아!”

사구는 여인의 말을 듣고 참으로 현명한 여인이라고 감탄하였고, 그 여인을 다시 보게 되었다.

“헌데, 자신의 무술이 완벽하지 않다고 여기면서도 나를 구해줄 생각은 어찌하여 하게 되었소?”

그 여인은 부끄러운 빛을 얼굴에 드리우며 조심스레 그간의 상황을 말하였다.

"얼마 전 저 또한 산책을 하러 나갔다가 그쪽 분을 보게 되었습니다. 한 벌의 옷으로만 생활을 하고 항상 새벽이 되어서야 방안의 불이 꺼지는 것을 보았습니다. 대부분 생계를 유지하지 위해 고향을 떠나 장사를 하거나 어쩔 수 없이 도적이 되어 남의 물건과 양식을 빼앗기도 하는 이 시국에 흔들림 없이 밤새 책 읽는 것에만 매진하는 모습을 보고 이 분이야말로 절개와 지조가 있는 선비가 아닐까라는 생각을 하게 되었습니다."

여인은 자신의 말을 과분하다는 듯이 듣고 있는 사구를 보며 계속 말을 이어갔다.

"그렇게 지켜보고 있던 중에 오늘 그런 일을 당하고도 무력 앞에 쉽게 굽히지 않고 끝까지 당당하게 대처하는 모습을 보니 혹시나 했던 생각이 역시나 하는 확신으로 바뀌었고 그런 모습에 저도 모르게 나서게 되더군요."

여인의 말을 경청하여 듣고 있던 사구는 의아하고 한편으론 기분 좋은 표정으로 말을 꺼내었다.

"그러셨군요? 하지만 전 생각하시는 것만큼 훌륭한 사람이 못 됩니다. 일찍이 부친을 여의긴 했지만, 벼슬길에 대대로 오르셨던 증조부님과 아버지 덕에 자유롭고 호화롭게 지낸 적도 있었습니다. 그래서 그런지 재물에 대한 욕심이 어릴 적부터 몸과 생각에 베이지 않았고, 또한 훌륭한 조상들 곁에서 사람은 무엇보다 자신에게 부끄러운 짓을 하면 안 된다는 것을 줄곧 들어왔기에…… 굳이 제가 선비다운 강직함과 지조로서 누군가에게 훌륭하다 평가된다면 그건 제가 뛰어난 것이 아니라 제 조상 분들의 피를 물려받은 덕이겠지요."

여인은 사구의 말에 탄복하여 말하였다.

"과연 동기감응이라, 그 말이 그쪽 분을 두고 나온 말 같군요."

사구와 여인은 한층 더해가는 대화 속에서 서로에 대한 애정의 감정이

싹트기 시작하였고, 이를 계기로 그들의 만남은 한 부부로서의 연으로 이어가게 되었다.

홍사구는 결혼을 하여 제천에서 살게 되었다. 그러던 중 이웃집의 한 선생을 보게 되었는데 그는 남과 더불어 경쟁함이 없는 의(義)를 알고 심기가 화평하며 부지런히 공부에 힘쓰는 모습을 보였다. 이리하여 학문의 힘인지 어떠한 영향인지 모르지만 그런 그의 모습은 홍사구에게 엄숙하고 씩씩한 모습으로 비춰졌으며, 함부로 다가서지 못할 만큼 풍채가 컸다. 그리고 믿음직한 성품을 풍겼다. 또한 아무리 악인이라도 머리를 숙일 만큼의 기세를 지녀 주변인들이 그를 우러러보았다. 이러한 선생을 보고 사구는 흠모하여 아침저녁으로 가서 뵈었다.

하루는 그의 처가 어김없이 이웃집에 갔다 오는 사구에게 다가가 물었다.

"당신은 무슨 연유로 매일 조석으로 그 집에 다녀오십니까?"

사구는 기다렸다는 듯 대답했다.

"생전에 나에게 있어 이렇게 크게 보이는 사람은 처음이었소."

"당신이 그렇게 말하는 거 보니 대단한 사람인가 보군요?"

"대단하다 말고요, 당신도 보게 되면 그 천인(天人)의 모습에 감동 받을 것이오."

"어떠한 사람인지, 당신이 이러는 걸 보니 나 역시 궁금하군요."

자신의 처 또한 그에 대해 관심을 보이자 그는 그에 대한 설명을 감탄 섞인 말로 대신하였다.

"처음 그를 대하고 나오는 사람을 만나 이름을 물었더니 안승우 하사라고 하더구려. 내가 안공을 봤을 땐 마음이 황홀하여 갑자기 뭇 나무의 가운데서 송백(松柏)을 본 것 같고 뭇 새 가운데 난곡(鸞鵠)을 본 것 같았소."

이튿날, 매일 찾아오는 홍사구에 대해 관심을 갖고 있던 안승우는, 하루는 그가 외출하자 그의 집을 방문하여 사구의 처에게 말을 걸었다.

"저 혹시 남편 되시는 분이 홍사구라는 분이십니까?"

낯선 사람의 방문에 사구의 처는 놀라며 대답했다.

"맞습니다. 한데 무슨 일로……."

안승우는 대답했다.

"저는 공부하는 사람이올진데 선생께서 공부하는 모습을 보고 혹시 한 자라도 배울까 해서 찾아와 보았습니다."

사구의 처는 그제야 그의 말에 안심하고 웃으며 그를 대했다.

"그러세요? 어쩌죠? 지금 남편께선 외출하고 안 계시는데……."

안승우는 그녀가 자신으로부터의 경계를 푸는 것이 급선무라 여겨 사구를 선생이라 칭하며 적당히 둘러대고선 또다시 물었다.

"그래요? 안타깝게 됐군요. 그럼 다음에 다시 찾아뵙겠습니다. 헌데 한 가지 궁금한 것이 있는데, 선생의 고향은 어디십니까?"

이미 마음을 놓아버린 그의 처가 바로 대답했다.

"자세한 지리는 모르겠고 경상북도 순흥이었던 것으로 기억하고 있습니다."

"아! 그러세요? 이처럼 훌륭하신 분이 어디서 나고 자라셨는지 궁금해서 물어보았습니다. 제 물음에 흔쾌히 답해주셔서 감사합니다. 빠른 시일 내에 또 찾아뵙도록 하겠습니다."

안승우는 그의 처와 인사를 나눈 뒤 바로 경상북도 순흥으로 향했다. 하루하루 그는 홍사구의 고향에서 그의 흔적을 찾기 위해 돌아다녔다. 그러던 중 파란 초가지붕의 집 마당에 앉아 빨래 더미를 접고 있는 할머니를 만나게 되었다. 안승우는 할머니에게 다가가 물었다.

"저 혹시 홍사구라는 사람이 여기 살았다던데, 아십니까?"

"암, 알고말고."

너무 확실히 대답하는 할머니를 보고서 안승우는 드디어 찾았노라고 속으로 외치며 말했다.

"그러세요? 저… 실례가 안 된다면 그 분에 대해 아시는 대로 말해주실 수 있겠습니까?"

"음… 태어났을 때 아버지의 벼슬길로 인해 집안의 재산이 풍족하여 호화롭게 자라다가 어느 순간 그 어린 아이를 두고 아버지가 죽게 되었지. 그래도 그 어미와 아들은 신기할 만큼 화목하게 지내더군. 특히 사구는 아버지를 여의고 어머니를 섬기는데 그 누구보다 효성이 지극하고 어린 가장으로서 가정을 이끌어가다시피 했지. 모든 마을 사람들이 그 아이를 보고 훌륭한 사람이 될 것이라고 칭찬에 또 칭찬을 하곤 하였어. 근데 어느 날 글공부를 하러 떠난다고 나간 뒤로 여기엔 한번도 오질 않았다네. 지금 어디서 무얼 하고 사는지 생사도 모르겠구먼."

고개를 끄덕이며 듣고 있던 안승우를 보고 할머니는 그제야 안승우에 대한 관심을 보였다.

"근데 뉘신데 그 아이에 대해 묻는 거요?"

"아! 저는 충북 제천에 살고 있는 안승우라고 합니다. 제 옆집에 어느 날 두 부부가 와서 살게 되었는데 그중 남편이 저를 보고선 매일 조석으로 찾아와 문안을 여쭈고 가더군요. 유심히 그를 살펴보니 그의 언행이나 행실을 보아 적지 않은 감동을 받았으나 혹시 다른 목적을 가지고 나를 찾아오는 것이 아닌가! 라는 의구심에 이렇게 그에 대해 알아보러 오게 되었습니다."

"그렇군. 아마도 그 애는 믿어도 될 거유. 내가 보장하지."

할머니의 강한 확신이 깃든 대답에 안승우는 잠시 놀랐지만, 그가 본 홍사구의 모습이 자신의 생각과 어긋나지 않았다는 생각에 맘속으로는 기뻐하였다. 안승우가 본 홍사구는 묘한 기백과 기풍이 느껴져 원대한 위인의 모습으로 보였기에 놓치지 아까운 인물이었다. 그래서 할머니의 확실한 말에 그를 제자로 삼겠노라 다짐하였다.

집으로 돌아온 안승우는 다음날 또다시 찾아온 홍사구를 집으로 맞이하였다. 어색한 분위기에서 홍사구가 먼저 입을 열었다.

"요 근래 며칠 안보이시더군요. 하루가 가고 닷새가 지나도 모습을 볼 수 없어 혹시 저로 하여금 불편을 느끼셔서 피하신 게 아닐까 하고 걱정했습니다."

홍사구의 말에 공은 웃으며 대답했다.

"아니, 왜 자네를 피해 내가 달아났다고 생각했는가?"

"조석으로 찾아뵙긴 했으나 저의 역량이 부족하다고 미리 판단하여 제 미래의 불안함을 느끼지 않으셨을까라는 생각을 하게 되었습니다."

안승우는 사구의 말에 크게 웃으며,

"그럴 리가 있겠나, 자네는 자네 스스로를 너무 과소평가하고 있군. 그리해서야 어찌 자신을 위대함을 알고 자신의 뜻을 높일 수 있겠는가."

안승우의 말에 무안한 사구는 쓴웃음을 지어보였다. 이에 안승우는 그런 사구의 반응을 살피며 말을 이어갔다.

"요 며칠 자리를 비운 동안 자네의 고향에 다녀왔다네."

놀란 홍사구는 입을 떡 벌린 채 아무 대답도 못하고 듣고만 있었다.

"하루도 빠지지 않고 나를 찾아와 안부를 묻는 자네가 혹시 이익을 차리려는 목적으로 나를 찾아온 게 아닐까라는 의심이 들어 자네를 알아보러 갔다 왔네. 세상의 어느 사람도 사람인 이상은 겉과 속에 흐름의 방향이 한결같다고 말할 수 없지 않는가. 학문을 하는 사람으로서 부지런히 배우고 힘써 행하여 높은 사람을 섬기는 것이 도인의 모습인데, 그러한 겉모습을 부도덕한 지름길로 찾아나서는 사람이 요즘 세상에 어디 한 두 명인가? 잠시나마 자네 또한 의심했던 나를 이해해 주길 바라네. 그리하여……. 자네만 원한다면 자네와 사제의 관계를 맺고 싶은데, 어떤가?"

공의 말을 경청하여 듣고 있던 홍사구가 반심반의하며 물었다.

"정말이십니까?

고개를 끄덕이는 안승우를 보고선 바닥에 머리가 닿을 만큼 고개를 깊이 숙여 인사를 한 뒤 감사의 표시를 여러 번 하였다.

"감사합니다. 감사합니다. 스승님을 아버지처럼 여기고 받들어 배우겠습니다."

이후 안공이 홍사구의 아름다운 자질을 사랑하여 가르치기를 게을리하지 아니 하였던 바 이로부터 물을 쏟아지고 얼음이 풀리듯하여 덕기(德

氣)가 순수하고 문장이 찬란하니 동산의 달과 물위에 핀 연꽃이 그 사람의 얼굴빛이요, 향기로운 난초와 꽃다운 혜초(蕙草)는 그 사람의 기미요, 기린 (麒麟)도 같고 봉황새도 같은 것은 그 사람의 덕기(德氣)와 재질이었다고 판단하게 되었다.

이렇게 몇 해를 지나는 동안에 둘의 사이는 더욱 두터워져 갔다. 그러던 어느 날 안승우의 동지 중 누군가가 찾아와 일제에 대한 행패를 보고하였다.

"지금 청과의 전투에서 이긴 왜군이 판을 치고 있다네. 더구나 김홍집, 유길준, 어윤중 등이 왜놈들의 앞장이가 되어 중전 민씨를 살해하고, 자신들의 규율에 맞게 행동하도록 강요하고 있다지 뭔가."

"정말인가?"

"그뿐만이 아니라네. 우리 관습의 뿌리를 완전히 뽑아내겠다고 백성들의 상투를 자른다는 개혁까지 내세우고. 별 짓을 다한다더군."

"뭐라고? 아니 어떻게…….

이에 격분한 안승우는 급히 유생들과 의병들을 모아 대책 방안에 대해 논의하였다.

"중화가 오랑캐가 되고 사람이 짐승이 되는 이 시국에 이를 어떻게 하면 좋겠소? 다들 의견을 내보시오."

이에 홍사구가 나서서 말하기를,

"지금 우리가 할 수 있는 방안으로는 의병을 일으켜 왜적과 맞서 싸우는 것과 국외로 망명하여 우리의 도를 계승하는 것, 마지막으로 안타깝지만 조용히 자결하는 방안이 있을 것으로 여겨집니다."

모두들 홍사구의 말에 고개를 끄덕이며 대부분 의병의 길을 택하였으나 선비인 유인석만은 망명의 길을 택하였다.

"좋소, 그럼 우선 이춘영과 김백선은 나와 함께 내일 원주로 가서 봉기의 깃발을 올리도록 합시다."

안승우의 제안에 모두 동의하였다. 모든 작전을 세우고 각자 돌아간 뒤 홍사구는 안승우에게 다가가 청하였다.

"스승님, 저도 의병에 참가하겠습니다."

"자넨 안되네."

단칼에 잘라내는 안공에게 홍사구는 다시 한번 간절히 청하였다.

"왜 안 된다는 겁니까? 저도 같이 가겠습니다."

이에 안승우가 말하길,

"자네는 아직 나이도 어리고, 좀더 배워서 이 나라를 빛내고 살려야만 하지 않겠는가? 자네 같은 사람이 죽음을 전제로 둔 이 싸움에 참가한다면 후에 누가 이 나라를 위해 싸우겠는가?"

홍사구가 답하길,

"스승님, 스승님께서는 저에게 사제간의 도리를 가르치지 않으셨습니까. 가르침 중에 백성은 임금과 스승, 아비 세 사람으로부터 나는 것이라 하였으며 섬기는 것도 한결같아야 하는 것이라는 스승에 대한 도의를 말하지 않으셨습니까? 스승님께서 가르침과 다르게 저에게 행하신다면 저 또한 배운 만큼의 행실을 하지 못할 줄 아옵니다."

사구의 말에 안승우는 깊이 고민하다가 결국 사구의 강한 의지에 못 이겨 결국 승낙하였다.

"알았네. 항시 몸을 보호하게나."

"알겠습니다. 스승님."

이리하여 의병에서 안승우는 중군이 되고 홍사구는 중군 종사관이 되어 활동하였다.

이튿날, 안승우는 동기들과 함께 원주의 안장으로 향해 봉기의 깃발을 올렸고, 제천으로 즉시 돌아와 모였다가 단양으로 갔다. 그들의 등장으로 단발령을 강요하던 군수는 도망가게 되었고, 왜군과 맞서 싸워 첫 승리를 거두게 되었다. 그러나 그들에겐 권위 있는 지휘자가 없어 그들을 하나의 조직으로 통제할 수 없게 되는 어려움에 처하게 되었다.

"여기서 분열돼서는 안 됩니다."

"맞습니다. 우리가 아무리 죽음을 앞두고 싸우고는 있지만 한사람 한사람이 합일된다면 왜적을 물리칠 승산은 있다고 봅니다. 일 퍼센트의 가능성만 있어도 죽어가는 한사람의 목숨을 더 구할 수 있다고 봅니다. 하루속히 현명한 지휘자를 구해야 합니다."

"맞습니다."

여기저기서 지휘자에 대해 외치는 것을 보고 안승우 또한 지휘자의 필요성을 절감했다.

"하지만, 어디서 그런 사람을 찾는단 말이오?"

안승우의 말에 모두들 막막한 상황에 어찌할 바를 몰라 입을 다물었다.

이때, 홍사구가 나서길,

"저. 유인석 선비는 어떤지요?"

"유인석?"

"하지만 그는 국외로 나가있지 않소."

"지금은 그 외에 어떠한 방안도 없을 것 같습니다. 나라가 죽어가고 있는 판국에 한시 바삐 정하여 그분을 모시고 오는 게 좋을 듯 합니다. 지금 우리는 선택을 해야 할 시기입니다."

홍사구에 말에 대부분 의병들이 고개를 끄덕이며, 동의를 표했다.

이에 안승우는,

"어떻소? 유인석 선비에게 우리를 한번 걸어볼까요?"

"……"

잠시의 망설임 뒤에 그들 또한 동의를 표하였다.

"좋소이다. 그럼 나누어서 두 분류로 활동하도록 합시다."

유인석을 찾아간 안승우와 홍사구 그리고 몇 명의 의병들이 그를 만나 설득하기 시작하였다.

이에 유인석은,

"얼마 전 내 모친이 돌아가셔서 지금은 내 속도, 내 마음도 내가 아닙니다. 또한 나는 한 무리를 이끄는 지휘자로서의 능력도 부족하고 그러할 자신도 없습니다.”

유인석의 대답에 안승우가 말하길,

“일부 의병들이 나라를 위해 왜군에게 맞서 목숨을 내놓고 싸우고 있습니다. 그들이 맘대로 정한 개혁에 우리 백성들은 치를 떨고 있습니다. 지금이야말로 선비의 현명함을 빌어 나라를 구해야 할 때입니다.”

“하지만…….”

유인석은 망설였다. 옆에 있던 홍사구 또한 그의 설득을 부추겼다.

“제발 도와주십시오. 돌아가신 모친께서도 저 세상에서 현 시국에 대해 한나라의 민족으로서 치욕을 느끼고 계실지 모릅니다. 선비의 어머님도, 또 우리 모두도 한 민족 아닙니까? 선비로서 배우고 익힌 학문을 써야 할 때입니다. 어찌하여 배우고 익힌 것들을 이 중요한 순간에 쓰지 않고 버리려 하십니까?”

이에 유인석은 망설임을 떨쳐버리고 결심한 듯 벌떡 일어나 참가의 뜻을 내보였다.

“좋소!, 갑시다. 우리 모두 하나가 되어 싸웁시다. 내 어머님도 하늘에서 나를 지켜보고 계실테니, 내 생이 다하기 전에 효도 한번 해봅시다.”

이렇게 유인석은 의병대장이 되어 의병군을 이끌고 왜적과 맞서 싸웠다. 그렇게 힘든 나날이 계속되던 어느 날, 폭풍이 치고 비가 퍼부어 의병들은 더 이상 싸울 수 없게 되었고, 안전지대에 있는 적들로부터 날아온 총알을 피해 자연히 흩어지게 되었다.

그러나 피하지 않고 여전히 악전고투하고 있던 홍사구에게 안승우는 그를 말리면서 말했다.

“나는 이미 의병의 장수로 죽기를 작정하고 이 작전에 참가하였지마는 너는 왜 피하지 않고 있느냐? 몸을 보존하여 후일을 도모하거라.”

이에 홍사구가 답하기를,

“문생으로서 스승이 화를 입는 것을 보고 어찌 홀로 살 수 있겠습니까? 더구나 친구와 함께 생사가 오가는 상황에 닥쳐도 부모님을 핑계로 빠질 수 없는 것이거늘 하물며 스승에 있어서 어찌 홀로 이 위태로움을 면할 수 있겠습니까?”

이에 안승우는 홍사구를 보내기 위해 일어서서 홍사구를 데리고 성을 나가다가 적군에게 총탄을 맞아 다리를 다치게 되었다.

“스승님!”

이에 홍사구는 스승의 옆에서 그를 돌보고 있다가 둘 다 왜군에게 잡혔다. 이때 홍사구가 그들에게 굽히지 않고 굳건히 소리치거늘,

“너희들이 비록 왜군의 무리라지만 머리가 있고, 옳고 그름을 따질 수 있을지언대, 또한 충신과 역적을 구별하여 사람과 짐승의 형상을 볼 수 있을 텐데 대의를 신빙하여 역적을 물리치는 이 마당에 감히 이럴 수 있느냐.”

하고 왜병들을 칼을 뽑아 내려치자 그들이 격분하여 칼을 휘두르니, 그 칼에 맞아 살해 되고 안승우 또한 그 자리에서 죽음을 맞이하였다.

한편, 홍사구의 집에서 잠을 자던 그의 처는 꿈을 꾸게 되었는데 꿈속에서 사구를 만났다.

“당신, 무사히 지내시고 계신가요? 아이들이 벌써부터 당신이 보고 싶다고 투정부리고 그러네요. 잘 지내고 계신지요?”

홍사구는 웃으면서 대답했다.

“물론 잘 지내고 있소. 내 스승 안승우 선생과 함께 있으니 걱정 마시오.”

그녀는 무사히 있는 남편의 말을 듣고 기뻐하며 말하였다.

“밥은 잘 챙겨 드시지요? 아픈데 는 없으신가요? 집에는 언제쯤 오실는지요?”

그러자 홍사구는 슬픈 빛이 역력한 얼굴로 말하길,

“아마 일년 뒤 내 기일에나 가야 할 것 같소. 여기 참 따뜻하고 좋은 곳이요, 내 일생의 하나뿐인 스승님과도 함께 있고 국가의 명령이 아닌 나 스스로 행한 행동들이 하늘에 가 닿았나보오. 나를 이렇게 좋은 곳으로

보내주시다니……."

뜻밖에 말에 놀란 그녀의 눈에는 어느새 눈물이 맺혀 있었다.

"무슨……. 말인가요? 당신이 있어야 할 곳은 여기지 않습니까? 가지 마세요! 도대체 어디 있겠다는 것입니까?"

그러나 홍사구의 모습은 그녀의 눈에서 점점 흐려지다가 사라져 버렸다.

꿈에서 깨어난 그녀는 눈물범벅이 된 얼굴로 놀라 다가오는 어머니에게,

"어머님, 그이가 죽은 것 같아요."

어머니가 그 말을 듣고서는,

"아니, 그게 무슨 말이냐? 네가 어찌 그걸 알고. 아직 소식도 오질 않았는데……."

"어머님, 그이가 집을 떠나기 전날 저에게 이런 말을 했어요. 지금 의병이 성공할 가망성은 없고 오직 죽음뿐인데 우리 스승께서 죽음을 맞게 될 시 나 또한 죽음을 면할 수 없고 한낱 보잘 것 없는 자신의 죽음은 소식을 접하기 어려우므로 만일 안승우 중군장이 죽었다는 말을 듣거든 자신도 죽은 줄 알라 하셨습니다."

이에 사구의 어머니는 다른 사람을 시켜 알아보게 하였고, 그 결과 과연 그러하였다.

이 소식을 들은 동지 박정수와 이용규가 왜군 속을 헤치고 들어가 사구의 사체를 본가로 가져와서 장사하였다. 박정수는 제사한 글에 "공은 한번 죽어 백세의 사표가 되었다." 하였고 후세에 그런 홍사구의 곧은 충성과 지조는 여러 사람에게 귀감이 되었다. 그의 묘는 현재 제천시 의림지가 내려다보이는 모산리 뒷산에 묘석과 묘비 등이 제 모습을 갖추어 보호하고 있으며 그것을 통해 홍사구의 애국정신을 후세에 거울로 삼고 있다고 한다.

2. 어린의병 홍사구와 문학콘텐츠

문학콘텐츠 방안의 중점은 우선 원형을 가지고 스토리텔링화 하는 것이다. 위의 글은 모든 대화체를 통해 홍사구를 중심으로 그의 성품을 드러내도록 하였다. 그리고 중심 계층을 선비(유생)로 정하여 이 글 전체의 정도(正道)의 모습을 바르고 곧음, 절개와 지조, 충성으로 형상화하였고, 여기에 나타난 중심인물 홍사구를 비롯하여 안승우와 유인석등의 모습에도 이러한 선비의 마인드를 드러내도록 하였다. 이러한 선비라는 위치는 이 글에서 당시의 중요 계층으로 그 사회상을 제시하는 역할을 하게끔 하였다.

여기서 안승우라는 인물의 역할은 단순히 홍사구의 스승으로 부각되는 부차적인 인물이 아니다. 사제지간의 가장 가까운 관계로 홍사구의 역량과 그의 풍성을 드러내주고 현실사회에 대한 대처 방안을 제시해 주고 있는 인물로 부각시켰다. 안승우는 또한 제천 의병 당시의 학문을 닦는 선비 계층을 대변하고 있으며 홍사구를 두각 시키는데 중요한 의미를 지닌 인물이다. 또한 안승우와 그의 처와의 만남을 통해 인간 사이의 끈끈한 정을 들어냄으로써 문학의 정체성과 인간성을 드러내려고 하였다.

결국 이러한 스토리텔링화를 통해 비극적인 국가의 모습과 그 속에서 자신을 희생하는 주인공의 모습을 부각시키고 결혼 전의 처와의 사랑이 이루어지는 과정과 안승우와의 돈독한 정을 통해 문학의 정체성(인간성)을 드러내어 감동을 이끌어내려고 하였다.

어떤 원형적 소스를 활용할 때는 항시 지적 재산권에 대한 문제가 발생하기 쉽다. 완벽한 창작이 아니라 일차적인 패러디 과정이 있기 때문에 그 과정에서 원작에 대한 시비가 오갈 수 있기 때문이다. 이에 대해 우리는 원형이 시사하는 바가 무엇인가를 절실하게 분석하여 그것을 2차적으로 창작하고 감동의 메시지를 담은 문학콘텐츠를 생산해내야 할 것이다.

이러한 문학콘텐츠화 방안으로 홍사구, 안승우, 혹은 그의 처 등 중심

인물을 캐릭터화하여 문화상품으로서의 가치를 높이고, 혹은 제천시에 보관되고 있는 홍사구의 묘를 똑같이 본따 작은 핸드폰 고리나 소지품으로 만들어 그것에 그 지역 민중들의 의식을 반영하여 우리나라뿐 아니라 세계로 나아가 널리 알리도록 하는 것 또한 홍사구콘텐츠의 한 방안이 될 수 있을 것이다. 캐릭터의 활용은 게임에까지 활용되어 스토리텔링화된 것을 온라인상으로 옮겨 하나의 게임 프로그램을 만들 수 있다.

또한 강개하고 지조 있는 홍사구의 성품을 더욱 부각시켜 자신감을 상실한 현대인들에게 문학적인 치료로서의 기능을 할 수 있을 것이며, 그 지역에서 홍사구를 주제로 한 연극, 오페라와 기타 행사 등 여러 축제를 마련하여 제천 의병제때 행사하는 것 또한 좋은 방안이 될 수 있다.

지역에 중점을 두고 이 원형을 콘텐츠화 할 수 있다. 충북이라는 지역이, 그리고 홍사구가 살았던 지역이 어떠한 곳인가를 알리기 위해선 충북의 지역적 특성이나 그 지역만이 가지고 있는 독특한 특색을 나타내야 한다. 따라서 그 지역만의 이미지를 통해 그 속에 한국적 이미지를 발견할 수 있고, 나아가 해외 시장의 공략에 나설 수 있는 것이다. 한 지역을 상대로 콘텐츠 작업을 할시 이 작업은 원소스 멀티유즈(one soure multi use)라는 것을 실현 가능하게 해준다. 그리고 그가 살았던 지역을 직접 체험해 볼 수 있는 캠프나 이벤트 등을 마련할 수도 있다.

우리는 이러한 콘텐츠화를 통해 고부가가치를 얻는 동시에 현대사회에서 잃어가고 있는 인간성과 정에 대해 다시 한 번 되새겨 보아야 한다.

박달재 고개 속 사랑의 메아리*

1. 박달재에 얽힌 사연

제천시 봉양읍과 백운면을 갈라놓은 천등
산을 넘는 고개가 박달재다. 조선조 중엽 경
상도의 젊은 선비 박달이는 과거를 보기 위
해 한양으로 가던 도중 백운면 평동리에 이
르렀다. 마침 해가 저물어 어떤 농가에 찾아
들어 하룻밤을 묵게 되었다. 그런데 이 집에
는 금봉이라는 과년한 딸이 있었다. 사립문
을 들어서는 박달과 눈길이 마주쳤다.

박달은 금봉의 청초하고 아름다운 모습
에 넋을 잃을 정도로 놀랐고, 금봉은 금봉
대로 선비 박달의 의젓함에 마음이 크게

박달이와 금봉이

움직였다. 그날 밤 삼경이 지나도록 잠을 이루지 못해 밖에 나가 서성이던
박달도 역시 잠을 못 이뤄 밖에 나온 금봉을 보았다. 아무리 보아도 싫증이

---

* 윤미경

나지 않는 선녀와 같아 박달은 스스로의 눈을 몇 번이고 의심하였다.

박달과 금봉은 금세 가까워졌고 이튿날 떠나려던 박달은 더 묵었다. 밤마다 두 사람은 만났다. 그러면서 박달이 과거에 급제한 후에 함께 살기를 굳게 약속했다. 그리고 박달은 고갯길을 오르며 한양으로 떠났다. 금봉은 박달의 뒷모습이 사라질 때까지 싸리문 앞을 떠나지 않았다. 서울에 온 박달은 자나깨나 금봉의 생각으로 공부를 하지 못했다. 금봉을 만나고 싶은 마음으로 시만 지으며 시간을 보냈다.

난간을 스치는 봄바람은
이슬을 맺는데
구름을 보면 고운 옷이 보이고
꽃을 보면 아름다운 얼굴이 된다.
만약 천등산 꼭대기서 보지 못하면
달 밝은 밤 평동으로 만나러 간다.

박달이 과장에 나가서도 금봉에 대한 마음 때문에 결국 낙방을 하고 말았다. 박달은 금봉을 볼 낯이 없어 평동에 가지 않았다. 금봉은 박달을 떠내 보내고는 날마다 성황당에서 박달의 장원급제를 빌었으나, 박달은 돌아오지 않았다.

금봉은 그래도 서낭에게 빌기를 그치지 않았다. 고갯길을 박달을 부르며 오르내리던 금봉은 상사병으로 한을 품은 채 숨을 거두고 말았다. 금봉의 장례를 치르고 난 사흘 후에 낙방거사 박달은 풀이 죽어 평동에 돌아와 고개 아래서 금봉이 죽었다는 소식을 듣고 땅을 치며 목놓아 울었다.

울다 얼핏 고갯길을 쳐다본 박달은 금봉이 고갯마루를 향해 너울너울 춤을 추며 달려가는 모습이 보였다. 박달은 벌떡 일어나 금봉의 뒤를 쫓아 금봉의 이름을 부르며 뛰었다. 고갯마루에서 겨우 금봉을 잡을 수 있었다. 와락 금봉을 끌어안았으나 박달은 천길 낭떠러지로 떨어져 버렸다. 이런 일이 있은 뒤부터 사람들은 박달이 죽은 고개를 박달재라 부르게 되었다.[1]

2. 박달이와 금봉이를 이용한 콘텐츠 제안

박달이와 금봉이는 제천을 대표하는 캐릭터이다. 애절한 사랑의 주인공인 두 인물의 캐릭터를 콘텐츠로 개발한다면 거기서 창출되는 이익은 무궁무진할 것이다. 그리고 제천의 인지도를 높여 충북 속의 제천이 아닌 세계 속의 제천으로 성장할 수 있는 밑거름이 될 것이다. 그럼 지금부터 제천의 대표 캐릭터인 박달이와 금봉이를 이용한 콘텐츠 방안을 제시하도록 한다.

첫째, 공부도 되고 재미도 있는 게임으로서 박달이와 금봉이를 만드는 것이다. 스토리텔링화 작업을 통해 15단계로 완결이 되는 게임을 만든다. 비록 전설에서는 사랑을 이루지 못한 채 비극으로 끝나지만 게임에서는 박달이와 금봉이의 사랑이 맺어지는 해피엔딩으로 마무리를 하는 것이다. 1단계는 박달이가 바다 속 괴물들과의 대결을 통해 태어나는 부분. 2단계

---

1) http://tour.okjc.net

는 금봉이가 시간을 제한해서 한자를 맞혀가며 서초시의 집으로 향해서 결국에는 그 집의 자식이 되는 부분. 3단계는 금봉이가 박달이의 집에 오면서 장애물들을 넘는 부분과 박달이가 금봉이와 한자를 맞추며 대결하는 부분. 4단계는 박달이가 금봉이 오기 전 시간제한을 두고서 금봉이 오는 길목에 놓여진 장애물을 치우는 부분. 5단계는 3단계보다 업그레이드 된 한자를 맞추며 대결하는 부분으로 구성한다.

6단계는 박달이 봉구와 대결하는 부분으로, 7단계는 괴물에게 쫓기는 금봉을 박달이 지켜주는 설정. 8단계는 박달과 봉구가 우리 말 맞춤법 맞추기로 대결하는 부분. 9단계는 박달이와 금봉이가 비슷한 그림 찾기로 대결하는 부분. 10단계는 박달이가 과거를 보러 가던 중 금봉이가 준 도토리묵을 빼앗기지 않기 위해 도적과 대결하는 부분. 11단계는 금봉이가 봉구와의 끝말잇기로 대결하는 부분. 12단계는 박달이가 과거 보는 곳에서 한자를 맞추는 것이 과거의 내용으로서 활용되는 부분. 13단계는 박달이와 왜적들이 대결하는 부분(여기서 승리하면 레벨이 더 높아지고 보너스를 얻는다). 14단계는 박달이가 금봉이를 만나러 가기 위해 장애물을 넘는 부분. 마지막 15단계는 박달이와 금봉이가 만나서 함께 한자를 맞히며 게임이 끝이 나는 부분으로 만든다.

둘째, 박달이와 금봉이 이야기를 소재로 '은비 까비의 옛날 옛적에'라는 프로그램에서처럼 동화나 애니메이션을 만들어야 한다. 더불어 뮤지컬이나 연극 등의 소재로 활용되어야 한다. 일편단심의 사랑을 가진 두 캐릭터를 펜시상품으로 만들어 활용할 필요도 있다. 또한 박달이와 금봉이 전설의 장소인 박달재를 명소로 만들어서 관광객들로 하여금 제천지역의 아름다운 이야기에 매료될 수 있도록 해야 한다.

셋째, 박달이와 금봉이의 사랑이야기를 사랑의 전형으로 삼아 금봉이를 신사임당과 같은 우리의 전통여인상으로 부각시키고 그러한 이미지를 통해 제천을 홍보해야 한다. 또한 단편사극영화 등으로 제작하여 제천을 찾는 관광객에게 제공하고 홈페이지 등을 통해 전국적인 홍보가 이루어져야 한다.

넷째, 오늘날 많은 독자층을 확보하고 있는 인터넷 소설화로 박달이와 금봉이의 이야기를 활용하여야 한다. 또한 이 이야기의 후속편 등을 창작하여 널리 보급할 필요가 있다. 예를 들면 하늘나라에서의 행복한 사랑이야기를 릴레이식으로 쓰는 픽션사극소설을 만드는 것이다.

이처럼 '박달이와 금봉이'를 이용한 콘텐츠는 우리의 아이디어 창고 속에서 끊임없이 샘솟는다. 기발한 아이디어와 도전을 두려워하지 않는 정신만 있다면 앞서 살펴본 박달이와 금봉이 이야기처럼 고전 문학을 응용한 콘텐츠는 여러 사람들에 의해 멈추지 않고 계속해서 개발 될 것이다. '지역적인 것이 가장 세계적인 것이다'라는 말이 있듯이 지역의 이야기나 캐릭터를 이용해서 콘텐츠화 한다면 우리나라를 세계 속에 널리 알릴 수 있는 방법이 될 수도 있을 것이다. 여기서는 콘텐츠화의 구체적인 예로 '박달이와 금봉이의 사랑이야기'를 구연동화로 만들어 보았다.

3. 콘텐츠화 방안 : 구연동화

옛날 옛날에 제천시 봉양면에 김진사라는 사람이 살았어요. 김진사는 마을에서 인심 좋기로 소문난 사람이었어요. 그래서 마을 사람들 중 가난해서 밥을 굶는 사람이 있으면 몰래 몰래 깊은 밤에 그 집에 쌀과 같은 곡식들을 갖다놓곤 했지요. 그리고 농사가 바쁜 농번기 때에는 팔을 걷어 부치고 같은 마을 농부들의 일도 도와주곤 했지요. 그래서 마을에서는 김진사를 '인심 좋은 김진사님'이라고 불렀어요. 마을에서는 김진사를 모르는 이가 없을 정도였어요. 하지만 김진사의 어머니는 양반인 김진사가 평민들과 어울리는 것이 못마땅했어요. 그럴 때마다 김진사는 어머니께 평민도 우리와 같은 사람이며 모든 사람은 평등하다고 설득했어요. 김진사와 그의 아내는 긍정적인 생활관을 가진 사람이었어요. 그래서 항상 웃는 얼굴로 모든 사람들을 대했어요. 그런 김진사에게도 가끔씩 한숨짓게 만드는 걱정거리가 하나 있었어요. 그 걱정거리는 김진사가 윤씨 부인과 혼인을 한지도 6년이 지났는데도 아직까지도 자식이 태어나지 않는다는 것이었어요. 그것만이 김진사의 유일한 걱정거리였어요.

그러던 어느 날이었어요. 윤씨부인이 낮잠을 자고 있었어요. 윤씨부인의 꿈에 바닷가에서 나온 푸른색 용이 윤씨부인의 품으로 들어오는 것이었어요. 그 꿈을 꾼 이후로 윤씨부인에게 태기가 있었어요. 마침내 열 달이 지나자 건강한 사내아이가 태어났어요. 김진사는 너무 기뻐 덩실덩실 춤을 추었어요. 아기가 태어나자 김진사에게는 또 다른 걱정거리가 생겼어요. 바로 아기의 이름을 어떻게 지을까 하는 거였어요. 김진사는 아기가 태어난 지 3일째 되던 날 아기의 이름을 생각하다가 깜박 잠이 들었어요. 김진사의 꿈에 신라의 훌륭한 장수 김유신 장군이 나타나더니 박달(璞達)이란 이름이 새겨진 나무패를 주는 것이었어요. 김진사는 꿈속에서도 무척 감사해서 김유신 장군에게 여러 번 절을 했어요. 그리고 '장군님 감사합니다'라는 말을 연신 했어요. 그러다 누군가 자신을 흔들어 깨우는 소리에 김진사는 일어났어요. 이게 어찌된 일일까요? 꿈속에서 김유신 장군이 준 나무패가 자신의 오른손에 쥐어져 있지 않겠어요? 그리고 거기에는 또렷하게 박달(璞達)이란 이름이 새겨져 있었어요.

그 일이 있은 후 아기는 박달이라는 이름으로 불렸어요. 박달은 이름처럼 순박하고 순진하였어요. 그런 박달을 누구보다도 귀여워 한 것은 박달의 친할머니였어요. 박달의 할머니에게는 박달이 눈에 넣어도 아프지 않을 만큼 소중했어요. 박달이 아프면 할머니는 박달의 머리맡에서 밤새도록 간호를 했어요. 어린 박달은 그런 할머니가 무척이나 좋았어요. 박달은 어린 나이에도 불구하고 할머니가 무척 소중한 사람이며 할머니의 말씀은 어기지 말아야겠다는 생각을 했어요.

한편 제천시 백운면에는 서초시가 살고 있었어요. 서초시는 학문을 열심히 닦는 바른 선비였어요. 서초시의 집은 매우 가난해서 서초시의 아내가 삯바느질을 하여 겨우 살림을 꾸려나갔어요. 서초시의 집에도 자식이 없었어요. 그래서 서초시와 그의 아내는 몹시 슬펐어요. 보름달이 유난히 밝은 어느 날이었어요. 잠을 자고 있는 서초시와 아내를 깨우는 소리가 들렸어요. 그 소리는 갓난아이의 울음소리였어요. 서초시와 그의 아내가 급히 나가보니 사립문 밖에 웬 갓난아기가 몹시 울고 있었어요. 서초시가 아기를 어르며 그의 아내에게 말을 했어요.

"부인 이는 필시 하늘의 뜻 같으니 우리가 이 아기를 친딸처럼 잘 키웁시다."

그의 아내는 고개를 끄덕였어요. 두 내외는 갓난아기의 이름을 금봉(檎逢)이라 짓고 없는 살림이었지만 금이야 옥이야 하며 정성으로 길렀어요. 금봉은 서초시 내외의 정성으로 티 없이 맑게 자랐어요.

세월은 흘러 박달이 14살이 되고 금봉은 12살이 되었어요. 박달은 5살에 천자문을 모두 배우고 학문에 정진하고 있었어요. 금봉은 이제는 풋풋한 소녀티가 느껴졌어요. 그러나 인생사 새옹지마라고 했던가요? 금봉의 아버지인 서초시가 오랫동안 앓다가 세상을 떠났어요. 그리고 어머니마저 아버지가 세상을 떠나자 화병으로 앓아 누웠어요. 의원을 찾아갈 돈이 없던 금봉은 어쩔 수 없이 어머니 약값을 마련하기 위해 종살이를 하러 들어가게 되었어요.

그곳이 바로 박달이의 집이었어요. 박달은 마당을 거닐며 생각에 잠겨 있다가 대문을 열고 들어서는 금봉의 단아한 모습에 첫눈에 반해버렸어요.

"낭자는 누구신데 저희 집에 오셨나요?"

그러자 금봉은 얼굴이 빨개지며 수줍은 듯 고개를 숙인 채 말했어요.

"소녀 이름은 금봉이라 하옵고, 오늘부터 이 댁 일을 하러 왔나이다."

그때 박달의 할머니가 방문을 열고 나오며 노여운 듯 말했어요.

"박달아 너는 어찌하여 저런 천한 계집종과 이야기를 하는 것이냐?"

그러자 놀란 박달은 할머니께 고개를 숙이며 조용히 자신의 방으로 들어갔어요. 금봉은 할머니의 날카로운 시선을 받고 정중히 고개를 숙이고 하인들의 안내를 받아 김진사 내외가 있는 방으로 안내되어갔어요. 김진사는 금봉이의 처지를 듣고 안타깝게 생각했어요.

"그래, 어머니께서 편찮으셔서 우리 집에서 일을 하게 되었다고? 세상에 둘도 없는 효녀로구나. 내 품삯은 섭섭지 않게 줄 테니 어머니 약값일랑은 걱정 말거라."

윤씨부인도 금봉이가 안쓰럽게 느껴졌어요. 그 날 밤 금봉은 잠을 이루지 못했어요. 금봉도 늠름하고 남자다운 모습의 박달에게 마음을 빼앗겨 버렸기 때문이지요. 그래서 방을 나와 마당을 거닐다가 달을 보고 있었어요. 하늘에 떠 있는 보름달을 보자 금봉은 갑자기 눈물이 났어요. 세상을 떠난 아버지께서 보름달을 좋아하여 보름달을 볼 때마다 금봉의 얼굴과 같이 아름답다고 말하던 것이 생각이 났기 때문이에요. 그때 반대편에서 사람의 발자국 소리가 들렸어요. 금봉은 한편으로는 누군지 궁금하고, 겁이 나기도 해서 그 자리에 그대로 있었지요. 반대편의 사람이 금봉을 향해 걸어왔어요. 이윽고 금봉은 그 사람이 박달이라는 것을 알고 수줍어서 몸을 돌린 채 고개를 숙이고 있었어요.

박달도 단아한 금봉의 모습이 어른거려 공부가 안 되자 마당을 거닐고 있었던 것이지요. 박달도 처음에 금봉의 모습을 보고 놀랐으나 금세 정신을 차리고 금봉의 모습을 바라봤어요.

"낭자는 어찌 하여 이런 야심한 밤에 잠을 청하지 않고 마당을 배회하시는 것인지요?"

그러자 금봉은 수줍은 듯 여전히 고개를 숙인 채 대답했어요.

"말씀을 낮추십시오. 소녀처럼 천하디 천한 사람에게……. 소녀는 달이 너무 아름다워서 잠을 이루지 못하고 달을 바라보고 있었나이다."

박달은 금봉의 목소리가 몹시도 떨린다는 걸 느끼고 고개를 들어보라고 말했어요. 금봉은 정중히 거절하다 박달이 거듭 부탁을 하자 고개를 들고 눈은 바닥을 향해 있었어요. 진주와도 같은 눈물이 바닥을 향해 있는 금봉의 눈에서 떨어졌어요. 박달은 너무도 놀랐어요.

"낭자는 어찌하여 이리도 가슴 아프게 눈물을 흘리시는지요?"

금봉은 처음에는 대답을 피하다가 박달이 간곡하게 묻자 어쩔 수 없다는 듯 대답했어요.

"실은 소녀의 돌아가신 아비가 보름달을 참 좋아하셨는데 하늘에 떠 있는 보름달을 보니 소녀의 아비가 생각나서 소녀도 모르게 눈물이……."

금봉은 울먹이며 끝까지 말을 잇지 못했어요. 박달은 금봉이 얼굴뿐 아니라 마음도 비단결 같이 곱다고 생각했어요.

"낭자 너무 슬퍼 마시오. 이승에서의 인연이 다는 아닐 것이오. 힘든 일이 있으면 언제든 내게 주저하지 말고 도움을 청하시오. 내 큰 도움은 못 되어도 낭자를 위해 힘쓸 것이오."

금봉은 고개를 정중히 끄덕이며 방으로 들어갔어요. 그리고 박달도 발걸음을 돌려 자신의 방으로 들어갔어요.

다음날부터 금봉은 일을 하게 되었어요. 우물가에서 물을 길어오기도 하고 밥을 짓기도 하고, 빨래를 하기도 했어요. 그런데 누군가 금봉 몰래 우물가에서 미리 물을 길어서 문 앞에 갖다놓기도 하고 추운 겨울에 찬물로 빨래할 금봉이 안쓰러워 빨래터 옆에 따뜻하게 데워진 물을 갖다놓기도 했어요. 그때마다 금봉은 누가 이런 일을 했는지 몰라서 어리둥절했지만 누군지 모를 이한테 고마워하며 일을 했어요. 이런 일이 반복되자 금봉은 누가 자신을 위해 이런 일들을 하는지 몹시 궁금했어요. 그래서 박달의 할머니께서 물을 길어오라고 하기 전 우물가에 숨어서 주위를 살폈어요. 이게 어찌된 일일까요? 박달이 우물가에서 물을 길어 가는 것이 아니겠어요? 금봉은 무척 놀랐어요. 그래도 설마 설마 하는 마음에 이번에는 빨래터에 원래 가던 시간보다 일찍 가서 나무 뒤에 숨어서 주위를 살폈어요. 그러자 이번에도 박달이 따뜻하게 데워진 물을 금봉의 빨래가 있는 곳에 놓아두고 가지 않겠어요. 금봉은 그 마음이 너무도 고마워서 나무 뒤에서 눈물을 흘렸어요. 그리고 그 날 밤에 박달의 생각에 잠을 못 이뤄 밖을 서성이고 있었어요.

그때 건너편에서 누군가의 발자국 소리가 들렸어요. 금봉은 그 발자국 소리의 주인공이 누군지 궁금해서 그쪽을 바라봤어요. 어렴풋이 얼굴이 보이는 그 발자국 소리의 주인공은 박달이라는 걸 안 금봉은 왠지 모르게 부끄럽다는 생각이 들어서 방으로 발걸음을 돌리려 했어요. 그때였어요.

"거기 계신 분, 금봉 낭자가 맞으시지요?"

그러자 금봉은 놀라서 멈칫했어요.

"낭자께서는 어찌하여 저를 피하시는지요?"

금봉은 어떻게 해야 할지 망설이다가 박달 쪽을 향해 몸을 돌리곤 고개를 숙인 채 말했어요.

"피하는 것이 아니옵니다. 다만 도련님께서 소녀 때문에 불편해하실 것 같아서 자리를 피하려 한 것입니다."

"불편해하다니요. 그렇지 않소."

금봉은 망설이다가 왜 자신을 도와주는지 궁금하여 물어보기로 했어요.

"도련님 여쭈어 볼 것이 있사옵니다"

"무엇이든지 말해보시오."

"도련님은 어찌하여 소녀에게 이토록 잘해주시는지요?"

그러자 박달은 아무 말도 못하고 망설이다가 조심스레 말문을 열었어요.

"사실은 내 낭자를 본 그 날 이후부터 낭자를 내 마음 속에 담아두었소. 낭자가 어떤 마음인지 몰라서 표현을 하지 못했지만 오늘은 내 마음이 너무도 답답하여 이렇게 털어놓는 것이오."

그러자 금봉은 몸 둘 바를 몰랐어요.

"도련님 무례한 말이지만 소녀에 대한 마음을 거두시는 것이 좋을 듯싶습니다."

그러자 박달은 몹시 실망한 듯 물었어요.

"낭자는 나에 대한 마음이 없구려."

그러자 금봉은 얼굴이 빨개져서 말했어요.

"실은… 실은… 그것이 아니옵고 소녀는 도련님과 이루어지기에는 천하디 천한 종입니다. 그런데 어찌 이루어질 수 있겠습니까?"

그러자 박달은 떨리는 목소리로 물었어요.

"낭자, 그러면 낭자도 나에 대한 마음이 조금은 있는 것이오?"

금봉은 망설이다가 말없이 고개를 끄덕였어요.

"그럼 됐소. 사랑에 신분의 차이는 그리 대단한 것이 아니오. 그리고 본래 금봉낭자도 양반의 규수이질 않소. 우리 둘의 마음만 한결같다면 무에 문제가 되겠소?"

박달은 따스한 눈빛으로 금봉을 바라보았어요.

"낭자 손을 잠깐 내어보시오."

금봉은 잠시 망설이며 머뭇머뭇 거리다가 고개를 돌린 채 오른 손을 내밀었어요. 박달은 허리춤에서 옥가락지를 꺼내서 금봉의 손에 놓아 주었어요.

"이것이 우리의 사랑을 나타내는 증표가 될 것이오. 잘 간직하시오. 내 때를 봐서 우리의 마음을 알려서 혼인을 시켜주실 것을 어른들께 말해보겠소. 그때까지 조금만 참으시오."

그리고는 금봉의 두 손을 마주잡았어요. 금봉도 처음으로 고개를 들어 박달의 따스한 눈을 바라보았어요.

이를 지켜보는 이가 있었으니, 그는 이 집에 머슴으로 있는 봉구였어요. 봉구 역시 금봉을 마음에 두고 있었어요. 그런데 표현을 못하고 있었는데 우연히 본 이 둘의 다정한 모습에 너무도 화가 났어요. 그래서 다음날 박달의 할머니에게 모든 사실을 일러바쳤어요. 할머니는 매우 노여워하면서 먼저 금봉을 불렀어요. 금봉은 무슨 일인지 매우 의아해 하며 할머니께로 불려갔어요. 금봉을 보자마자 할머니는 노발대발했어요.

"네 이년! 우리 집에 종살이를 하러 온 네년이 어찌 감히 하늘같은 양반인 내 귀한 손주 박달을 넘보는 것이냐? 네가 그러고도 사람으로서 무사히 살아갈 수 있으리라고 생각하는 것이냐?"

그러자 금봉은 몸둘 바를 몰라하며 아무 말도 못했어요.

"우리 착한 박달이가 네년에게 먼저 좋아한다고는 안 했을 것이야. 필시 네년이 그 백년 묵은 여시 꼬리를 흔들었기에 순진한 박달이가 넘어간 거겠지. 안 그러냐? 네 이년!"

할머니가 역정을 내며 마구 호통을 치자 금봉은 닭똥 같은 눈물만 흘릴 뿐이었어요. 할머니는 당장 오늘 내로 금봉을 쫓아내라고 노발대발하셨어요. 금봉이 눈물을 흘리며 물러나자 할머니는 이번에는 박달을 불러들이셨어요.

"박달아, 네가 잠시 여시에게 홀려 그런 거 잘 안다. 이제부터라도 정신 차려서 학문에 정진하거라."

"할머니, 그렇지 않습니다. 금봉 낭자는 여우가 아닙니다. 그리고 금봉 낭자가 소자에게 먼저 마음을 품은 것이 아니라 소자가 먼저 금봉낭자를 마음에 품었습니다."

그러자 할머니는 믿을 수 없다는 듯이 박달을 쳐다보다가 말했어요.

"듣기 싫다. 네가 여시한테 홀려도 단단히 홀렸구나. 말도 안 되는 소리 그만하고 학문에만 전념하거라. 네 배필은 내가 하루빨리 알아볼 터이니."

"할머니, 금봉 낭자와 소자는 서로 사랑합니다. 소자는 금봉 낭자가 아니면 누구와도 혼인할 수 없습니다."

"뭐라고! 듣기 싫다. 썩 물러가거라"

"할머니!……"

"썩 물러가래도!"

그러자 박달은 풀이 죽어서 자신의 방으로 발걸음을 돌렸어요. 박달의 아버지인 김 진사와 어머니인 윤씨부인도 이 사실을 전해 듣고 안타까워했어요. 두 내외 모두 박달의 짝으로 금봉이 나무랄 데 없는 규수라고 생각했어요. 그렇지만 집안에서 가장 높으신 어른인 박달의 할머니 말씀을 어길 수는 없었어요. 그래서 그나마 금봉이 오늘 하루만 묵어갈 수 있도록 해달라는 부탁을 드릴 수밖에 없었어요.

밤이 되어도 내일 쫓겨나 박달과 헤어질 생각에 금봉은 잠을 이루지 못했어요. 그래서 방문을 열고 나와 보니 박달이 금봉의 방문 앞에 서 있는 것이었어요.

"낭자, 내 낭자와의 혼인약속은 꼭 지킬 것이오. 입신양명(立身揚名)이라는 말이 있지 않소. 과거를 봐서 세상에 널리 이름을 알리지 않는다면 대장부로서의 자세가 아닐 것이오. 내 과거를 보고 나서 할머니의 허락을 얻어내겠소. 날 기다릴 수 있겠소?"

금봉은 눈물을 흘리며 말없이 고개를 끄덕였어요. 박달은 말없이 금봉의 눈을 바라보다가 금봉을 살포시 안아주었어요. 봉구가 말없이 이 모습을 엿보고 주먹을 불끈 쥐었어요. 다음날 김 진사와 윤씨부인 내외가 조용히 금봉을 불렀어요.

"우리의 인연은 이것밖에 안 되는가보구나. 이 돈으로 네 어머니 약값을 하거라. 넉넉히 넣었으니 모자라지는 않을 게야. 만약에 모자라면 내가 돈을 더 보낼 테니 걱정 말거라."

금봉은 울면서 받을 수 없다고 말했어요.

"받아두거라. 너도 양반집 규수인데 이럴 수밖에 없었던 네 맘이야 오죽했으랴."

"받을 수 없사옵니다. 거두어 주십시오. 이 댁에서 약속해드린 날까지 일하지 못한 것도 죄송한데 어찌 제가 이 돈을 받을 수 있겠습니까."

그리고는 조용히 물러 나와 눈물을 흘리며 백운면 집으로 향했어요. 김 진사가 안타깝다는 듯 혀를 끌끌 차며 윤씨부인에게 말했어요.

"보면 볼수록 아까운 처자야."

윤씨부인도 고개를 끄덕였어요. 금봉은 집으로 돌아와 아픈 어머니를 정성껏 간호하면서 낮에는 삯일을 하다가 밤에는 삯바느질을 해서 돈을 모아 어머니 약값으로 썼어요. 금봉은 힘이 들 때마다 박달이 준 옥가락지를 보며 힘을 내곤 했어요.

그렇게 2년이란 세월이 흘렀어요. 금봉의 어머니도 지성이란 감천이라는 말이 맞는지 병이 다 나았어요. 어느 날이었어요. 금봉이 삯바느질 거리를 가지고 길을 가고 있는데 여덟 살 정도 되어 보이는 꼬마아이가 말을 걸었어요.

"누나, 저 누나 손에 있는 그 옥가락지 한 번만 껴보면 안될까요?"

금봉은 안 된다고 말했어요.

"그러지 말고 누나 한 번 만요! 딱 한 번 만요!"

금봉은 잠시 생각하다가 꼬마가 너무 간절히 부탁을 하는 바람에 옥가락지를 손가락에서 빼서 내어주었어요. 그러자 꼬마는 얼른 받아들고는 아이들에게 자랑하고 온다며 옥가락지를 들고 가버렸어요. 금봉은 아차 싶어 그 꼬마를 뒤쫓아갔지만 그 꼬마는 어디에도 보이지 않았어요.

그 모습을 웃으며 보는 이가 있었는데 바로 봉구였어요. 봉구는 꼬마에게 옥가락지를 받은 뒤 사탕하나를 꼬마에게 주었어요. 금봉은 시간이 자꾸 가도 나타나지 않는 꼬마를 그 자리에서 계속 기다렸어요. 얼마나 지났을까요? 꼬마가 울면서 와서는 아이들과 흙장난을 하다가 잃어버렸다고 했어요. 금봉이 부리나케 꼬마가 말해 준 장소에 가서 옥가락지를 찾아봤지만 그 어디에도 옥가락지는 보이지 않았어요. 그럴 수밖에 없었던 것이 그 옥가락지는 봉구가 갖고 있었기 때문이죠. 금봉이 날이 저물도록 옥가락지를 찾다가 찾지 못하고 울면서 집으로 돌아왔어요. 다음날도 그 다음날도 옥가락지를 찾아봤지만 그 어디에도 옥가락지는 없었어요. 불안하긴 했지만 마냥 옥가락지를 찾을 수는 없어서 박달이 물어보면 사정을 얘기하리라고 생각했어요.

한편 박달의 집에서는 박달이 다음날 과거를 보러 가기 때문에 여행 채비를 하느라 분주했어요. 박달이 금봉 생각에 금봉이 머물던 방 앞을 서성일 때 봉구가 지나가다가 일부러 박달 앞에서 옥가락지를 떨어뜨렸어요. 일부러 모른 척 지나가려 하자 박달이 옥가락지를 주우며 말했어요.

"봉구야, 이것이 무엇이냐?"

"허참! 도련님은 그것도 모르슈? 옥가락지 아니유."

"누가 이것이 옥가락지인줄 몰라서 물어보는 것이냐? 이런 물건이 어찌 네 손안에 있는지 물어보는 것 아니냐?"

"아~ 그거유? 이거 지랑 혼인하기로 약조한 처자가 사랑의 증표로 준 물건이유."

그리고 옥가락지를 가져가려 하자 박달이 화를 내며 어느 처자가 준 것인지 물어보았어요.

그러자 봉구는 모른다며 능청을 떨다가 마지못해 말하듯 백운면에 금봉 처자가 준 것이라고 말했어요. 박달은 봉구의 말을 믿고 금봉에 대한 배신감에 치를 떨며 봉구에게 이것은 자신의 물건이라고 말했어요. 그러자 봉구는 아무렇지 않다는 듯 말했어요.

"그럼 그거 그냥 도련님 가지슈. 나야 다른 거 하나 더 달라고 하면 되니께."

다음날 과거시험을 보러 떠나던 길에 박달은 금봉의 집을 찾았어요. 봉구의 말이 믿어지지 않았어요. 아니, 믿고 싶지 않았어요. 금봉은 사립문을 들어서는 박달의 모습을 보고 너무나 반가운 마음에 버선발로 밖으로 뛰어갔어요.

"도련님 드디어 오셨군요. 이제 과거 보러 가시는 거군요. 잠시 기다리세요."

금봉은 부엌에 들어가 도토리묵을 가지고 와서 박달에게 주었어요.

"과거 보러 가시는 동안 허기가 지시면 드세요."

박달은 이런 금봉이 배신을 했을 리는 없을 거라고 생각했지만 그래도 혹시나 하는 마음에 물어보기로 했어요.

"낭자, 내가 준 옥가락지는 잘 간직하고 있는 것이오?"

금봉은 몹시 당황하며 말했어요.

"도련님, 죄송해요. 그 옥가락지 잘 간직하려했는데 그만 잃어버렸어요."

그 순간 박달의 얼굴색이 변했어요.

"낭자가 어떻게 내게 이럴 수 있소? 그 옥가락지는 할머니께서 사랑하는 여인이 나타나면 주라던 물건이었소. 어찌 그걸 다른 사내에게 마음의 증표로 줄 수 있단 말이오.”

“도련님 다른 사내에게 주다니요? 오해하시는 거예요. 도련님 그걸 잃어버리게 된 건…”

“듣기 싫소! 이걸 보고도 그런 소리가 나오는 거요?”

박달은 허리춤에서 옥가락지를 꺼내서 내보였어요.

“어찌 그것이 도련님 손에?”

“낭자가 이런 처자인줄은 몰랐소. 다시는 낭자 얼굴을 보지 않을 것이오.”

박달은 말을 마치자마자 사립문을 열고 밖으로 나갔어요.

“도련님!”

금봉은 박달을 부르고 또 불렀지만 박달은 뒤도 돌아보지 않고 갔어요. 박달은 허리춤에 달려있던 도토리묵을 바닥에 버렸어요. 그러면서도 금봉이 그리워지는 마음을 어찌할 수 없었어요.

서울에 온 박달은 금봉을 만나고 싶은 시만을 지었어요. 시를 다 지으면 금봉이 배신을 한 일이 떠올라 완성된 시가 적힌 종이를 찢어버리길 반복했어요. 그럴 때면 박달의 마음은 갈기갈기 찢어지는 것 같았어요.

박달이 과거를 보러 간 그날 이후로 금봉은 아무것도 하지 못한 채 박달이 떠나간 고갯길을 박달을 부르며 오르내렸어요. 그리고 그 곳의 서낭에게 박달의 장원급제와 자신과의 오해가 풀어지게 해달라고 빌었어요. 그때마다 봉구가 와서 금봉에게 자신과 혼인을 하자며 찾아왔어요.

“이제 도련님은 금봉이 널 잊었을꺼. 이제 그만 포기하고 나랑 혼인 하잖께.”

“……”

금봉은 말없이 서낭에게 빌고 또 빌기만 했어요.

“금봉아 이제 너는 도련님에게 잊혀졌당께. 이번 가을에 나랑 혼인 하잖께.”

금봉이는 마지못해 입을 열었어요.

"도련님은 꼭 돌아오실거야. 그리고 도련님이 날 잊었다고 해도 난 도련님을 잊지 못해. 너랑은 혼인 못하니까 그만 포기하고 가주렴."

그렇게 2년이 지났어요. 금봉이는 박달이 보고 싶은 마음에 병이 생겼어요. 어머니의 지극한 병간호에도 불구하고 상사병으로 죽고 말았어요.

한편 과거를 보는 시험장인 과장(科場)에 나가서도 마찬가지로 금봉에 대한 그리움과 배신감만을 느끼다 박달은 결국 과거에 떨어지고 말았어요. 그러다 제천에 왜군들이 쳐들어왔다는 소식을 들은 박달은 나라를 지켜야겠다는 생각이 들어 제천에 가서 의병장이 되었어요. 그리고 왜군들을 물리치기 위해 열심히 싸웠어요. 부상을 당한 동료를 구하려다 그만 다리를 심하게 다쳤어요. 다행히 박달은 같은 의병들과 함께 왜군을 물리쳐서 나라를 구할 수 있었어요.

박달은 지팡이를 의지해서 겨우 고갯길을 넘어 백운면을 거쳐 가는데 어디선가 사람이 죽어서 묻을 때 부르는 노래인 회다지 소리가 났어요. 회다지 소리가 나는 그곳으로 가서 거기 있는 얼마 안 되는 사람들 중 유난히 슬피 우는 나이 든 어느 여인에게 누구의 장례식이냐고 물어봤어요. 나이 든 여인은 연신 울면서 말했어요.

"금봉이라는 제 딸년의 장례식이에요."

놀란 박달은 금봉이 왜 죽었는지 물어봤어요.

"박달이란 도령과 혼인 약속을 했는데 그 도령이 돌아오지 않아 상사병이 걸려서 죽었답니다."

박달은 믿을 수 없다는 듯 고개를 휘저으며 봉양면 집으로 갔어요. 집에서도 무언가 심상치 않은 기운이 느껴졌어요. 할머니가 연신 혀를 끌끌차며 말했어요.

"말세여. 말세. 집에서 잘 있던 머슴 놈이 도망을 가고……"

박달에게 한 하인이 봉구가 도망가기 전에 남겼다던 종이를 주었어요. 거기에는 금봉의 옥가락지 사건은 자신이 꾸민 일이며 자신은 차마 박달을 볼 자신이 없어서 떠난다고 쓰여 있었어요. 박달의 눈에서는 소리 없이 눈물이 흘러내렸어요. 박달은 울면서 뛰쳐나갔어요. 그러다 고갯길에 당도했어요.

"말도 안돼! 믿을 수 없어. 거짓말이야. 모두 다 거짓말이야!"

그리고 정신을 잃었어요. 얼마쯤 지났을까요? 눈을 뜬 박달의 앞에 금봉이가 애절하게 박달을 부르며 앞으로 지나가는 것이 아니겠어요. 앞서 가던 금봉이가 고갯마루 정상벼랑에서 박달을 부르며 몸을 솟구치는 찰나였어요.

"금봉 낭자!"

한마디를 부르며 지팡이를 집어던지고 절뚝거리며 달려가 금봉을 잡았으나 이는 환상일 뿐이었어요. 결국 박달은 벼랑으로 떨어지고 말았어요.

그 일이 있은 후 매년 봄이면 두 남녀의 이루지 못한 애틋한 사랑을 나타내주듯 연붉은빛 진달래꽃이 아름답게 피어났어요. 그리고 사람들은 이 고갯길을 울고 넘는 박달재라 부르게 되었어요.

4

어씨오장사(魚氏五壯士) 이야기*

1. 어씨오장사 이야기

조선조 선조 때의 이야기다. 제천에 어씨 다섯 형제가 있었다. 맏형 어득황(魚得滉)을 비롯한 형제들은 모두 힘이 장사여서 사람들은 어씨 오장사라 불렀다. 하루는 오형제가 의림지에 있는 대송정에서 놀고 있었다. 담배를 피우려고 했으나 불이 없어 피우지를 못했다.

그런데 의림지 건너 산기슭에서 나무꾼이 앉아 담배를 피우고 있는 것이 보였다. 맏형인 득황은 담뱃대에 담배를 담더니 그것을 상투의 머리에 꽂고 의림지에 뛰어들어 헤엄쳐 건너가 나무꾼에게 불을 얻어 담뱃대에 불을 붙여 다시 머리에 꽂고는 뒤돌아 헤엄쳐오는 것이었다. 의림지에는 큰 이무기(이심)가 있어 가끔 나타나 사람이나 가축을 해치는 일이 있었는데 득황이 의림지 중간쯤 왔을 때 물속에서 커다란 이무기가 솟아오르더니 그를 쫓아오는 것이었다.

이것을 보고 있던 네 동생이 나뭇가지를 꺾어들고 물가에서 크게 소리치면서 형이 무사히 헤엄쳐 오기만 기다렸다. 맏형 득황은 쫓고 쫓기면서

---

* 강희경

물가에 올라오게 되었다. 화가 난 이무기는 물가까지 쫓아 올라와 크고 단단한 꼬리를 휘둘러 득황을 후려쳤는데 득황이 얼른 피하여 맞지를 않았고 단단한 꼬리는 옆에 있던 큰 나무에 박히고 말았다. 득황은 잽싸게 달려들어 주먹과 발길로 이무기를 쳤으며 나머지 동생들은 나무막대로 때려 죽여 버렸다.

이무기의 비늘이 부서져 사방에 흩어졌고 흐르는 피는 의림지의 물을 붉게 물들였다. 죽은 이무기를 들어 커다란 나무의 윗가지에 걸었더니 머리는 꼭대기에 있고 꼬리가 땅에 닿았을 정도로 큰 구렁이었다. 어씨 오형제가 이무기를 잡은 다음부터는 사람들이 안심하고 생활할 수 있게 되었는데 현재 김이만(金履萬)의 <어장사 참사가(魚壯士斬蛇歌)>라는 민요가 전해지고 있다.[1]

2. 어씨오장사 이야기 활용방안

어씨오장사 이야기는 충북 제천시 모산동에 있는 의림지를 중심으로 형성된 전설이다. 이러한 이야기들은 그 지역의 특색을 살려야 하며, 하나의 관광산업으로 육성하고 문화를 깨우치게 하는 중요한 매체가 된다. 따라서 의림지에 얽힌 전설들을 토대로 의림지와 제천. 그리고 더 나아가 충청북도 전체의 대표적인 관광 및 문화산업으로 형성시켜 나아가야 할 것이다.

의림지에 얽힌 이야기에는 <어씨오장사 이야기> 외에도 <장자못이야기>와 같은 많은 전설들이 전해지고 있는데, 이러한 이야기를 토대로 하여 여러 가지 전설들을 묶어 희곡으로 각색한 뒤 제천시 중·고등학생들

---

1) http://tour.okjc.net

을 주제로 하여 <의림지전설>이라는 주제로 연극제를 펼치는 것도 의림
지를 알리며 제천시 학생들에게 민속 고유의 것을 깨우치고 배우는 중요
한 시간이 될 수 있다.

두 번째로, 연극은 아니지만 좀 더 작은 행사로 인형극제를 만드는 것
이다. 베트남에서 수상인형극이 개최되고 있는데, 많은 관광유치 상품을
개발하여 하나의 문화축제로 자리 잡았다. 이런 사례를 본받아 의림지에
얽힌 전설을 인형극으로 만들어야 한다. 이를 통해 관광객들에게 특별한
추억을 선사해야 한다. 봄·가을이면, 초·중·고 학생들이 의림지로 소풍
을 오는데, 이럴 때 의림지를 알릴 수 있는 행사를 하는 것도 학습 효과를
높이고 의림지에 대한 자부심을 갖게 할 수 있다.

3. 어씨오장사 마당극 대본

<table>
<tr><td>때</td><td>조선 선조 때, 어느 여름날</td></tr>
<tr><td>장　소</td><td>충청북도 제천 의림지(모산동 마을 일대. 용두산 앞 산기슭)</td></tr>
<tr><td>등장인물</td><td>어씨 형제들 다섯 명, 나무꾼(해설자와 병행으로 1인 2역), 김씨,
주씨, 이씨 부부 외 동네사람들 십여 명, 이무기.</td></tr>
<tr><td>무　대</td><td>산기슭 아래로 마을을 형성하고 있는 배경그림이 그려져 있다. 배
경그림을 따라 중앙에는 커다란 호수가 있다. '의림지'라고 쓰인
안내판이 왼쪽으로 놓여져 있으며 주위에 나무들로 꾸며져 있다.
이때, 한 사내가 뛰어온다. 등에는 지게를 짊어지고, 한 손에는 지
게작대기를 다른 손에는 담뱃대를 들고 있다.</td></tr>
</table>

삼돌이 : 아이고, 많이들도 오셨네이. 요새 날씨가 쪼까 덥드라고… 휴…(이마에 땀
　　　을 옷깃으로 닦으며 말한다.) 다들 집안은 팽안하시고? 아이고, 막 뛰댕겼

덥시롱 숨이 막히네요. 아! 참 참 참… 내 정신 좀 보드라고… (옷을 단정
히 하며, 지게를 옆에 세워 놓고) 지 소개를 깜빡했구만요.
음!! 지는 요기(마을을 가리키며,) 마을에서 제일가는 이야꾼이올시닷. 이
름은 삼돌이구만유. 허허. 지 위로 형아가 둘 있는디, 우리 첫째형이 일돌
이, 일을 무진장 돌차게 헌담요. 글고, 둘찌 형이 이돌이. 세상에나 태어
날띠부터가 시까맹키로 그냥… 이돌이. 살살살 기어댕김시로 이돌이여.
쪼까 형 목욕 좀 시켜야는디… 빨리 한가위가 돌아와야는디… 나헌티도
옮을 가봐 걱정이여… 휴… (머리를 긁적이며) 그담에 지는 특별히 잘하
는 건 없지만 서도 형이 일돌이. 이돌이니께 지가 삼돌이가 되부렸어유.
아따. 그건 그렇고 지금부터 들려줄 야그는 울 마을에 지독히도 드러운
놈이 하나 있어부러. 울 이돌이 성님보다드 드러워. 아따. 그래도 우리 이
돌이 성님은 몸은 쪼까 들 … 음! 들… 깨끗허지만 맴은 꽤 순수허곡
음… 음! (헛기침을 하며 주위를 살핀다) 암튼 인간성은 봐줄만 … 한
가?… 암튼 그리여. 근디 이놈은 울 성님보다도 더 허여. 그… 뭐시냐? 뱀
중에서도 왕 뱀이지… 용이 될까말까… 고민도 못해보고 그만 획! 타락해
가지고서리. 지가 못 된걸 무신 우리 탓으로 돌리는지 몰갔는디 허구헌날
괴롭히는 놈이여. 아! 그놈이 이무기여. 이무기… 들어는 뵌지? 이놈이 글
씨 툭 허면 마을로 내려와서는 지나가는 사람 물어뜯고 논은 또 있는 대
로 지대로 엉망을 맹글어노니 살 수가 있어야지… 암튼 이놈! 이놈에 관
한 이야기여. 잘들어 보드라고.(지게 들고 퇴장.)

이어 마을 사람들이 등장한다. 의림지 물줄기 앞에 모여 아낙들은 빨래를 하고
있으며, 옆에서는 사내들이 밭을 일구고 있다. 이때, 나무꾼(삼돌이)이 다시 등장한
다. 나무는 다 어디로 갔는지 텅 빈 지게만 지고, 뭐가 급했는지 짚신은 손에 들고
뛰어든다. 그리고 마을이 놓여진 무대 한가운데로 헐레벌떡 뛰어나와 고래고래 소
리를 지른다. 하나둘씩 놀라서 나무꾼 주위로 모여든다.

삼돌이 : 동네 사람들. 이봐요. 동네 사람들. 아따. 동네 사람들!! 아 글씨… 여기
좀 나와서 내 얘기 좀 들어 보래니께요.

마을 사람들. 일제히 하던 동작을 멈추고 삼돌이 주변으로 모여든다.

김씨댁 : 아, 글씨 무슨 일이 관대, 그리 요란이요? 요란이! 오디 불구경이라도 났
     씨유?

삼돌이 : (헉헉거리며) 아니. 그게 아니구요. 저기… 헉헉…

주씨댁 : 아. 얼릉 얘기해보드라고… 답답혀서 우리까정 숨 넘어 가겠구만.

삼돌이 : (숨을 크게 내쉬며) 아. 알았으니께 숨 좀 고르게 기둘겨 보쇼.

  김씨댁 어느새, 물을 떠서 삼돌이에게 주며, 말을 재촉한다.

삼돌이 : 아유, 이거 고맙수. 하마터면 숨 넘어갈뻔 했디야. (물을 마시려고 하는
     찰나)

강씨댁 : 아따. 숨넘어가던. 솜 넘어가던. 곰 넘어가던… 하여간 빨리 야그를 해싸
     야…

주씨댁 : (나무꾼이 들고 있던 물 사발을 빼앗아 들며) 아따. 그 물 내가 먼저 먹어
     야겠수. 도저히 답답해서…

  삼돌이가 들고 있던 물을 주씨댁이 뺏어 마시고 삼돌이는 웃으며, 숨을 고른
후. 비로소 이야기를 시작한다.

삼돌이 : 아, 글씨… 내가 요… 요기… 거시기 이름이 뭐냐?… 그 산… 급하다 보
     니 생각도 안 나네.

김씨댁 : 용두산. 용두산? 올라갔었어?

삼돌이 : 아. 그리여. 용두산! 그리로 나가 나무를 베러 나갔어. 나가 요즘 돈이 많
     이 필요허요. 경제도 어렵다고들 허는디 날도 더운게 힘이 들드라고. 요
     즘 날씨가 또 많이 덥잖우. 글서. 나가

주씨댁 : 아따. 이 양반. 못 살겠구먼. 그런 소리랑 하지 말고. 그 숨 넘어가는 이유
     나 싸게 야기 하쇼. 안 그래도 답답해 죽겠구만. 이 양반 무슨 사람 잡을
     일 있소?

강씨댁 : 아줌씨나 조용히 하쇼. 이야기를 못 하잖수. 이야기를…

삼돌이 : 알겠수. 알겠으니까… 싸우지들 마쇼. 에…(잠깐 뜸을 들이며)… 그것이
     뭐시냐면. 일단 결론부터 야그하자면…

  나무꾼이 사건을 터뜨리려고 하던 찰나, 멀리서 돌쇠가 뛰어오며 외친다.

돌 쇠 : 이봐요. 동네사람들… 이무기가… 의림지 이무기가 사라졌시유.

　　그 순간, 나무꾼 주위로 모여들었던 동네사람들 모두가 돌쇠를 향해 고개를 돌린다.

주씨댁 : 아, 그건 또 무슨 소리라요? 이무기가 어쨌다구요? 사라지다니. 도대체 그
　　　　건 또 무슨 소린다요?
삼돌이 : (억울해 하며) 나가 지금 그 얘기를 하려고 했소. 의림지 이무기가 죽었댐
　　　　시…
강씨댁 : 뭐샤? 그게 사실이요? 아, 진작 얘기하지. 그걸 왜 이제야 고라요?
삼돌이 : 나가 지금 막 야기 하려던 찰나, 저 돌쇠 녀석이 딱! 터뜨려버렸잖아요

　　삼돌이 이야기는 아랑곳하지 않고 모든 사람들은 이미 돌쇠 주변으로 모여 있다.
돌쇠는 신나서 이야기를 시작한다.

돌 쇠 : 음, 음… 그게 말이죠. 요, 위에 입석 가는… 거기… 장사네 있지요?
이 씨 : 어씨네 집 말하는 건가?
돌 쇠 : 그렇지요. 어씨 형님네.
박 씨 : 그 집은 대대로 힘이 장사기로 유명하잖아. 거기 다섯 형제 중 첫째가 아
　　　　마… 득황이랬지? 어득황이?
이 씨 : 맞네. 득황이. 득황이네 오형제.
박 씨 : 아니. 돌쇠야… 근데 그 형제들은 왜? 설마…
돌 쇠 : 맞지유. 맞아요. 그… 형님들이 바로! 이무기를 때려 잡았디야.

　　동네 주민들 모두 놀라며.

주씨댁 : 참말이예요? 어머, 참말인가? 어머, 시상에!! 어머, 왠일이래유?
강씨댁 : 그게 참말이면 참말인가보우.
박 씨 : 그러게 말이야. 그 장사들이 어찌 이무기를 때려잡았당가? 암튼 그건 모
　　　　르지만 만세다. 만세. 만세할 일이야. 만세. 허허허

　　동네 사람들 모두 만세를 따라 외치며 좋아한다. 이때, 삼돌이가 사람들 사이를

비집고 들어가 돌쇠를 밀치고 이야기한다.

삼돌이 : 근디 말이지, 그 이무기가 어찌 그 오형제 손에 죽어났는지 혹시 알고 싶
　　　　진 않으오?
주　씨 : 아. 당연히 말썽 많던 이무기니까. 형제들이 힘을 합쳐서… 아니지? 그 형
　　　　제들은 본래. 자기의 일이 아니라면 나서질 않잖소. 어찌하여… 이무기
　　　　를…
삼돌이 : 당연히, 사연이 있습죠. 그 형제들이 우리를 위하여 그냥 힘을 쓴답니까?
강　씨 : 사연? 무슨 사연이 있다는 거요? 무슨 일이라도 있었소.
삼돌이 : (목을 가다듬으며) 당연히 있죠. 내가 그 자리에 있었으니께
이씨댁 : 아니, 자네가 거기 있었단 말인가? 이무기를… 그 자리에 있었단 말인가?
삼돌이 : (미소를 띠며) 네, 당연합죠. 있습죠 마다요. 지가 그 자리에. 바로 지가!.
　　　　그 자리에 있었습니다. 음… 음…
이씨댁 : 아니, 그 자리에서 뭘했는데? 어떻게 된건데?
삼돌이 : 그게 말이죠. 제가 그 … (마치 자신이 중요한 일을 해낸 것처럼 뜸을 들
　　　　이다가) 나무를 하러. 용두산에 올라갔죠.

　　잠시 후 무대가 바뀐다. 어느 덧 무대에는 삼돌이만 남아 나무를 하고 있다. 삼
돌이는 산기슭 쪽에서 나무를 하고 있으며, 의림지 호수를 사이에 두고 다섯 명의
등치 큰 사내들이 보인다.

삼돌이 : 으휴. 거참… 날씨 한 번 기똥차게 덥구료.

　　삼돌이는 앉아서 품에서 담뱃대를 꺼내 불을 붙인다.

삼돌이 : 역시, 이렇게 쉬면서 산에서 피는 담배 맛이 꿀 맛 이라니께.(담배를 피던
　　　　도중 어씨 오형제를 발견하여 계속 관찰한다.) 얼싸? 저게 뉘여? 씁… 어
　　　　디서 많이 본 듯 헌디… 가만, 가만. 어디 보자. 얼래? 저거… 행님들 아
　　　　니여? 어허! 놀러 나왔는감네… 또 혼나기 전에 인사나 해야 쓰겄다.

　　삼돌이 일어서서 반대편을 향해 큰소리로 외친다.

삼돌이 : (손을 마구 흔들어 대며) 어이, 형님들. 안녕들 하실랑가요이? 지 삼돌이
　　　　여유.
어득황 : 얼래, 저게 누구여? 잘 안 보이는디… 막내야. 저가 누구다냐?
어득소 : 지도 잘 안 보이는디.
어득공 : 아! 저거 삼돌이여. 삼돌이. 입만 살아서 나풀나풀… 거리는 삼돌이여.
어득황 : 아. 그렇구나. 삼돌이. (양손을 입에 대고 큰소리로 삼돌이를 향해 소리치
　　　　며) 어이! 잘지냈는가? 나무하러 왔나 보구마이.
삼돌이 : 예이. 안녕하시유. 승님들.(반갑지만 억지로 하는 듯 다소 과장되어 보이
　　　　는 손짓을 한다.) 아그.. 득정이랑 득소두 있구마이. (혼잣말로 낮게) 아따,
　　　　반가운 척은 겁나게 허네…

　　인사를 나눈 후, 삼돌이는 계속 나무를 하고, 오형제는 둘러앉아 한가롭게 놀고
있다.

어득황 : (담뱃대를 꺼내 물며) 아그야, 불 쪼까. 갖구 있는가?
어득공 : 아니요. 읎는디…
어득문 : 읎어라…

　　어득황은 표정이 점차 일그러진다.

어득정 : (눈치보며) 지도 읎는디…
어득소 : (머리를 긁적이며) 지도…
어득황 : 넌 나이도 어린놈이 확! (막내 득소에게 득황은 때리는 시늉을 한다.) 이
　　　　거 참. 미치불겠구만. 불. 불. 아따. 확. 승질 올라부네이…

　　득황은 담배에 대한 집착을 보이며, 상당히 화가 나 있었다.

어득공 : 저기…(조심스레 부른다) 승님.
어득황 : 뭐여? 있는겨? 있어? 있구마이. (아주 좋아하며) 있제? 그랄줄 알았어! 역
　　　　시 우리 득공이여. 득공이. 허허허
어득공 : 승님. 그게 아니고라… 저기…
어득황 : 뭐여? 아니… 아니고라? 아따. 그럼 왜 불러싸냐? 어?

어득공 : 저기… 삼돌이 아까 보니께 담배물고 있는거 닮던디라… 삼돌이는 갖고
　　　　있는거 갖구마이요.

어득황 : 뭐여? 삼돌이? 아! 그래. 삼돌이. (득공을 쓰다듬으며) 역시. 넌 머리 하난
　　　　좋구만… 삼돌이한테 빌려야 쓰겠다.

어득공 : 근디. 저기를 갈려면. 싸게 빙 돌아가야는디 괜찮겠으라?

어득황 : 아. 참말로. 돌아가야 허냐?

어득소 : 뭣 허러 돌아가유? 기냥 쭉 호수 건넝 가유.

어득문 : (득소를 쥐어박으며) 야. 저 호수에는 이무기가 있잖여. 말이 되는 소리를
　　　　혀야지. 하여간… 이 녀석은…

어득소 : 아! 그렇구나… 그래도… (놀라며) 어! 성님! 득황이 성님! 성님아…

　득황은 이미 호수를 건너가고 있었다. 담뱃대를 머리에 꼽고 호숫가를 헤엄치
며 삼돌이가 있는 반대편 산기슭 쪽으로 가고 있었다. 나머지 형제는 다급해져서
득황을 마구 부르고 있었다.

어득공 : 아.. 무사혀야 할틴디.

어득문 : 다 너 때문이잖아.

어득소 : 지송혀요. 근데… 진짜 괜찮을까요? 저러다가 진짜로 이무기라도 깨어나
　　　　면… 우리 성님은… (울먹이며) 우리 성님은…

어득정 : 야. 입 닫어라. 재수 없게 시리. 질질 짜기는… 너 땜에 되더라고도 안 되
　　　　겄다.

어득문 : (득소에게 꿀밤을 때리며) 으이그. 요 녀석.

어득소 : (고개를 숙이며) 저는… 단지…

어득정 : 얼레, 다 건너 가셨네. 다행이구만. 이제 건너오시기만 하면 되는데…

어득공 : 휴. 다행이네. 이무기가 나올 것 같진 않구만요. 담배도 맛나게 피시는 것
　　　　같은디요.

어득소 : 무사혀야 할 텐데…

어득정 : 야. 또 시작이냐? 니 참말로 승님헌티 무슨 일이라도 생겨야 쓰겠냐? 자
　　　　꾸 왜 그러는기여?

어득공 : 그 맛나고 귀한 담배 아껴서 우리도 쫌 맛보게나 해주시지… 아따 저기
　　　　서 저 냥반하고 다 드시는 구려…

득황은 삼돌이에게 불을 빌려 담배를 맛나게 태운다. 동생들에게 손을 흔들어 보이며 여유를 취하고, 삼돌이와 인사를 나눈 뒤 다시 담뱃대를 머리에 꼽고 헤엄 치며 돌아온다.

삼돌이 : 아따. 저 승님 참! 대단하시구료. 어떻게 저길 건너올 생각을 다 헌디야. 도저히 엄두가 안 나드만. 하여간 저 형제들 대단허여. 대단혀. 얼래. 벌 써 많이 갔네. 반쯤 갔나? 오늘은 안 나오실것 같구려. 우리 이무기님. 다 행일세 다행이야.

삼돌이는 득황이 헤엄쳐 돌아가는 것을 보고 반쯤 갔을 때 안심하며 나무를 계 속 배려고 하는 찰나.

어득소 : (득황에게 손을 흔들며 소리친다) 득황 형님. 얼른 오셔. 얼른. 거의 다왔 어요.
어득공 : 야. 조용히 혀. 그러다 이무기 녀석 깨어나겄다.

갑자기 천둥소리가 나며, 호수물이 밖으로 튄다. 잠시 뒤 거대한 폭음 소리가 나더니 끔찍하게 생긴 커다란 이무기가 모습을 드러낸다. (흉칙한 모양의 가면을 쓴 이무기가 춤을 추며 등장한다. 농악패가 징과 꽹과리를 중심으로 요란한 소리 를 낸다.)

삼돌이 : 얼래. 이것이 무슨 소리다냐? (뒤를 돌아보며, 득황을 바라본다.) 어이쿠. (무척 놀라며) 저건… 저… 저건… 이무기 아니여. 그 말로만 듣던 이무기 일세. 아이쿠. 아이쿠. 성님. 아이쿠. 성님… 이를 어찌하면 좋단 말인고. (크게 소리친다.) 성님. 성님아.
어득정 : 아이쿠. (있는 힘을 다해 소리친다.) 형님!
어득공 : (더 커다란 목소리로) 형님. 뒤요. 뒤에 이무기요. 형님아…
어득소 : 아고. 나 땜이야. 나 때문에야. 어쩔고 우리 형님 어쩔고
어득문 : (조마조마해 하며 지켜보다가 주위를 둘러본 후 나뭇가지를 주위 득황을 향해 던진다.)

득황은 그제서야 알아차리고 뒤를 살짝 돌아본 뒤 있는 힘을 다해서 헤엄친다.

이에 이무기는 더욱 거칠게 득황을 쫓아 헤엄쳐 온다.

삼돌이 : 아이쿠. 성님… 제발… 힘내시요. 성님. 아따… 조마조마 하구마이.

　풍물 소리는 더욱 커지고 최고조에 이른다. 다른 형제들은 주위에 돌과 나뭇가지를 주워 이무기를 향해 힘껏 던지고 (득황과 이무기는 호수 위를 헤엄치듯 무대 위를 돌아다니며 춤을 춘다.) 이내, 득황은 동생들이 있는 곳에 도달한다. 이때 이무기도 따라와서 그들을 괴롭힌다.

삼돌이 : 아따. 저걸 어찌 하스까이? (안절부절 못하며)
어득공 : 이 괴물아. 받아라. (돌과 막대기를 던지며)
어득소 : 성님… 괜찮아유? 괜히 저 때문에…
어득정 : 지금 그게 중요하냐? 저 흉측한 것 좀 빨리 해결해봐야 쓰겄는디.

　오형제는 힘을 합쳐 이무기를 계속 공격했다.

삼돌이 : 아따. 잘한다. 잘해! 아싸. 파이팅! 힘내셔. 힘내. (관객을 향해 지게작대기를 마이크로 삼아 생중계를 한다.) 아아. 여러분. 여기는 지금 무시무시하고 아주 포악한 이무기대 어씨오형제의 격투전이 벌어지고 있는 현장입니다. 아 대단합니다. 만만치 않은 경기죠. 과연 누가 이길지… 기대되는 가운데(크게 소리치며 흥분한다.)
아 지금 보시면 말이죠. 이무기 선수. 이득황을 향해 단단한 꼬리를 휘둘러 득황선수를 후려쳤는데… 네, 후려쳤습니다. 아… 그런데 말이죠. 우리의 득황이선수. 얼른 피하여 맞지를 않았고요. 아주 훌륭하게 피했습니다. 어득황이선수. 네. 아주 잘하고 있어요. 어머 저런… 득황이선수가 피하는 관계로 이무기선수의 단단한 꼬리가 그만 옆에 있던 큰 나무에 박히고 말았군요. 아주 아플 겁니다. 아주 안 됐어요. 이런 이런…
그럼 이무기선수. 과연 이대로 물러날지… 아니면 계속 공격을 할 수 있을지 기대됩니다. 아… 이거 걱정되는데요. 가만 우리의 득황선수. 이럴 때 가만히 있으면 안 되지요. 빨리 공격을 하세요. 빨리… 아… (더욱 흥분하며) 아! 득황이선수. 지금 보시는 것처럼 잽싸게 달려들어 주먹과 발차기 실력으로 이무기선수를 공격합니다. 몸통에 맞았나요? 어디에 맞았

죠? 잘 보이지는 않지만 이무기선수 힘을 잃고 무척이나 아파하고 있어
요. 아… 우리 득황이선수 아주 잘하고 있어요. 아주 잘하고 있어요. 과연
이무기선수, 어떻게 될지 궁금하군요.
아무래도. 아까 헛꼬리질이 커다란 실수였죠 저 커다란 나무에 꼬리를 박
혔으니 오죽 쓰라렸겠습니까? 아… 보시는 순간… 이무기선수는 꼼짝도
못하고 있습니다. 저런 저런… 안되겠네요 우리 함께 외쳐보아요. 10…
9… 8… 7… 6… 5… 4… 3… 2… 1 땡! 네… 우리의 득황선수 아주 멋진
승리를 거두는 군요. 아주 멋졌어요. 아주…(마치 자신이 결투를 벌인 양
숨을 헐떡거린다.)

삼돌이의 대사에 맞춰 득황과 이무기의 격투가 벌어지고 난 후, 나머지 동생들
은 쓰러져 바둥거리는 이무기를 나무막대기로 때려 죽여 버렸다. 결국 이무기의
비늘이 부서져 사방에 흩어졌고 흐르는 피는 의림지의 물을 붉게 물들였다.

어득공 : 성, 수고했어요.
어득황 : 아니다. 고맙다. 고마워…
어득소 : 성님.. 미안해요. 괜히 저 때문에…
어득황 : 아니야. 니 덕분에 우리 오 형제가 오랜만에 힘을 합쳤다. 게다가 마을에
　　　　　도 큰 경사가 열리겠구나. 하하하.
어득문 : 아싸. 그럼 우리를 위해 잔치를 해주겠네요.
어득정 : 하여간. 이 녀석은 먹을껏만 알아가지고. 하하하.

다섯 형제는 함께 웃으며, 쓰러져 있는 이무기를 바라본다. 무대위에서 마을 주
민들이 삼돌이를 둘러싸고 있다.

주씨댁 : 아이고. 잘했네. 참말로 잘했어. 내 속이 다 시원하구만.

마을 주민들은 함께 큰소리로 웃는다.

강씨댁 : 근디… 그 죽은 이무기는 어디에 있디야? 나는 한번도 못 봤는디… 구경
　　　　　이라도 해 싸야지.
김　씨 : 그랴. 어떻게 되었디야? 죽은 건 확실했지?

삼돌이 : 그리고 나서. 그 형제들은 죽은 이무기를 들어서… 커다란 나무 있지? 거
기 보면 나무 큰 거 있잖여. 거기다가 그 나무의 윗가지에 걸었더니 머리
는 꼭대기에 있고 꼬리가 땅에 닿았을 정도로 큰 구렁이었지라… 멀리서
보기에도 딱 보이더라구유. 나도 아줌씨처럼 궁금해서 가봤지… 물론 나
는 헤엄을 못 치니께 뺑 돌아서 후다닥 달려 갔지유. 그랬더니 글씨… 이
싱허게도.. 득황이 형님네는 저만치 내려 가는게 보이는디 그 이무기 시
체는 없드라요.
주씨댁 : 어머나. 그럼 자네가 꿈을 꾼게로구만? 죽은 게 아니여? 어머나. 이를 어
쩔꼬?
삼돌이 : 아니여요. 저도 지가 꿈을 꾼 줄 알고 득황이 형님을 불러싸 물어 봤는디.
사실이었어라. 분명히 사실이었어라. 득황이형님네랑 같이 다시 의림지로
올라가 봤지유. 근디 없었어. 없었어. 분명히 사실이었는데 없었어.
강 씨 : 그럼 도대체 어떻게 된거란 말이유?
삼돌이 : 그게 참 이상할 노릇이야. 이상할 노릇. 아! 돌쇠! 돌쇠야. 넌 어떻게 알았
냐? 이무기가 없어진거 말이다.
주씨댁 : 맞어. 맞어. 어떻게 알았디야?
돌 쇠 : 그게 말이죠… 저도 들었습죠 우리 마을 촌장어르신께서…
김씨댁 : 촌장님이?
돌 쇠 : 네. 오늘 낮에 촌장님 댁에 심부름을 갔었지요. 근디 볼일을 다 마치고 촌
장님댁을 막 나오려고 하는디. 촌장님이 그러시더라구요. "갔어, 갔구나."
하시길래… 가긴 뭐가 가요? 하고 물었더니 촌장님이 "이무기가 사라졌
어" 그러시더라구요. 지는 너무 놀래서 무슨 말씀인가 하고 지켜보니…
어씨형제가 힘을 합쳐 천지신명의 뜻을 받들어 오늘 이무기를 죽였다고
하는구만유. 그래서 궁금해서 어씨승님네 가봤지유. 그랬더니. 사실이라고
하더라구만유.
삼돌이 : 그랬구만. 그랬어…
주씨댁 : 아니, 자넨 또 뭐가 그랬다는 말인겨?
삼돌이 : 가만 생각해 보니… 지도 오늘 아침에 산에 가기 전에 일이 있어서 촌장
님께 들렸습죠 근디 촌장님께서 큰 일이 있을터이니. 잘 지켜보고 마을
사람들에게 복을 기리라고 하셨습죠 그런거구만요 촌장님은 알고 계셨
을꼬. 이제까지 촌장님의 말이 틀린 적이 한 번도 없었구만유. 그리고 그
건 다 하늘에서 우리 마을 위해서 어씨 형제에게 신명을 내려 이무기를

없애라 하셨음에 틀림 없이유. 틀림 없구만요. 이건 경사예요. 틀림없이 이무기가 사라진거구만요. 우리 잔치를 열어요. 잔치를…

김 씨 : 그럼 참말로 맞구만. 촌장님께서도 그리 말씀하셨으면 틀림없이 맞구만. 하늘에서 보내신게야. 오늘 잔치 지대로 해야겠구만. 허허허…

마을 사람들이 어씨 형제를 중심으로 모여들어 흥겹게 춤을 추며 논다.

두향과 퇴계 이황의 사랑이야기*

1. 두향의 사랑이야기

두향은 460여 년 전 제비봉 서쪽 산자락 두향리에서 태어났다. 일찍 조실부모한 두향은 단양고을 퇴기인 수양모 밑에서 자라다가 13세에 기적에 오른 후 16세에 황초라는 사람과 혼인을 하여 머리를 얹었다. 그러나 석달 만에 황초시가 죽자 두향은 팔자려니 하고 본격적인 기생길로 나섰다. 시화와 풍류에 능했던 두향은 퇴계 이황과 함께 거문고를 타고 선경을 즐기며 사랑을 나눠 정을 깊이 하였다. 10개월 여의 정을 나누고 이황이 임기를 마치고 단양을 떠나자 두향은 이황을 잊지 못해 강선대 옆에 움막을 짓고 오로지 이황만을 그리워하며 살았다.

퇴계 이황

---

* 황은정

기녀인 까닭에 천대와 멸시를 받던 삶이었으나 두향은 난초와 매화만을 가꾸고 몸과 마음을 정갈히 하며 지내던 중 이황의 부음을 듣고 강선대 위에서 강물로 뛰어내려 절개를 지켰다. 후에 사람들은 두향의 애틋한 마음을 기리기 위해 두향이 생전에 살던 강선대 옆 움막 곁에 무덤을 만들어 주고 매년 5월초에 두향을 위하여 두향제를 올려 주고 있다. 제비봉에서만 보이는 두향의 묘는 말목산 끝자락에 위치해 있고 제비봉 서쪽 장회리와 인접한 두향리라는 마을 이름은 기생 '두향'이 태어나고 자란 곳이라서 마을이름이 두향으로 됐다는 얘기가 있다.[1]

2. 두향이야기의 콘텐츠 활용

1) 문화콘텐츠 활용

문화콘텐츠 산업은 그 발전과정에서 무수한 콘텐츠들이 생성된다. 이는 새로운 지식기반산업을 형성한다. 기존 산업에서의 지식형성 및 파급구조를 자극함으로써 지식기반 산업과 지식구조의 창출이라는 중요한 틀을 구축한다. 그 과정에서 나타나는 두드러진 현상 중 하나는 지식기반 산업 제품과 서비스에 대한 수요가 급증하고 있다는 것이다. 뿐만 아니라 이들 산업에 종사하는 근로자의 비중이 크게 높아지고 있다는 점이다. 지식기반 경제의 핵심이 정보와 지식을 어떻게 효과적으로 창출하고, 이를 확산시켜 생산적으로 활용하느냐에 달려있다. 그렇다면 문화콘텐츠 산업의 요체는 질 높은 문화·예술적 소재 효과적으로 개발하는데 있다. 또한 이를 보다 많은 사용자들에게 확산시킬 수 있는가에 달려있다고 할 수 있다.

---

1) http://skji.hihom.com

문화콘텐츠 산업 발전의 가장 기본이 되는 것은 그것을 이끌어 나갈 전문인력 양성이다.

지금까지 국내 애니메이션 분야나 다른 문화콘텐츠 산업 분야에서는 하청제작 위주로 성장해왔기 때문에 상대적으로 창작역량을 육성하는데 소홀했다. 문화예술 분야의 자유롭고 왕성한 창작활동이 장기적인 관점에서는 문화콘텐츠 산업과 국가경쟁력의 원천이 될 것이다. 문화콘텐츠 산업의 발전은 상상력이 풍부한 순수예술의 발전 없이는 불가능하다. 따라서 문화콘텐츠 산업을 이끌고 갈 창의적 인력육성을 위한 구체적인 방안을 다음과 같이 생각할 수 있다.

첫째, 인재양성의 산실인 우리의 교육기관이 정보화 사회의 진전에 대응해서 창의성을 높이는 방안을 모색해야 한다. 이를 현실에서 곧바로 활용할 수 있는 교육체제로 전환되는 일이 창작부문의 강화를 위한 가장 기본적인 방안이다. 창의력 강화를 위한 학습은 단기간에 집중적인 교육을 통해 이루어지기보다는 중장기적인 관점에서 장기적으로 이루어져야 하는 항목이다. 따라서 문화에 대한 다양한 체험을 통하여 문화를 일상에 적용시킬 필요가 있다. 반대로 일상에서 '문화코드'를 추출해낼 수 있는 '조기교육'의 전제가 고려되어야 할 중요한 요소이다. 이를 위해 초·중등 교육기관을 중심으로 문화를 접하고 체험할 수 있는 다양한 시도가 교육과정을 통해 반영되어져야 할 것으로 보인다.

또한 교육체제 내에서 창의성과 예술적 감성을 끌어낼 수 있는 다양한 프로그램과 교육과정을 개발하는 것이 필요하다. 이와 더불어 창의적 작품개발을 위해서는 문화인력의 네트워크 구축과 공동기획사업에 대한 정부의 지원도 절실하다. 예를 들어 각종 교육기관은 창의력 강화를 위한 다양한 학습기회를 제공하고, 자기계발을 지원해야 한다. 곧 개개인의 능력이 제대로 발휘되도록 도움을 줘야 한다. 뿐만 아니라 가정과 지역사회와의 연대를 통해 다양한 교육에 대한 참여의 기회를 넓혀야 한다. 그리고 이를 위한 적절한 환경을 마련해주는 방식이 확충되어야 한다.

둘째, 문화콘텐츠 산업은 창의력에 의해 산업의 성공 여부가 결정된다. 따라서 산업의 근본이 되는 인력과 생산을 통해 창의력을 신장시켜야 할 것이다. 그리고 기본적인 생산요소로서 새로운 소재를 개발하기 위한 풍부한 재원의 확보가 전제되어야 한다. 이를 위해 특히 공공기관이 보유하고 있는 문화예술 콘텐츠의 축적, 개발, 공유기능을 강화할 필요가 있는 것으로 분석된다.

셋째, 전술한 두 번째 방안과 같은 맥락으로서 예술과 인문학의 지원이 필요하다. 곧, 문화예술 창조의 기반이 되는 예술과 인문학의 잠재력을 계발해야 하는 것이다. 그러기 위해서는 교육과정을 통해 창의적인 사고를 계발하고 능력을 다른 분야로 전이시키도록 하는 노력이 필요하다. 뿐만 아니라 예술과 인문학의 창조물은 지적 재산권의 축적에 기여하므로 이에 관련된 정책개발에 유의해야 한다. 예술과 학문을 장려하는 행정정책과 민간기구를 활성화하는 새로운 정책이 필요하다. 이를 위한 주요 정책과제로는 예술인들에 대한 기금지원 강화, 예술교육 강화, 예술교육 전담교사 제도 확대, 학교와 문화단체와의 협력관계 조성 등이 필요하다.

넷째, 창의적인 학생들의 활동을 활성화시킬 수 있는 각종대회를 개최하는 것이 바람직하다. 만화 애니메이션 분야에서 창작을 유도하는 페스티벌로서 피사프(Puchon International Student Animation Festival)가 그 좋은 사례가 될 수 있다. 피사프는 한국 유일의 전문 애니메이션 축제로 국내외 관련 대학의 학생 중심 애니메이션 영화제이다. 특화를 통해 신진인력 육성의 기틀을 마련한다는 목적을 가지고 있다. 이 축제에서는 지역별 특성에 맞는 세계 각국의 실험 애니메이션과 역사적인 애니메이션 작품을 직접 선별하여 초청하는 국제 커미셔너 제도를 최초로 도입하고 있다. 이를 통해서 세계 애니메이션의 제작경향과 창작을 기반으로 하는 작가주의의 활성화를 도모할 수 있다는 점에서 의의가 있다.

2) '두향' 이야기의 콘텐츠 활용 방안

두향 이야기는 단양을 대표할만한 좋은 문화요소이기도 하다. 두향의 이야기를 여러 형태의 문학콘텐츠로 발전시키면 단양을 알리는데 도움이 될 것이다. 더 나아가 콘텐츠로 인해 많은 부가가치를 창출해낼 수 있을 것이다. 두향의 이야기는 스토리텔링을 거쳐서 여러 형태의 콘텐츠로 재생산 할 수 있다.

우선, 두향의 이야기를 만화로 엮어내면 어린 아이들도 두향의 가슴 아픈 사랑이야기를 쉽게 접할 수 있을 것이다. 또한, 자라나는 어린이들에게 퇴계 이황의 청렴결백한 선비의 모습을 보여줌으로써 퇴계 이황의 청렴결백한 모습을 본받을 수 있는 좋은 기회가 될 것이다. 이외에도 영화로 제작한다면 가슴시린 로맨스 영화로 많은 사랑을 받을 것이다. 두향의 이야기는 지역 사람들도 이름밖에 모른다고 한다. 그러나 영화로 만들어지면 단양지역 사람들뿐만 아니라, 많은 사람들이 두향의 이야기를 쉽게 접하게 된다. 여기서 얻는 효과는 단양의 명기였던 두향을 많은 사람들이 기억하고 단양을 찾게 될 것이다.

두향과 퇴계 이황의 러브스토리는 셰익스피어의 로미오와 줄리엣과 비슷한 결말을 지닌다. 이런 극적 요소를 무한하게 지니고 있는 소스를 뮤지컬이나 연극으로도 활용할 수 있을 것이다. 아름답고도 슬픈 이야기를 뮤지컬이나 연극으로 웅장하게 보여준다면 그들의 러브스토리를 더욱 깊게 느낄 수 있을 것이다. 무대에서 생생하게 공연되는 두향의 이야기를 보면 그 감동을 느낄 수 있을 것이다.

3) 두향의 콘텐츠활용 - 연극대본 -

● 두향과 퇴계 이황의 러브스토리

배　　경　지금부터 430여 년 전, 명종 3년 무신년 정월 초순
등장인물　두향, 퇴계 이황, 수양모, 두향의 기생동료들
인물성격　두　향 : 기생이라는 이유로 인간이하의 천대를 받지만 자기인생
　　　　　　　　　을 나름대로 깨끗하게 지켜나간다. 퇴계와 같이 청아하
　　　　　　　　　고 건실한 학자만을 사모한다.
　　　　　이퇴계 : 두향이 사는 곳에 사또로 부임한다. 청렴결백한 학자. 두
　　　　　　　　　향과 정신적으로 깊은 사랑을 간직하는 순수한 남자.
　　　　　수양모 : 두향의 수양어머니로 두향이 사또의 총애를 받아 팔자를
　　　　　　　　　펴기를 원하지만 자기 뜻대로 되지 않는다.

1. 두향의 집

　세상은 아직도 명절 기분에 들떠 있건만 단양 기생 두향만은 이 날 아침도 햇빛 따사로운 창가에 홀로 앉아 간밤에 새로 피어난 홍매, 백매의 매화꽃들을 그윽이 들여다보고 있다. 두향은 이퇴계라는 사람이 쓴 시를 읊으며 감탄하고 있다.

두　향 : (생각한다) 이퇴계라는 사람은 어떤 사람이길래 매화꽃을 이렇게 훌륭하게 시로 표현을 했을까?

　매화꽃을 들여다보며 생각을 하고 있는데, 수양모가 밖에서 들어온다.

수양모 : (들뜬 표정으로) 두향아! 조금 전 동헌에서 중요한 소식이 들어왔다.
두　향 : (눈길도 주지 않으며 매화꽃만 바라본다.) 무슨 소식이요?
수양모 : (두향의 태도가 못마땅하여 나무란다.) 너는 밤낮 꽃에만 미쳐 돌아가는구나! 쯧쯧쯧… 네 나이가 벌서 열아홉인데, 그래서 언제 남들처럼 햇볕을 보겠니. (두향을 달래며) 내일 사도가 새로 부임을 하신단다. (혼자 신나서) 아마도 기생점고가 있으니 예쁘게 단장하고 있으렴.
두　향 : (싫은 내색을 보이며) 기생점고에 꼭 가야만 하나요? 사또는 백성을 다스

리러 오는 것이지 기생놀이 하러오는 것이 아니잖아요. 기생점고가 필요
한가요? 도대체 언제부터 그런 폐습이 생겨난 건지… 이제는 그 모습이
배어서 모두가 당연한 이처럼 여긴다는 것이 개탄스러울 뿐이예요.
수양모 : (두향의 입을 막으며) 쓸데없는 소리 말아라. 남이 들을까 겁난다. 혹시
아냐? 사또 눈에 띄면 네 팔자는 물론이거니와 동시에 내 팔자까지 피는
건데, 그 좋은 기회를 마다하다니, 이 단양에서 너만큼 유식하고, 너만큼
예쁜 아이가 또 어디있겠냐, 널 좋아하지 않을 수가 없다니깐. 아무튼 바
로 내일 이니깐 최고로 예쁘게 준비하고 있거라.
두　향 : (수양모가 못마땅한 듯이 아무 말도 안한다) ……

　수양모는 마치 두향이 기생점고에 붙기라도 한 듯, 혼자 들떠서 콧노래 부르며
나간다. 두향은 허영심으로 가득 차서 나가는 수양모를 바라보며 한숨을 내쉰다.
그리고는 다시 매화꽃을 바라보며 자신의 처지를 한탄하며 조용히 생각에 잠긴다.

 # 2. 동헌

　사또의 기생영접을 하기 위해 벌써 수십 명의 기생들이 사도의 눈에 들기 위해 저
마다 화려하게 차려입고 호들갑들을 떨고 있다. 그러나 두향 혼자만 소탈하게 차려
입고는 그늘진 얼굴로 소심하게 서 있다. 잠시 후 이방이 나타나 큰소리로 말한다.

이　방 : 모두 들으시오. 오늘 새로 부임해오기로 한 사또께서 일체의 기생영접과
기생점고를 금지하라는 소식이 전해져왔소. 그러니 모두들 돌아가시오.
혹시 다른 사항이 생길지 모르니 집에 가서 기다리고 있으시오.

　이방의 말이 끝나기 무섭게 기생들이 저마다 수군거린다. 사또의 그런 행동을
이해할 수 없다는 듯이 투덜거린다. 이 기회에 사또의 눈에 들려고 했던 기생들의
얼굴에는 실망의 빛이 역력하다.

기　생1 : (아쉬워하며) 뭐야! 무슨 사또가 기생영접을 금지하라는 거야! 혹시 고자
아냐?
기　생2 : (까르르 웃으며) 누가 아니래! 기생점고도 안하겠다니, 그럼 오늘밤에 수청
도 안하겠다는 거야? (실망하여) 이번에도 사또 눈에 들긴 글렀구만. 내

　　　　신세야.

기　생3 : (기생2를 위로하듯) 그래도 언니는 저보다 낫잖아요. 기생점고에 나간 적
　　　　이라도 있지요. 얼굴이 안되니 기생점고에는 얼굴도 못 내밀잖아요.

기　생2 : (그 말에 금방 환한 빛을 보이며) 얼른 집에나 가서 밥이나 먹자. 아침부
　　　　터 수선을 떨었더니 배도 고프고 힘들어 죽겠구나. 어서들 가자꾸나.

　　기생2가 여러 기생들을 데리고 퇴장한다. 두향은 혼자서서 자신도 모를 이상한
감동을 느낀다. 지금까지 부임해 온 모든 사또들은 당연한 듯 기생점고를 가졌지
만, 이번 사또의 기생점고를 일절 금하라는 소식이 두향에게는 왠지 모를 감동을
준 것이다. 두향은 여러 생각에 잠긴 체 집으로 향하면 퇴장한다.

＃ 3. 두향의 집

　　일찍 들어오는 두향을 본 어머니가 두향을 보고 놀라서 묻는다.

수양모 : (놀라서) 너 사또 영접에 안 가고 벌써 돌아온 거냐!

두　향 : (무심하게) 사또가 이번엔 기생영접과 기생점고를 일절 금하라고 했다네요.
　　　　어떤 사또인지 인품이 제대로 되었지요. 그런 사또라니 백성들이 안심할
　　　　수 있겠네요.

수양모 : 쳇, 얼마나 청렴결백해서 기생점고를 마다해? (어이없다는 듯) 나 참, 살다
　　　　살다 희귀한 사또는 처음 보겠네. 니 꿈도 물 건너갔네. (비꼬며 나간다.)

두　향 : (수양모를 향해 화를 내며) 그건 제 꿈이 아니라 어머니 꿈이잖아요!

　　수양모가 나가고 두향은 매화꽃을 바라보며 새로 부임할 사또에 대해 생각에
잠긴다. 지금까지 유례없었던 기생점고를 금지하라고 한 것에 대해 얼굴도 모르는
사또에게 벌써 마음을 빼앗긴 듯하다. 두향은 이번에 새로 부임할 사또는 왠지 심
지가 곧고 강직한 사람일 것이라는 추측을 하며 매화꽃만 연신 바라본다.

＃ 4. 두향의 집

　　두향이 책을 읽고 있는데 심부름꾼 하나가 두향을 찾아왔다.

심부름꾼 : 두향아가씨! 신임사또가 지금 저녁진지를 드신다고 빨리 동헌으로 와서 사또의 수발을 들라고 하는데요. 얼른 가보세요.

두 향 : (의아해하며) 저녁수발이라니요? 지금이 몇 시인데 지금에서야 저녁을 드신다는 거예요?

심부름꾼 : 사또께서는 부임해 오자마자 상하 관속들을 한자리에 모아 놓고 세 시간동안이나 군내의 실정을 알아보시다가, 이제야 겨우 저녁 진지를 드신다고 합니다. 지금까지 부임해 온 사또들과는 많이 다르던걸요.

두 향 : (놀라며) 세 시간 동안이나요? 역시 지금까지 사또와는 많이 다르네요. (궁금해하며) 그 새 사또에 대해서는 얼만큼 알고 있어요? 아는 대로 가르쳐 주세요.

심부름꾼 : 서울서 홍문관 응교로 있다가 이번에 우리고을 사도로 배명되었대요. 아침부터 밤중까지 글공부밖에 모르는 골선비라고 하던데요? 이름은 이황, 아호는 퇴계라고 하는 걸 들었어요.

두 향 : (심부름꾼 말에 놀라며) 뭐? 이퇴계라고요? (반색하며) 이퇴계라면 대단한 학자분이 아니세요? 내 얼마 전에 그 분이 쓰신 매화에 관한 시를 읽은 적이 있는데 시인으로서도 대단하신 분이세요. 그분이 우리 고을에 사또로 오셨다는 것이죠? 역시, 기생점고를 안 하겠다고 할 때부터 범상치 않을 거라는 예상은 했지만 이퇴계가 오시다니… (놀라움을 감추지 못한다)

심부름꾼 : (무심하게) 전 잘 모르겠습니다. 그러니 얼른 준비하시고 동헌에 가보세요.

두 향 : (얼굴에 화색이 돈다.) 알겠어요. 먼저 가 계세요. 곧 뒤따라가겠어요.

급하게 준비를 하고 동헌으로 달려가 보니 두향을 빼고 여섯 명의 기생들이 한껏 자신의 미모를 뽐내기라도 하듯 사또를 기다리고 있었다. 그러나 그리 예쁘지 않은 두향이 온 것에 대해 모두가 의아해 하고 있었다. 두향이 일곱 명 중에 하나로 뽑힌 이유는 기생 중에 그나마 학문을 할 줄 알았기 때문이다. 새 사또가 학문이 대단한 사람이기에 그저 얼굴만 예쁜 기생보다는 기생이라도 어느 정도 학식이 있는 두향을 뽑은 것이었다. 두향 자신도 그렇게 생각을 하고 있을 때 사또가 저녁상이 차려진 동헌으로 들어와 앉는다.

이 방 : 사또. 저녁수발을 들 기녀들의 인사를 받으시지요.

이퇴계 : (인자하게) 저녁 한 끼를 먹는데 웬 아이들을 이렇게 많이 불렀는고?

이 방 : (사또의 태도에 놀라며 무안한 듯 웃으며) 혼자 드시기에는 적적하시지 않

습니까? 그래서 몇 명의 기녀들을 불렀습니다. 우선 인사부터 받으시지요.
이퇴계: 일단 왔으니 그럼 한꺼번에 인사를 하거라.

한꺼번에 인사를 하라는 사또의 말에 이방은 물론, 두향을 포함한 기생들의 얼굴에는 놀라는 빛이 역력했다. 한꺼번에 큰절을 하는 것은 예절에 어긋나는 일이지만 사또의 분부에 그대로 따를 수밖에 없었다. 기생 일곱 명은 한꺼번에 서서 사또에서 인사를 하였다. 그러고 나서 이방이 연이어 물었다.

이 방: 이 중에 밤에 수발을 들 기녀를 고르시면 수발을 들게 하겠습니다.
이퇴계: (손을 내저으며) 밤에 잠을 자면 그만이지 수발은 무슨 수발이냐.
이 방: 그래도 이왕 기녀들이 왔으니 수발을 들면…(사또의 행동에 당황해서 말을 잊지 못한다.)
이퇴계: (정색하며) 수발은 됐고, 이 중에서 거문고를 탈 줄 아는 아이가 있느냐, 거문고 소리가 듣고 싶구나.
이 방: (사또의 말에 반기며) 거문고라면 두향이가 잘 탑니다. 두향의 거문고 솜씨는 서울에서도 당할 자가 없을 정도라니까요.
이퇴계: 오호~ 그래? 두향이가 누구냐? 어디 한 번 거문고 소리 좀 들어보자.
두 향: (잠자코 있다가 얼굴에 미소를 띠며) 제가 두향이옵니다. 잘 타지는 않지만 한 번 해보겠습니다.

두향이 거문고를 탄다. 두향의 거문고 타는 솜씨는 그야말로 일품이었다. 두향의 거문고 타는 솜씨에 놀란 이퇴계는 계속해서 두향의 거문고 타는 소리를 듣는다. 두향의 거문고 타는 소리가 끝나자 퇴계는 두향에게 자신에게 가끔 거문고 소리를 들려줄 것을 청한다. 벌서 퇴계를 마음에 품은 두향은 흔쾌히 승낙을 하고, 그날 이후 두향은 퇴계의 말벗이 되고 거문고 소리를 들려주며 퇴계와의 정신적인 사랑을 나누게 된다.

5.

두향과 이황은 단양에서 경치가 좋은 옥순봉이나 강선대에 함께 다니며 이황이 좋아하는 시를 지으며 여유를 즐겼다. 두향에게는 더할 나위없는 행복한 나날을 보냈다. 그렇다고 해서 이황이 정사를 게을리 했던 것은 아니다. 이황은 마을 사람들에게는 강직한 사또의 모습을 보이며 존경할 만한 위엄을 주었고 두향에게는 인품이 훌륭한 이황의 곁에 머물 수 있도록 하였다. 두향은 이황의 곁에 있는 동안에는 세상 무엇도 부러울 것이 없는 여자였다. 그러던 어느 날 이황은 성묘차 고향에 간다는 말을 남기고 두향을 두고 안동으로 갔다. 두향은 말로 표현할 수 없는 외로움으로 하루하루 이황이 오기만을 기다렸다. 여러 날 이황을 보지 못한 두향은 시름시름 앓기도 했다. 그러던 중 이황이 돌아오고, 이 소식을 들은 두향은 뛸 듯이 기뻐하며 평소 이황이 좋아하던 육신죽을 만들어 이황을 보러갔다. 이황에게 저녁으로 육신죽을 주는 두향의 마음을 무엇으로 표현할 수가 없었다.

이 황 : (인자하게 웃으며) 잘 지내고 있었느냐. 그렇지 않아도 고향에 있는 동안
　　　　네가 만든 이 육신죽을 먹고 싶은 마음이 간절했는데, 어찌도 내 마음을
　　　　이리 잘 아는고?

두 향 : (기쁨을 감추지 못하며) 그랬습니까? 사또께서 좋아하시니 몸둘 바를 모르
　　　　겠습니다.

이 황 : (두향을 사랑스럽게 바라보며) 네가 나에게 잘해주는 것을 안다. 그래서
　　　　너에게 주려고 작은 선물을 가져왔다. 안동은 마직이 유명한 곳이니. 안
　　　　동포를 가져왔으니 옷이나 한 벌 지어입어라.

두 향 : (떨리는 손으로 헤쳐보며) 이 선물보다도 사또께서 저를 생각하시는 마음
　　　　에 더 감동 받았습니다. (하고는 흐느껴 운다.)

　이황은 그런 두향을 보고 있자니 이황이 마음이 애틋해진다. 그렇게 둘은 함께 보내는 시간이 많아졌고, 항상 서로 시를 읊거나 거문고 소리를 들으면 서로에게 해를 입히기 보다는 도움이 되려고 애쓰면 정신적으로 아름다운 사랑을 키워 나간다. 그러던 어느 날 이황은 임금의 부름을 받고 서울로 떠나게 된다. 서울로 떠나기 전 이황은 두향과 언제 다시 볼 지를 기약하지 못한 채 마지막 밤을 보낸다.

6.

　이황이 떠나고 두향은 외로운 날들을 보낸다. 밤마다 먼 하늘을 쳐다보며 그리움에 하염없이 눈물을 흘린다. 그러던 어느 날 두향은 잠을 자다 소스라치게 놀라며 잠에서 깬다. 이황의 불길한 꿈을 꾸었다. 두향은 스스로를 안정시켰다.

두　향 : (고개를 절래절래 흔들며) 아니야. 아니야. 아무 일도 없을 거야.

　그 길로 두향은 옷을 차려입고 이황이 있는 곳으로 가보니 이황은 몸이 쇠약해져 세상을 뜨고 난 뒤였다. 두향은 산 속에서 소복을 입고 머리를 풀고 하염없이 눈물만 흐렸다. 목숨보다 더 사랑한 사람을 잃은 두향은 단양으로 내려가 미리 달여 두었던 부자탕을 마시고 이불에 들어가 누웠다. 그리고 그 옆에는 종이에는 이렇게 쓰여 있었다.

　나의 유해를 남한강이 내려다보이는 강선대에 뿌려주소서.

　이황과 두향의 죽음을 초월한 러브스토리는 이렇게 막을 내린다.

죽령산신제와 '다자구할머니' 설화의 콘텐츠화[*]

1. 죽령산신제 활용

1) 죽령산신제의 축제화

죽령산신제는 삼국시대부터 오늘날까지 이어온 제의로 기원하는 바가 국가의 평안과 번영을 의미하는 것으로 보아 국행제의 성격을 지니고 있다고 하겠다. 곧 국행제적 성격을 가진 제의를 더 이상 특정지역의 주민들만이 참여하는 제의로 생각하고 특정지역에 한정해서는 안 될 것이다.[1] 단순한 제의만의 성격을 띤 산신제를 축제화 시켜서 모두가 제의에 참여하고 국가의 평안과 번영, 더불어 개인의 평안과 안녕을 기원하도록 할 필요가 있다. 물론 지금의 제의 행사 과정을 무시해서는 안 됨을 주지하여야 한다.

법고창신의 정신을 가지고 예전의 제의형식을 그대로 따르되 모두가 즐길 수 있는 축제 행사를 만들 필요가 있다. 이러한 행사는 너무 무겁지 않은 느낌으로 다가가야 할 것이다. 그렇게 된다면 죽령산신제는 더 이상

---

[*] 김남주 · 허윤희
1) 한국정신문화연구원, ≪한국민족문화대백과사전≫ 21, 1997.

특정 지역에서 거행되는 제의가 아니라 모두의 축제로 자리 잡을 수 있다. 죽령산신제의 제의가 끝나면 개인적으로도 제의를 참여할 수 있는 행사를 마련하는 것이다. 그리하면 자신의 성공적인 제의를 위해서 제의 절차도 더 열심히 관찰하게 될 것이다. 오늘날 수많은 축제들의 문제점은 천편일률적이라는 데 있다. 하지만 이러한 시도를 통해 차별화되고 관람객이 직접 참여하고 체험할 수 있는 축제가 될 것이다.

축제화를 위해 필요한 프로그램을 제시하면 먼저 죽령산신인 다자구할머니의 설화를 중심으로 인형극을 만들어 사람들에게 보여주는 것이다. 그렇게 한다면 그냥 축제로만 알고 온 대다수의 사람들이 왜 죽령산신제가 열리고 있는지에 대한 근본적인 해답을 알아갈 수 있을 것이다. 뿐만 아니라 서양의 동화에만 익숙해져 있는 아이들에게 우리나라 설화의 우수성을 알릴 수 있을 것이다. 아이들에게 이런 신화적 요소가 가미되어 있는 설화를 쉽게 인형극으로 접하게 하여 아이들의 상상력도 키울 수 있을 것이다. 더 나아가 설화가 인형극을 접한 사람들에 의해 재창조되어 콘텐츠의 기틀을 마련할 수도 있을 것이다. 또한 인형극을 통해 알려진 '다자구할머니'를 캐릭터화 하여 관광상품화 시킨다면 축제를 즐기고 가는 사람들에게 잊지 못할 추억의 축제로 각인 될 수 있을 것이다.

모든 축제가 그러하듯 '죽령산신축제'도 관람형식으로 구성된다면 차별화에 실패하게 될 것이다. 단순히 눈으로 보고 즐기기만 하는 축제는 다른 축제와 차별화되기 어렵다. 하나의 관광체험으로 축제를 즐기도록 해야 한다. 그리고 이와 연계하여 충북 지역에 대한 더 많은 것을 관광할 수 있는 기회로 만들어야 할 것이다. 따라서 축제와 지역관광을 패키지화하여 지역의 음식이나 관광자원 등을 함께 즐길 수 있는 테마관광으로 만들어야 할 것이다.

이러한 여러 가지 아이템을 복합적으로 활용하여 하나의 축제 패키지로 관광상품화 한다면 '죽령산신축제'장을 찾는 사람들에게도 충분한 볼거리와 먹을거리, 그리고 참여할 수 있는 즐길거리를 제공하여 다른 축제와 차별화 할 수 있을 것이다. 곧 이러한 차별화를 통해 관람객이 많은 것을 경험하도록 할 수 있고 즐길 수 있게 될 것이다. 이러한 축제는 곧 지역 발전에도 도움이 될 것이다.

2) 현행 죽령산신제의 문제점과 발전방안

매년 치러지는 죽령산신제는 많은 문제점을 안고 있다. 먼저 가장 큰 문제점은 널리 알려져 있지 않다는 것이다. 이와 더불어 제의적 성격으로 인해 주제가 무겁게 느껴진다는 것이다. 물론 제의 자체가 워낙 엄숙하고 무거운 것이지만 이를 축제화로 확대하여 함께 즐긴다면, 부담 없는 지역 축제가 될 것이다. 특정 지역의 산신제로만 존재하던 것을 모두가 즐길 수 있는 축제로 만들어야 한다. 그러면 충북에 대한 새로운 인식을 각인시켜줄 수 있을 뿐만 아니라 충북 지역 발전에 도움이 된다.

또 다른 문제점은 충북 홈페이지에 기재되어 있는 내용이 미흡하다는 것이다. 홈페이지에는 단순한 위치 정보만을 기재하고 있을 뿐이다. 이런 식의 소극적인 홍보는 큰 관심을 불러일으킬 수 없다는 것을 빨리 깨달아야 할 것이다. 이러한 문제점을 극복하기 위해서는 죽령산신제를 홍보할 수 있는 홈페이지를 지역의 홈페이지와 연계하여 구축하고 좀 더 자세한 유래와 제의절차, 축제화에 필요한 자료를 모아 적극적인 홍보를 할 필요가 있다.

2. '죽령산신축제'의 모형

● 축제 행사 계획

제의 의식

1. 제의 준비 영상으로 보여주기
   제의 준비를 영상으로 보여주어 이 산신제가 얼마나 신성한 것인지를 각인시키고, 제의에 참가한 사람들 모두가 제의를 준비할 수 있는 마음가짐을 갖는 시간을 준다.(제의 준비 : 제일 3일 전 동구와 제당에 금줄을 치고 죽령 연화봉 골짜기에 있는 용천샘을 깨끗이 친 후 상탕은 식수로 쓰고 하탕은 제관들이 목욕재계하고 3일간을 근신하는 것으로 시작한다. 제물의 준비는 도가집에서 맡아하는데 도가의 선정은 생기복덕의 합당 여부보다는 일년간 흉한 일이 없었던 집을 우선으로 선정한다. 도가로 선정되면 먼저 집 문 앞에 금줄을 쳐두어 외부인의 출입을 금한다.)
2. 개사배 ─ 헌관들이 사배를 한다.
3. 초헌관예관 ─ 초헌관이 제당 오른쪽에 준비해 둔 세숫대야로 가 손을 씻고 제당 안으로 들어가 꿇어앉음.
4. 삼상향 ─ 향을 세 번 올림.
5. 집작 ─ 술잔을 받음.
6. 헌작 ─ 술잔에 술을 받음.
7. 준작 ─ 헌관이 술잔을 준작에게 주면 준작은 술잔을 받아 신위 앞에 올림.
8. 배례
9. 퇴잔
10. 음복
    (아헌례와 종헌례도 세위부터 시작하여 동일한 방법으로 행함.)
11. 참여 일동 사배
12. 제의 후 제물 음복

제의 직접 경험하기

사찰이나 교회에서 기도하듯이, 자신의 바람을 산신께 기도드리는 시간을 주는 것이다. 제의 의식을 축약시켜서 간단하게 행하는 것이다. 관광지를 가면 돈을 주고 직접 참여하도록 하는 것이 있다. 경복궁에서 돈을 주고 전통옷을 체험한다든가, 만리장성에서 전통옷을 입고 기념촬영을 한다든가 하는 등 얼마의 돈을 받고 한다면 계속해서 축제가 발전해 나갈 수 있는 기반이 될 것이다. 즉, 제의 전에 5팀에서 10팀 정도의 신청을 받아서, 제의가 끝난 후 간단히 식사를 하거나 축제 때 떡을 준비하여 주면, 먹으면서 제의를 구경할 수 있도록 한다. 개인주의가 강한 현시대에 맞게 자신의 개인 소망을 기원할 수 있도록 하는 제도로 사람들의 이목과 발길을 끌수 있을 것이다. 또한 이 제의행사가 발전한다면 외국인 관광객도 많아질 것이고 외국인의 체험 현장도 만들어서 외화유치도 가능해질 것이다.

지역 음식 체험

축제에 참여하러 온 사람들을 이용하여 지역 음식까지 맛보고 갈 수 있는 하나의 패키지를 관광상품으로 만드는 것이다. 우리가 어느 지역을 여행가면 그 지역특색의 음식을 꼭 먹어보듯이 간단한 축제의 장이지만 하나의 관광콘텐츠로 만들어 활용한다면 그 지역에 대해 더 오래도록 기억할 수 있을 것이다. 순흥 여행에서 전통 묵밥을 맛본 후 그 음식이 기억에 남아 또 다시 순흥에 가고싶은 마음이 들 듯 그 지역만의 음식을 먹게 하고 더 오래도록 충북을 기억할 수 있도록 해야 한다.

다자구할머니(인형극 대본)

배경은 산.
도둑떼들이 산을 다니며, 지나가는 행인을 괴롭힌다.

도 둑1 : 돈 내놔!5
행 인1 : 아이구, 살려만 주십쇼.

행 인2 : 도… 돈은 여… 여기 있습죠.
도 둑2 : 바보들 같으니라구, 어서 꺼져!
행 인1,2 : 고… 고맙습니다.(고맙다고 소리치며 무대 뒤로 퇴장)

배경은 관가.
도둑 잡는 방법을 모색 중이다.

사 또 : 허허, 이런. 아무도 그 못된 도둑들을 잡을 방법하나 생각해내지
         못한단 말이냐!
이 방 : 그게 산세가 너무 험한지라, 별의별 방법을 다 써도 못 잡아내니
         이제 더 이상…
사 또 : (목청 높여 소리치며) 그렇다고 이렇게 손 놓고만은 있을 수 없지
         않은가.
이 방 : 인근지역에 방을 붙여 해결책을 강구하시는건 어떨런지요
사 또 : 올커니. 그게 좋겠군.

방이 붙은 배경이 나가고 할머니가 지나간다.

할머니 : (울먹이며) 저놈의 도둑떼들 때문에 우리 아들이 죽었는디. (뭔가
          떠올랐다는 듯) 에구머니, 이러면 되겠구먼.

배경은 다시 관가.

문지기 : (할머니를 막아서며) 할머니, 무슨 일이신지.
할머니 : 이놈아! 방 붙인거 보고 오는겨. 어서 사또께 아뢰지 못하누.

(문지기 잠깐 사라졌다 나오며)

문지기 : 할머니, 절 따라오세요

둘 다 사라지고, 사또, 이방 등 등장.
뒤이어 문지기와 할머니 나타나고, 문지기 퇴장.

사 또 : 할머니, 방을 보고 오셨다던데, 좋은 방법이 있습니까?
할머니 : 암, 있구말구.
사 또 : 어서, 어서 말씀해 보세요.
할머니 : 내가 도둑과 함께 지내면서 도둑들이 다 잠이 안들었을 땐, ‘들자
구야’를 외치고, 모두 잠이 들었을 땐, ‘다자구야’를 외칠테니, 그
때 와서 치시구려.
이 방 : 사또, 이거 좋은 방법 같은데요.
사 또 : (생각하는 듯) 음. 좋아. 할머니만 괜찮으시다면…
할머니 : 난 자신 있다우.
사 또 : 좋아. 그럼 성공시엔 큰 상을 내리겠소.

배경은 다시 산.
도둑떼들이 나타난다.

도 둑1 : 아, 요새는 다들 어디갔는지 개미새끼 한 마리도 안보이네.
도 둑2 : 그러게나 말이야.
           (말이 떨어지기 무섭게 할머니 등장.)
할머니 : 에구구. 다리야. (소리지르며) 다자구야, 들자구야.
도 둑2 : 오늘은 예왼가봐. (키득대며 할머니한테 다가간다) 할머니, 뭘 그
렇게 찾는가?
할머니 : 아들들이 며칠 전에 산엘 올라갔는데, 소식이 없어. 어차피 두 아
들들 없으면 오갈데도 없는디.
도 둑1 : 이 할망구, 데려가 밥하고, 빨래나 시키면 어때?
도 둑2 : 그거 좋은 방법인데. 할머니, 돈 안 뺏는 대신 우리 살림이나 해요.
할머니 : 어차피 아들 기다리며 하지 뭐.

다 퇴장했다가 두목 등장. 그리고 도둑들과 할머니 등장.

두 목 : 야! 왠 늙은 할망구를 데려왔어?
도 둑1 : 그… 그게, 밥하고 빨래나 시킬까 하고…
두 목 : 뭐, 그러는 것도 좋겠군.

배경은 두목의 생일잔치.

도둑떼 : 생신 축하드립니다.

두　목 : 그래, 오늘은 모두 많이 먹어라.

　　　　　(모두 취하고, 보초병 하나만 남아있다)

할머니 : 어이, 총각. 총각도 그만하고 이리와 먹어.

보초병 : 아니에요. 보초서야해요. 교대하고 먹죠 뭐.

할머니 : (울먹이며) 내 아들생각이 나서 그래. 지금쯤 살아나 있으려나.

보초병 : 그… 그럼 조금만 먹을게요.

할머니 : 그려그려. 조금만.

　　　　　(보초병마저 잠이 든다)

할머니 : (모두 잠이 든 걸 확인하고 소리지르며) 다자구야, 다자구야.

관군들이 와서 모두 잡아간다.

배경은 다시 관가.

사　또 : 그래, 모두 잡아 들였나?

이　방 : 예, 그런 것 같습니다.

사　또 : 그런데 할머니는 어디 계시나?

이　방 : 그… 그게 할머니가 아무리 찾아도 안계십니다.

사　또 : 그게 무슨 말이야?

이　방 : 그러니까 그게, 도둑놈들을 다 잡고 할머니를 찾으니까 없더랍니다.

사　또 : 음. 산에 계속 계실 모양이군.

이　방 : 예?

사　또 : 산을 지키실 모양이야.

이　방 : 예?

사　또 : (혀를 차며) 쯧쯧, 됐네 이사람아.

내레이션 : 그 뒤로 사람들은 할머니가 죽어서 산을 지키는 산신이 되었다

　　　　　　고 믿고, 그 뒤로 마을을 지켜 준 다자구할머니를 위한 제사를

　　　　　　지내게 되었다. 이것이 오늘날의 죽령산신제로 남아있다.

인형극 감상 후에 나가면서 인형극에 대한 느낌이 남아있을 때 나가는 쪽에 인형을 만들어 판매하는 것이다. 사람들은 신격화 되어있는 다자구할머니 인형을 기념으로 간직하고 싶을 것이고 또한 자신의 소망을 이루고픈 소원인형으로서의 역할을 수행토록 할 것이다. 이렇게 다자구할머니를 캐릭터화 하여 인형으로 만들어 판매한다면 관광 수익도 올릴 수 있을 것이고 사람들도 단순히 보고만 가는 축제가 아니라 이 축제를 간직할 수 있게 될 것이다.

3. '다자구할머니' 설화와 콘텐츠 활용

1) '다자구할머니' 설화

'다자구할머니'는 충청북도 단양군 대강면 용부원 3리를 중심으로 전승되는 설화이다. '다자구할머니'는 문헌에도 기록되어 있는데 오늘날까지 전승되어 오고 있다. 지금도 죽령에는 다자구 산신당이 있으며 해마다 동제로 모셔지고 있다. 다자구할머니는 지역인들에게 설화 이상의 의미가 있다. 다음은 조사자가 채록한 다자구할머니 이야기를 정리한 것이다.

> 옛날에는 대강면에서 경상남도로 넘어가는 죽령고개 일대에서 도둑떼들이 행인을 괴롭혔다. 점점 도둑떼들의 행패가 심해지자 관가에서는 도둑들을 잡아 없애기로 하고 관군을 풀었으나 워낙 지세가 험한데다 도둑들의 몸놀림이 날래어서 여간 어렵지 않았다. 그런데 이 도둑들에게 가산을 빼앗긴 한 할머니가 찾아가 도둑잡기를 서로 약속하고 산으로 올라갔다. 관군이 근방에 몰래 숨어 있다가 "다자구야" 소리가 들리면 도둑들이 모두 자고 있는 것이니 소리 나는 쪽으로 오라는 것이고, "들자구야" 소리는 도둑들이 아직 덜 자고 있으니 오지 말라는 약속을 한 것이다. 할머니

는 "다자구야 들자구야" 가락을 붙여 소리 지르며 고개를 오르락내리락하며 도둑과 만나기를 기다렸다. 수상히 여긴 도둑들이 할머니를 잡아 소리 지르며 다니는 까닭을 물었다. 할머니는 "다자구야", "들자구야"는 아들들의 이름인데 며칠 전에 나무를 하러 갔다가 아직 돌아오지 않아 찾으러 나왔다고 했다. 그러면서 두 아들이 없으면 자기는 오갈 데가 없다고 했다. 도둑들은 할머니를 데리고 가서 자기들의 밥짓는 일을 시켰다. 할머니는 관군을 불러 도둑 잡을 좋은 기회만 엿보았으나 여간해 그런 기회가 없어 밤마다 "들자구야 들자구야"를 노래처럼 불러대기만 했다. 그러다가 두목의 생일이 돌아와 도둑들은 대낮부터 실컷 술을 마시고 한밤이 되면서 모두 잠에 골아 떨어졌다. 할머니는 그때를 놓치지 않고 "다자구야 다자구야" 소리를 질렀다. 마침내 도둑들은 모두 잡혔지만 할머니는 어디로 갔는지 자취를 감추었다.[2]

다자구할머니는 '죽령산신제'에서 모셔지는 산신(山神)이면서 여신(女神)이다. 제의의 대상이 된 다자구할머니는 소백산의 지리를 잘 아는 노파였다. 그녀는 뛰어난 지혜로 죽령을 넘는 사람들을 괴롭히는 도적을 물리치고 마을과 나라를 평안하게 해 준 공으로 죽령의 산신이 되었다고 한다. 다자구할머니는 신화를 통해 인간에서 신으로 새롭게 창조된 인물이고 그 과정에서 지역민들에 의해 새로운 이름인 '다자구'를 가지게 된 것이다. '다자구'라는 명칭의 기원 내지는 의미를 찾아야 한다. 그러나 현지에 가서 조사를 한 결과 거의 불가능한 상태다.

신격화된 다자구할머니는 지역민들에 있어서 많은 의미와 기능을 한다. 먼저 국가 수호의 기능, 재난극복의 방편, 길흉을 결정해 주는 기능, 치료의 기능, 지역민들의 의식과 정서를 통제하는 기능을 지니고 있다. 용부원리 지역민들은 효과적인 생존을 위해 초월적인 다자구할머니의 힘을 필요로 하거나 다자구할머니를 숭상하고, 다자구할머니에 의해 통제를 받는다. 그래서 신앙화 되어 제의로 나타나게 된 것이다. 따라서 다자구할머니를 믿고 있는 용부원리 지역민들에게 다자구할머니는 개인이나 마을은

---

2) 제보자 : 김성락, 남·84세, 대강면 용부원 3리.

물론 나라를 지켜준다고 하는 지킴이로서 살아있는 것이다.

2) 다자구할머니의 지역적 의미와 대중적 확대

'다자구할머니 이야기'는 현재 용부원리를 중심으로 전승되고 있으며, 국행제를 통한 신앙과 결부되어 있다. 예전에는 국행제로 거행되다가 근래에 와서 해마다 반복되는 동제에서 모시는 것으로 민중의 가슴과 생활 속에 '다자구할머니'는 단순히 기억되는 것이 아니라 지금껏 살아 숨쉬고 있는 것이다.

용부원 3리 입구에는 마을 자랑비가 세워져 있다. 마을자랑비는 다자구할머니의 공헌과 넋을 기리는 내용이 삽입되어 있다. 죽령 산신당에 모셔진 '다자구할머니'를 이 마을 사람들이 얼마나 자랑스럽게 여기는가를 말해 주는 것이다. 죽령국행제는 수호신의 가호를 믿으면서 공동의 축제로 지역민의 단결력을 형성하고 있는 지역의 중요한 연중행사이다. 아무리 현대인의 생활관념이 달라지고 따라서 산신에 대해 회의적 반응을 보인다고는 하지만 그 이면에서 원시신앙의 잔존은 끊임없이 전승될 것이다.

신격화 된 '다자구할머니'는 지역민들에 있어서 많은 의미와 기능을 한다. 먼저 국가 수호의 기능을 한다. 죽령의 산신이 특정 지역, 즉 죽령 일대의 안위를 담당하는 수호신으로서 그 종교적 상징성을 뚜렷이 부여받고 있다. 더욱이 좌정지가 군사적 요충지라는 점에서 수호신으로서의 역할은 증대될 수밖에 없었고, 따라서 더욱 숭앙받을 수 있었다. 또한 용부원리 지역민들은 '다자구할머니'를 재난을 극복할 수 있는 방편으로 여기고 있다. 곧 자신들이 지니고 있는 문제를 해결해 주리라 믿는다. 다자구 설화의 제보자들은 다자구 관련 이야기들이 '실제로 있었던 일'이라고 믿고 있다. 산불과 같은 재앙을 맞이하였을 때도 철저하게 '다자구할머니'에게 의지하여 위기상황을 극복하고자 노력하였다. 이 외에도 질병을 치유하는 기능, 지역민들의 의식과 정서를 통제하는 기능 등을 지닌다.

앞서 '다자구할머니'가 지역민들에게 어떠한 의미를 가지고 있는 가를 살펴보았다. 그렇다면 전승지역에만 국한되어 있는 '다자구할머니'의 이미지를 어떻게 하면 보다 많은 대중들에게 확대 할 수 있는가? 이 물음에 대한 열쇠가 다자구 캐릭터의 성공과 직결되어 있다고 할 수 있다. 우선 '다자구할머니'가 여성신으로써 국행제에 모셔졌던 인물임에 주목할 필요가 있다. 국행제를 지냈다는 것은 '다자구할머니 이야기'가 신화로써 대중들에게 보다 더 쉽게 이해될 수 있다는 것을 의미한다. 또한 이야기의 배경을 특정 지역에만 국한하는 것이 아니라 전국적인 배경으로 확대해도 무리가 없다고 할 수 있다. 즉, 전국의 수많은 설화와 연결시킬 수 있는 가능성을 가지고 있다고도 할 수 있다.

3) '다자구할머니' 콘텐츠화의 필요성

새 천년의 선도산업(leading industry)으로서의 문화산업은 문화자산의 재해석과 독창적인 아이디어를 통해 높은 부가가치를 창출하는 두뇌집약적 산업으로 최근 각국이 치열한 경쟁을 하고 있는 분야이다. 특히 천연자원 등 각종 부존자원이 부족한 한국의 경우 가장 적합한 산업이다. 애니메이션은 선으로 이루어진 2차원적인 만화에 동작을 첨가한 만화영화와 전자오락 게임 등을 포함한다. 그리고 연관 산업은 캐릭터(charactor)산업과 팬시(fancy)산업, 테마 파크산업, 광고(advertise- ment), 홍보(public relation), 선전(propaganda), 교육 관련 산업 등으로 구성된다.[3] 하지만 본고에서 중점적으로 다루고자 하는 애니메이션 산업을 놓고 볼 때, 한국의 애니메이션은 기술적인 측면에서는 세계수준이지만 홍행만을 놓고 보았을 때는 터무니없이 부족한 실력이다.

---

3) 이창식, ≪문화산업의 이해≫, 지역문화연구소, 2003, p.75.

우리는 여기서 왜? 그럴 수밖에 없었던 것인가라는 의문을 가져야 한다. 그것은 기술에만 치우쳐, 시각적인 부분만 강조하고 있기 때문이다. 물론 애니메이션의 시각적 요소는 게을리 할 수 없는 중요한 부분이다. 그러나 내용이 그 기술을 받쳐주지 못한다면 아무런 의미가 없다. 캐릭터의 화려한 액션 묘사, 회화적 분위기만 강조된 애니메이션 작품이 바로 그러한 예로 작품을 본 후에도 깊은 감동이 남지 않는다. 그래서 그러한 문제점을 인식하고 내용적인 면에서 훌륭한 애니메이션을 제작하기 위해서는 법고창신의 정신이 요구되는 것이다. 이로 인해 문화 원형에 대한 보다 깊이 있는 연구와 분석이 선행되어야 한다. 본고에서 논의한 다자구 설화의 문화콘텐츠화 방안 역시 설화에 대한 전략적 분석을 통해 문화 콘텐츠화 방안을 강구하였다.

고전문학작품이나 설화는 애니메이션으로 만들 수 있는 충분한 가능성을 가지고 있다. 이웃 일본이 대표적인 예이다. 일본은 애니메이션의 천국이라고 일컬을 정도로 설화를 기초로한 애니메이션이 대중적인 인기를 끌고 있다. 본고에서는 한국에 전승되고 있는 수많은 설화들 중에 애니메이션 산업과 지역문화 발전과의 연계성을 중요하게 생각하고 지역설화인 '다자구설화'를 애니메이션으로 만드는 방안을 제시해 보겠다.

4. '다자구할머니'의 문화콘텐츠화 방안

앞에서 '다자구할머니 이야기'에 대한 역사성과 신비성에 대해서 이야기했다. 그렇다면 다자구할머니 이야기를 어떻게 문화콘텐츠화 할 것인가? 다자구 이야기는 서사구조를 갖고 있는 하나의 이야기이다. 이 이야기에서 우리는 '다자구할머니'의 지혜를 엿볼 수 있고, 도둑들처럼 죄를 지으면 잡혀간다는 교훈적인 측면도 엿볼 수 있다. 그러나 지혜와 교훈만을 강조하는 일방적인 전개는 곤란하다. 정권의 교체와 함께 학교교육 또한 개정되었고, 무엇보다 중시되는 요소가 창의성이다. 따라서 지혜와 교훈의 반대 편, 곧 속임수와 당시 시대상을 반영한 내용도 추가되어야 한다. 다시 말해서 할머니가 도둑을 속인 것이 지혜로 볼 수도 있지만 다른 시각으로 보면 남을 속인 것이다. 또한 도둑이라고는 했으나 그들이 폭정을 피해 산으로 숨어들은 불쌍한 민중들이었고, 부패한 관리나 부자들의 재산을 빼앗았을 수도 있다는 가정이 필요하다. 그러므로 단순히 지혜와 교훈만을 전달하는 구성이 되지 않아야 할 것이다. 다자구할머니와 관련된 일련의 설화에는 구체적인 증거물 곧 '다자구산신당'이 있다. 이것은 다자구할머니 이야기를 바탕으로 애니메이션으로 개발하거나 다른 콘텐츠로 개발했을 때 충분한 동기를 부여해 준다. 이것은 굉장히 중요한 문제이다. 이것이 곧 작품의 테마가 되기 때문이다.

1) 다자구할머니 애니메이션

애니메이션을 제작할 때 가장 중요한 것이 테마이다. 테마가 부족한 애니메이션은 사람들에게 깊은 감동을 줄 수 없다. 테마는 그 작품의 영혼으로 작품을 통해서만 느낄 수 있는 것이다. 얼마 전 까지만 해도 한국에는 전문적인 애니메이션 시나리오 작가가 없다는 말이 있었다. 지금은 조금 낳아졌지만 이것은 캐릭터만 멋있으면 된다는 캐릭터 지상주의와 박력 있는 액션만 보여주면 된다는 안일한 생각들이 판을 치고 있기 때문이다. 그 결과, 사건만 보여주고 끝나는 작품이 많아지고 말았다. 이러한 것들은 그 장면만이 강조되고 있을 뿐 작품으로서의 가치를 잃고 있다.

애니메이션 장르는 장르를 명확히 하지 않으면 이것도 저것도 아닌 작품이 된다. 개그, 판타지, 사실적, SF 등과 같은 장르를 정해야 된다. 다자구할머니 이야기는 역사성과 신비성이 뛰어나기 때문에 애니메이션으로 만들 때 하나의 장르만 만들 수 있지는 않다. 각각의 장르를 모두 소화해

낼 수 있는 가능성이 충분하다고 생각한다. 본고에서는 구체적인 방안을 제시한다는 전제하에 SF를 택하여 다자구의 제재와 스토리에 대해서 이야기하겠다.

테마를 설정하고 난 다음에는 제재를 선정해야 한다. 애니메이션 작품의 제재는 장르에 따라서 선택하는 것이 효과적이다. 개그 작품에 사실적인 인간을 등장시키거나 사실적인 배경을 설정하는 것은 재미가 없다. 반대로 진지한 애니메이션 작품에 코믹한 캐릭터나 변형된 배경 설정은 이질적인 분위기를 만들게 된다. 어느 쪽이든 애니메이션 작품 나름대로의 일관된 창의성이 필요하다. 애니메이션 작품의 제재는 캐릭터에서 탄생되는 경우가 많다. 애니메이션 세계에서 캐릭터 디자이너의 위치가 중요한 것도 캐릭터의 매력에 의해 기획이 결정되는 경우가 많기 때문이다.[4] 하나의 제재가 드라마로서의 아이디어가 충분한가 따져보고 대립, 의외성, 갈등이 될 만한 아이디어를 보충해야 한다. '다자구 이야기'는 '다자구할머니'가 나타나 도적떼를 물리친다는 단순한 내용으로 인식할 수도 있다. 실제로 다자구 관련 설화들 대부분에서 극도의 긴장감이라든가 비극성은 잘 드러나 있지 않다. 하지만 우리는 다자구가 가진 뛰어난 신성성을 부각시키고 다자구 애니메이션 스토리에 극도의 긴장감과 비극성을 집어넣을 수 있다. 이로 인해 스토리가 더 생동감 있고 관객들에게 감동을 줄 수 있게 된다.

'다자구 이야기'는 다른 지역에서 전승되는 설화와 연결시켜 보다 흥미 있는 애니메이션으로 제작할 수 있다. 이 방안은 이야기의 원형을 회손할 수 있다는 위험 부담을 안고 있는 것이 사실이다. 하지만 달리 생각하면 문화원형의 다각적인 응용이라는 측면에서 긍정적인 평가를 받아야 한다. 원형의 보존에만 집착하는 것은 달리 생각하면 원형의 회손으로 까지 해석할 수 있다. 보다 새로운 아이디어로 창의적 개발을 할 때만이 보

---

4) TORIUMI Jinzo, 조미라·고재운 역, ≪애니메이션 시나리오 작법≫, 을유문화사, 1999, pp.54~69.

다 더 많은 가치 창출을 할 수 있다. 지금까지 전승되고 있는 설화들 역시 민중들에 의해 재해석되고 전승되어 왔다. 원형을 이용한 애니메이션 개발 역시 현재를 살아가는 민중들의 기호에 맞게 재창조되는 것이 마땅하다. 원형에 대한 부정적 시각이 담겨지지 않는 한 어디까지나 원형에 대한 발전으로 해석될 수 있는 것이다.

2) 다자구할머니 캐릭터

애니메이션의 흥행은 곧 캐릭터의 흥행으로 이어진다. 다자구 캐릭터로 만들 수 있는 상품을 알아보면 문구류, 가방, 인형, 옷, 신발을 들 수 있다. 한 예로 '피카츄, 탑블레이드'는 애니메이션의 흥행으로 인해 캐릭터상품 판매에서도 커다란 수입을 얻었다. 성인층에서는 술을 개발할 수 있다. 도둑떼들이 두목 생일날 마신 술과 연관 지어서 알코올 도수 45도 이상의 독주를 개발하는 것이다. 이 술은 독하다고 하더라도 소백산의 맑은 물로 빚은 술이기 때문에 사람들에게 좋은 반응을 얻을 수 있다. 또한 사람들 심리가 독주를 피하는 것이 아니라 오히려 도전하고자 하는 욕구가 강하기 때문에 충분히 가능성이 있다. 이것을 죽령 지역에서 생산하게 되면 지역의 수입 증대에도 커다란 역할을 할 것이다. 노년층에서는 다자구 지팡이, 다자구 보청기를 개발할 수 있다. 지팡이와 보청기는 사용하는 사람들에게 없어서는 안되는 것이다. 즉 의지하고 살아갈 수밖에 없는 것이다. 여기에 다자구 캐릭터를 연결시켜 다자구할머니의 신성성을 부과하여 사람들로 하여금 다자구의 이미지를 살 수 있게 만들 수 있다.

3) 다자구와 향토문화상품

다자구 애니메이션의 제작으로 인해 갖는 홍보 효과는 실로 어마어마

하다. 다자구할머니를 소재로 한 애니메이션의 주 관람층은 13세 이하의 아이들이 될 것이다. 아이들이 다자구할머니에 대해서 신비감을 느끼고 감동을 받았다면 아이들의 머리 속에는 다자구할머니가 기억될 것이다. 이것은 다자구할머니 이야기의 근원인 죽령에 대한 관심을 유발시킬 수 있다는 것을 의미한다. 이는 죽령지역의 홍보에 커다란 몫을 하게 된다. 즉, 다자구할머니의 이미지를 상품화할 수 있는 것이다.

죽령지역에는 사과를 재배하는 과수원이 많다. 그러나 사과를 출하할 때 다분히 지역명만 표기한 사과는 사람들의 흥미를 유발하기에 부족하고 경쟁력을 가질 수 없다. 농산물 수입개방 등 여러 가지 불리한 상황을 헤쳐 나가기 위해 발상의 전환이 필요하다. 따라서 다자구할머니를 응용한 농산품 곧 다자구할머니 캐릭터를 이용한 사과의 개발이 필요하다.

소백산 죽령 신작로를 이용해서 관광열차를 운영할 수 있다. 이미 다른 지역은 지역관광과 철도를 연계한 테마관광열차를 운영하고 있다. 지금은 죽령역을 이용하는 사람들 수가 적지만 테마 관광 열차가 생기면 죽령역은 관광객들로 넘쳐 날 것이고 이는 지역의 관광수입에도 커다란 기여를 할 것이다.

4) 다자구할머니 선발대회

현재 전국적으로 해마다 열리고 있는 지역 축제의 수가 1,000개를 넘는다. 대부분의 축제가 미인선발대회를 포함하고 있다. 이러한 미인선발대회는 지역 특산물이나 지역홍보에 이바지한다는 점에서 긍정적인 면도 갖고 있다. 하지만 여성의 상품화와 지나치게 외형적 미를 강조한 나머지 대중들로부터 비난을 받기도 한다. 수많은 '아가씨 선발대회'는 더이상 대중들에게 큰 관심을 받고 있지는 않은 듯 하다. 그중에 예외는 '춘향이 선발대회'를 들 수 있다. 이것은 춘향이에 대한 대중적 공감대가 형성되었기에 가능한 것이라 할 수 있다.

‘아가씨 선발대회’를 응용해서 ‘다자구할머니 선발대회’를 열 수 있다. 다자구할머니는 선발대회를 개최할 수 있는 충분한 모티브를 가지고 있다. 또한 전국적으로 보기드믄 선발대회를 개최함으로써 보다 많은 대중들의 관심을 받을 수 있다. 설화의 원형에서 보여지는 ‘다자구할머니’의 이미지는 정의를 수호하며, 민중들의 신성의 대상이라는 점에서 가능성이 충분하다. 이 선발대회를 통해 노인들에게 흥미와 재미를 가져다 줄 수 있고, 지역홍보에도 크게 이바지 할 수 있다. 또한 선발대회 자체만으로 갖는 홍보효과는 지역특산품과 다자구 캐릭터 판매를 통한 수익 증대에도 크게 기여할 것이다.

‘다자구할머니 선발대회’의 기본적인 틀을 살펴보면 먼저 다자구할머니의 선발 기준은 ‘다자구할머니’ 이야기 원형에 부합해야 한다. 첫째, 다자구할머니의 지혜를 가지고 있어야 한다. 여러 가지 관문을 거치면서 뛰어난 지혜를 가진 노인을 다자구할머니로 선발해야 한다. 둘째, ‘다자구 들자구’소리를 가장 잘 내는 노인을 선발한다. 셋째, 다자구할머니 원형과 부합되는 외형적 이미지를 가지고 있어야 한다. 이상 언급한 세 가지 요소를 가지고 있는 ‘다자구할머니’를 선발하는 대회를 개최함으로써 다자구에 대한 관심을 유발시킬 수 있다. 한때 ‘미스코리아’가 모든 여성들의 꿈이었다면, 다자구할머니는 모든 할머니들의 꿈으로 자리 잡을 수 있다. 지금까지 언급한 ‘다자구할머니’ 설화는 애니메이션, 캐릭터, 향토문화상품의 개발에서 충분한 효용성을 갖는 이야기라는 것을 살펴보았다. 이것은 옛날이야기가 다분히 옛이야기에서 그치는 것이 아니라 현재적으로 재해석하고 문화콘텐츠로 개발했을 때 막대한 가치 창출을 할 수 있다는 것을 말한다. 하지만 앞서 언급한 ‘다자구할머니’ 설화의 문화콘텐츠화 방안이 좀 더 구체적이지 못하고 그 가능성만 제시한 것이 아쉬움으로 남고 좀 더 세부적인 계획이 더 만들어져야 하는 필요성을 느낀다. 앞으로 ‘다자구할머니’ 설화를 문화콘텐츠로 만들기 위해서는 한 개인의 노력이 아니라 기업의 투자와 지자체와의 협의가 유기적으로 이루어져야 하겠다.

우리는 '다자구할머니' 설화가 갖는 문화콘텐츠화 가능성이 말해 주듯 지역에 오래도록 전승되어진 지역설화나 전통문화유산의 우수성을 알고 끊임없이 연구 개발해야 한다.

악성 우륵의 재해석 및 콘텐츠 개발*

1. 우륵의 삶과 시대적인 상황

우륵은 지금의 청풍인 성열[1] 사람으로 가야의 가실왕 때에 12현금을 만들었다.[2] 그는 가야 후기(540년)에는 재능 있는 궁정 악사의 위치에 있었다. 이러한 것으로 보아 지체 높은 신분에 있었던 것으로 보인다. 우륵이 살던 시대의 사회는 대가야 연맹체의 분열을 겪고 있을 무렵이다. 신라와 백제의 사이에서 국세를 유지하기 어려울 정도의 내부형세가 전개되고 있었다. 우륵은 궁중악사로서 음악에 대한 열정을 안정적으로 받쳐줄 수 있는 신라에 망명을 선택했다. 그는 제자 니문과 함께 신라로 망명하여 진흥왕을 만난다. 음악가로서 우륵의 화려한 명성은 이미 신라에서도 널리 알려져 있었다. 진흥왕은 가야에서 망명했음에도 불구하고 우륵을 받아들여 벼슬과 신분을 보장한다.

551년 신라가 고구려로부터 국원성을 탈취하자 이곳에 신라 내에 잔류하고 있던 옛 가야 계통 주민들을 이주시켜 살게 하는 조치를 취한다. 이

---

* 송지애
1) 정약용은 '성열'은 '사열'로서 오늘의 '청풍'이라고 했다(<대한강역고>, p.46).
2) ≪한국의 발견─충청북도≫, 뿌리깊은나무, 1992, p.81.

때 우륵과 그의 제자 니문도 망명한 것으로 보인다. 이것은 고대사회에서 음악이 국민통합을 위한 하나의 통치수단 기능을 가진 점에 주목해 볼 때 우륵의 망명은 대단한 가치를 갖는다고 할 수 있다. 신라 진흥왕은 우륵 일행을 고구려로부터 새로이 확보한 국원성에 이주시켜 음악이 가지는 정치적 의미를 십분 활용하려는 의도가 내재되어 있었다. 더욱이 국원성은 신라가 한강유역을 확보하기 위한 교두보로 전략적으로 중시하던 요충지였다.

이곳은 동서로 남한강의 수운교통을 통해 한강하류지역에 연결되었을 뿐 아니라 죽령과 계립령을 통해 남북을 연결하는 내륙교통의 요지였다. 여기에는 옛 백제의 주민들, 옛 고구려 계통 주민들의 세력이 교체에 따라 혼재되어 있었다. 따라서 진흥왕은 대 고구려 전쟁을 독려하고 또한 이들 주민들을 일체화시키는 방안이 필요했던 것이다. 대가야 연맹체의 일체화를 위해 2곡을 만든 경험이 있는 우륵과 같은 존재가 더할 나위 없이 필요하였다.

진흥왕이 순수차 낭성(충주)을 거쳐 이시 행궁인 하림궁에서 체류하였을 때, 우륵과 그의 제자 니문을 불러 음악을 연주케 하였다. 여기서의 하림궁은 현재의 충주 탄금대로 추정된다. 여기서 연주된 하림조는 하림궁과 연관되어 현재 충청도 지방의 음악적 특징에 영향을 주고 있다. 하림궁에서의 연주는 그 해 정월에 선포된 개국이란 연호 실시와도 깊은 관련이 있다. 이는 왕태후의 섭정을 벗어나 친정체제로 들어갔음을 의미하는 동시에 장차 고구려와의 전투를 앞두고 예악사상에 입각한 호국적 정치이념의 표방과 관련이 있다.

552년에 우륵은 가야의 음악을 신라에 전수하려는 노력을 하게 된다. 우륵은 진흥왕의 명에 따라 신라인 대나마 계고, 법지, 대사 만덕의 세 사람에게 가야음악을 가르치게 되었는데, 그의 능력을 감안하여 계고에게는 거문고를, 법지에게는 노래를, 만덕에게는 춤을 가르쳤다. 일정한 연수기간이 끝나자 진흥왕 앞에서 그동안 연마한 실력을 테스트 한 결과 551년 우륵이 낭성에서 처음으로 왕 앞에서 연주한 수준에 이르렀다. 그러나 우륵의 신라 제자들과 신료들이 가야음악에 대한 거부현상으로 인하여 가야 음악이 변개, 축소되는 현상이 나타나게 된다.

제자인 계고 등 세 사람은 12곡을 듣고 그 음악이 번거롭고 또한 음란하다고 비난하면서 5곡으로 축소하였다. 또한 가야음악은 망한 나라의 음악이기 때문에 받아들일 수 없다는 신료들의 반발이 거세진다. 이러한 신라인에 반발에 우륵은 처음에는 음악이 변개, 축소된 점에 대한 강한 거부감을 나타냈지만 곧, 신라 제자들의 변개 된 음악을 듣고 눈물을 흘리면서 탄식하고 왕 앞에서 연주해도 좋다는 허락을 하였다. 우륵이 자신의 고유한 음악을 훼손한 데에 대한 반발로 볼 수 있지만 소멸되어 가는 가야 연맹체의 현실을 내면적으로 받아들이는 자세를 반영한 것으로 볼 수 있다.

진흥왕도 신료들의 반발에도 불구하고 오히려 가야음악을 적극 수용하여 신라의 대악으로 삼았다. 이러한 가야음악의 신라수용은 우륵의 망명을 계기로 또 다른 역사적 의미를 갖는다. 즉 진흥왕의 가야음악 수용은 가야 연맹체의 와해를 뜻하는 것이고 나아가 가야음악의 변개 축소 과정을 통해 신라인들의 호국의식을 고취하고 국민일체감을 기하려는 진흥왕의 정치적인 의도가 개재되어 있는 것으로 풀이할 수 있다.

충주읍지에 의하면 우륵은 탄금대에서 가야금에 전념하였다 하는데 그 말년에 관하여는 전혀 알 길이 없으며 다만 우륵이 탄금대에서 탄 가야금의 오묘한 음악에 이끌려 모여든 사람들이 부근에 부락을 이루니 이것이 칠곡리(지금의 칠금동), 금뇌리(지금의 금능리), 청금리(지금의 청금정) 등의 마을 명칭이 오늘까지 이어진다. 우륵의 가야금에 담은 예술은 참으로 위대하였음을 입증하는 것이다.

위와 같이 우륵의 살던 시대적 상황과 더불어 그의 삶을 유추 해낼 수 있다. 우륵의 삶을 바탕으로 캐릭터로 만들고 부각시키며 교과서에 실린 내용을 엽기적인 감각으로 새롭게 엮어서 흥미진진하게 만들 수 있다. 또한 기존 내용의 문제점을 파악한 후 재정리하여 공감대를 형성하고 동화로 표현하는 방안에 대해 제시해 볼 수 있겠다.

2. 우륵의 대한 재해석 및 방안 제시

1) 우륵의 가계도 창작

우선 첫 번째로 우륵은 그의 가족이나 가계도에 대해서 정확하게 전해지는 이야기가 없다. 여기 새로운 창작이 필요하다. 우륵에 대해 유추할 수 있는 것은 후에 얻게 되는 궁정 악사라는 벼슬로 지체 높은 신분이었다는 것뿐이다.

우륵의 유년기는 어머니를 일찍 여의고 아버지와 함께 넉넉하지 못한 형편에서 보내는 것으로 설정했다. 그러나 음악에 천재적인 재능을 가진다. 가실왕도 음악 신동이라는 소문을 듣고 그를 불러들인다. 가실왕의 총애를 받으며 자라난다. 즉, 우륵의 신분은 처음부터 높은 지위에서의 출생이 아닌 음악에 대한 열정과 후천적인 노력으로 얻어낸 것으로 나타낼 수 있다. 우륵의 성격은 어릴 때부터 고생을 하며 자라난 것으로 보아 총명하고 판단이 빠르고 눈치가 빠른 인물의 캐릭터이다. 높은 지위에 오르지만 속박되는 것을 싫어하고 평화로운 삶을 추구하였다. 또한, 정치에 큰 관심이 있었으나 그의 의지로 정치까지는 진출하지 않았다. 신라로 망명 후 진흥왕에게 나라의 가세에 대해 조언을 해줄 정도였다.

우륵이 가야국에서 지은 12곡은 <상가라도(上加羅都)>, <하가라도(下加羅都)>, <보기(寶伎)>, <달기(達己)>, <사물(思勿)>, <물혜(勿慧)>, <상기물(上奇勿)>, <하기물(下奇勿)>, <사자기(獅子伎)>, <거열(居烈)>, <사팔혜(沙八兮)>, <이사(爾赦)> 등이며, 이들 곡이름은 대부분 당시의 군·현의 이름에서 따온 것으로 해당지역의 민요 연구에 중요한 자료가 된다. 그 후 진흥왕에 의하여 우륵이 지은 12곡은 그 이름에 당시 가야국 여러 지방의 지명(地名)이 들어있어, 향토색 짙은 각 지방의 향토음악과 민간에 전승되던 놀이를 토대로 만든 음악이었을 것이다.

2) 가야에서 신라로 망명하게 된 필연적인 이유 설정

우륵이 가실왕의 총애를 받았음에도 불구하고 가야를 버리고 신라로 망명한 것에 대한 필연적이고 타당한 이유의 설정이 요구된다. 신라로 망명한 타당한 이유를 만들어 이야기 할 수 있다.

가실왕은 우륵이 음악에 대한 열정을 누구보다도 잘 알고 있었지만 가야 국세를 유지하기 힘든 상황에 봉착하고 흔들리자 불안함을 감추지 못하고 우륵을 옆에 두고자 한다. 우륵이 가야에 끼친 영향은 대단했다. 그래서 가실왕은 음악에 대한 뜻을 펼치기 위해 신라로 망명할 것을 우려하여 감시병까지 붙여가며 그를 붙잡아두라는 명을 내린다. 어찌할지 모르던 우륵은 아내와 상의 끝에 가실왕을 뒤로하고 신라로의 망명을 정한다.

3) 진흥왕이 우륵을 받아들였던 당대의 상황 생략 및 요약

위에서 보았듯이 바와 같이 당대 사회는 삼국의 혼란으로 어지러운 상황이었다. 우리나라 역사라는 측면에서 보면 아이들에게 정확한 내용으로 국사를 전달해야 할 것이다. 그러나 동화로 각색해 볼 때는 내용이 조금 다르게 된다. 과감히 삭제하고 생략해야 할 필요도 있다는 말이다. 또한 우륵을 중심으로 이야기가 펼쳐짐에 따라 당시의 가야의 힘든 정치상황을 간략히 요약하고 우륵이 신라로 망명하여 살게 되면서 닥치는 어려움을 부각시키는 방향으로 나가도록 한다.

4) 탄금대에서의 생활 모습 부각

우륵-탄금대가야금경연대회

　우륵을 이야기 할 때 빼놓을 수 없는 곳이 바로 탄금대이다. 현재 충주 지역은 탄금대를 중심으로 우륵과 가야금의 관련된 유적이 산재되어 있다. 탄금대는 가야금 음악의 한 악조인 하림조가 처음으로 연주되었던 유서 깊은 곳이며 민족의 전통음악의 원형이 이루어진 곳이기도 하다. 우륵은 탄금대 산 위의 너럭바위에 앉아서 가야금을 연주했다. 그 강변 쪽으로 금휴포가 있는데 우륵이 가야금을 연주하며 잠시 쉬었던 곳이라고 전해진다.

　탄금대의 금휴포는 우륵이 쉴 수 있는 안식처이자 가야를 그리워하며 향수에 젖어 살게 한 장소로 이야기를 전개할 수 있다. 금휴포는 충성을 맹세했던 가실왕을 생각하고 사랑하는 부인의 죽음에 눈물 흘리며 신라의 음악을 지어 바쳐야 했던 아픔을 달래던 장소였다.

5) 순탄치 못하고 험란했던 우륵의 삶의 모습 구체화

> ① 진흥왕과의 대면
> ② 가야음악의 보급과 신라의 제자들과 신라와의 대립

먼저 신라로 망명해 있었던 니문의 도움으로 우륵은 진흥왕에게 찾아가 부탁한다. 우륵은 "정치적인 목적으로 나를 이용하여 주십시오. 도움이 될 것이니 믿어주십시오. 음악으로 보답할 것이니 음악을 연주할 수 있게 도와주십시오."라고 자신의 포부를 펼쳐 보인다.

당시 음악가로서 우륵의 명성은 이미 신라에서도 널리 알려져 있었고 정치적으로 음악이 국민통합을 위한 하나의 통치수단 기능을 가진 점에서 국민 일체감을 기하려는 목적을 기반으로 우륵을 받아들인다. 이러한 연유로 우륵은 진흥왕의 그늘 아래서 생활할 수 있게 된다. 처음 탐탁히 여기지 않아 하였던 진흥왕은 우륵이 거두어내는 성과로 인하여 총애를 받게 된다. 정치적 목적 이외에도 우륵은 신라에서 많은 노력을 기울이며 음악인 배출에 힘쓴다. 신라의 제자들과 신료들은 그에게 기술을 배우고 어느 정도의 실력을 쌓자 진흥왕의 총애를 질투하여 우륵이 가야에서 망명한 점을 빌미삼아 무시하고 가야음악을 변개하며 축소시킨다. 그러한 행동에 아랑곳하지 않는 우륵을 보고 제자들과 신료들은 진흥왕 몰래 결국 우륵의 암살을 준비한다. 이 부분을 동화의 절정부분으로 선택하여 긴장감 있게 이야기를 쓰도록 한다.

6) 우륵의 말년기 여생

신라의 제자들과 신료들의 암살시도는 실패로 돌아간다. 그 이후 포기하지 않고 진흥왕에게 우륵의 유언비어를 퍼뜨린다. 진흥왕은 우륵을 격

정하여 악곡과 음악인 배출에 있어서 그만두라는 명을 내린다. 우륵은 진흥왕의 그늘에서 벗어난다. 신라의 제자들과 신료들에게 음악의 보편화와 정치를 맡기고 탄금대에서 조용히 살다 여생을 마친다. 뒤늦게 신료들과 제자들의 암살사건과 유언비어의 장막이 걷어진다. 진흥왕은 다시 우륵을 불려들이지만 왕실에 미련을 버린 우륵은 정중히 거절하고 개인적으로나마 음악의 대한 공부를 지속적으로 계속해 나간다. 산수가 수려한 남한강 주변 일대의 청풍과 제천 의림지 일대를 넘나든다. 말년에 가서나마 자유롭고 속박되지 않게 죽음을 맞이한다.

3. 콘텐츠 개발

말만 들어도 옛 향기 물씬 나는 역사적 도시 충주는 전통문화의 정기가 넘쳐흐르는 전통의 고장이다. 특히 가야금의 발상지 탄금대를 중심으로 우륵의 가야금 율조가 유유히 흐르고 있어서 그 깊이가 더하다. 우륵을 스토리로 잘 만든다면 우륵의 콘텐츠화 가능성은 무한하다. 여기서 말하는 스토리는 재미와 문화적인 가치와 감동을 내재한 새로운 스토리를 이야기한다. 파격적인 뒤집기가 요구된다. 앞에서 언급한 것처럼 하나의 서사적인 구조로 만들어 처음에 가지는 원형적인 의미를 되새겨 볼 수 있다.

지역을 이용한 콘텐츠를 살펴본다면 우선적으로 대가야 문화 벨리를 만들 수 있다. 가야는 우륵과 가실왕의 힘으로 가야금을 만들어내고 음악적인 성취와 의의가 크다. 당시의 삶과 시대 정치적인 상황과 문화를 알 수 있도록 한다. 삼국의 역사도 또는 한눈에 알아보기 쉬운 모형도 제작도 도움이 될 것이다. 더불어 대가야 테마 관광지도 만들 수 있다. 관광지 소개와 여러 행사에서 우륵의 일일 문화 체험을 재미있게 실행해 볼 수 있다. 대가야 문화 밸리와 대가야 테마 관광지 사업은 꾸준한 홍보를 하도록 한다. 홍보는 디지털 매체를 이용한 TV광고나 인터넷을 이용한 사이트구축이나 충주 홈페이지에 꾸준히 볼 수 있도록 한다. 이 홍보는 우륵의 캐릭터도 병행되어야 한다. 우륵의 초상화를 캐릭터로 만든 것을 볼 수 있는데, 이 고장의 캐릭터로 널리 알려질 수 있도록 하여야 한다.

우륵을 이야기 할 때 빼 놓을 수 없는 곳은 바로 탄금대다. 충주지역 민속제인 우륵 문화재 부대행사가 매년 열리는 장소도 이곳이다. 아담한 산 위로 굽이굽이 조성된 산책로와 탁 트인 넓은 솔밭과 남한강전경은 가족이나 친구끼리 하이킹이나 산책 코스로 적당한 장소이다. 또한 이곳에서 우륵을 기리는 추모제도 만들 수 있다. 전야제로 불꽃놀이를 하여 관광객들에게 보여 줄 수도 있겠다. 재미있는 문화제로 탄금공주대회도 선발해 볼 수 있다. 우륵의 부인처럼 가무에 뛰어난 여인을 음악경연, 무용경연으로 뽑는 것도 재미있을 것이라 생각된다.

남한강일대의 아름다운 풍경을 배경으로 사진촬영대회를 만들어 볼 수 있다. 우륵의 가야금을 이어받아 이름을 따서 활동하는 우륵 국악단과 같이 가야금학교를 만들어 볼 수 있다. 우리나라의 풍물과 전통문화를 배우는 학교는 있지만 가야금만을 중점적으로 가르치는 기관이 필요하다. 작게는 탄금대에서 가야금 연주대회를 발전시키는 방안도 있을 것이다. 이 같은 콘텐츠를 개발하기 위해서는 사라져 가는 우리 음악에 대한 적극적인 관심과 지식이 필요하다.

말년이 되어서는 모든 것을 등진 채 외로운 방랑생활을 하게 된다. 이곳저곳을 돌아다니며 술을 즐기고 음악을 하며 지낸다. 여기와 관련되어 우륵의 이미지를 딴 술을 만들 수 있다. 인생의 달고 쓴맛을 우륵에게 초점을 맞추도록 하는 것이다. 우륵의 가야금을 연주하는 모습과 탄금대 금휴포의 풍경을 크게 이미지화해서 광고카피로 나타낼 수 있다.

또 다른 예로 요 근래 텔레비전에서 방영되었던 임꺽정이나 이순신을 바탕으로 우륵의 일대기를 그린 드라마를 만들어 볼 수 있다. 물론 드라마 역시도 첨삭되어야 할 부분을 가진다. 동화의 내용보다는 다소 과장되고 현실감 있게 재해석하고 창작하여야 할 것이다. 영화나 애니메이션, 출판 등이 있다. 출판 역시도 마찬가지이다. 감칠맛 나는 언어구사가 필요하다. 대표적인 예로 '김진명'의 소설 ≪황태자비 납치사건≫을 볼 수 있다. ≪황태자비 납치사건≫은 우리나라의 역사를 바탕으로 쓴 소설이다. 실제 있었던 이야기와 창작을 섞어 감칠맛 나게 표현하여 글 속에 빠져들게 만든다. 우륵도 이와 같이 재미있고 감칠맛 나게 표현할 수 있을 것이다.

모바일 시대에 맞춰서 핸드폰 액정화면에 우륵의 캐릭터를 이용하는 방안을 찾을 수 있고, 나아가 팬시산업으로도 많은 발전이 있다. 요즘 빼빼로 데이라고 해서 많은 빼빼로가 나오고 있다. 예전의 빼빼로는 슈퍼에서 파는 것이 당연하였지만 이제는 가까운 문구사에서도 찾아볼 수 있다. 빼빼로에 귀엽고 예쁜 캐릭터가 붙어서 나오기도 한다. 또한 어떠한 상품이든지 캐릭터가 개발되어 나오고 있다. 과자봉지에서 새겨진 귀여운 캐릭터로 벌어들일 수 있는 부가 가치는 상당할 것이다. 이것은 핸드폰 줄이나 공책, 노트 또는 플레이스테이션 등의 게임에도 반영될 수 있을 것이다. 가요와 가야금이 접목되는 모습도 생각해 볼 수 있다. 예전 컴퓨터의 키보드를 피아노 건반처럼 만들어 치던 기억이 있다. 이와 같이 가야금도 알기 쉽게 키보드와 연관지어서 만들어 일상생활에 쉽게 다가갈 수 있는 방안도 있을 것이라 생각된다.

위와 같이 내용을 재해석하고 첨삭하여 하나의 스토리를 가지고 동화로 표현할 수 있다.

4. 식지 않는 가야금의 선율—악성 우륵(동화)

옛날 가야의 한 마을에서 있었던 일이었다. 평범한 집안에 우렁찬 아기 울음소리가 울려 퍼졌다. 밖에서 애태워하는 젊은 남자는 대야와 수건을 들고 나오는 할머니를 붙잡고 물었다.

"아들입니까?"

할머니는 몇 개 보이지 않는 이를 보이며,

"고추여… 근디……"

"그런데라니요. 뭐가 잘못되었습니까?"

"에미가… 힘을 못쓰고 그만…"

말이 끝나기 무섭게 방안으로 달려들어간 남자는 부인을 보고 통곡을 했다. 싸늘히 놓여있는 시체 옆에 갓난아기가 울고 있을 뿐이었다. 이 젊은 남자는 갓난아기를 안고 흐느끼며 말했다.

"여보. 내가 당신 몫까지 이 아이를 올바르게 키우리라."

이 아이가 바로 음악 신동 우륵이었다. 우륵은 넉넉하진 못했지만 엄한 아버지의 밑에서 사랑을 듬뿍 받으며 자라났다.

우륵이 13세 될 무렵 아버지와 함께 저작거리에 나갔다. 이것저것 희귀한 물건을 구경하던 우륵은 어느 한 악기를 가르치며 아버지께 물었다.

"아버지, 이것은 무엇입니까?"

"그것은 쟁이라는 악기이다. 왜 그러느냐?"

"아버지, 저 악기는 어떻게 연주하는 것입니까? 저 악기는 어떤 소리를 내는 건가요? 누가 언제 만들어 낸 것인가요? 우리나라에는 저런 악기가 없나요?"

끝없이 터져나오는 질문에 아버지는 우륵에게 말했다.

"악기에 관심이 있느냐?"

"아니… 그것은 아니지만… 궁금하여서……"

"쟁은 당나라의 악기란다. 자세한 것은 알 수 없지만 아쉽게도 가야에는 쟁과 같은 악기가 없는 것으로 알고 있단다."

우륵은 가야에 쟁과 같은 악기가 없다는 것에 안타까움과 깊은 아쉬움을 느꼈다.

그렇게 세월이 흘러 우륵은 성년이 되었다. 우륵은 아름다운 여인을 만나 결혼하게 된다. 우륵의 아내는 음악에 대한 감각이 남달랐고 가무에 있어서도 따라올 사람이 없을 정도였다. 우륵은 아내를 위해 많은 노래를 만들었고, 그와 더불어 새로운 악기에 대한 연구도 게을리 하지 않았다. 그러나 노력으로만 제대로 된 악기를 만들어 낼 수 없었다. 밑천도 없었고 제때 끼니 챙겨 먹기 어려운 상황에 이르렀다. 마침 우륵은 당시 가실왕이 가야만의 악기를 만들려고 한다는 소식을 듣고 찾아가 고한다.

"저는 이 나라의 악기를 만들고 싶습니다. 다른 고구려나 신라의 악기가 아닌 가야만의 전통 악기를 만들어 음악의 발전에 기여하고 싶습니다. 도와주십시오."

우륵의 깊은 뜻을 파악한 가실왕은 우륵을 받아들인다. 우륵은 가실왕의 도움을 받아 여러 가지 연구 끝에 악기를 만들어낸다. 악기는 나라의 이름을 따서 가야금으로 명칭을 정하고 이 악기의 연주곡으로 상가라도, 하가라도 보기 달기 〈사물(思勿)〉, 〈물혜(勿慧)〉, 〈상기물(上奇勿)〉, 〈하기물(下奇勿)〉, 〈사자기(獅子伎)〉, 〈거열(居烈)〉, 〈사팔혜(沙八兮)〉, 〈이사(爾赦)〉라는 12곡을 지어 바친다. 가실왕은 우륵의 총명함을 칭찬하며 나라의 국민 통합과 일체를 위해 음악을 정치적 수단으로 이용하고자 이 같은 곡을 만들라는 명한다. 곡과 더불어 우륵은 정치로 직접적으로 나가진 않았지만 가실왕의 뒤에서 많은 조언과 도움을 주었다.

그러던 어느 날 가야의 내부형세는 심각한 위기를 맞는다. 고구려와 신라의 압박에 놓인 가야는 멸망위기에 처하게 된다. 우륵의 뛰어난 재능이 다른 나라로 넘어갈 것을 우려한 가실왕은 갖은 협박과 회유로 우륵을 옆에 붙잡아 두려고 하였다. 그래도 불안한 나머지 우륵 모르게 옆에 감시병을 붙여 놓았다. 그러나 우륵은 가야에서 더 이상 자신의 뜻을 펼칠 수 없음을 깨닫고 아내와 상의하여 신라로 도주할 것을 계획하였다.

달이 뜨지 않은 늦은 밤, 허름하게 변복을 하고 아내를 데리고 신라의 국경을 넘으려고 하였다. 그때 말을 타고 우륵을 쫓아 온 감시병의 화살에 아내가 맞아 쓰러졌다. 아내는 우륵의 손을 잡으며 말했다.

"서방님, 저는 이제 목숨이 다했습니다. 저일랑 신경 쓰시지 마시고 못다 이룬 당신의 뜻을 신라에서 꼭 펼치십시오."

아내는 곧 숨을 거두었다. 우륵은 눈물을 흘리며 죽어진 아내의 시체를 뒤로 한 채 가야금을 안고 신라의 국경으로 넘어갈 수밖에 없었다. 그리고 미리 도착해있던 우륵의 제자 이문의 도움으로 신라의 왕인 진흥왕을 만나는 데 성공한다.

"신라에 온 것을 환영하오." 우륵은 따뜻이 맞아주는 진흥왕에게 말하길,

"정치적인 목적으로 저를 이용하여 주십시오. 분명히 도움을 될 것입니다. 신라에 대한 충성의 뜻으로 음악을 만들어 보답하겠습니다."라고 자신의 포부를 펼쳐 보인다.

당시 음악가로서 우륵의 명성은 이미 신라에서도 널리 알려져 있었고, 정치적으로 음악이 국민통합을 위한 하나의 통치수단 기능을 가졌다. 이러한 연유로 우륵은 진흥왕의 그늘 아래서 지낼 수 있었다. 제자 이문(尼文)과 함께 하림궁(河臨宮)에서 새 곡을 지어 탄금대에서 연주하였는데 이것에 진흥왕은 크게 감동하여 한다. 진흥왕이 말하길

"네 너의 가야금 선율에 마음이 평온해주는구나. 네가 신라에 들어설 때의 포부 또한 느껴지느니 부디 이 나라에 이 가야금 선율을 널리 퍼뜨려 우리 가야의 음악에 이바지하도록 하여라."

우륵은 진흥왕의 뜻을 받들어 충주의 탄금대 대문산에서 이문과 함께 악기를 연주하고 악곡을 짓는다. 그는 자주 탄금대의 금휴포에서 음악의 감을 얻었다. 펼쳐져 있는 자연에서 우륵은 항상 깊은 생각에 잠겼다. 제자 이문이 묻길

"스승님 무얼 그리 생각하십니까? 금휴포 앞에 서 계신 스승님의 모습은 너무나 슬퍼 보입니다. 대체 무슨 연유로 그러십니까?"

우륵이 말하길,

"우리 가야는 이제 신라에 흡수되어 아무런 흔적도 찾을 수 없게 되었다. 처음 음악을 하면서 전하게 약속을 드렸었다. 가야만을 위한 음악을

만들겠다고… 그러나 그 뜻을 제대로 펼치기도 전에 나는 신라로 왔다. 음악을 하고자 하는 이기적인 나의 욕심으로 부인의 목숨을 맞바꿔 사는 몸이다. 전하와 나의 고향 나의 부인을 뒤로하고 사는 나에게 회의를 느낀다."

우륵은 탄금대에서 가야의 대한 그리움과 아내를 생각하며 혼자 눈물 흘리는 일이 잦았다. 그 이후 대사(大舍) 만덕(萬德) 등 세 사람에게 각각 가야금·노래·춤을 가르쳐 음악인 배출에 힘썼다. 그의 음악은 하림조(河臨調)·눈죽조(嫩竹調)의 2조(調)가 생겨 모두 185곡의 가야금곡이 궁중음악으로 변모하는 모습을 보인다. 우륵의 제자들과 신료들은 그에게 기술을 배우고 어느 정도의 실력을 쌓자 진흥왕의 총애를 질투하여 우륵이 가야에서 망명한 점을 빌미삼아 무시하고 가야 음악을 12곡에서 5곡으로 변개하고 축소시켰다. 그것도 모자라 신라의 제자들과 신료들은 우륵의 암살을 시도한다. 당시의 우륵은 아내의 죽음과 맞바꾼 가야금을 안고 잘 정도로 가야금을 아끼고 끔찍히 여겼다.

어느 날 늦은 밤, 우륵의 방에 자객이 들어온다. 자객은 자고 있던 우륵이 덮고 있는 이불 위에 칼을 꽂은 채 황급히 밖으로 도망간다. 그러나 가야금을 안고 잤던 우륵은 간신히 목숨을 건질 수 있었다. 우륵은 눈물을 흘리며 말한다.

"여보, 당신이 나를 살린거요."

우륵의 암살사건은 실패로 돌아간다. 그러나 그 이후에도 신료들은 포기하지 않고 끊임없이 진흥왕에게 고한다.

"우륵이 지금 겉으로는 신라를 위한답시고 저러고 있으나 역모를 꾸미고 있음이 분명합니다. 가야인을 받아들이는 것 자체가 잘못된 일이었습니다. 부디 간사함을 숨기고 있는 우륵을 내치십시오. 큰 일이 일어날 것입니다." 라고 이야기하며 우륵에 대한 유언비어를 점점 더 심하게 퍼뜨린다.

우륵을 총애하던 진흥왕은 신료들이 모두 입을 모아 우륵의 내침을 원하자 우륵을 불러 조용히 이야기하였다.

"왕실에 퍼져있는 소문을 들었느냐? 물론 나는 네가 그렇지 않을 것이라 믿는다. 그러나 궁내에 너의 대한 흉흉한 소문을 계속 듣고 싶지 않은 것이 사실이니라. 네 말대로 너는 신라의 음악에 크게 기여하였다. 그러나 이제는 내 뒤에서 나에게 음악을 만들어 바치지 말거라. 어디든 가서 남은 여생을 평화롭고 즐기며 살거라. 내 너에게 그 정도는 해줄 수 있는 일, 알아들었느냐?"

우륵이 말씀을 올리길,

"전하의 뜻 이해가 갑니다. 이제는 제가 아니고도 신라의 음악을 이끌어 나갈 수 있는 인재는 많습니다. 저의 대한 배려 또한 깊이 느껴집니다. 하찮은 신라인을 받아들여 여기까지 이끌어 주신 것 감사히 여깁니다. 이제 전하의 뜻을 받들어 이곳에서 벗어나는 일만 남았습니다. 그러나 전하, 저는 갈 곳이 없습니다. 이 신라의 땅은 저에게 너무나 넓고도 넓습니다. 탄금대를 떠나라는 말씀만은 거두어 주십시오."

우륵이 음악에 손을 놓자 신라의 음악은 아정(雅正)한 궁중음악으로 자리를 잡았다. 그 후 진흥왕은 우륵과 같은 인재등용의 어려움을 느낀다. 정치적인 문제에 대해서도 담소를 나누며 상담자의 역할까지 이루어냈던 우륵을 왕실에 불려들이지만 우륵은 왕의 청을 공손히 거절한다. 우륵은 탄금대에서 가야금에 전념하였다. 산수가 수려한 남한강 주변 일대의 청풍과 제천 의림지 일대를 넘나들고 술을 마시며 방랑한다. 죽은 아내를 떠올리며 슬퍼하던 우륵은 말년에 이르러서야 자유롭고 속박되지 않게 죽음을 맞이한다.

여기서 가야금을 탄주할 때마다 많은 사람들이 그 부미청아(復美淸雅)한 음곡에 도취하여 떠날 줄을 몰랐다. 우륵의 가야금 소리에 끌려 사람들이 부근에 부락을 이루어 살게 된 곳이 바로 충주의 칠금동, 금능리 등의 마을이다. 옛 기록에 그가 악사로서 금·가·무에 능했으며 그는 천재적 예술인으로 인정받은 악공이었음을 짐작할 수 있다. 의림지와 청풍 일대에도 우륵의 자취가 묻어져 나온다.

8

음성지역 세시축제와 〈거북놀이〉*

1. 음성지역 세시의례, 〈거북놀이〉

충북 음성지역의 〈거북놀이〉는 추석 세시의례와 관련된 민속놀이다. 농경문화권의 물과 관련된 놀이로서 연희성(演戲性)과 함께 생명력 또는 재생성을 강조하고 있다. 거북은 용왕의 상징으로 수명장수(壽命長壽)와 긴밀한 관계에 있으며, 속신(俗信)의 대상으로 여기는 동물이다. 〈거북놀이〉는 남한강과 연결된 청미천 일대를 중심으로 경기도 이천지역과 충북지역, 충남지역까지 분포한다. 〈거북놀이〉는 마을 굿의 형태로 연행되었다. 대동성(大同性)과 기원성(祈願性)을 앞세운 지신밟기 형태로 '생생력(生生力)'이 강조된다. 농기 자체가 용기(龍旗)를 대신하듯이 용신(龍神)을 위하고 유감주술의 원리를 통해 풍농을 기원한다. 수숫잎과 볏짚을 이용하여 풍작의 모의놀이를 함으로써 놀이꾼을 포함한 마을 사람들의 공동체의식을 엿볼 수 있다.

〈거북놀이〉 관련 전승물에는 농악을 포함하여 고사풀이, 민요, 춤, 비손행위 등이 두루 나타난다. 〈거북놀이〉처럼 지신과 용신을 달래는 행위

---

* 남종현

는 지역마다 다소 차이가 있다. 음성지역의 경우 단오권과 추석권이 만나는 고장답게 추석명절에 <거북놀이>를 하며 농사의 풍요를 기대하는 심리가 단오놀이처럼 내재되어 있다. 음성지역에서는 이를 적극적으로 활용하여 향토축제의 모델 확정과 실천적 작업을 시행해야 한다. 이 글은 음성군 설성문화제 기간 중 공연한 <거북놀이>를 관람하고 이를 바탕으로 관련 자료를 참고하여 작성한 것이다.

2. <거북놀이>의 양상과 유형

1) 거북의 민속적 의미

거북은 오래 산다는 의미에서 일찍부터 용(龍)이나 봉황(鳳凰)과 함께 상서로운 동물로 인식되었다. 그리하여 집을 짓고 상량(上樑)을 할 때 대들보에 '하룡(河龍)' 또는는 '해귀(海龜)'라는 글씨를 써서 붙였다. 또 길상의 상징으로 거북의 등껍질 문양을 찍은 떡을 만들었다. 한편 왕은 '귀뉴(龜紐)'라 하여 손잡이 부분에 거북의 모양을 새긴 인장을 사용하여 왕권의 장기 집권과 태평성대를 추구하였다. 이 외에도 덕망 높은 조상 묘에 비석을 세워 덕을 기리고자 할 때, '귀부'라고 하는 거북 모양의 비석을 받침돌로 사용하여 영구성을 강조하고 살아 있는 사람과 죽은 사람의 마음을 포개어 놓기도 하였다.

거북의 신성성은 신화에서부터 시작된다. 거북의 등껍질로 점을 친다는 무속이 있었는가 하면, 신과 인간의 매개자로 불교·도교·유교가 생성되기 이전부터 토착 신앙으로 존재하며 인간의 운명을 좌우하는 영향력을 지녔던 것이다. 거북에 관한 설화는 ≪삼국사기≫열전 김유신조(金庾信條)에 <구토지설(龜兎之說)>이 인용되어 있다. 이 설화에서 거북은 동해 용왕 딸의 병을 고치고자 토끼의 간을 얻기 위해 육지로 나온다. 거북은 토끼를 업고 용궁으로 돌아오다가 간을 두고 왔다는 토끼의 말에 속아 토끼를 놓아주는 우둔한 동물로 나타난다. 또 ≪삼국유사≫ 가락국기에는 〈구지가(龜旨歌)〉가 수록되어 있는데, 여기서 거북은 가락국의 시조인 수로왕(首露王)을 드러내는 동물로 등장한다.

수로부인조(水路夫人條)의 〈해가(海歌)〉에서 용을 연상시키는 거북이 나타난다. 여기서 거북은 바다에 납치된 수로부인을 나오도록 하는 동물로 그려진다. 이런 점에서 거북은 수신(水神)이나 주술매체의 동물로서 인식되었음을 알 수 있다. 십장생(十長生)의 하나인 거북은 뭍에서도 살고 물에서도 산다. 거북의 도상은 지신(地神)이요, 수신(水神)이다. '고구려 고분벽화 사신도' 중에서 '현무도'는 거북이의 몸에 뱀이 휘감겨 있는 모양을 하고 있다. 현무는 북쪽의 수호신으로 태음신(太陰神)을 가리키며, 이것이 상징하는 것은 지신(地神) 혹은 수신(水神)을 의미한다.

인간의 최대 욕구는 무병장수(無病長壽)다. 그리고 거북은 무병장수의 대표적인 상징물이다. 인간이 거북을 좋아하는 이유도 바로 여기에 있다. 거북은 실제로 인간에게 도움을 주는 신물(神物)이기도 하다. 물에 빠진 사람의 목숨을 구했는가 하면, 꿈속에서 거북이 나오기만 해도 재수가 좋다는 사람이 있다. 거북은 여러 가지 형태로 인간과의 관계를 유지해 온 셈이다. 거북을 위함으로써 가뭄과 질병, 홍수와 재액을 미리 막을 수 있고, 집안의 태평을 누릴 수 있다는 믿음의 결과다.

2) 〈거북놀이〉의 유래 및 지역적 분포

현재 각 지역에 전하는 〈거북놀이〉의 유래는 다양하게 나타나는데 대체로 치료굿설과 풍년굿설로 나누어진다. 먼저 경기도 이천 지역의 〈거북놀이〉 발생 기원설이 있다. 옛날 신라 31대 문무왕(文武王 : AD661~681)때

15세의 공주가 병이 들어 왕이 점을 치게 하였다. 그러자 영추 대사가 15세의 소녀들로 하여금 수숫잎으로 거북의 탈을 만들어 쓰고 유희하며, 수수비로 집 안팎을 깨끗이 쓸게 하면 낳는다고 하였다. 문무왕이 그렇게 하도록 지시한 결과 과연 공주의 병이 씻은 듯이 나았다고 하며 이때부터 <거북놀이>를 시작했다는 설이다.[1]

다음은 고려 8대 현종(顯宗 : AD1010~1031)부터 시작되었다는 설이다. 나라에 가뭄과 흉년이 계속 되어 곳곳에서 도둑들의 난동과 행패가 심해지자 현종이 직접 민정을 살피기 위해 각 고을을 순회했다. 그러던 어느 날 직산현(稷山縣)에서 하루를 기거하게 되었는데 민심이 걱정되어 깊은 잠을 이루지 못하다가 잠깐 잠든 사이에 꿈속에 문무왕이 나타났다. 문무왕은 "팔월 한가위 날에 거북을 보낼 것이니 거북을 닮은 마을에서 옥수수 잎사귀로 옷을 해 입고 거북과 더불어 뛰어 놀고 민심을 잘 수습하라"는 계시를 내렸다. 현종은 다음날 조정의 중신들과 의논한 끝에 지형을 두루 살펴보니 마을이 마치 거북의 모양을 하고 있어서 이 마을 사람들과 <거북놀이>를 하였다. 그랬더니 이듬해 풍년이 들었으며, 이때부터 이 마을에서는 매년 추석날을 맞아 <거북놀이>를 하게 되었다는 것이다.

<거북놀이>의 내용 대부분이 악귀(惡鬼)를 몰아내고, 선신(善神)을 불러들여 안택(安宅)과 초복(招福)을 비는 일종의 굿판이라는 점을 고려해 볼 때, 그 기원을 원시 제천의식(祭天儀式)에서 연유한 것으로 상정할 수 있다. 이는 하늘과 귀신에게 제례(祭禮)하고, 신을 즐겁게 하려는 목적으로 춤과 노래를 곁들인 큰 규모의 대동굿 성격을 띤 행사가 바로 제천의식이기 때문이다. 마한의 경우를 보면 "5월과 10월에 귀신에게 제사 드리며 밤·낮을 쉬지 않고 음주가무하고 여러 사람이 일제히 장단에 맞추어 춤을 추었다"는 기록이 있어 현재의 <거북놀이>에 나타나는 터주굿이나 조왕굿의 형태와 유사함을 알 수 있다. 이로 미루어 볼 때 <거북놀이>는 제의성이

---

1) 정신문화연구원, 《한국민족문화대백과사전》 4권, 1997.

강한 굿이 어느 시기에 와서 민속놀이로 변했을 가능성을 추정할 수 있다. 〈거북놀이〉는 경기도의 용인, 이천, 여주, 광주, 평택, 안성 등과 충청도의 청주, 충주, 음성 그리고 전라도의 해남과 경상도의 창녕 등에서 연희가 되었으나 점차 쇠퇴되어 가던 중 일본의 문화말살정책으로 인해 거의 단절되다가 이천지역과 음성지역 등지에서 발굴 재현되어 명맥을 이어가고 있다.

3. 음성지역 〈거북놀이〉의 연행양상

음성지역의 〈거북놀이〉는 팔월 한가위 날 밤에 연희된다. 〈거북놀이〉가 이 시기에 주로 연희되었다는 점은 우리 민속의 근본이라 할 수 있는 공평의 원칙에 어긋남이 없이 모두가 상부상조하는 미덕에 근간을 둔 풍속임을 입증하는 것이다. 제의성 짙은 민속놀이의 대부분은 대동단결을 목적으로 마을 주민 전체가 공동으로 액을 물리치고 초복을 기원한다. 〈거북놀이〉 또한 다음과 같은 의미를 가지고 있다. 첫째, 팔월 한가위가 되면 어느 집이나 식량이 풍성해 신에 대한 가신의 제의식을 할 수 있어 평등하게 복을 받을 수 있다. 둘째, 팔월 한가위에는 조상에 대한 제를 올리기 위해 따로 떨어져 있던 모든 가족이 다함께 모여 힘을 모을 수 있다. 셋째, 팔월이 되어야 수수가 제대로 익으며 잎도 제대로 된 색을 띠게 된다. 따라서 이삭에 피해를 주지 않으며, 좋은 잎을 따서 거북의 탈을 만들 수 있다.

〈거북놀이〉의 구체적인 내용은 다음과 같다. 농기잽이가 선두에 서면 두 명의 영기잽이가 그 뒤를 호위하듯 따라간다. 이어 용기잽이가 한 발짝 간격을 두고 등장하면 질라애비가 거북을 몰고 모습을 나타낸다. 거북은 한 마리를 사용하기도 하지만 주로 세 마리를 사용한다. 거북의 뒤에는 남생이, 양반, 머슴, 여종, 쑥불잽이 등이 순서대로 등장하며, 그 뒤를 농악대가 따른다. <거북놀이>는 길놀이부터 시작하여 끝판인 마당굿으로 이어지며, 대개 7·8개 과장으로 이루어진다.[2] 각 과장의 내용과 연희대본은 다음과 같다.

1) 길놀이

길놀이는 일반 농악의 이동무(移動舞) 형식과 동일하다. 특별한 형식이 없으며, <거북놀이>의 첫 과장으로 길을 가기 위한 것이다. 이때 술과 떡(송편), 햇과일을 준비해 거북에게 치성을 드린다. 치성이 끝나면 행군 가락에 맞추어 농기, 영기, 용기를 앞세우고 길놀이를 시작한다. 질라애비의 호위를 받으며 거북이 느린 걸음으로 뒤따른다. 다음으로 정자관에 도포를 착용하고 합죽선을 든 양반, 여종과 머슴이 뒤를 따른다. 여종은 빨강 치마에 노랑 저고리를 입으며, 머슴은 패랭이를 쓰고 등걸잠방이에 바지 한쪽을 걷어 올린 차림이다. 마지막으로 농악대와 마을 사람들이 그 뒤를 따른다. 이때 장승이 나타나며, 놀이판이 바뀐다.

2) 장승굿

농악대는 행군가락을 치고 놀이꾼들은 마을 입구에 있는 장승 앞까지 춤을 추며 이동한다. 농악대와 놀이꾼들이 모두 도착을 하면 장승굿을 시작한다. 장승은 마을의 수호신으로 여겨 극진한 대접을 받는다. 마을의 수호신에게 치성을 드리는 일은 너무도 당연하다. 장승 앞에 도착한 놀이꾼들은 거북을 가운데 두고 농악대와 함께 장단에 맞춰 춤을 추는데, 이때 소고잽이가 양상을 친다. 가락이 다시 다드래기로 바뀌면 소고잽이는 제

---

2) 정신문화연구원, 《한국민족문화대백과사전》 4권, 1997.

자리에서 뛰며 양상을 치고, 다드래기로 풀고 맺은 후 상쇠의 고사담이 시작된다.

> 천하 대장군 우통광대하니 지하여장군 주락장승이요, 호봉팔현은 가급 천변이라

상쇠의 고사담이 끝나면 우물굿을 하기 위해 이동한다. 이때는 동리삼채가락을 치며 여기에 맞추어 놀이패는 우물로 가게 된다. 이 때 마을로 들어가기 전에 북을 세 번 치는데, 이는 마을로 들어가기 전에 미리 지신에게 고하는 절차다.

3) 우물굿(샘굿)

장승굿이 끝나면 마을의 공동 우물로 가서 우물굿을 한다. 우물굿은 여느 굿보다 정갈한 마음으로 진행한다. 우물은 생명의 근원인 식수를 공급하는 삶의 젖줄이자 여성들의 생활 터전이기에 매우 중요하게 인식했기 때문이다. 전통사회에서 우물은 마을을 형성하는데 있어서 가장 근본적인 구성 요건이었으며, 모든 물 공급을 담당했기 때문에 우물굿만 따로 하기도 하였다. 곧, 우물굿은 항상 맑은 물이 넘쳐 나기를 기원하는 중요한 과장이다.

동리삼채가락에 맞추어 춤을 추며 거북과 질라아비가 우물 주위로 들어서면, 남생이는 재롱을 피우며 거북의 뒤를 따른다. 이어 정자관에 도포를 입고 합죽선을 펼쳐 든 양반은 거드름을 부리며 등장하고, 노랑 저고리에 빨강 치마를 입은 여종이 조금은 애처로운 모습으로 나타난다. 꼽추는 등걸잠방이에 바랑을 지고 패랭이를 썼는데, 걷어 올린 다리 사이로 맨살이 드러난다. 농기와 영기 그리고 두 마리의 거북이 우물로 다가서면 상쇠의 쇠가락이 빨라진다. 소고잽이도 빠른 양상을 치며, 놀이꾼들과 구

경꾼들이 한데 어울려 춤을 춘다. 놀이가 절정에 이를 때 상쇠의 신호로
쇠가락을 멈추고 샘풀이에 맞춰 우물굿을 시작한다.

> **상 쇠** : 자아! 우물고사를 드리는데 사람은 물을 먹어야 사는 법.
> **놀이꾼** : 그렇고 말고요.
> **상 쇠** : 동방청제 용왕님, 남방적제 용왕님, 서방백제 용왕님, 북방흑제
> 　　　　　 용왕님, 중앙황제 용왕님, 사해 용왕님…
> **놀이꾼** : 예~
> **상 쇠** : 칠년대한 가뭄에도 물이나 철철 나게 해주오 구년 장마 홍수에도
> 　　　　　 물이나 맑게 해주오.
> **놀이꾼** : 예~, 그렇고말고요.
> **상 쇠** : 이 샘물 먹는 만인간 수명장수 비나이다.
> **놀이꾼** : 예~

고사가 끝나면 상쇠는 다드래기가락을 치고 소고잽이는 제자리에서 뛰
며 겹양상―상모짓을 팔자형으로 하는데, 왼쪽으로 두 번 오른쪽으로 두
번 돌림―을 친다. 주변에 모인 구경꾼들도 흥이 돋아 "어 좋다~" 또는
"얼씨구~" 등의 말로 흥을 돋우며 춤을 춘다. 상쇠가 농악을 멈추게 하고
마지막 고사를 한다.

> **상 쇠** : 뚫으시오. 뚫으시오. 샘구멍 뚫으시오. 물주시오. 물주시오. 사
> 　　　　　 해 물주시오.

이처럼 풀이하면서 다시 다드래기가락을 치면 구경꾼이 합세한다. 이때
거북은 장단에 맞추어 머리를 흔들며 사람들의 염원을 듣는다. 농악이 끝
나면 우물을 향해 세 번 절을 한다. 우물에 절을 하고 나서 놀이꾼들은 동
리삼채 가락에 맞춰 마을의 넓은 마당에 도착하여 마을판굿을 할 준비를
한다.

4) 마을판굿

우물굿을 끝내고 마을로 돌아오던 놀이꾼들은 정해진 집에 도착하기 전에 우선 마을의 넓은 공터에 모여 한바탕 놀이를 벌인다. 동리삼채가락에 따라 이동을 한 놀이꾼들은 패장의 후미가 마당에 들어서면 광고가락으로 바꾸고, 법고잽이들은 거북이 놀 수 있는 놀이판을 만들어 준다. 농악가락은 삼채·다드래기·굿거리가락이 동원되며 거북은 특유의 춤사위를 벌인다. 목을 좌우로 흔들기도 하고, 길게 빼다가 넣기도 하고, 위 아래로 움직이며 재롱을 부린다. 동작이 매우 다양한데, 느리고 빠름이 조화롭게 교차되며 몸짓의 크고 작음을 유연하게 혼합한다. 남생이도 거북의 흉내를 내며 흥을 돋운다. 농악이 동리삼채가락으로 바뀌면서 놀이판이 절정에 이르는데, 이때 갑자기 거북이 기운을 잃고 쓰러진다.

질라애비 : (깜짝 놀라는 동작을 하며) 거북이가 쓰러졌다~
놀 이 꾼 : 거북이가 쓰러졌어? (소리를 지르며 거북의 주위로 모여든다.)
질라애비 : (거북의 머리와 꼬리, 몸통을 이리저리 만져 보고 흔들어 보
　　　　　다가 무릎을 탁치며 손짓과 몸짓을 한다.) 이 거북이가 꾀를
　　　　　부리는구만. 아! 여보게~.
놀 이 꾼 : 예~.
질라애비 : 이 거북이를 어떻게 하면 좋겠나?
놀 이 꾼 : 침을 주어야지.
질라애비 : 침을 주어? 그럼 무슨 침을 줄까?
놀 이 꾼 : 대침을 주지.
질라애비 : 뭐 동침이라고?
놀 이 꾼 : 대침!
질라애비 : 은침이라고?
놀 이 꾼 : 대침이야! 대침!
질라애비 : 금침?
놀 이 꾼 : 대침! 대침!
질라애비 : (무릎을 치며) 옳지, 대침을 주어. (가지고 있던 수숫잎 비의

손잡이로 거북의 뒷부분을 힘차게 찌른다.)

거북은 깜짝 놀라 일어나서, 목을 길게 빼었다가 가시 집어넣으며 춤을 춘다. 그러다가 머리를 좌우로 흔들면서 사람들을 물려고 쫓아다닌다. 이 때 농악은 동리삼채가락을 치며, 놀이꾼들은 거북을 조롱하거나 재미있게 놀린다.

거북아 거북아 놀아라.
백석 거북아 놀아라.
천석 거북아 놀아라.
만석 거북아 놀아라.

거북은 신이 나서 동리삼채가락에 맞춰 춤을 추다가 상쇠의 신호에 따라 다음 집으로 향한다. "거북아 거북아 놀아라. 백석 거북아 놀아라. 천석 거북아 …"를 외치며 다음 집에 도착하면 동리삼채가락을 계속 치다가 광고가락으로 바꾸어 다시 다드래기로 몰아치면 집주인이 나와서 반갑게 맞이한다.

5) 문굿

전통적인 가옥 구조에서 문이 차지하는 비중은 매우 크다. 문은 집안과 밖을 연결해 주는 통로로서 사람뿐만이 아니라 집안의 모든 길흉과 희로 애락이 문을 통해서 드나든다고 믿었다. 민중사회에서 전통적으로 아이가 태어나면 문을 질러 금줄을 늘이거나, '입춘대길(立春大吉)'이라고 적은 방 이나 부적 등을 붙여 놓은 일도 모두 문을 중요시 한데서 나온 주술적인 표현이다. 문굿은 주인에게 방문을 알리는 굿이다. 부잣집 문전으로 놀이 꾼을 인도한 상쇠가 동리삼채가락을 치다 다드래기가락으로 넘어가면 주 인이 나와 반갑게 놀이꾼을 맞이한다. 그러면 상쇠는 다드래기가락을 더욱 빨리 치며 내고, 달고, 매고, 푸는 순서로 고사반을 시작한다.

>　상　쇠 : 들어가오. 들어가오. 만인간 들어가오. 문 여시오. 문 여시오. 수
>　　　　　명장수 들어갑니다.

고사반이 끝나면 상쇠의 가락은 다시 동리삼채로 바뀌고, 놀이꾼들은 마당을 돌아서 뒷마당으로 가는데, 이는 터주굿(뒤안굿)을 하기 위함이다.

6) 터주굿(뒤안굿)

집 뒤의 울안에는 장독대가 있고 대개 장독대 옆으로 터주가리를 두는데, 이곳에 터주 대감이 있다고 믿는다. 터주가리는 결실이 좋은 볍씨를 담은 항아리를 정갈하게 만들어 놓은 대(흙돋음)에 앉힌 것을 말한다. 여기에는 짚단을 풀어 넉넉하게 덮어 싸서 안에 든 내용물이 변질되지 않게 한다. 〈거북놀이〉의 터주굿도 장독대와 터주가리를 중심으로 이루어진다. 터주가리에 도착한 놀이꾼들이 상쇠의 지시에 따라 터주가리를 가운데 두고 빙 둘러서 동리삼채와 다드래기가락에 맞춰서 춤을 춘다. 이어 상쇠의 고사반이 시작된다.

>　상　쇠 : 질토지신, 오방관신 선고한 바 이 댁 규중 자녀간 거니리고 안
>　　　　　과태평 소원 성취 비나이다.

이때 질라아비는 수숫잎으로 만든 비를 들고 집안을 싹싹 쓸어 내며, 그 뒤를 거북이 기어 다니며 춤을 춘다. 춤을 추던 거북이 부엌으로 들어가고 놀이꾼들도 함께 삼채가락에 맞추어 춤을 춘다. 이 때 사람들은 발을 힘차게 구르는데 잡신이 접근하지 못하게 하려는 의도다.

>　질라아비 : 잡귀, 잡신 물러가라! (소리 지르며 거북이 뒤를 따른다.)

7) 조왕굿

터주굿에 이어 부엌에서 조왕굿을 한다. 부엌에는 식생활을 관장하는 조왕신이 있다. 떡과 곡식을 푸짐히 담아 놓고, 술을 부어 대접하며 조왕님의 마음을 달랜다.

> **상 쇠** : 조왕님, 조왕님. 조왕 조왕 조왕님. 조왕님 전에 고하나이다. 일년은 열두달 나날은 삼백육십오일, 큰솥은 밥솥이요, 작은솥은 국솥인데, 큰솥에 불을 때면 밥도 가득하게 해 주십소서. 이 집에 거북이 놀고 가니 이 가문에 영화가 비칠 것이오.

8) 대청굿

다음으로 대청굿이 이어지는데, 이 굿은 <거북놀이>의 으뜸이라고 할 수 있다. 대청굿은 대청마루에서 노는 굿으로 대청 위의 대들보에 대주신을 모시는 신주가 있다. 이 신주에 치성을 드리는 것이 대청굿이다. 대청의 대들보 위에는 '업'이라고 부르는 구렁이나 족제비, 두꺼비 등이 있어 그 집을 수호한다고 믿는다. 대청굿을 하기 위해 말끔히 청소한 마루에 먼저 돗자리를 펴고, 커다란 상을 놓는다. 이때 한지나 흰 보자기로 상을 덮고 그 위에 쌀을 가득 담은 말을 올려놓는다. 말 옆에는 밥그릇을 놓는데 실타래로 묶은 수저를 꼽는다. 이밖에 북어와 삼색실과도 놓는다.

> (쇠가락이 요란하고, 놀이꾼의 흥은 최고조에 이른다. 드디어 고사가 시작된다.)

> **상 쇠** : 아, 여보게!
> **놀이꾼** : 예~. (큰 소리로)
> **상 쇠** : 우리가 이렇게 쇠꽁댕이만 두드릴 게 아니라 고사를 드려야지.
> **놀이꾼** : 예~, 그렇고말고요.

상　쇠 : (고사반을 부른다.)

　상쇠가 차려 놓은 제물상 앞에서 고사반을 시작하면 북수와 장구잡이
는 곁에서 장단을 치며 도와준다. 고사의 내용은 태평성대·액살풀이·농
사풀이·달거리의 순서로 부른다. 상쇠가 고사반을 부를 때 여종은 제사
상 옆에서 색 띠의 끝을 잡고 춤(무동 춤사위)을 춘다. 집주인은 고사가 끝
날 때까지 껍적이며 사람들의 염원을 듣고, 질라아비는 한 치의 실수없이
거북을 호위한다. 놀이꾼과 부락민들은 고사 내용에 심취하며 고개를 끄
덕인다. 그리고 마음속으로 만복이 있기를 기원한다. 고사가 끝나면 상쇠
는 세 번 절한 뒤 굿거리장단을 친다. 그러면 모든 패장들이 한데 어울려
춤판을 벌인다. 굿은 삼채가락으로 이어지다가 다드래기가락으로 맺는다.
이때 또 거북이 쓰러진다.

질라아비 : (허둥지둥 어쩔 줄 모르는 시늉을 하며) 우리 거북이가 쓰러
　　　　 졌다.
놀 이 꾼 : 무엇이? 거북이가 쓰러져? (구경꾼들과 놀이꾼들이 깜짝 놀
　　　　 라서 거북의 주위로 몰려든다.)

　근심에 찬 질라아비가 걱정스러운 표정으로 거북을 진찰한다. 그러자
거북은 고개를 설레설레 흔들면서 배가 고프다는 시늉을 한다. 이에 질라
아비는 알았다는 신호로 머리를 끄덕인다.

질라아비 : (제사상 앞으로 다가서며) 이 거북이가 동해바다를 건너오느
　　　　 라고 지쳐 누웠으니 먹을 것을 좀 주십시오.
주인마님 : 여기 먹을 것이 많으니 이 음식 잡수시고 우리 집에 복이나
　　　　 많이 기원해 주십소사. (송편과 과일 등 먹을 것을 내어 준다.)

　질라아비는 음식을 받아 들고 신이 나서 덩실덩실 어깨춤을 추면서 거
북 앞으로 성큼 다가선다. 질라아비는 익살을 떨면서 거북의 몸을 이리

저리 만져 본다. 주인은 전곡과 음식을 후하게 내어놓는다. 농악가락은 동리삼채로 흥을 돋운다.

　　　　질라아비 : 거북아 이제 먹이는 나왔으니 이 음식을 먹고 춤이나 한번
　　　　　　　　　 추고 가자. (거북이 고개를 끄덕이며 승낙을 한다. 상쇠는 술
　　　　　　　　　 을 거북의 등에 세 번 붓고 자기도 한 잔을 마신다. 질라아
　　　　　　　　　 비는 송편과 술을 거북에게 권하며, 놀이꾼들도 술과 음식을
　　　　　　　　　 먹는다.)
　　　　질라아비 : (음식을 먹은 후에) 거북아 이제 우리 먹이는 배불리 먹었으
　　　　　　　　　 니 춤이나 한바탕 추고 가자.

　거북이 순순히 응하며 일어선다. 어슬렁어슬렁 걸어 다니며 몸을 흔들어 푼다. 앉았다가 일어섰다가 하며 몸 운동을 한다. 입도 벌렸다가 오므렸다가 한다. 상쇠가 쇠를 네 번―더덩 더덩 덩덩덩―울린다. 거북은 동쪽을 향해 큰절을 네 번 한다. 농악은 다드래기가락으로 내고, 달고, 맺는다. 거북은 분주히 놀이판을 정리한다. 긴 목을 쑥 뺐었다가 오므렸다가 하며 숨을 헐떡인다. 입도 그냥 두지 못하고 벌렸다가 오므렸다가 한다. 구경꾼을 물기도 하고, 머리로 밀기도 한다. 다음 춤판을 위하여 장내를 정리하고자 함이다. 주인이 음식상을 급히 치운다. 법고수들은 제자리에서 모듬으로 뛰며 양상을 친다. 역동적인 움직임이 돋보인다.

　사물잡이가 원 모양을 만들고, 그 안에서 거북 · 질라아비 · 남생이 · 머슴 · 여종 · 양반이 어울려 논다. 농악가락은 삼채가락이다. 법고잡이들은 소고춤을 추며 거북의 둘레를 돈다. 그리고 법고 뒤에는 무동이 무동춤을 추며 뒤따른다. 머슴이 꼽추춤(허튼춤)을 신나게 출 때 농악의 가락이 바뀐다. 법고수는 동작을 바꾸어 외상을 친다. 소고는 위 · 아래서 각각 한 번씩 친다. 잡색의 흥은 최고조에 달하고, 저마다 특색 있는 춤을 추며 쌀과 돈을 푸짐히 받아 든 머슴은 그저 신이 나서 춤을 춘다. 이때 법고수의 소고춤도 빨라지고 흥을 돋운다. 거북도 춤을 추며, 남생이는 거북을 따라

흉내를 낸다. 농악가락은 동리삼채에서 쩍쩍이로 바뀐다. 그리고 상쇠는
굿거리가락을 지며 맺음판을 벌인다.

거북·남생이·질라아비·양반·여종·꼽추가 중앙으로 들어오고, 거북·
남생이·질라아비의 춤판이 벌어진다. 거북은 고개를 좌·우로 흔들고,
넣고 빼기를 반복한다. 남생이도 거북의 흉내를 내느라 정신을 잃을 지경
이다. 드디어 거북이 어슬렁어슬렁 대문 밖으로 나가고 나머지 놀이꾼들
도 뒤를 따른다. 삼채가락으로 농악이 바뀌자, 놀이꾼들이 합창을 하며 춤
을 춘다.

> 거북아 거북아 놀아라.
> 백석 거북아 놀아라.
> 천석 거북아 놀아라.
> 만석 거북아 놀아라.

농악의 세시의례성과 연관되어 있음을 알 수 있는 사설이다. 가락과 춤
사위는 그대로 이어지며 긴 행렬이 옆집으로 닿는다. 축원형태의 걸립굿
은 온종일 계속된다. 이어 상쇠의 고사반이 시작된다. 상쇠의 자질과 능력
이 가장 돋보이는 대목이다.

> 고사고사 고사로다 이세태평은 후세로다
> 만복을 점지할 때 국태민안 시화연풍
> 범윤자 돌아든다 이씨 한양 등극시에
> 삼각산천 기봉되고 학을 눌러라 대궐 짓고
> 대궐 앞에는 육조로다 절앞에는 오형문 혜각사
> 각도 각읍 마련할 때 왕심사 청룡되고
> 동구재 백호로다 한강수는 조수가 되고
> 동적강수가 멀리 인왕산천 나린 줄기는
> 북으로 고였으니 여천지는 무궁되고
> 우리나라 금상님은 태평성대가 장안되고

은하는 금여차일에 사바세계로다
해동 대한은 유명국 경기하고 37관
강원도는 27관 경상도는 72관
충청도는 53관 양승 같은 대목 안에
이 대면내는 대면내요 내 이대동중 대동이요
권명 ○○○씨 댁에 상남자 서방님이요
중남자 도련님이요 하남자 여자기
어깨 너머 길동자 무릎 밑에 손동자
느냥머리 더벅머리 우르르 칭칭 자라날 때
작년 같은 험한 시절 꿈결같이 지내 놓고
힌용 신용 가리어 보자 모시적삼에 거상살이요
혼인장사에 주당살이요 원근 도중 이별살이요
내외간에도 이별살 산으로 오르면 산신살
들로 나리면 들룡살 물에 들면 용왕님살
집으로 들어가자 바깥마당에 벼락살
안마당엔 비천살 마구간엔 우마대살
장독간엔 고두대살 부엌 한 칸 들어서니
팔 만하고 대장군살 마루 대청 올라서니
마루대청에는 성주님살 안방으로 들어서자
아래 윗방 지석님살 횃대 밑엔 능마대살
횃대 끝에 삼신살 이 살 저 살 휘몰아다
금일 고사반에 도액을 하니 만사는 대길이요
글란 그리도 하려니와 이 댁 가중에는
호구역살이 세다고 하니 호구역살 풀고 가자.
강남은 대한국이요 우리나라는 조한국이요
십이지국이 열두나라 저궁을 받으려고 드나드는
호구 별쌍의 손님마다 신신불이 나오실 때
신불은 뚝떨어지다만 신신불이 나오실 때
앞 뒤 강도 열두강 이십사강을 건널 적에
무슨 배를 타고 갈까 나무배를 타고 가자
나무배는 모진 태풍을 못 이기기로 훌렁 쓰러져 뒤집히고
돌배를 집어타니 가로 덤벙 가라앉고

무쇠배를 타고 가니 지남철이라 들러붙고
흙두선을 집어타니 물이라 힘을 못 이겨
흙이라 슬슬 다 풀리고 앗다, 그 배는 못 타것다.
배 하나를 지어 보자 수양산 마림산 앵무공작이
놀다간 버드나무 버들가지에 버들잎을
세 네 잎 쭈르르 훑어서 엽엽선을 모아 보자.
거무패는 청산개 저무패는 황성개
북을 치켜 달고 두리둥실 울리면서
이십사강을 건넜으니 부산관에 숙조하고
부산 장안 잠시보고 부산을 뚝 떠나서
한양터에 들어서서 은지문에 말을 매고
금지문에 진을 치니 입문휘선 잠시하고
아래 대궐 웃 대궐 불 탄 대궐 구경하고
한양을 뚝 떠나서 왕십리 살고지요.
천지대역의 백중력을 여기저기 펼쳐 놓고
일상생화 이중복덕 삼화절친은 사중육혼
오생생화 육중복덕 칠화절명 팔중구망
좋고 좋은 날을 가려 일광보살이 점지하여
중애 한쌍 돋았구나 칠성님의 은덕으로
하에 한쌍 돋았으니 손님마마도 곱게 곱게 지나가서
이런 경사가 어데 있나 글란 그리도 하려니와
농사 한철 짓고 가자 높은 데는 밭을 풀고
낮은데는 논을 풀어 농사 한철을 짓고 가자.
벼농사를 지을 적에 어떤 벼를 심었느뇨
두렁 밑엔 들청벼요 썩쓸어라 검불벼요
많이 먹어라 등터지기 적게 먹어라 홀쭉벼요
혼자 먹어라 돼지벼요 덜커덩 푸드덩 쟁기찰
휘휘둘러라 상모찰 환갑 진갑에 노인벼
여기저기 심어 놓고 요즘 시체 나는벼
은방도 그미도 칠성도 다마금을 저기 심어 놓고
보리농사를 지을 적에 무슨 보리를 심었느뇨
가을보리 봄보리 쓱 깎어라 중보리
홀랑 벗겨라 쌀보리 이모 저모 육모보리

들러붙은 매미보리 여기 저기 심어 놓고
두태농사를 지어 보자 만리타국의 강남콩
불쌍하다 홀애비콩 방정맞은 주더니콩
알록달록 까투리콩 도갈포수의 검은콩을
여기저기 심어 놓고 스숙농사도 지어 보자
옥조 늦조 참절미 차조 여수 거리 쉰날 거리도
여기저기 심어 놓고 잠방 입고 곰방이 물고
깔닥낫 싹 갈아서 지게에다 꽂아지고
서 마지기 논배미 가서 이리로 걸어 저리로 베고
저리로 걸어 이리로 베어 논두렁마다 걸어 놓으니
앵무 같은 한님네는 따뱅이 밥을 여드릴 때
앗다, 그 일 못하겠다 소 한 마리를 부려 보자.
억억부리 저걱부리 별백이는 노고지리
꽁지 없는 동경소요 나가면 빈 바리
들어오면 찬바리요 앞으로 부리면 앞노적
뒤로 부리면 뒷노적 멍에 노적에 싸노적을
암불담불 쌓아 노니 난데없는 봉덕새가 날아와서
상봉에 깃도 되고 중봉에 내려앉아
울음을 울음을 울적에 이 날개를 툭툭 치면
저리로 만석이 쏟아지고 저 날개를 툭툭 치면
이리로 만석이 쏟아진다 말을 치면 용마가 되고
개를 치면 네눈백이 닭을 치면 봉황이 된다.
없는 아이 점지하고 있는 아이 수명장수
긴 명은 서려 담고 짧은 명은 이어 담아
정칠월 이팔월 삼구월 사시월 오동지 육석달인데
이 가문에 묻은 정을 다 풀어 점지하자
정월에 드는 액은 이월 영등 막아 주고
이월에 드는 액은 삼월이라 삼짓날 제비 또는 맹맥이로 막아 주고
삼월에 드는 액은 사월초파일 석가여래 관등놀이로 막아 내고
사월에 드는 액은 오월 단오 그네 타는 그네줄로 막아내고
오월에 드는 액은 유월이라 유두일 밀젬뱅이로 막아 주고
유월에 드는 액은 칠월이라 칠석날 견우 직녀 상봉 일에 오작교 다리
놓던 까치머리로 막아 주고

칠월에 드는 액은 팔월이라 한가위 날 햅쌀 송편을 많이 빚어 이웃집에
나눠주던 쟁반 굽으로 막아 주고
팔월에 드는 액은 구월이라 궁구날에 국화 농주를 많이 빚어 이웃에 모
셔다가 사당 차리를 막아 주고
구월에 드는 액은 시월이라 상달인데 좋고 좋은 날 가리어 시루떡으로
막아 주고
시월에 드는 액은 동짓달이라 동짓날 동지팥죽을 정히 쑤어 양속에 죽
퍼들고 중문 대문 드나들며 이리 저리 끼얹으니 오는 잡귀 가는 잡귀
뜨거운 팥죽을 뒤집어쓰고 앗다, 뜨겁다 도망가자
동짓날에 드는 액은 섣달에 그믐날 흰 떡가래로 막아 주고
섣달에 드는 액은 내년 정월 열 나흗날 오곡밥을 정히 지어 방망이 맞
은 북어 대가리 백지 한 장에 둘둘 말아 막걸리 한 잔 끼얹은 채로 원강에
소멸하니 만사가 대길이요 백사가 여일 하고 마음가짐 잡순대로 소원성취
발원이라
동지에 하는 굿은 이 고사 복 받으신다
생각을 해도 측은자거니 받아 주어서 오실 적에
정월하고 상달인데 고사반으로 놀아 보세.

거북놀이에 연행되는 고사반이나 덕담, 노래의 사설은 교술성과 기원성
을 띤다. 액을 막고 집안이 잘 되고 농사가 잘되기를 바라는 것이다. 한
해의 관심거리를 열거하면서 소원을 비는 형태다. 이를 통해 상쇠는 안택
굿의 비손행위처럼 '소리'를 통해 지기(地氣)를 다스리는 인물임을 알 수
있다.

4. 〈거북놀이〉를 활용한 문화콘텐츠화 제시

우리는 축제라는 용어보다는 '놀이'라는 표현에 익숙해 있다. 여러 사
람이 어울리는 놀이판이야말로 우리의 축제였고, 축(祝)과 제(祭)가 포괄된

하나의 문화현상이라고 표현하는 축제를 비록 놀이라는 말로 대치시킬 수 있다고 하더라도 비생산적인 놀이와는 구분된다. 탈놀이를 하는 놀이판이 바로 축제였으며, 굿판 또한 신앙의 터전이었으나 그 속에는 대동성과 유희성이 담겨 있어 놀이판 축제로 변화되기도 하였다.

한국 축제의 원형이라 할 수 있는 제천의식의 경우 농공시필기에 하늘에 제사지낸 후 사람들이 모여 음주가무를 즐기는 것이 고대국가의 일반적인 현상이었다. 그렇지만 단순히 술을 마시고 노래하고 춤추며 즐기는 것만이 아니었고, 하늘에 제사를 지낸 종교행사, 무속의 굿거리, 세시의례로서의 동제 등이 축제의 효시하고 할 수 있다. 요컨대 개인 또는 공동체에 특별한 의미가 있거나 결속력을 주는 사건 또는 시기를 기념하여 의식을 행하는 행위를 일컫는 축제의 현대적 의미는 원초제의의 보전과 향토민의 일체감 조성 그리고 전통문화의 보전과 경제적 이윤의 창출이라는 면을 들 수 있다.

음성지역의 <거북놀이>는 충북지역의 집단민속놀이 가운데 농경 관련 놀이로 대표성을 띤다. 그만큼 중요한 농경세시형 민속놀이다. 대부분의 지역축제에서 지역색이 반영되지 않고 있다는 점을 염두에 두고, <거북놀이>를 음성지역의 새로운 민속현상으로 활용해야 할 것이다. 또한, 음성 지역민은 <거북놀이>의 상생적 생명력을 음성지역 문화의 상징성과 정체성으로 연결해야 한다. 품바축제에서도 거북놀이는 좋은 항목이 될 수 있다. 곧 품바의 지신밟기적 걸립행위는 <거북놀이>의 속성과 맞아떨어지기 때문이다. 음성지역의 지역경제를 발전시키기 위한 방안으로 지역축제의 정통성 찾기와 지역문화의 특성을 개발하여 콘텐츠화하는 작업이 필요하다.

농다리 전설의 원형과 활용*

1. 진천농교(鎭川籠橋) 소개

진천농교는 진천읍 문백면 구곡리 601-32번지에 있는 다리로서 충북지방유형문화재 28호로 1976년 12월 20일 지정되었다.

진천농교는 사력암질(砂礫岩質)의 자석(紫石)을 쌓아 만든 다리로 당초 28수(宿)를

진천농교

응용(지네 모양을 본따서 음양석(陰陽石)으로 놓았는데 매 간마다 난석으로 쌓았다)하여 28간(間)의 교각을 만들었으나 현재는 24간인데 그 위에 길이 170cm 내외 넓이 80cm 두께 20cm 내외의 장석대 1개 또는 길이 130cm 내외 넓이 60cm 내외 두께 16cm 내외의 장석대 2개를 나란히 얹어 만들었다. 총장 93.6m, 폭 3.6m, 교각 1.2m이며 교각 사이의 천폭(川幅)은 80cm 내외이다.

---

* 장호순

기술상으로 진천농교는 자석의 사이를 석회 등으로 바르지도 않고 그대로 쌓았는데도 견고하며 자연석으로 축적구조(蓄積構造)한 것이라 밟으면 움직이고 잡아당기면 돌아가는 돌이 있어 농(籠)다리라는 명칭이 붙게 된 것이다. 또 홍수시에는 다리 위로 물이 넘어가게 하였으며 폭류(暴流)의 압력에도 지탱할 수 있게 놓여져 있으므로 원형이 잘 유지되고 있을 뿐 아니라 우리나라에서 가장 오래된 돌다리며 규모가 큰 것이라 한다. 예전에는 어른이 서서 다리 밑을 통과 할 수 있었다고 하나 현재는 모래에 깎여 낮아졌다고 한다.

2. 농다리 전설 소개

진천농교(籠橋)는 고려 고종 때의 권신 임연 장군이 놓았다는 전설이 이 지방 씨족들간에 전해오고 있다. 임 장군은 매일 아침 세금천에서 세수를 하였는데 어느 몹시 추운 겨울 날 세금천 건너편에서 한 젊은 부인이 내를 건너려 하고 있었다.

그래서 임연 장군이

"여보시오! 이 추운 겨울에 무슨 일로 내를 건너려 하오?"

하고 묻자 여인이 대답하되,

"예, 저는 아버지가 돌아가셨다는 소식을 듣고 친정에 가는 길입니다."

라고 하였다.

장군은 추운 겨울에 내를 건너려는 여인의 효성이 지극함과 그 정경이 딱해,

"그러면 잠깐 기다리시오."

하고 말한 뒤 즉시 용마를 타고 달려와 돌을 실어 날라, 하루아침에 다리를 놓아 부인이 무사히 건너도록 하였다고 한다.

그 때, 용마는 너무 힘에 겨워 그 자리에서 쓰러져 죽었다 하며 또한 용마에 실었던 돌이 끈이 끊어져 떨어진 돌을 그대로 두었는데, 이것이 지

금의 용바위라 전하여지고 있다.

　또 다른 전설을 보면 나라 안에 큰 변고가 일어날 때에는 이 다리가 몇 날을 두고 운다고 하는데 한일합방 당시와 6·25동란 때에도 이 다리가 몇 날 동안 울었기 때문에 마을 주민들이 밤잠을 이루지 못하였다는 전설도 전해오고 있다.

– 자료 : 향노의 구전(口傳)

3. 농다리 전설 분석과 이면적 의미 분석

1) 농다리 전설 분석

> ⓑ 진천농교(籠橋)는 고려 고종 때의 권신 임연 장군이 놓았다는 전설이
> ⓑ 이 지방 씨족들간에 전해오고 있다.
> ⓑ 임 장군은 매일 아침 세금천에서 세수를 하였는데
> ⓐ　어느 몹시 추운 겨울 날
> ⓐ　세금천 건너편에서
> ⓐ　한 젊은 부인이
> ⓐ　내를 건너려 하고 있었다.
> 　ⓑ 그래서 임연 장군이
> 　"여보시오! 이 추운 겨울에 무슨 일로 내를 건너려 하오?" 하고 묻자 여인이 대답하되,
> ⓐ　"예, 저는 아버지가 돌아가셨다는 소식을 듣고 친정에 가는 길입니다."라고 하였다.
> 　장군은
> ⓐ　추운 겨울에 내를 건너려는
> ⓐ　여인의 효성이 지극함과
> ⓐ　그 정경이 딱해,
> 　"그러면 잠깐 기다리시오."하고 말한 뒤
> 　즉시

ⓐⓑ 용마를
　ⓑ 타고 달려와
ⓐ　 돌을 실어 날라,
ⓐ　 하루아침에 다리를 놓아
ⓐ　 부인이 무사히 건너도록 하였다고 한다.
　　 그 때, 용마는 너무 힘에 겨워 그 자리에서 쓰러져 죽었다 하며
　　 또한 용마에 실었던 돌이 끈이 끊어져
　　 떨어진 돌을 그대로 두었는데,
　　 이것이 지금의
　　 용바위라 전하여지고 있다.
ⓒ　 또 다른 전설을 보면
　　 나라안에 큰 변고가 일어날 때에는
　　 이 다리가 몇 날을 두고 운다고 하는데
　　 한일합방 당시와 6·25동란 때에도
　　 이 다리가 몇 날 동안 울었기 때문에
　　 마을 주민들이
　　 밤잠을 이루지 못하였다는 전설도 전해오고 있다.

농다리 전설 분석표 1

ⓐ 성격 : 농교신이유래담 : 용마
　전개 : 여인 ➡ 추운 겨울, 냇물 ➡ 용마(효심에 감동) ➡ 농교, 용바위, ⓒ
ⓑ 성격 : 농교영웅(또는 장사)유래담 : 임연-영웅(또는 장사) ≧ 용마
　전개 : 여인 ➡ 추운 겨울, 냇물 ➡ 임연(효심에 감동) ➡ 농교, 용바위, ⓒ
ⓒ 농교에 대한 부연(또 다른 전설) : 나라의 변고 ➡ 농교의 울음(경외심의 표현)

농다리 전설 분석표 2

　분석표를 통해 농다리 전설은 농교라는 건축물에 대해 토착민들이 설명하고자 하는 욕구에서 생긴 유래담의 일종이며, 그 설정을 처음에는 용마가 다리를 놓는 전개를 보였던 신이유래담의 양상이었으나 나중에는 임연이라는 영웅을 부각시켜 영웅(또는 장사)유래담으로 구전되었음을 알

수 있었다. ⓒ는 이야기에서는 '또 다른 전설'이라고 표현되지만 실제로는 유래담에서 부족했던 부분인 농교의 성질을 부연해서 이야기하는 것으로 토착민들이 농교에 대해 가지고 있던 경외심의 표현이라고 볼 수 있다.

2) 농다리 전설의 이면적 의미 분석

농다리 전설의 이면적 의미로 애향심의 고취를 들 수 있다. 전설의 가장 많은 부분이 차지하는 것이 어떤 지역을 중심으로 자리잡고 있는 바위, 못, 굴, 웅덩이, 지명, 나무 등에 얽힌 이야기임에서 우리는 분명히 알 수 있듯이, 전설은 일정 지역을 발판으로 하여 애향심을 고취하는 기능을 한다. 농다리 전설도 마찬가지로 농교 주변 마을을 중심으로 하여 애향심을 고취하는 기능을 한다. '용마'라는 신이적 설정이 나중에는 그 고장에서 배출한 걸출한 인물인 임연보다 낮게 혹은 같게 설정되는 점이 그 점을 확실히 보여준다.

두 번째로 농교에 대한 토착민들의 경외심을 들 수 있다. 다리에는 '방해물을 쉽고 편하게 이동시켜주는 건축물'이라는 속성이 있다. 게다가 농교는 만들어지고 난 후로 유실됨이 없이 그 고장 사람들에게 오랫동안 그 역할을 수행한 것이다. 분석 ⓒ에서 보이듯이, 농교가 지닌 '울음'이라는 설정은 농교주변 토착민들의 농교에 대한 경외심을 잘 드러낸다.

세 번째로 농경문화의 지킴이로서 임연을 들 수 있다. 임연과 다리에서의 물이 지닌 의미로 '용마를 탄 임연'이 상징하는 것은 그 지역 농경문화의 영웅으로 임연을 내세웠다는 것이다. 진천은 쌀이 유명한 지역인데 고장의 지킴이인 임연을 내세워 믿고 의지하며 농경의 어려움을 물을 건너는 다리에 연관지어 그 고장의 농경문화에 그 극복의 힘이 되게 하였다는 점을 볼 수 있다.

이런 이면적 의미는 농다리가 일천여년이라는 오랜 세월 동안 유실되지 않고 보존될 수 있었던 이유이기도 할 것이다.

4. '농다리 축제'에서 농다리 전설의 가치

1) 진천읍 '농다리 축제' 현황

2003년 현재 진천읍 문백리에서는 이번이 4번째로 '농다리 축제'를 마쳤다. 아래는 진천읍 홈페이지 보도자료실에서 뽑은 글을 약간 수정한 것이다.

> 등록일 : 2003-07-29 오전 8:47:05
> 제　목 : 2003 농다리 여름축제 개막
>
> 8월 1일부터 3일까지 다채로운 행사 열려
> 2003 농다리 여름축제가 오는 8월 1일부터 3일까지 [자연과 인간을 이어주는 신비의 다리]라는 주제로 진천군 문백면 구곡리 소재 농다리 일원에서 열린다.
> 농다리 축제 추진위원회(위원장 신응현)가 주관하고 구곡향우회, 농다리 청년회가 주관하는 이번 행사는 여름 휴가철을 맞아 지역주민은 물론 가족단위 관광객들이 참여하는 가운데 조상들의 슬기로운 지혜를 체험할 수 있는 다양한 프로그램으로 진행된다.
> 행사 첫날인 1일 농다리를 축조한 것으로 전해지고 있는 고려시대 임연(林衍)장군의 위패가 있는 장렬사에서 고유제를 지내는 것을 시작으로 농다리 점등식 및 불꽃놀이, 장수노인 농다리 건너기 등에 이어 전야제 행사로 축하공연과 야외영화제가 예정돼 있다.
> 이어 본 행사가 열리는 2일에는 개막행사와 축하공연, 피라미 낚시대회, 맨손으로 물고기잡기대회, 농사철 농다리 건너기 재현, 상여 농다리 건너기, 우마차타기, 임장군 선발대회, 댄스 페스티벌 등이 관광객과 주민들이 참여하는 가운데 열린다.
> 또 폐막식이 열리는 3일까지 농다리 일원에서는 캐릭터 쇼와 세금천 보트타기, 농다리 놓기 체험, 수중게임, 농다리 사진전시회, 수석전시회, 민물고기 전시회, 짚공예품 전시회 및 특산품 판매장 등이 운영된다.

이 기간 동안 지역주민들이 참여하는 행사는 고유제, 농다리 제올리기, 장수노인 다리 건너기, 농사철 농다리 건너기, 상여다리 건너기 등이며 관광객들이 직접 체험할 수 있는 행사는 우마차타기, 농다리 노래자랑, 피라미 낚시대회, 맨손으로 물고기 잡기, 세금천 보트타기, 농다리 놓기 체험, 수중게임 등을 들 수 있다.

신응현 추진위원장은 [농다리 축제가 그동안 官(관)주도 행사로 개최됐으나 올해부터는 민간주도 행사로 전환되고 축제기간도 가을축제에서 여름축제로 변경됐다]며 [천년의 신비를 간직하고 있는 우리의 소중한 문화유산인 농다리의 우수성을 계승 발전시키고 조상들의 슬기로운 지혜를 체험할 수 있도록 다양한 행사를 준비하고 있다고 밝혔다.

2) 농다리 축제에서 농다리 전설의 가치

농다리 축제를 조사하면서 농다리 전설이 이 축제에 얼마나 활용되고 그 가치가 얼마나 되는지를 파악해 보았다. 실제적인 모습으로 축제에서 보이는 행사는 임장군 선발대회, 농다리 건너기 등이었다. 임장군 선발대회는 고려시대에 임연 장군이 농다리를 놓았다는 이야기에 대한 이해 수준이었고 농다리 건너기는 전설과는 연관 없는 형태로 민속풍습인 답교놀이와 연관되는 행사였다. 그런 이해 수준에서 행사를 하는 것은 '농다리 축제'가 농다리 전설의 가치를 제대로 파

농다리 축제－상여다리건너기

악하지 못하고 활용하지 못한다는 점을 지적하는 것이다. 그래서 다음 장에
서 농다리 전설을 이용한 진천농교의 콘텐츠화 방안 제시를 하려고 한다.

농다리 축제

5. 농다리 전설을 이용한 문화콘텐츠의 제시

이미 어느 정도 '농다리 축제'가 활성화되어 가고 있는 현 상황에서 농

다리 전설은 '농다리 축제'의 부분으로서, '농다리 축제'의 한 공간에 확실하게 자리매김을 해야만 한다. 농다리 전설이 가지고 있는 가치를 효과적으로 표현할 수 있는 부분이 바로 그것으로, '농다리 축제'에 농다리 전설을 주제로 한 공간의 마련이다. 아래에 그 방안으로 몇 가지를 제시해 보고자 한다.

1) 농다리 전설을 이용한 마당극화

마당극은 한국인의 연극이다. 마당극은 한국인에게 있어 관객의 호응을 유도할 수 있는 최대의 연극 형식이라고 할 수 있다. 그런 관점에서 '농다리 축제'와 같은 향토축제가 관광객들을 유치하고 선전하는 효과를 극대화하기 위해서는 마당극과 같은 형식의 어울림 공간이 필요하다.

이 점에서 농다리 전설은 마당극에서 관객들의 참여 가능성을 보여주고 있다. 농다리 전설이 가진 '어울림 공간을 구성할 수 있는 요소'는 극중에서 임연이라는 영웅이야기를 통한 임연 장군 선발대회에의 가능성, 극중에서 추위와 냇물이라는 시련을 극복하기 위해 농다리를 쌓는 행동에의 참여에의 가능성을 들 수 있다. 그리고 시련을 극복하고 그에 따르는 용마의 희생을 통한 극적 공감대 형성은 좋은 소재가 될 듯하다.

이 마당극화의 제시에 대해 좋은 시나리오를 공모하고 배역을 설정하여 농다리 전설의 마당극화를 '농다리 축제'에 한 부분으로 만드는 일은 꼭 필요한 일이라 하겠다.

2) 농다리 전설의 관광상품화

그 다음으로 필요한 것이 '농다리 전설 상품 판매장'이다. 이 상품은 다양한 의견과 제시를 통해 귀여운 지네모양의 농다리 캐릭터, 농다리 전설(분석 ⓒ)을 이용한 방범벨 등 캐릭터나 아이디어 상품을 개발하는 것이다.

3) 농다리 전설을 이용한 '농다리 축제' 홍보화

농다리 전설을 동화화하거나 애니메이션화하여 농다리를 홍보하는 방법도 좋을 듯 하다. 물론 거기서 중요한 것은 농다리 전실이 가진 원형적 의미를 굴절, 파괴하지 않고 이야기화하는 점이다.

6. 맺음말

이 글에서 주안점을 두었던 것은 '농다리 전설을 이용한 문화콘텐츠의 제시'였다. 이미 축제로서 진천농교(농다리)를 콘텐츠화하여 소기의 성과를 거둔 진천읍이지만 간과하고 있는 것은 축제의 원형을 살리지 못하고 있다는 점이다. 그래서 그 점을 본문에서 '농다리 전설의 원형을 이용한 문화콘텐츠'라는 방안으로 제시했다. 이 방안이 좀 더 구체적으로 실체화되기를 바란다.

참고문헌

김선풍·김의숙·이창식·장정룡 공저, <5. 설화분석의 실제>, ≪민속문학이란 무
　　엇인가≫, 집문당, 1995.
김성배, ≪민속의 뒤안길≫, 집문당, 1995.
진천문화원, ≪내 고장 가꾸기≫, 1999.
진천읍 홈페이지, http://www.jincheon.go.kr/

배금성 전설*

1. <배금성 전설>의 의미

우리는 어릴 적부터 <단군신화>를 비롯하여 많은 전설을 듣고 자랐다. 글을 모를 때는 할머니의 이야기를 통해 전설을 들었으며, 글을 알고 나서는 전래동화 등을 통해 쉽게 접할 수 있었다. 어린 시절 읽은 동화책은 재미와 감동을 주기에 충분했다. 하지만 성인이 된 후에는 더 새로운 것을 접하고, 새로운 것을 찾기 때문에 전설을 잊고 살아가게 된다. 단지 전설 내용을 기억할 뿐이지, 그 감동과 재미를 꺼내려 하지는 않는다. 이제라도 희미해져 가는 것들을 뚜렷하게 만들기 위해 '전설 살리기'에 적극적으로 힘써야 한다. 물론, 전설이 죽어있다는 의미는 아니다. 하지만 점점 잊혀져 가고 있는 전설을 오늘날의 문화코드에 맞게 되살리자는 것이다.

전설을 되살리기 위해서는 많은 연구와 노력을 해야 한다. 우리가 전래 동화 책을 통해 알게 된 전설은 단편적이다. 다시 말해서 우리가 알고 있는 전설은 대표적인 몇 가지다. 결국, 전래동화 책을 통해 모든 전설을 알게 되는 것은 아니라는 것이다. <선녀와 나무꾼>, <바보온달과 평강공주> 등의 유명한 이야기는 알고 있지만, 보은의 <오누이 힘겨루기>나 괴산의

---

* 김소라

<배금성 전설> 같은 이야기는 대부분의 사람들이 모르고 있다. 이처럼 <선녀와 나무꾼>이나 <바보온달과 평강공주> 이야기는 널리 알려져 있는데 보은의 <오누이 힘겨루기>나 괴산의 <배금성 전설>은 왜 유명하지 않은 것일까? <바보온달과 평강공주>는 전래동화책 등을 통해 아이들도 흥미를 갖도록 쉽고 재미있는 이야기를 하고 있다. 또한, 충북 단양군에서는 군을 상징하는 캐릭터로 활용하며, '온달문화축제'를 통해 온달과 평강공주의 이야기를 널리 알리고, 고구려의 혼을 느낄 수 있게 해 준다. 무형의 이야기를 어떤 방식으로 유형화해서 사람들에게 보여주고 느끼게 하는지가 중요하다. 이 때문에 콘텐츠개발이 필요한 것이다.

2. <배금성 전설> 콘텐츠 활용 방안

<배금성 전설>은 괴산의 배금성을 지키기 위해 찬덕과 원론 부자가 전쟁에서 용맹스럽게 싸웠지만 성을 지키지 못했다는 안타까운 내용은 담은 전설이다. 이런 안타까운 사연을 담고 있는 전설의 콘텐츠 개발이 요구된다. 예컨대 충북 단양의 '온달문화축제'처럼 '찬덕과 원론기념제(가칭)'를 만드는 것이다. 찬덕과 원론의 용맹함을 기리고 두 사람을 알리기 위한 행사부터 시작을 하는 것이다.

가장 처음에 해야 할 일은 두 사람의 캐릭터를 제작하는 것이다. 이 캐릭터를 이용한 문학콘텐츠로서 인형극이나 애니메이션을 제작할 수 있다. 인형극이나 애니메이션 등 적은 비용으로 제작할 수 있는 콘텐츠를 개발한 후 차츰 뮤지컬이나 오페라 등 대형 콘텐츠의 제작에 힘써야 한다. 전쟁하는 장면을 웅장하게 연출하고, 부자의 용맹함을 강조하여 연출한다면 좋은 반응을 얻을 수 있을 것이다. 인형극이나 애니메이션에서 볼 수 없었던 웅장한 스케일을 느낄 수 있게 만들어야 한다.

이러한 선행 작업을 시도한 다음 각 지역의 전설을 이용한 인형극이나 연극을 공모하여 연극제를 개최하는 것도 좋은 방안이다. 어떤 지역에서 전설을 연극으로 잘 만들어 내었는지, 또 그 내용이 우리들에게 얼마나 잘 전달되었는지를 관람객들이 평가하는 것이다. 이런 연극제를 통해 지역축제를 사람들에게 널리 알리고, '부산국제영화제'같은 큰 규모는 아닐지라도 전국적인 규모의 '우리전설연극한마당(가칭)'를 하는 것이다. 그렇게 된다면 연극에도 관심을 많이 갖게 될 것이고, 우리나라에 현존하는 전설에 대한 연구도 활발히 진행될 것이다.

그리고 이 부자가 그토록 지키려 했던 '배금성'을 알리는 것이다. 뿐만 아니라 배금성을 통해 '괴산'도 널리 알릴 수 있는 기회가 될 것이다. 배금성 주위에는 찬덕과 원론 부자 동상을 세워놓고 차츰 전설과 관련된 주제의 조각공원을 조성하는 것도 고려해볼 만하다. 성안 곳곳을 그냥 두는 것이 아니라 '서대문 형무소'에 고문을 당하던 우리나라 사람과 고문을 하던 일본 사람을 모형을 만들어 놓은 것처럼, 신라군의 용맹한 모습을 그대로 살려 조각상을 세워놓는 것이다. 단순히 성안을 둘러보는 것이 아니라 마치 예술품을 가까운 거리에서 볼 수 있도록 하여 사람들에게 강한 인상을 주는 것이다. 또한, '배금성' 외에 괴산 지역에 있는 다른 유적지와 연계하여 관광코스를 개발한다면 괴산 지역을 널리 알릴 수 있는 기회가 될 것이다.

3. 활용방안 적용해보기

1) 배금성 전설 스토리텔링

옛날 우리나라는 고구려, 신라, 백제로 나뉘어 서로 영토를 넓히기 위한 전쟁을 했다. 백제가 신라의 영토를 차지하기 위해 배금성을 치려하였다. 신라의 진평왕이 명장 찬덕을 불러들였다.

"장군은 들으라. 지금 백제군이 배금성을 차지하려 하니, 성을 반드시 지켜 내야한다. 배금성은 이제 장군 손에 달렸으니, 짐은 장군만 믿겠소."

"성은이 망극하옵니다. 폐하의 명을 반드시 받들겠사옵니다."

임금의 명을 받은 찬덕 장군은 군사들에게 말했다.

"군사들은 들으라! 저 백제 놈들이 이 성을 노리고 있다! 왕께서 이 성을 반드시 지킬 것을 엄명하셨느니라! 다같이 힘을 모아 백제 놈의 코를 납작하게 해주자꾸나!"

이 말을 들은 군사들은 모두 환호성을 지르기 시작했다.

"와~!"

장군의 말에 힘을 얻은 군사들은 밤낮으로 성을 지키고 있었다. 그러던 어느 날 밤, 백제에서 불화살로 전쟁의 시작을 알렸다. 백제군은 성을 차지하기 위해 사다리를 동원하여 성벽에 기어오르기 시작했고, 신라군은 이를 막기 위해 칼을 휘둘러 백제군을 떨어뜨리려 애를 쓰고 있었다. 또, 백제군은 성문을 부수기 위해 여러 군사들이 힘을 모아 큰 나무로 치고 있었다. 몇 날 몇 일 동안 싸움이 계속 되었다. 그러나 강력한 백제군은 물러날 생각도 하지 않았다. 백제군의 장수들이 계략을 바꾸기 위해 회의를 시작했다. 어느 장수가 말하였다.

"우리 작전을 바꿔보는 것은 어떨 것 같소? 우리를 성에 들여보내지 않으려 한다면 그들을 나오게 만들게 하는 건 어떻소?"

"그거 좋은 생각이오! 밖에서 우리 백제군이 진을 치고 기다린다면 신라군은 식량이나 물자를 지원 받을 수 없게 되오. 그렇게 된다면 굶어 죽거나 지쳐 죽을 수밖에 없을 것이오. 죽기 싫다면 스스로 항복하고 나올 수밖에요!"

"신라에서도 가만히 있지 않을 텐데요."

"우리의 군사는 수적으로 우세하오. 이 정도 군사의 수와 군사들의 사기로 보면 우리를 막을 그 누구도 없을 것이오. 하하하하.”

백제 장수들은 작전을 변경하기로 하고 성을 포위하였다. 그렇게 백여 일 동안 백제군과 맞서게 되었다. 그동안 성에 갇혀버린 신라군은 점점 지쳐가기 시작했다. 한 졸개가 장군을 찾아왔다.

“장군님! 백제군이 저렇게 밖에서 포위한지 오래입니다. 식량 창고는 바닥을 드러내고 있습니다. 전쟁터에 나온 군사들이 저렇게 굶고 있으니 무슨 힘을 내어 싸운단 말입니까? 언제까지 이렇게 지내야 한단 말입니까?”

“걱정 말거라. 임금님께선 우리를 위해 반드시 군사를 보내주실 것이다. 조금만 참고 기다리거라.”

얼마 후 성에 갇혀버린 군사들을 위해 왕이 상주, 하주, 신주 등 삼주의 군사를 보내어 응원하였다.

“찬덕 장군님! 우리를 위해 왕께서 군사를 보내셨습니다. 이제 희망이 보이는 듯 합니다.”

이 소식을 접한 찬덕은 크게 기뻐하며 전쟁을 승리로 이끌 수 있으리라는 희망을 갖게 되었다. 하지만 신라는 강대한 백제군을 당하지 못하였다.

“여봐라! 아직도 우리 군대는 움직이지 못하고 있느냐?”

“네. 아직 백제군을 뚫지 못하고 있습니다.”

“이제 식량도 떨어지고 물도 바닥이 났는데 이대로 가다간 우리가 죽게 생겼구나… 군사들은 어찌하고 있느냐?”

“우리 군이 왔다는 소식에 배고픔을 달래기 위해 시체를 먹는가 하면 오줌까지 받아 마셔가며 싸우고 있습니다. 밖에 있는 우리 군이 적들을 물리치지 못하면 성 안 사람 모두 굶어 죽게 생겼습니다.”

찬덕은 절박한 상황에서도 힘껏 싸우는 군사들의 모습을 보며 하루 빨리 승리를 하였으면 좋겠다는 소망이 간절해 졌다. 하지만 식량과 물이 바닥을 드러내면서 군사들도 하나 둘 씩 쓰러져 갔다. 군사들은 먹지도 마시지도 못하는 상황에서 점점 지쳐갔던 것이다.

성 밖의 신라군은 마지막으로 사력을 다해 백제군을 무찌르기 위해 싸우고 있었다. 한 졸병이 급히 찬덕을 찾았다.

"장군님!"

"무슨 일이냐?"

"큰 일 났습니다. 우리 군사들이 모두 도망을 가고 있다고 합니다."

"그나마 밖에 있는 군사들이 희망이었는데, 이제 우린 어찌되는 겁니까?"

찬덕은 그 자리에 주저앉아 절망을 하였다.

'이제 희망은 없는 건가? 이대로 끝이란 말인가?'

"여봐라, 모든 군사들을 모이라고 하여라"

찬덕은 최후로 남은 졸병을 모두 불러 모았다.

"신라는 삼주의 군사를 동원하여 우리 성을 응원하였으나 이제 버리고 달아나니 이는 의리를 지키지 않는 자이다. 신라군처럼 도망쳐서 목숨을 부지하는 것보다 의리 있게 죽는 것이 더 옳은 일이다. 우리는 최후까지 싸우다가 의리 있게 죽자."

군사들은 웅성거리기 시작하였다. 이미 패배한 전쟁이기에 찬덕의 말에 선뜻 따르겠다는 군사는 없었다.

"장군의 말은 옳소마는 이제 응원군도 달아났으니 더 있어 무엇하리오. 하루라도 빨리 항복해 목숨이나 건집시다."

한 군사가 이렇게 말하자 모두 무기를 내려놓고 항복하겠다는 의사를 밝혔다. 군사들의 행동에 찬덕은

"그럼 너희들은 내가 죽은 후에 적에게 복귀하라. 내 죽어 귀신이 되어서라도 백제 놈을 잡아먹겠다. 이제는 나의 지모도 더 나오지 않는다." 라고 말하고 앞의 큰 느티나무에 머리를 들이받고 장렬하게 죽었다. 찬덕의 군사들은 모두 백제군에 항복하였고, 배금성을 빼앗기고 말았다.

후에 찬덕의 소문을 김춘추가 듣게 되었다.

"참 용맹한 장군이로고. 그 장군의 공을 위해 배금성에 '각귀주'라 칭할 것이다."

김춘추로 인해 배금성을 각귀주라 부르게 되었다. 몇 년 후, 찬덕의 아

들 원론이 왕에 부름을 받았다.

"장군의 아비가 목숨을 걸고 지키려 했던 배금성을 다시 백제군으로부터 빼앗아 오라."

원론은 왕의 명령에 따라 군사를 이끌고 배금성으로 향하며 다짐을 했다.

'내 아버지의 원수인 백제 놈들을 모조리 죽일테다. 그리하여 귀신이 되신 아버지를 편히 저 하늘로 보내드릴 것이니라. 아버님! 소자, 아버님이 못다 이루신 일을 반드시 이루겠습니다.'

하지만 백제에서는 신라군이 끈기 있게 배금성을 칠 줄 알고 만반의 준비를 갖추고 있었다. 백제군의 기대와 같이 찬덕의 아들 원론과 한산성 도제변품이 군대를 이끌고 쳐들어왔다. 백제군의 장수가 신라군을 향해 외쳤다.

"신라군은 들으라! 너희가 이 성을 되찾기 위해 쳐들어 올 것을 우리가 알고 있었다! 너희가 아무리 날뛴들 우리 백제를 이길 수 없을 것이다. 하하하하!"

백제군의 사기는 하늘을 찌르고 있었다. 이에 맞선 원론은 장병들에게

"백제군의 기에 눌릴 필요가 없다! 우리는 반드시 이 성을 되찾아야 한다. 이곳은 전날 나의 아버지가 최후까지 항전하다가 전사하신 곳이다. 이제 또다시 백제군과 싸우게 되었으니 나도 아버지의 원수를 갚을 때가 왔다."

원론은 백제군을 향해 큰소리로 외쳤다.

"난 그 성을 지키기 위해 싸우시다 전사하신 찬덕 장군의 아들 원론이다! 너희들이 우리 신라를 이길 수 있을 것 같으냐? 우리 아버지의 영혼이 너희를 가만 두지 않을 것이다! 내 원수를 꼭 갚을 것이다!"

전쟁이 시작되었고 양국의 군인들은 맹렬히 전투를 하였다. 하지만 점점 신라군이 불리하게 되었다. 점점 패색이 깊어가니 원론은 마음속으로 다짐을 했다.

'아버지가 했듯이 나도 아버지를 따를 것입니다. 저도 여기에 뼈를 묻을 것입니다.'

원론은 자신이 죽을 장소로 배금성을 선택하였다. 그리고 적진을 향해 돌진하여 몇 사람의 적군을 죽이고 장렬히 전사하였다. 이렇게 해서 배금성은 신라의 용맹스런 장군이었던 찬덕과 원론 부자가 모두 전사한 곳이다.

2) 배금성 전설 연극대본

연극을 위한 대본에서 찬덕장군과 원론의 용맹함도 잘 담아내야겠지만, 전쟁이 배경이 되는 이야기인 만큼 전쟁을 치르는 장면이 웅장해야 한다. 전쟁하는 장면이 웅장하지 못하다면 이 부자의 용맹함이 살아나지 않는다.

등장인물 찬덕장군, 원론, 왕, 신라군사 1·2·3·4, 백제군 장수 1·2·3
배   경 삼국이 땅을 더 차지하기 위해 전쟁을 치르는 장면.
무   대 배금성.

❚1❚

임금이 자리에 앉아 있고, 찬덕이 그 앞에 꿇어 앉아있다.

임 금 : (걱정이 많은 표정을 하고, 낮은 목소리로) 찬덕은 들으라.
찬 덕 : (머리를 숙이며) 예.
임 금 : 지금 계속해서 적들이 공격을 하고 있다. 이제 곧 배금성도 칠 것
　　　　이다. 그러니 장군은 이 성을 지켜야 하오.
찬 덕 : (머리를 숙이며) 예. 분부 받들겠사옵니다.
임 금 : (목소리에 힘을 실어) 짐은 장군만 믿겠소. 부탁하오.
찬 덕 : (머리를 숙이며) 성은이 망극하옵니다. (일어서서 인사를 하고 물
　　　　러난다.)

❙2❙

장소는 배금성. 성을 지키는 군사들과 그 앞에서 명령을 내리는 찬덕.

찬　덕 : (목소리에 힘을 주어 호령하며) 군사들은 들으라! 적들이 곧 쳐들
　　　　어 올 것이니라. 이 성에 뼈를 묻을 각오를 하고 이 싸움에서 꼭
　　　　이겨야 하느니라! 각자 위치에서 힘껏 싸워라! 그것이 우리 신라
　　　　를 살리는 길이니라!
군사들 : (창을 위로 들며, 함성을 지른다.) 와~!

백제군이 공격을 시작한다. 그 공격에 맞서는 신라군.

백제장수1 : (크게 호령하며) 공격하라! 공격하라!

백제군이 성을 향해 공격을 시작한다.

찬　덕 : (목소리에 힘을 주어) 적들을 한 놈도 들어오게 해서는 안 된다!

백제군은 성에 사다리를 놓고 올라가려 하고, 그 위에 있는 신라군은
이를 막으려 돌을 적들을 향해 떨어뜨린다. 빗발 같은 화살들이 쏟아져 내
린다. 한참을 싸운 후, 휴전 상태.
　　찬덕의 천막 안. 찬덕과 군사가 이야기하고 있다.

찬　덕 : (숨을 헐떡이며) 우리 군의 상태는 어떠한가?
신라군사1 : (머리를 숙이며) 생각보다 좋지 않습니다. 적들의 수가 워낙
　　　　　많은 지라…(말끝을 흐리며)
찬　덕 : (화가 난 목소리로) 그래도 어떻게 해서든 막아야 한다. (탁자를
　　　　주먹으로 치며) 적들에게 이 성을 내줄 순 없다. 절대로.
신라군사1 : 장군! 군사들도 이 성을 위해 힘껏 싸우고 있으니, 꼭 승리할
　　　　　것입니다.

▮3▮

　백제군의 천막 안. 안에는 탁자가 놓여있고, 장수 세 명이 모여 작전을 토론하고 있다.

백제장수1 : 지금 상태로 보아 어떨 것 같소? 이대로 성을 차지 해 버립시
　　　　　 다!
백제장수2 : (고개를 저으며) 아직 그 때가 아닌 것 같소. 시간이 흐를수록
　　　　　 저들은 먹을 것도, 마실 것도 없게 될 것이오. 신라군이 물자
　　　　　 지원을 하지 못하게 한다면 우리가 저 성을 차지할 수 있을
　　　　　 것이오.
백제장수3 : (주먹으로 탁자를 치며) 그게 좋을 것 같소! 그렇게 된다면 우
　　　　　 리가 큰 힘을 쓰지 않아도 되고, 다음 싸움을 위해 힘을 아껴
　　　　　 둘 수 있을 것이오. (크게 웃는다) 하하하하!
백제장수1 : (장수 2를 쳐다보며) 신라 쪽에서 군사들을 더 보내오면 어찌
　　　　　 할 것이오? 저들이 성에 갇혔다는 소식을 들으면 가만히 있지
　　　　　 를 않을 텐데요.
백제장수2 : (목소리에 힘을 실어) 우리들은 그들만 상대하면 되오. 우리가
　　　　　 그들을 막기만 하면 이 성은 우리 것이 되오. 그러기 위해 우
　　　　　 리 힘을 아껴둡시다.
백제장수1, 3 : (힘찬 목소리로) 좋소!

　백제군이 성을 포위하였다. 성안의 신라군사들은 지쳐 쓰러져 있다. 이때, 백제군 밖에 신라군이 모습을 드러낸다. 이 모습을 본 신라의 군사가 장군을 급히 찾아간다. 천막 안에서 찬덕은 걱정스런 표정으로 앉아있다.

신라군사1 : (숨을 헐떡이며, 머리를 숙인다) 장군님! 우리에게 희망이 보이
　　　　　 기 시작했습니다. 왕께서 우리를 위해 군사를 보내셨습니다. 지
　　　　　 금 적들 밖에 있사옵니다.
찬　덕 : (기쁜 목소리로, 벌떡 일어나서) 그게 사실이더냐? 우린 살았다! 이
　　　　　 제 저들을 물리칠 기회가 온 것이다. 군사들에게 이 사실을 알리
　　　　　 고, 힘을 실어 주어라. 몸이 지칠수록 마음은 지쳐서는 아니 된다.

신라군사1 : (기쁜 목소리로, 고개를 숙이며) 네! 장군님. (급히 천막 안을
　　　　　빠져나간다.)
찬　　덕 : (허공을 보며, 주먹을 불끈 쥐고, 혼잣말로) 이겨야 한다. 아니, 이
　　　　　길 것이다. 반드시 승리한다!

|4|

　　성밖에서 백제군과 신라군은 몇 차례 싸우고 있다. 그때마다 신라군은
백제군을 이기지 못해 그 자리에 머물러 있다. 성안 곳곳에 쓰러져 있는
군사들과 죽은 군사들의 시체를 뜯어먹는 군사들, 오줌을 받아먹는 군사
들이 있다. 살아있는 군사들은 몸을 가누지도 못하는 상황에서도 성을 지
키고 있다.
　　찬덕의 천막 안, 찬덕은 근심이 가득찬 표정으로,

찬　　덕 : (천막 밖을 향해) 여봐라!
신라군사2 : (천막 안으로 들어온다. 머리를 숙이며) 네!
찬　　덕 : 상황은 어찌되어 가고 있느냐? 아직 적들을 뚫지 못하였느냐?
신라군사2 : 네, 적들이 워낙 강하여 뚫지 못하고 있사옵니다.
찬　　덕 : 우리 군사들은 어찌하고 있느냐?
신라군사2 : (울먹이는 목소리로) 고픈 배를 움켜쥐고, 성을 지키기 위해
　　　　　　몸부림을 치고 있습니다. 죽은 군사의 살을 뜯어먹는가 하면,
　　　　　　오줌도 받아 마시고 있습니다.
찬　　덕 : (힘없는 목소리로) 알겠다. 물러가거라.

　　이때, 신라 군사 3 뛰어 들어온다.

신라군사3 : (다급한 목소리로) 큰일났습니다. 지금 우리 군이 도망가고 있
　　　　　　다고 하옵니다.
찬　　덕 : (벌떡 일어나, 고함을 치며) 그게 무슨 소리냐!
신라군사3 : 이 성을 포기한 듯 싶사옵니다.
찬　　덕 : 뭐야? (천막 밖으로 뛰어 나간다.)

신라군사 2와 3이 뒤따라 나간다.

찬　덕 : (성밖을 바라보다가, 큰 소리로) 군사들을 모두 모이라 하여라!

부상을 입은 군사들, 다 쓰러져 가는 군사들이 모두 한자리에 모였다.

찬　덕 : (큰 소리로) 신라는 삼주의 군사를 동원하여 우리 성을 응원하였
　　　　으나 이제　버리고 달아나니 이는 의리를 지키지 않는 자이다. 우
　　　　리는 최후까지 싸우다가 의리 있게 죽자!

군사들은 미동하지 않는다.

신라군사4 : 장군의 말은 옳소만 이제 응원군도 달아났으니 더 있어 무엇
　　　　하리오. 하루라도 빨리 항복해 목숨이나 건집시다.

군사들은 무기를 모두 바닥에 내려놓는다.

찬　덕 : 그럼 너희들은 내가 죽은 후에 적에게 항복하라. 내 죽어 귀신이
　　　　되어서라도 백제놈을 잡아먹겠다. 이제는 나의 지모도 더 나오지
　　　　않는다.

　찬덕은 앞에 있는 느티나무에 머리를 들이박고 죽는다. 신라 군사들은
모두 성밖으로 나가 백제군에게 항복한다. 백제군이 성안으로 들어가 백
제의 깃발을 꽂는다.

┃5┃

몇 년 후, 임금이 자리에 앉아 있고, 원론이 그 앞에 꿇어 앉아있다.

임　금 : 원론, 너는 아비가 어찌 죽었는지 잘 알고 있을 것이다. 우리가
　　　　그의 죽음을 헛되게 만들었다. 그 성을 되찾아 오라.
원　론 : 반드시 성을 되찾아 오겠사옵니다. (물러난다)

배금성안의 백제군. 성밖에 신라군이 마주보고 있다.

백제장수1 : (원론을 향해 외치며) 그대가 찬덕의 아들인가?

원　론 : 그렇다! 내 아버지를 대신하여 이 성을 되찾을 것이다!

백제장수2 : (크게 웃으며) 하하하! 우리 백제가 이 성을 지키고 있는 한 어림없다!

원　론 : 두고 보자! 우리 신라가 이길 것이니 두고 보라!

백제장수3 : 아비도 지키지 못한 성을 자식인 네가 어찌 찾겠단 말이냐! 내, 너희가 오는 것을 알고 있었다. 우리 군을 이기지는 못할 것이다!

원　론 : (칼을 위로 쳐들고) 말이 많구나! 두고 보라! (신라 군사들을 향해) 공격하라! 공격하라! 성을 꼭 되찾아라!

백제와 신라가 싸우기 시작한다. 활이 빗발처럼 쏟아지고, 칼을 휘두르며 군사들은 온몸으로 전투를 한다. 하지만 점점 신라군이 밀리기 시작한다.

원　론 : (하늘을 바라보며) '아버지가 했듯이 저도 아버지를 따를 것 입니다. 저도 여기에 뼈를 묻을 것입니다!'

원론은 말을 타고 적진을 향해 달려 적들과 맞서 싸워 몇 사람을 죽인 후에, 적의 칼에 찔려 죽는다.

11

옥천군 강선대와 김흠운*

1. 강선대 전설

양산면에 위치한 강선대는 예전부터 하늘의 선녀들이 내려와 목욕을 하는 곳이다. 이곳은 물이 아주 맑고 깨끗하여 선녀들이 인간 세상을 구경하고 싶을 때 가끔 내려와서 수다를 떠는 장소이다. 오늘이 바로 그날이다. 선녀들 중에서 가장 아름답고 귀품이 넘쳐 항상 선녀 중의 선녀로 꼽히던 이구은이 처음으로 다른 선녀들과 같이 내려와 목욕을 하고 있었다.

"구은아 어때 좋지? 것봐 내가 진작에 같이 오자고 했잖아. 뭐가 그렇게 부끄럽다고 그러니? 호호호호호호"

"야 너무 크게 웃지마. 인간들이 듣겠다. 어서 목욕이나 해."

"하하하하 어련하시겠어. 구은아 저기 봐봐. 가끔 저기 바위에 앉아서 피리 부는 사람이 있는데 어쩜 그렇게 멋있는지… 그 피리 소리를 들으면서 목욕을 하고 있으면 정말 시간가는 줄 모른다니까… 아 생각만 해도 좋다. 오늘도 그 사람이 왔으면 좋겠다. 나는 언제쯤 저런 사람한테 시집 가려나… 구은아 너도 인간한테 시집가고 싶지? 솔직히 말해봐 호호"

---

* 최문숙

"아니야. 쓸데없는 소린…"

이때 어디선가 외로운 피리소리가 들려왔다. 저 멀리 바위 옆에 두 눈을 지그시 감고 피리를 부는 한 남자가 있었다. 그는 김흠운이었다.

"어머… 난 몰라… 그 사람이야! 꿈에나 그리던 내 서방님… 구은아, 봐 봐… 멋있지 않니?"

"응. 그런데 저 사람 어딘지 너무 외로워 보인다…"

구슬픈 피리소리를 한참을 듣고 이구은과 선녀들은 아쉬움을 뒤로한 채 하늘로 올라갔다. 하늘로 올라간 이구은은 그 피리소리와 김흠운의 모습을 한시도 잊을 수가 없었다. 매일 매일 그를 생각하면서 인간세상으로 내려갈 궁리만 하고 있었다. 어느 날, 이구은은 김흠운에게 고백을 해야겠다는 결심을 하고 하늘나라를 떠났다. 그리고는 강선대로 가서 그를 기다리며 기도했다.

'아. 내 서방님. 어서 나타나셔요. 저는 결심했어요. 저의 남편이 되어주셔요.'

그때 아련한 피리소리가 들려왔다. 오늘도 그의 피리소리는 고독하고 구슬프게 들렸다. 이구은은 조심스럽게 그에게 다가갔다.

"헛. 그대는 누구시오?"

김흠운 장군은 놀라며 말했다.

"서방님, 저는 서방님을 한 평생 모시고 살아갈 이구은이라고 하옵니다"

"서방? 내가 어찌 그대의 서방이 된 단 말이오. 허허… 나는 그대를 지금 처음 보았는데 그대는 나를 아시오?"

"예. 저는 서방님을 계속 지켜보고 있었사옵니다. 한 시도 서방님의 피리소리를 생각하지 않은 날이 없었습니다."

"그대는 누구요? 누군데 나를 지켜보았다는 거요. 나는 신라의 김흠운이라 하오."

"저는… 저는…"

"아니 무엇 때문에 그리 망설이는 거요"

"저는 사실… 선녀이옵니다. 몇 일전 강선대에서 목욕을 하고 있던 도중 서방님이 피리를 부는 것을 보았습니다. 하늘로 올라간 이후 서방님이 제 앞에 계속 아른거리셨습니다. 그래서 저는 서방님이 제 운명의 사람이라고 판단하고 이렇게 내려왔습니다. 부디 제 마음을 받아주시고 제가 서방님을 모실 수 있게 해주시옵소서."

"허허 이렇게 아름다운 처자가 나를 이렇게 생각해주다니 몹시 황홀하구려."

이렇게 하여 김흠운과 이구은은 결혼을 하게 되었다.

어느 날 김흠운을 모시던 충신 서종우가 찾아왔다.

"장군님!"

"어인 일이더냐. 관청에 무슨 일이라도 생겼느냐?

"장군님. 큰일났습니다. 백제의 움직임이 심상치 않습니다. 자꾸 우리 신라의 국경을 넘나들고 있다고 하옵니다. 부왕 전하께서 양산으로 떠나라는 명이십니다."

"흠… 종우야 준비하거라. 결국 전쟁이 일어나는구나…"

"예. 장군님."

서기 655년(무열왕2년)에 화랑도의 한 사람이었던 김흠운(金歆運)은 일찍부터 화랑의 정신을 몸에 익혀 온 무장이었다. 젊었을 적부터 화랑의 노래에 젖어 살았으며 화랑의 정신을 몸에 베어 온 김흠운은 싸움터로 떠날 차비를 하고 있었다. 이구은은 어명을 받고 싸움터로 떠나리라는 것을 알고 있었지만 이렇게 갑자기 떠날 줄은 몰랐다. 부인은 왕녀답게 눈물을 보이지 않은 채 김흠운에게 당부하였다.

"부왕 전하의 분부시라 하루 이틀 늦출 수도 없는 일이오나 들리는 말로는 양산 지방이 적 백제나라의 조천성(助川城)과 강 하나를 사이에 두고 있는 아주 위험한 곳이라 하니 각별히 조심하도록 하세요."

남편은 불안해하는 부인을 달래었다.

"백제와 고구려가 함께 우리 신라의 국경을 어지럽힌다 하나 이 몸이

나가 적을 물리치면 기필코 평화를 되찾을 수 있으니 너무 걱정 마오. 곧 돌아오리다. 그때까지 몸조심하고 있으오.”

“예. 서방님. 돌아올 때까지 기다리겠어요. 매일같이 기도할게요. 몸조심 하셔요.”

이구은은 충신 서종우를 불러 김흠운을 특별히 부탁하였다.

‘서방님. 부디 조심하셔요. 서방님의 아이를 가졌어요. 그러니까 무사히 돌아오셔요. 꼭 무사히 돌아오셔요…’

이구은은 김흠운을 떠나보내고 눈물을 보였다. 김흠운은 그 날로 말을 몰고 양산으로 향했다. 그는 영동군 싸움을 계속했다. 어느 날 밤이었다. 그날 따라 비바람이 몹시 불고 밖은 암흑같이 어두웠다. 김흠운은 서종우를 불렀다.

“종우야. 오늘 밤은 무척이나 어둡구나. 이 밤이 지나고 날이 조금 개이거든 다시 공격하기로 하자. 병사들을 좀 쉬게 하거라. 너 또한 눈 좀 붙이거라.”

“예. 장군님. 제 걱정은 마시고 장군님도 좀 쉬십시오. 다 잘될 것입니다.”

김흠운은 이 밤이 지나 다음날 일제히 공격하기로 하고 잠자리에 들었다. 어느 사이에 비바람은 멎고 고요하였다. 그가 막 잠이 들려는 순간 병사의 비명소리가 강 쪽에서 들려왔다.

‘아니 이게 무슨 소리더냐’

김장군은 자리에서 벌떡 일어섰다. 벌써 막사 밖에서는 백제 군사들의 함성 소리가 들려 왔다. 동녘이 훤해 오는 걸 보니 아침이 멀지 않았다. 백제군은 밤새 신라군의 진영 밖에서 기다리고 있다가 새벽잠이 곤하게 든 신라 진영을 급습해온 것이다. 신라군은 크게 놀라 어찌할 바를 몰랐다. 백제군은 어지러운 틈을 타서 일제히 공격해 들어 왔다. 김흠운 장군은 말 위에 앉아 창을 쥐고 몰려오는 적을 기다렸다. 이때 서종우가 뛰어 들어왔다.

“장군님, 적들은 어두움 속에서 일어나 지척을 분간하기 어려우니 비록 장군님이 싸워서 죽는다 하더라도 사람들은 이를 알지 못합니다. 장군은 신라의 귀족이며 왕칙 사위이므로 만약 적병의 손에 죽는다면 백제는 이를 자랑으로 말할 것이니 우리는 이를 깊이 부끄러워 할 바입니다. 그러니 어서 피하십시오.”

김장군은 서종우에게

“대장부가 이미 몸을 나라에 맡겼거늘 이를 알든 알지 못하든 어찌 명예만 구하리.”라고 말한 뒤 그 자리에 꿋꿋하게 서서 움직이지 않았다.

“그렇지만 장군님…”

“무엇이 그렇게 말이 많더냐! 어서 빨리 병사들을 깨우고 적들을 물리치라.”

“장군님… 피하십시오. 제발…”

다른 부하들까지 들어와 말고삐를 잡고 뒤로 후퇴할 것을 애원하였다.

“종우야… 왜 그러느냐. 나는 신라의 장군이다. 내가 어찌 나라를 버리고 도망갈 수 있겠느냐. 니가 나를 생각하는 마음은 잘 알겠다. 그러니 우리 함께 나라를 위해 열심히 싸워서 돌아가자꾸나.”

“장군님… 사실은 장군님 부인께서 저에게 특별히 부탁을 하셨습니다. 장군님을 잘 돌보아달라는 부탁을 말입니다. 저는 장군님을 끝까지 모실 겁니다. 어떠한 상황에서라도 말입니다. 사실은…”

“사실…? 나에게 말하지 않은 무엇이 있는 게냐? 말해보거라. 어서.”

“사실은… 사실은 부인께서 장군님의 아이를 갖게 되셨답니다.”

“뭐라? 내 아이를? 종우야. 네가 뭔가를 잘못 알고 있는 게 아니냐. 그 사람은 선녀다. 내 아이를 가질 수 없는 선녀란 말이다.”

김장군은 믿을 수 없다며 서종우를 바라보았다.

“장군님 저도 처음에 놀랐습니다. 그러나 부인께서는 장군님의 아이를 가진 것이 확실합니다. 두 분의 사랑이 너무나 커서 하늘이 감동하였나봅니다.”

그러나 김장군은 서종우의 말을 듣지 않았다. 그는 사랑하는 아내와 그 아이가 몹시도 보고 싶었다. 그러나 부끄러운 아버지는 되기 싫었다. 신라의 화랑답게 나라를 위해서 싸우는 게 옳다고 생각하였다. 마침내 그는 칼을 뽑아들고 적진을 향해 돌진했다. 이 모습을 지켜보던 몇 명의 부하도 적과 싸우다가 전사했다. 그 또한 적과 어울려 몇 명을 죽이고 전사했다. 김장군이 맹렬하게 싸우고 있을 때 이구은은 강선대에서 그의 피리를 앞에 두고 기도를 하고 있었다.

'하늘이시여. 분노를 푸소서. 이제 저는 하늘의 사람이 아니고 세상의 사람이 되었사옵니다. 그의 아이를 가지게 되었습니다. 저 때문에 그가 다치지 않게 해주시옵소서. 제가 그 사람을 사랑한 것이 죄라면 저를 탓하여 주시고 부디 그 사람을 보호하여주소서.'

그녀는 눈물을 흘리며 간곡하게 기도하였다. 그러나 김흠운은 결국 죽었다. 그런데 그가 죽은 동시에 그녀는 아이를 낳았다. 사내아이였다. 이구은은 그 아이를 껴안고 눈물을 흘렸다.

'결국 저에게서 그 사람을 빼앗아 가시는 군요. 이 아이 잘 키울께요. 서방님 하늘에서 저와 이 아이를 보호해주소서.'

후에 태종 무열왕은 김흠운 장군의 소식을 듣고 슬퍼 통곡하였다. 신라 사람들은 양산 싸움에서 날아온 이 같은 슬픈 소식을 듣고 <양산가>를 지어 부르며 그들의 전사를 슬퍼했다. 양산지방에 입으로 전해오는 <양산가>는 다음과 같다.[1]

> 양산을 가세 양산을 가요
> 모링이[2] 돌아서 양산을 가세
> 난들[3] 배 잡아타고

---

1) www.yeongdong.go.kr
2) 모링이 : 모룽이, 모퉁이와 함께 모두 같은 뜻으로 물굽이의 뜻이다. 모링이는 경상도 사투리인데, 이곳이 경상북도와 맞닿아 있어서 언어생활에서도 많은 영향을 받고 있음을 알려준다.
3) 난들 : 지금의 양산 가선리 부근의 지명.

양산을 가세 양산을 가오

양산을 가세 양산을 가요
잉어가 논다 잉어가 논다
양산 창포장4)에 잉어가 논다
양산을 가세 양산을 가요
자라가 논다 자라가 논다
양산 백사장에 자라가 논다
양산을 가세 양산을 가요
장게5)가 논다 장게가 논다
양산 수풀 속에 무구리6) 장게가 논다

양산가노래비

2. 콘텐츠화 방안

<양산가>를 바탕으로 충북영동군을 콘텐츠화하는 방안으로는 세 가지

4) 창포장 : 양산 송호리 앞에 창포가 많이 나는 밭이 있었다고 함.
5) 장게 : 수펑인 장끼
6) 무구리 : 묵은(오래된)

정도를 생각해볼 수 있다.

첫째, 순수한 이미지를 부각시키는 것이다. 영동군 상촌면 궁촌리는 영화 '집으로'의 촬영지이다. 영화에서 나오는 것처럼 영동군은 주위 자연이 멋있고 깨끗하다. 산도 많고 폭포도 많은 것이 특징이다. 따라서 가족 단위로 여행을 와서 즐길 수 있는 아이템을 개발해야 한다. 예를 들면 가족 농원을 만드는 것이다. 가족단위로 일정한 면적의 땅을 빌려주고 그곳에 여러 가지 농작물을 키우는 것이다. 가족끼리 서로 도우면서 가족 간에 단합도 되고 아이들에게 좋은 교육장소가 될 것이다.

둘째, 순수한 이미지와 맞물려서 물의 이미지를 살리는 것이다. '송호국민관광지'는 양산을 꿰뚫고 남에서 동북으로 흐르는 금강 상류 연안에 위치한 명승지로 자연경관이 매우 아름다울 뿐만 아니라, 신라와 백제의 끊임없는 싸움의 역사 속에 신라 김흠운 장군의 애환과 <양산가>의 유래가 깃 든 곳으로 유명하다. 하늘의 선녀가 내려와 목욕을 하였다는 강선대(降仙臺)와 승천하려던 용이 선녀가 목욕하는 것에 반하여 승천하지 못하고 떨어졌다는 용바위(龍岩), 만취당(晩翠堂), 박응종(朴應宗)이 말년에 후학을 가르쳤다는 녹음방초의 여의정(如意亭)이 있다. 이곳을 더욱더 홍보하여 사람들에게 알린다면 굉장한 관광지로 떠오를 수 있을 것이다.

하늘에서 내려온 선녀가 목욕했던 곳에서 물놀이를 하며 사진을 찍을 수 있다면 흥미진진하게 자연을 즐길 수 있을 것이다. 또한, 용추폭포도 활용해야 한다. 10여 미터가 넘는 절벽에 삼단으로 힘 있게 쏟아지는 폭포를 보면 떠나고 싶은 생각이 들지 않을 것이다. 폭포 주변에는 물과 물이 부딪히면서 음이온이 많이 나온다고 한다. 사람에게는 음이온이 건강에 좋다고 하여 요즘에는 음이온 에어컨이니 음이온 옥 매트 등 여러 가지 상품이 나오고 있다. 요즘이 웰빙시대인 만큼 폭포와 건강을 연관시켜서 콘텐츠화하는 방법도 좋을 것이다.

셋째, 김흠운 장군을 좀 더 부각시키는 것이다. 양산 8경은 영국사·강선대·비봉산·봉황대·함벽정·여의정·자풍당·용암을 가리킨다. 이 양산 8경에 짤막한 이야기를 집어넣어서 이야기가 있는 영동군으로 만드는 것이다. 그 다음 이 것을 축제로 개발시켜야 한다. '양산8경축제'로 각각의 이야기를 가지고 연극을 꾸미거나 음악의 고장답게 오페라로 만들어서 세계적인 공연이 될 수 있도록 만들어보는 것이 좋을 것 같다. 김흠운의 이야기를 연극으로 만들어서 사람들이 많이 알 수 있도록 해야 할 것이다. 난계 박연은 난계국악축제로서 알려지고 있고 점점 더 발전되어져 가는데 김흠운을 기리는 축제는 부족한 듯하다. 나라를 사랑하고 충성했던 김흠운의 넋을 기릴만한 성대한 축제가 필요하다.

매화리 전설의 콘텐츠 활용 방안*

1. 머리말

민속은 그 지역 주민들의 다양한 삶이 반영되어 있는 결정체이다. 시대가 변하고 사회·문화가 변함에 따라 민속 문화도 변해가지만, 민속 문화 자체의 본질적 정체성은 유지해야 할 필요가 있다. 민속분화 본질을 탐구함으로써 정통성을 찾고 이를 바탕으로 적극적인 활용 방안이 논의 되어야 할 것이다. 즉 옛것의 소중함은 살리면서 새로운 문화양상에 맞춰나가자는 법고창신을 바탕으로 민족문화를 발전시키는 것이다.

민족문화의 원형 재구 및 의미 분석 등을 통해서 디지털 문화와 접목될 수 있는 민속 문화의 활용, 민속 문화 교육용 콘텐츠 개발, 민속 문화의 문화 상품화 등을 통해서 발전시켜야 할 것이다. 문화를 재창조하여 새로운 가치를 창출해내고, 자기화·체질화·궁합화하여 친 생태적인 모습을 드러내야 할 것이다. 또한 자연과 사람 속에서 이루어지는 문화를 통해 활인미학의 정신을 되새겨야 할 것이다. 우리 모두 우리 문화에 대한 정체성을 확립하고 자부심으로 문화의 콘텐츠화를 이루어 낼 때, 우리 문화

---

* 임혜림

는 세계의 문화 속에서 꽃 피울 수 있을 것이다.

2. 매화리 전설의 콘텐츠 활용

1) 매화리 전설의 문학화

충청북도 옥천의 '매화리 전설'을 토대로 하여, 연극이나 인형극 또는 어린이들을 위한 애니메이션이나 동화 등의 재창조가 필요하다. 흥미와 재미, 참신성과 독창성에 걸맞게 '매화리 전설'을 재구성하여 발전시킨다. (연극 대본 참조)

2) 매화리 전설을 담은 홈페이지

충청북도 옥천의 지역적인 문화특성을 홈페이지를 마련하여 다양하게 제공한다.

관광콘텐츠와 연계한 무선 인터넷 서비스와 주변 관광정보 서비스(관광지, 숙박시설, 음식점 정보 등), 지역 행사 및 공지사항 전달 서비스 및 개인 여행정보 서비스를 제공하며, 세계적으로 홍보하기 위한 다국어 지원(영어, 일어, 중국어)하고, 포토갤러리 서비스, 웹 페이지 분석, 회원관리 서비스, 검색기능, 메뉴별 자료의 Down-load 및 인쇄기능을 제공한다. 그리고 홈페이지 방문자를 환영하고 독특한 사이트의 개성을 전달하는 배경음악을 제공한다.

3) 매화의 캐릭터화

무엇보다도 상품화 할 수 있는 것은 캐릭터로 그 지역의 문화를 홍보하는 것이다. 매화를 상품에 새기거나 매화를 떠올릴 수 있는 상품을 개발하여, '옥천'하면 '매화'를 떠올릴 수 있도록 매화의 이미지를 크게 부각시켜야 한다. 캐릭터를 통하여 애니메이션도 더욱 더 활성화시키고, 사람들에게 좀 더 쉽고 빠르게 인식됨으로 상업적으로도 많은 이익을 남길 수 있다고 생각한다.

4) 매화리 전설이 담긴 설매재 휴양림

충북 옥천 특유의 지역 환경을 고려하여 '매화'의 이미지를 부각시키는 설매재 휴양림을 개발한다. 깨끗한 계곡 물과 청정한 공기와 함께 매화를 조화시켜 관광명소로 자리매김 하는 것이다. 인근의 백운산, 용문산, 중원산과 연결시켜 '매화'를 만끽할 수 있는 다양한 코스를 개발하여 발전시킨다.

5) 매화 시(시조)와 그림그리기 대회 개최

매화는 사군자로 일컬어지는 매·난·국·죽의 하나이다. 옥천의 매화리에서는 매화를 부각시켜 지역주민이나 관광객을 대상으로 매화에 대한 시와 그림그리기 대회를 개최하는 것도 옥천의 지역 문화를 발전시키는 좋은 방법이라고 생각한다. 주제를 매화로 정하여 아이들에게 '매화 동시 짓기', '스케치북 위의 매화' 등의 대회로 가까이 다가간다. 또한 어른들을 상대로 매화 '시조 짓기', '화선지에 매화 꽃피우기' 등의 대회를 이용하면 사람들의 눈길을 사로잡을 수 있을 것이다.

6) 매화 사진 축제

매화리에서 매화가 가장 만발하는 시기를 '사진 축제' 기간으로 정하여 매화의 모습을 사진으로 담는 계기를 마련한다. 황매화, 백매화, 홍매화 등 각양각색을 지니고 여기저기 만발한 매화의 아름다움을 다양한 각도와 구도로 카메라 속에 담아서 전시하는 것도 옥천의 매화를 홍보하는 좋은 방법이 될 것이다.

7) 매화리 전설이 나타내는 풍수지리

'매화리 전설' 속에는 풍수관이 반영되었다고 볼 수 있다. 즉, 명당의 욕망이 만들어 낸 또 다른 지역적 이미지인 것이다. 인심이 좋다고 이름 난 매화리 마을에 매화당을 짓고 살면 큰 인재가 나온다는 전설만 봐도 알 수가 있다. 아름다운 자연 속에서 소박하게 살아갈 수 있는 사람들에 초점을 맞추면서, 땅의 형세나 방위를 인간의 길흉화복에 관련시켜 설명하는 풍수지리설을 부각시킨다. 풍수지리의 정보를 얻을 수 있는 전시관이나 책자, 또는 강의를 통하여 매화리 전설 속에서 풍수지리까지 배울 수 있는 계기를 마련한다.

8) 매화에 관한 전설 모음전

옥천 지역의 매화 전설을 이 외의 '매화'와 연계되는 모든 자료들을 수집하여 한 눈으로 매화에 대한 지식과 정보를 교환할 수 있는 발판을 마련한다. 예를 들어, '광양 매화 축제', '도산서원의 매화' 등을 같이 연결하여 매화전시관을 마련함으로써 매화에 대한 축제의 정보와 매화와 관련된 지식을 상호교환 할 수 있도록 하는 것도 문화를 재창조시킬 수 있는 좋은 방안이 될 것이다.

3. 매화리 전설의 연극대본

소박하고 한적한 충북 옥천의 한 마을.
따사로운 햇빛과 넉넉한 시골풍경이 한 폭의 그림을 이루고 있다.
마을의 한 초라한 초가집 앞으로 시주승이 지나간다.

시주승 : (대문 앞에 서서) 계십니까? 아무도 안 계십니까?
남 편 : (문을 열어 시주승을 바라보며) 뉘십니까?
시주승 : (목탁을 두드리며) 저는 건너 마을에 있는 절의 중이온데, 시주
　　　　좀 해 주시지요.
남 편 : (중을 반기며) 네. 그러지요. 누추하지만 어서 들어오세요.
시주승 : 네. 그럼 실례 좀 하겠습니다.
남 편 : 별 말씀을요. 많이 지쳐보이 십니다. 금방 상을 차려 올릴테니 조
　　　　금만 기다리시지요.
시주승 : (목례로 보답하며) 감사합니다.
남 편 : (부엌에 있는 아내를 향해) 여보! 여보!
아 내 : (젖은 손을 앞치마에 닦으며) 네. 서방님.
남 편 : 우리 집에 시주승이 오셨소. 아침밥을 못 드신 거 같으니 상 좀
　　　　차려주시오.
아 내 : (난처한 얼굴로) 서방님. 쌀과 찬이 오늘 저녁에 우리가 먹을 양
　　　　밖에 없습니다.
남 편 : 그래도 우리 집에 찾아 온 손님인데, 그냥 돌려보낼 수는 없지 않
　　　　소. 조촐하더라도 정성껏 대접하는 게 낳지 않겠소? 많이 지쳐 보
　　　　이시니 빨리 한 상 차려주시오.
아 내 : (고개를 끄덕이며) 네. 알겠어요. 서방님.

아내가 밥상을 차리는 사이 시주승과 남편이 이야기를 나눈다.

남 편 : 조금만 기다리세요. 제 부인이 금방 상을 봐 올 겁니다.
시주승 : 네. 감사합니다. 집안 사정도 어려우신 거 같은데, 괜히 저 때문
　　　　에 누를 끼치는 게 아닐지…

남 편 : (미소를 머금으며) 아닙니다. 괜찮습니다.

시주승 : 이 마을은 참 경치가 좋습니다.

남 편 : (웃으며) 하하! 그렇습니까?

시주승 : 네. 뒤로는 산이 마을을 감싸고 있고, 앞으로는 강이 유유히 흐르
        는 걸 보니 명당 중에 명당인 것 같습니다.

남 편 : 네. 참으로 살기 좋은 곳입니다. 여름에는 시원하고, 겨울에는 따
        뜻하지요. 공기도 좋고, 땅도 좋아서 농사도 잘됩니다. 무엇보다
        도 아름다운 자연 경치로 살 맛 나는 곳입니다. 또한 마을사람들
        도 모두 순박하고 착하지요.

시주승 : (웃으며) 그런 것 같습니다.

    아내가 밥상을 들고 나와 시주승 앞에 상을 내려놓는다.

아 내 : 스님. 찬이 부실해서 죄송…

시주승 : (부인의 말을 끊으며) 아이구! 아닙니다. 제가 미안할 뿐입니다.

아 내 : 차린 건 없지만 맛있게 드세요.

시주승 : 감사합니다. 잘 먹겠습니다.

    시주승은 밥을 먹고, 아내와 남편은 마루에 걸터앉아서 볏짚을 꼬고 있다.
    아내는 일을 하다 말고 갑자기 방안으로 들어가 반짇고리를 가져온다.

아 내 : 스님. 봇짐에 닳아 뜯어지려고 하네요. 제가 꿰매어 드릴 테니 잠
        깐 내려놓으시지요.

시주승 : 아! 이런… 그래도 되겠습니까?

아 내 : (웃으며) 네. 식사 마칠 동안 꿰매어 드리겠습니다.

시주승 : (봇짐을 건네며) 감사합니다.

    시주승은 가난한 집에서 자신에게 극진한 대우를 해주는 것을 보며 감
동받는다.

시주승 : 참으로 친절하신 두 분 이십니다.

아 내 : (남편을 바라보며 웃는다) 아닙니다. 저희가 비록 가진 건 없더라

　　　　도 서로 도우면서 살아야지요.
남　편 : (아내를 바라보며) 조금 더 넉넉하면 좋겠지만, 저희는 지금처럼 소박한 삶에 만족하며 살아가고 있습니다. 가족들 모두 건강하고 화목하게 지내는 것 말고 뭘 더 바라겠습니까? 하하하!
시주승 : (고개를 *끄덕이며*) 암요. 그렇고 말구요.
아　내 : 스님. 여기 바느질 다 되었습니다.
시주승 : 감사합니다. 덕분에 너무 맛있는 식사를 했습니다.
남　편 : 저희 집을 지나가시는 길에는 언제든지 들리시지요.
시주승 : 고맙습니다.

　　시주승이 떠날 채비를 하자, 남편과 아내는 대문 밖까지 마중을 나온다.

시주승 : 안 나오셔도 됩니다.
남　편 : 조심해서 가세요.
아　내 : 스님. 가시는 길에 배가 출출하시면 이 감자로 요기하세요.
시주승 : 감자까지… 참으로 감사합니다. 신세만 지고 가서 어찌할지…
남편과 아내 : (웃으며) 다음에 또 들려주시지요.
시주승 : 그럼 이만 가보겠습니다. 집안에 늘 좋은 일만 있길 부처님에게 기도드리겠습니다.
남편과 아내 : (허리 숙여 인사하며) 네. 살펴가세요!

　　남편과 아내는 시주승의 뒷모습을 바라보고 서 있다.
　　시주승은 가던 길을 멈추고 돌아서서 남편과 아내에게 한마디를 건넨다.

시주승 : 가난하지만 넉넉한 마음을 가진 두 분 덕에 제 기분까지 좋아졌습니다. 이 마을의 이름을 '매화'라고 고쳐 부르면 마을에 좋은 일이 일어날 것입니다.

　　시주승은 마을과 선량한 부부를 등지고 유유히 길을 떠난다.
　　두 부부와 시주승의 얼굴에는 매화꽃처럼 환한 함박웃음이 피어난다.

이 후 마을의 이름을 '매화'라고 부르기 시작하였고, 그런 연유로 매화리에는 매화가 번성하여 꽃이 온 마을을 뒤덮을 지경이었다. 집집마다 안마당 뒷마당 가리지 않고 매화꽃이 피었고 심지어는 동구 밖에도 매화꽃이 피어 마을을 감싸고 있는 형상이었다고 한다. 또한, 청순하고 아름다운 인심 속에 그 옛날 가난하게 살았던 때의 인심이 전설로 내려오고 있다.

박연의 피리*

1. 박연은 누구인가

박연은 조선조 초기의 문신으로 천재적인 음악가이자 음악이론가다. 그의 출생을 살펴보면 고려 우왕 4년인 1378년 8월 20일에 삼사좌윤 박천석의 아들로 영동군 심천면 고당리에서 태어났으며, 본관은 밀양이며 초명은 연, 자는 탄부이며 호는 난계, 시호는 문헌공으로 1767년 영조 3년 7월에 내려졌고 복야공파의 대표적 인물이다. 박연은 국당 박홍생의 4촌 동생으로 그에 호인 난계의 유래는 그의 정원에 난초가 많았기 때문이라 한다. 박연은 어려서는 엄한 정훈과 돈돈한 지도를 받으면서 영동향교에서 수학한 후 1405년 28세에 생원이 되었고 34세에 문과에 급제하여 집현전 교리를 거쳐 사간원정언, 사헌부지평, 세자시강원문화을 지냈다.

예문관대제학, 이조판서를 역임한 후 관습도감 제조로 있는 동안 음악에 관계되는 많은 연구와 업적을 쌓았다. 작곡, 연주뿐이 아니고 악기의 제작, 음악 이론의 연구와 조율 그리고 궁정음악의 정립과 혁신 등 음악에 관계되는 모든 분야에서 뛰어난 업적을 남겼다. 고구려의 왕산악, 신라

---

* 유희경

의 우륵과 함께 우리나라 3대 악성으로 추앙받고 있다.[1] 박연이 음악에서
대성을 이룰 수 있었던 것은 세종대왕의 음악에 대한 깊은 이해와 더불어
적극적인 뒷받침이 있었기 때문이다.

2. 박연의 생애

박연은 1405년(태종 5) 28세에 생원이 되었고 34세 1411년(태종 11) 때에는
문과에 급제하여 집현전 교리를 거쳐 사간원 정언, 사헌부 지평, 세자시강
원 문학을 지냈다. 세종이 즉위하자 박연을 관습도감 제조로 임명하여 음
악에 전념하도록 하였다. 난계는 악률 사용법이 없어질까 염려되어 향악,
당악, 아악의 율조를 조사하고 악기보법 및 악기의 그림을 실어 한권의 악
서를 만들었다. 또 박연은 많은 아악기를 제작하였는데 석경을 비롯하여
생포, 방경, 훈축, 토악, 대고, 영고, 뇌고, 노고, 죽독, 건고, 편종 등 모두
옛 제도에 맞도록 제작, 혹은 개조하였다. 그러나 이러한 아악기 제작보다
는 여러 악기의 율조에 더 의의가 있는 것이니 악기의 조율이 완전히 되어
야 비로소 139개의 악기합주가 깨끗한 화음을 낼 수 있기 때문이다.
　여러 악기의 율조에 필요한 것은 편경인데 경은 돌로 만든 것으로 쇠로
만든 종같이 춥고 더운 온도에 영향을 받지 않아 음이 불변하기 때문에
이에 다른 여러 악기가 조율된다. 또한 편경의 율조에 필요한 것은 12율
관인데 편경은 율관으로 조율되어야 하며 율관 제작에 필요한 것은 거서
(기장이라는 곡식이름)였다. 세종 7년에 마침 기장이 해주에서 나오고 경석이
경기도 남양(현재 화성군)에서 나와 같은 해 8월에는 예조의 요청에 의하여
시험 제작하였고 1427년(세조9) 5월 드디어 12매 한 틀의 완성을 보았다.

---

1) 정신문화원, ≪한국민족문화대백과사전≫ 9권, 1997.

이 편경은 중국 황종의 경을 표준으로 하였고 웅진에서 산출된 기장으로 삼분손익법에 의하여 12율을 제작한 것이다.

또한 세종실록 59권(세종15)에 의하면 박연의 감독 하에 세종 8년 가을부터 세종 10년 여름까지 종묘와 영녕전 및 제사에 통용할 편경과 등가에 쓸 편경, 특경 등 528매를 완성했다는 기록이 있는데 이 경은 중국의 경보다 더 잘 맞는다고 하였다. 그리고 조정의 조회 때 사용하였던 향악을 폐하고 아악의 사용을 건의하여 실행하도록 하였고, 1431년(세종13) 박연은 남급 정양과 함께 조회 악기를 제작하여 왕에게 올렸고 정월하례에 새로 제정된 아악이 처음으로 연주되었는데 이때의 궁중의식은 이제껏 보지 못했던 매우 찬연한 것이었다.

세종은 그들에게 새로 만든 아악의 공으로 안마를 하사하였다. 그 뒤 회례아악의 시작되어 1433년(세종15) 정월 1일 근정전에서 회례연이 있었을 때 융안지악, 서안지악, 휴안지악, 문명지곡 등 새로운 아악 또한 제향의 악이 모두 주나라 제도에 의거한 것인데 옛 제도에 대하여 약간의 착오가 있어 이를 상소해서 바로 잡았고 종묘의 악뿐 아니라 사직, 석존, 원구단, 적전, 선잠, 선농, 산천 등의 모든 제사악에 대해서도 옛 제도와 틀린 것을 지적하여 정정하여 세종 20년대의 종묘악을 처음으로 정통적인 아악으로 확립하게 된 것이다.

세종 15년 7월에 유언비어를 유포했다는 죄로 파직되었다가 용서받아 아악에 종사한 일도 있으며 그 후 그는 공조참의와 첨지중추원사를 거쳐 동지중추원사로 승진하였다. 1445년(세종 27) 박연은 67세의 노인으로 명나라 황제의 생일을 축하하려고 가는 성절사로 다녀와서 인수부윤, 중추원 부사를 역임하고 예문관 대제학에까지 이르렀다. 1453년(단종원년) 수양대군에 의하여 김종서, 황보인 등을 죽인 계유정난 때 아들 계우가 처형되었고 박연은 3조에 걸친 원로였다는 점을 참작하여 화는 면했으나 파직되었다. 그는 늙어서 이런 비운을 당하게 되자 고향인 영동에 내려와 있다가 1458년(세조 4) 3월 23일 81세에 돌아가니 그 유해는 영동군 심천면 고당리에 안장되었으며 영조 43년에 문헌공이란 시호를 받았다.

박연은 거문고를 창제한 고구려의 왕산악, 가야금을 창제한 신라의 우륵과 더불어 우리나라 3대 악성의 한 분으로 악서제작, 편경제작과 각종 아악기 제작, 조회악 및 회례아악의 창제, 제향아악, 특히 종묘악의 정정 등 조선음악의 기반과 아악의 정리로 큰 업적을 남겼다. 영동군에서는 박연의 공덕을 추모하기 위해서 매년 가을 난계국악축제를 개최되고 있다.

3. 박연의 업적

≪세종실록≫을 보면 세종대왕이 조회아악을 창제하고 싶다면서 박연에게 다음과 같이 하명하는 글귀가 보인다. "고래로 어떤 제도를 새로 창제한다는 것은 여간 어려운 일이 아니다. 임금이 하고자 하면 신하가 반대를 하고 신하가 하고자 하면 임금이 듣지를 않는다. 설혹 상하 모두가 하고자 해도 시운이 불리할 때가 있다. 지금이야말로 나는 먼저 확고히 뜻을 정했고 나라에는 일이 없으니 마땅히 진력해서 그것을 이룩하도록 하라"는 내용이 곧 그것이다.

굳이 실록의 말을 서두에 인용하는 뜻은 이같은 세종의 이야기가 박연의 음악적 업적을 시대사적인 시각에서 한층 객관적이고도 타당성 있게 조명해 볼 수 있는 하나의 좋은 단서이자 시사가 되기 때문이다. 세종의 진단처럼 새로운 일을 도모하거나 기존의 제도를 혁파한다는 것은 말처럼 쉬운 것이 아니다. 서로의 뜻이 투합되고 시운이 뒤따라주는 등 여러 가지 여건이 부합되어야 비로소 가능한 것이다. 박연의 음악적 공헌도 여기서 예외가 아니다. 박연이 조선초기의 음악제도를 정비하여 나라음악의 기틀을 다질 수 있었던 것도 박연의 뛰어난 음악적 자질과 해박한 지식에 말미암은 바가 컸겠지만, 다른 한편으로는 세종의 공감이나 시대적 여건이 함께하지 않았다면 도저히 불가능했으리라는 점 또한 엄연한 사실이라고 하겠다.

주지하다시피 문치에 뛰어났던 세종은 음율에도 밝았고 음악에 대한 관심이 역시 남다른 바가 있었다. 한번은 박연이 편경을 제작해서 시연을 했는데 세종은 이칙음이 조금 높다고 지적해 냈다. 박연이 이칙음의 경돌을 살펴보지 않아 돌을 충분히 깎아 내지를 않아서 먹줄이 남아 있었다. 먹줄만큼 경돌을 더 깎아내니까 그제야 음정이 정확해졌다. 세종의 음감이 어떠한가를 엿보게 하는 일화이다. 그뿐만이 아니다. 세종은 또 이렇게 주위 사람들의 의표를 찌르기도 했다. 즉 "아악은 본래 우리나라 음악이 아니고 실은 중국음악이다. 중국 사람이라면 평일에 늘 들어서 익숙하므로 제사에 연주하는 것이 마땅하겠지만, 우리나라 사람은 살아서는 향악을 듣는데 죽어서는 아악을 연주하게 되니 이 어찌된 일인가?"라고 하였는데 이는 세종대왕의 자주적인 예술관, 주체적인 역사의식을 꿰뚫을 수 있는 단적인 예로서 당시의 사대적 풍조 속에서는 여간 투철하고도 파격적인 시대의식이 아닐 수 없다.

박연이 조선조 초기 음악에 많은 공적을 남길 수 있었던 것은 이처럼 세종의 각별한 음악적 관심이나 배려에 힘입은 바 적지 않을 것이다. 고기가 물을 만나듯 박연의 음악적 공헌이 빛을 보기까지에는 비단 임금의 지지만이 뒤따랐던 것이 아니다. 시대상황이 들어맞았고, 제반 여건이 갖추어져 있었다. 즉 왕조가 바뀌어 각종 문물제도를 일신해야 할 시대 상황이 그것이었고, 악기제조에 선행돼야할 기본재료인 경석(안산암의 하나로 정으로 치면 맑은 음향이 남)과 거서(기장이라는 곡식 이름)가 각기 남양과 해주에서 산출되었던 시기적절한 여건조성이 곧 그것이었다. 바로 이같은 안성맞춤의 조건 속에서 박연은 자신의 음악적 기량과 소신을 펼쳐갈 수 있었으며 역성혁명의 와중에서 미비하기 그지없던 개국초기의 음악제도를 힘겹게나마 바로잡을 수 있었던 것이다.

자명한 일이지만 박연의 이름이 후세에 길이 회자되는 것은 물론 개인적 신상명세나 덕행의 남다름에 있지는 않다. 두말할 나위 없이 그것은 음악에 끼친 그의 헌신적 공로 때문인 것이다. 박연의 상소문과 그의 가훈 등을 엮어서 후손이 간행한 《난계유고》를 살펴보면 그가 음율에 얼마나 정통했으며 고래의 예악사상에 얼마나 투철했는가를 이내 간파할 수 있다. 그가 임금께 주청(임금께 상중하여 청원함)한 음악에 관계된 내용을 몇 가지를 제시하면 다음과 같다.

먼저 음악의 기본인 황종율관을 제작하고 이것을 바탕으로 여타의 율관을 제작하자고 상주(임금에게 말씀을 아룀)했고, 공식 연례에서 여악(궁중 연회 때 여기가 악기를 타고 노래부르고 춤추는 일)을 사용하는 것은 예의지국에서는 물가한 일이라고 이의 시정을 상소했다. 한편 음악이란 하늘과 땅의 이치를 취하고 음양의 도리를 쫓아서 제작되는 것이기에 그 속에는 오묘한 섭리와 인간이 따라야 할 순리가 내재한 것이다. 그런데 당대의 음악 상황은 여러 가지 악기가 미비하고 법도가 크게 무너져 있었다. 이에 박연은 악율의 법제를 바로잡고 악장의 난삽을 보정하고 악기를 구비하여 고제에 맞는 정악을 확립하도록 상수하기도 했다. 또한 제향악(나라에서 제사를 지낼 때 쓰는 음악)의 용례와 절차를 고법에 맞게 시정하자고 제청했다. 박연은 당상이나 당하에서 연주하는 음악의 법도가 틀렸음을 지적하기도 했다. 즉 옛 법도로 음악은 반드시 대뜰 위의 당상과 대뜰 밑의 당하로 양분해서 연주되기 마련이다. 이는 음양이론에 따른 것인데, 지대가 높은 당상은 양의 위치이고 지대가 낮은 당하는 음의 위치이기 때문이다. 따라서 음양조화에 부합하려면 양의 위치인 등가, 즉 당상에서는 음에 해당하는 음악을 연주해야하고 음의 위치인 헌가, 즉 당하에서는 양에 해당하는 음악을 연주해야 한다. 여기서 음의 음악이란 12음의 율려 중에서 짝수 번호에 해당하는 음을 의미하고 양의 음악이란 홀수 번호에 해당하는 음이 주음으로 기능하는 음악을 뜻한다. 그러나 조선 초기에는 음악제도가 문란해져서 당상에서도 양율의 음악이 연주되고 당하에서는 음려의 음악이 연주되고 있었으므로 박연은 이를 바로 잡도록 임금께 간곡히 상소했던 것이다.

　박연의 상소는 여기서 그치지 않는다. 제향악의 음악절차를 시정토록 건의했고, 조하(조정에 나아가 임금께 하례함)때의 용악에 대해서 상주했으며, 임금의 좌전 때의 음악문제까지 언급했다. 그런가하면 흙으로 굽던 와경을 석경으로 대체하자고 건의했으며, 훈이나 축이나 생황 같은 악기를 고제에 맞게 제작하자고 했고, 제례악(종묘, 문묘의 사대찰에 쓰는 음악)에 곁들이는 일무(사람을 여러 줄로 벌여 세워서 추게 하는 춤)는 바로 잡자고 했다. 한편 악기의 배치법, 즉 악현법을 시정하고자 했고, 악공의 복식을 개수하자고 했고, 가동을 설치하자고 했고, 악가를 마련하고자 했고, 악보를 간행하자고 했다. 그밖에 건고, 대고, 뇌고, 영고 등을 제작하거나 개조하자고 했으며, 편종을 주조하자고 건의하는 등 대소 40항목에 이르는 음악관계의 내용을 임금에게 주청했다.

　지금까지 살펴본 박연의 상소내용을 통해서 우리는 박연의 음악세계와 악제의 정비를 위한 그의 집념을 십분 짐작할 수 있다고 본다. 이처럼 박연은 음악 전반에 걸쳐서 두루 통달하고 있었으며 음악의 고법을 숭상한 나머지 법에 어긋나는 모든 음악제도를 철저하게 바로 잡으려 했다. 흔히 음과 양이 비견해서 예와 악이라는 뜻의 예악이라고도 일컬어지는 음악은 일찍부터 동방문화권 속에서는 인간과 사회와 정치, 심지어는 우주론적인 지평으로까지 연결되어 다분히 추상적이고 관념론적인 성격을 보이기도 했었다. 음악의 고법이란 바로 관념적이고도 철학적인 성격이 농후한 음악관과 음악론을 지칭하는데, 박연은 전통적 음악의 맥에 충실하려 했고, 이를 바탕으로 조선 초기의 음악을 크게 정비하려고 진력했다.

　동양적인 음악관에 따르면 나라가 바뀌면 마땅히 음악도 바뀌어야한다는 것이 상식이었다. 치세지음이니 망국지음이니 하는 일상용어에서도 알 수 있듯이 나라가 망했다는 것은 곧 음악제도의 붕괴를 뜻하기도 했다. 그만큼 음악의 좋고 나쁨과 국가의 흥망은 표리의 함수관계로 간주되었던 것이다. 난세지음이 횡행하면 백성들의 심성이 사악해지고 사회기강이 문란해서 결국은 나라가 망하고 만다는 논리였다. 시대적 관념이 이러했기 때문에 왕조가 바뀌면 반드시 음악제도를 바꾸는 것이 상례였다. 수명개제라는 말이 곧 그것이다. 망국의 음악을 새로운 왕조에서 그대로 사용할 수 없다는 발상이다. 혁명의 혼돈에서 서서히 사회 분위기가 안정되자 악정에 관심을 기울인 세종의 치적도 같은 관점에서 이해될 수 있고 박연의 음악적 공헌도 큰 의미를 부여할 수 있는 것이다.

　박연의 음악적 업적 중에서 가장 의미 있는 일이라면 율관 제작의 시도다. 얼핏 율관 제작이라면 악기의 제작쯤으로 치부하기 일쑤겠지만 기실 황종율관의 제작이란 나라의 기틀을 좌지우지하는 근원적이고도 중차대한 행위인 것이다. 황종척이라는 용어에 암시되어 있듯이 황종율관은 모두 사회활동의 척도가 되는 도량형의 기준이 되기 때문이다. 우주의 중심이라 할 수 있는 정확한 황종음의 높이를 표출해내는 죽관의 길이는 그대로 일상적인 인간생활의 길이의 단위가 되고, 그 황종율관의 내경 속에 채워지는 기장, 즉 거서의 양은 그대로 부피의 단위가 되며, 또한 그 기장의 무게는 곧 일상생활의 무게단위가 되는 것이다. 이렇게 해서 황종율관은 도량형의 기준이 되는 것이며, 따라서 황종의 높이 즉 황종율관의 길이를 얼마로 확정하느냐의 문제는 그대로 도량형의 문제, 나아가서는 우리의 삶 자체의 문제로 직결되는 것이다. 율관제작의 의미심장함과 막중한 사회적 기능이 바로 여기에 있는 것이다. 박연은 음악의 원초이자 사회생활의 척도라고 할 수 있는 황종율관을 정확하게 제작하기 위해서 3, 4차의 치밀한 시도를 결행했고, 그러고도 끝내는 흡족한 결실을 거두지 못했단 사연도 결국은 황종율관 제작은 누구나가 손쉽게 접근할 수 없는 지중한 일임을 명증하게 암시해주는 것이다.

　결론적으로 살펴볼 때 박연은 조선 초기의 뛰어난 학자이자 음악이론가였다. 성어악이라는 말도 있듯이 그는 학식만 풍부한 무미건조한 선비가 아니었고, 예와 악을 숙지한 풍류적 선비였다고 하겠다. 또한 유어예라는 말처럼 전통적 규범에 언행의 뿌리를 두되, 정신적으로는 늘 이상적 음악의 세계, 즉 절대자유의 우주적 음악관에 안주하며 이의 재현을 추구한 의식 있는 관료요 깨어있는 예술행정가며 투철한 음악이론가였다고 하겠다. 특히 그를 평가할 때 유념해야할 일은 실천적 음악정비나 제도의 개선만이 아니다. 그보다 개혁행위나 의도가 지니는 시대사적 의미에 초점을 맞추어야 한다. 다시 말해서 역성혁명의 건국초기에 넘어야 할 수명 개제의 필연성을 비롯해서 황종율관이 지니는 상징성이나 효용성의 문제 등 시대정신과 세계관을 통찰해야 한다.

4. 박연의 일화

28살이 된 박연은 한성으로 올라가 생원을 뽑는 과거를 보아 당당히 급제하였다. 때는 조선 태종 5년, 즉 1405년이었다. '내 피리 실력을 한 번 시험해 보아야지!' 박연은 전악서를 찾아갔다. 거기에는 유명한 음악가들이 모여 악기의 연주와 음악 이론을 연구하고 있었다.

"영동 땅에 사는 박연이 피리나 한 곡 불러보고 싶어서 찾아왔습니다."

이 말을 들은 악공들은 웃음을 터뜨렸다. 영동 일대에서 박연은 피리의 명수로 꽤 알려져 있었지만 악공들은 박연을 보자마자 비웃었다.

"어서 한양 땅에서 한 곡조 불어 보시구랴."

어느 악공이 피리를 갖다 주자, 또 한 번 전악서에 웃음이 폭발했다. 박연은 고향에서 제일 자신 있게 분 곡조를 뽑았지만 악공들은 발을 굴러대며 웃었다.

"아니, 왜들 그러십니까?"

"피리도 음악이오. 음악은 일정한 가락이 있고, 그 가락 속에 신비스런 맛이 곁들어져야 하오. 그대가 분 피리는 시골에서 멋대로 불어 젖히는 속된 소리요."

"우물안 개구리였군요! 저도 ≪율려신서≫를 읽고, 음률 공부도 하며 피리를 불었으나 음악에는 미치지 못했나 봅니다."

박연은 악공에게 자기가 분 곡을 한 번 불어 보라고 하였다. 악공이 부는 피리 소리는 과연 달랐다. 1411년, 박연은 생원 시험에 급제한 지 만 6년 만에 문과에 급제하여 교리에 임명되었다. 교리는 정 5품 벼슬이었다. 박연은 집현전 교리로 일하면서 전악서를 찾아가 음악 공부를 본격적으로 하였다. 그러면서 박연은 사간원의 정언, 사헌부의 지평 등의 벼슬을 지내었으며 1418년에는 왕세자에게 글을 가르치는 세자시강의 문학이 되었다. 이때 박연이 가르친 세자가 바로 뒷날 세종 대왕이 된 충녕이었다.

"세자 저하, 저는 벼슬보다도 피리를 더 좋아합니다."

"한 번 피리 소리를 들려주세요."

박연은 때때로 충녕에게 피리를 불어 들려주고는 음악에 관한 이야기를 하였습니다. 충녕이 왕위에 올라 세종이 되었습니다. 세종은 박연을 관습도감의 악학 별좌의 자리에 앉혔습니다.

"벼슬보다도 음악을 더 좋아한다니 과인을 도와서 훌륭한 음악을 발전시키시오."

"성은이 망극하여이다."

이렇게 하여 박연은 어릴 때부터 품어 온 음악에 대한 남다른 정열을 마음껏 발휘할 수가 있었다.

5. 효성 깊은 박연과 피리소리—동화

충청북도 영동이라는 경치가 좋고 인심이 좋은 시골에 박연이라는 효심이 지극하고 심성이 바른 한 소년이 살고 있었어요. 일찍이 아버지를 여의고 홀어머니와 함께 살아온 박연은 아버지의 몫까지 어머니를 지극

정성으로 모시고 함께 의지하며 살아갔지요. 박연은 나무를 하러 산을 오갈 때마다 항상 나뭇잎으로 피리를 부는 것을 매우 즐거워했답니다.

'피릴리 피릴리~ 피릴릴리~'

넓은 활엽 나뭇잎을 입술에 대고 흥겹게 피리소리를 불을 때면 날아다니던 새와 지나가던 다람쥐와 산토끼들이 박연의 주위에 모여들어 춤을 출 정도로 피리소리는 감미로웠답니다.

"산새들아, 다람쥐들아, 산토끼야. 내가 부르는 이 피리소리가 어떠드냐?"

"짹짹~ 짹짹짹~"

"하하. 내 피리소리가 좋다고? 난 세상에서 가장 아름다운 소리를 어머니께 들려드리고 싶구나. 그래서 이렇게 나뭇잎으로 지금 연습을 하고 있단다."

박연의 어머니는 박연의 아버지께서 살아생전에 항상 자신에게 들려주던 피리소리를 아직까지 못 잊고 그리워하였어요. 그것을 알게 된 박연은 어머니를 위해서 산에 가서 나무를 하러 갈 때 마다 어머니 몰래 나뭇잎으로 피리 연습을 하였답니다. 어느덧 청년이 된 박연은 과거를 볼 나이가 되어 한양으로 과거를 보러 갔답니다. 과거를 보고 나서 고향으로 돌아가는 길에 우연히 광대를 보게 되었는데 그 광대가 부는 피리소리에 감동을 받았어요.

'아! 저 소리로다. 너무나 감미롭고 아름다워.'

광대의 피리소리는 박연이 감동 받을 정도로 매우 신비롭고 아름다웠답니다.

"저 좀 보세요. 저는 충북 영동에서 과거를 보러온 박연이라고 합니다. 뜻밖에 지나가다가 선생의 피리소리에 감동을 받았지요. 저를 제자로 삼아주십시오. 스승으로 모시고 싶습니다."

박연은 광대에게 부탁을 하였답니다.

"나를 스승으로 모시고 싶다? 흠… 왜 피리를 배우려고 하는고?"

"선생의 피리소리처럼 아름다운 선율을 고향에 계신 어머니께 들려드리고 싶습니다. 저희 어머니께서 피리소리를 매우 좋아하시거든요.”

박연의 대답을 들은 광대는 흔쾌히 박연의 부탁을 받아들였어요. 그리하여 박연은 광대를 스승으로 모시면서 피리를 전문적으로 배우게 되었답니다. 시간이 흘러 과거에 급제한 박연은 한양으로 거처를 옮기게 되었어요. 박연은 한양으로 올라오면서 어머니께 함께 가자고 권유하였어요. 하지만 어머니는 아버지의 추억이 담긴 영동을 떠나지 못하겠다고 하셨어요. 박연은 그런 어머니의 마음을 헤아리기로 하였어요. 그래서 박연은 고향에 홀로 어머니를 남겨두고 한양으로 올라갔답니다.

한양에서 벼슬을 얻고 세종의 신임아래 한 해 두해를 넘기며 살아가던 박연은 피리에 대한 애착을 마음에 깊이 담아 열심히 음악을 배웠답니다.

그리하여 세상에서 가장 아름답고 감미로운 피리소리를 불게 된 박연은 다음 해에 어머니를 찾아뵙고 꼭 들려드리겠다고 마음먹었어요. 그런데 어느 날 고향에 계신 어머니께서 매우 편찮으시다는 소식을 듣고 어머니께 갔어요. 박연의 어머니는 몸을 제대로 가누지 못할 정도로 몸이 매우 안 좋으셨지요. 박연은 애처로운 눈빛으로 어머니를 바라보았어요.

“어머니, 죄송합니다. 자식이 되어 어머니를 정성껏 돌보아 드리지 못한 점. 정말 죄송합니다. 부디 아프지 마십시오.”

“아니다. 이 어미는 건강하고 바르게 자란 네가 매우 자랑스럽구나. 먼저 가신 너의 아버지께서 매우 기뻐하실 거야. 이 어미는 너의 아버지가 몹시 그리워서 곁으로 가려는게야. 그러니 그렇게 걱정하지 않아도 되느니라.”

박연의 어머니께서는 말씀을 마치자 평온한 얼굴로 눈을 감으셨어요. 박연은 매우 슬피 울며 어머니께 말을 하였어요.

“어머니, 어머니, 제 피리소리를 들으셔야지요. 일어나세요. 어머니!”

그러나 이미 숨을 거두신 박연의 어머니는 아무 말씀도 없으셨답니다. 어머니를 아버지 옆에 모신 박연은 어머니에 대한 그리움으로 하루하루를 보냈답니다. 그리고 어머니께 피리 소리를 들려드리지 못한 것을 후회

했어요. 그래서 박연은 한양으로 올라가지 않고 일 년 동안 어머니 곁에서 밤낮으로 피리소리를 들려 드렸어요.

'피리리~ 피릴리~ 피릴리리~'

"어머니 들리세요? 이 소리, 꼭 들려드리고 싶었는데…… 아버지 곁에서 행복하게 미소 짓는 어머니가 눈에 아른거리네요. 마음이 한결 가볍네요." 그렇게 해서 박연은 세상에서 가장 아름답고 슬픈 피리를 불었어요. 주위에 있는 산새와 다람쥐와 산토끼도 눈물을 글썽이며 박연의 피리소리에 감동했답니다.

14
별신제의 지역축제 활성화 방안*

1. 충북지역의 별신제

지역축제의 개최는 해당 지역의 정체성 확립과 특수성 부각을 위한 수단이 되었다. 그러나 이전의 천편일률적 진행 방식에서 크게 벗어나지 못하고 있는 '지금'의 한계 또한 여실하다. 단순히 '보여주기'식의 축제유형을 전형으로 인식하고 있기 때문인데, 극복방안으로 해당지역의 역사적·문화적 인물 재현이 바람직하다. 여기에 상권의 강화 또는 예술적 심미성이 강조된다면 더할 나위 없는 이상적 축제모형이 될 것이다.

단양은 남한강의 물줄기가 휘감아 돌며 이루어낸 천혜의 경관으로 이전 시기부터 많은 볼거리를 제공해왔던 지역이다. 그 아름다움은 금강산 일대 다음으로 손꼽혔던 만큼 오늘날에도 비길 데 없다. 여기에 새로운 관광산업형 축제를 개발·추진하고 있어 주목된다.

남한강 상류의 제의 중 원형성이 강한 것은 서낭신에게 지내는 별신제다. 충주의 목계별신제도 있지만 별신제의 고형은 단양 대강면의 갈천별신제와 제천 수산면 오티별신제라고 할 수 있다. 별신제는 풍농굿이면서

---

* 김성재

대동굿으로서 축제의 성격이 강하다. 그리고 올해 제11회 충북민속예술경연대회에서 제천 수산면의 오티별신제가 대상을 차지하면서 새로운 지역축제로서의 가능성을 엿보았다.

별신제가 오티별신제처럼 훌륭한 지역축제로 자리를 잡으려면 주민들이 주체의식이 중요하다. 마을사람들 한명한명이 마을의 문화 지킴이라는 사명감을 가지고 접근해야 할 것이다. 그리고 인근 마을과의 공조체제를 확립하여 다양한 프로그램 개발과 테마파크조성, 관광벨트 개발 등 다양한 시도를 통하여 지역축제로서의 면모를 개발해야 할 것이다.

여기에서는 남한강 상류의 제의 중 원형성이 강한 단양 대강면의 갈천별신제, 오티별신제, 목계별신제를 통한 지역축제화 방안을 모색해보고자 한다.

2. 별신제의 성격 및 유래

별신제(別神祭)는 무(巫)가 집도하는 마을 단위의 대동적 제의로서 동·남해안 지역과 경상도 내륙지역, 그리고 충청도 내륙지역에 주로 분포하고 있다. 별신제는 전승지역의 문화적 특색에 따라 명칭이나 연행의 형태가 각기 다양하다.

우선 명칭은, 서해안 지역에서는 '대동굿'으로, 동·남해안 지역에서는 '별신굿'으로, 경기도 지역에서는 '도당굿'으로 지칭되고 있다. 한 마을에 국한하는 마을굿의 명칭이 또 다양하다. 대표적으로 안동 하회마을의 '하회별신굿', 부여 은산마을의 '은산별신제', 제천의 '오티별신제', 고창 동호리마을의 '영신당제', 위도의 '원당제', 강화도의 '곶창굿' 등을 꼽을 수 있다. 그리고 연행은, '굿'이 부각되는 별신굿과 '제'가 부각되는 별신제로 나눌 수 있다. 이러한 차이는 지역의 역사·문화적 배경에 바탕을 두고

있기 때문에 별신제의 지역적 특성을 밝혀내는 데 핵심적인 요소가 된다.[1]

그런데 별신제는 전승지역의 문화적 특색, 생활양식, 지역적 특색 등에 따라 연행의 형태가 다양하게 나타난다. 유식제례(儒式祭禮)가 우선하기도 하고, 무식제례(巫式祭禮)가 우선하기도 하는 등 지역의 역사·문화적 배경을 바탕으로 별신제의 진행 양상이 결정된다. 이러한 지역적 특성이 별신제의 유래를 추정하는 빌미가 된다. 이와 같은 특징들을 가지고 각 별신제의 특성과 제의양상에 대해서 알아보도록 하겠다.

1) 갈천별신제의 특징

갈천별신제는 산신제와 서낭제의 복합형으로 보인다. 별신굿은 뱃길이 닿는 곳이나 교통의 주요 길목에 위치한 큰 마을에서 나타난다. 별신굿은 서낭굿의 성격을 지니고 있으나 마을 축제적 성격이 두드러진다.[2]

갈천별신제는 단양군 대강면 성금리에서 했던 제의다. 성금리를 현지 사람들은 '갈천(葛川)'이라고 부르는데, 말 그대로 산 속에 칡이 많고 마을 앞을 흐르는 냇물이 있기에 생긴 지명이다. 성금리에서는 별신제 또는 별신굿을 백곡제라고 부르면서 해마다 당고사(서낭제)를 지낸다. 성금리의 서낭제는 여느 지역의 서낭제와 별반 다를 게 없으나 별신제는 주목해야 한다. 성금리별신제는 갈천별신제로 알려져 있는데, 이 명칭은 단양문화원에서 붙인 것이고 현지 사람들은 성금리별신제라고 부른다.[3]

갈천별신제는 9년을 주기로 1번씩 지냈던 제의다. 곧 10년을 넘기면 좋지 않다고 하여 10년째가 되는 해에 별신제를 하는 것이다. 단양군에서는 유일한 별신제로 인근의 제천, 청풍, 영주 등지에서 많은 구경꾼들이 왔었다고 한다. 갈천별신제는 신을 중심으로 한 지연적인 화목과 단합의 다짐

---

1) 민속학회, ≪은산별신제 종합실측조사 보고서≫, 문화재관리국, 1998, p.19.
2) 이창식·최명환, ≪단양 남한강 민속을 찾아서≫, 단양문화원, 2004.
3) 김영진, ≪단양군 민속조사 보고서≫, 단양문화원, 1992.

이었고, 삶의 활력소였으며 심리적인 정화(淨化) 작용이었다. 성금리의 마을 질서는 별신제를 치르고 나서 더욱 다져지며, 이로 인해 상·하층 사회를 막론하고 그들의 기대와 호응을 받으며 면면히 이어지고 발전하여 오늘날에 이르고 있는 것이다.

갈천별신제의 첫째 기능은 신성한 기간의 설정이다. 이때는 일상의 삶에서 헤이되었던 속된 마음을 마을신에게로 집결시키고 신성함과 경건함을 갖는 기간이다. 제관이나 도가집에서 대문에 금줄을 치고 경계하거나 한겨울에도 찬물로 목욕재계하는 것이 바로 신성함을 지키고자 하는 노력이다. 둘째는 통합의 기능이다. 마을 사람들의 일체감은 제의 후에 음복이나 놀이를 하면서 한층 더 굳어진다. 소규모 서낭제와는 달리 별신제의 경우는 인근에서 많은 사람들이 찾아온다. 그러다보니 자연스럽게 난장이 형성되고 음식이 풍요롭다. 별신제를 하면서 제공되는 음식은 가난하게 살았던 촌사람들에게 각종 별미를 제공하는 것이다. 사람들은 놀이를 즐기며 기름진 음식을 먹기 위해 별신제를 찾아오고 난장을 찾아오는 것이다.

갈천별신제의 제의양상 및 특징을 요약하면 다음과 같다.

첫째, 갈천별신제는 마을굿의 형태로 무속제의형이다. 9년마다 거행함으로써 화재예방과 풍요 기원에 그 목적이 있다. 둘째, 남한강 북부지역의 산간마을에 전승되는 대표적인 서낭제 계통의 마을축제다. 굿거리의 무가가 존재하였다는 점이 주목된다. 셋째, 금줄의 금기(신성성 표시)기능 이외에는 말 인형을 통해 서낭신의 신성계와 인간계를 넘나드는 존재임을 확인하였다. 넷째, 암서낭을 신장대에 모셔와 숫서낭에 와서 굿을 연행함으로써 상당과 하당의 개념이 다르다. 음양의 신성결합을 통해 제액초복의 의례를 진행한 것이다. 마지막으로 인근지역의 충주 목계별신제와 제천의 오티별신제 등과 비교할 수 있다. 유사성이 많고 제의의 지향성은 같으나 별신굿의 연행방식은 부분적으로 다르다.

2) 목계별신제의 특징

목계지역은 충북선 철도가 가설된 1930년대 이전까지 남한강 수운의 중심지였다. 목계지역이 남한강 수운의 중심지로 부상하여 성황을 누릴 수 있었던 직접적인 원인은 '가흥창(嘉興倉)의 설치와 존속'에 있다. 가흥창은 조선 세조 11년(1465)에 설치되어 개항 전까지 존속했다. 단양에서부터 영동에 이르는 충북 전역은 물론 경상도의 일부지역에서 전세를 거두어 서울까지 운수하는 역할을 담당했다. 특히 조선 후기에 대부분의 장시가 5일장의 정기성을 띠게 되면서, 목계지역의 장시는 관 주도에 의한 상업활동에 기반을 두고 민간에 의한 상업활동이 덧보태지면서 이전 시기와 비교할 수 없는 규모로 확대되었다.

목계지역 장시의 확대는 새로운 장시문화의 형성으로 이어졌다. 목계지역의 장시는 교역의 장소였을 뿐만 아니라, 삶의 터전으로서 소식과 정보교환 또는 사교나 오락 등을 영위할 수 있는 공간이었다. 상인이든 지역민이든 이곳에 모여 세상 돌아가는 소식을 접하면서 스트레스를 풀었고, 한데 얼려 잔치를 벌이거나 공동의 놀이를 통해 결속을 다지면서 잠시나마 단조로운 일상에서 벗어났다. 주색잡기와 음주가무가 부합하지 않을 수 없었기에, 투전, 골패 등의 도박은 물론 상업적 성격이 강한 유흥의 공간이 속속 마련되었다. 그리고 이들의 연희에 상업적인 이윤추구를 목적으로 한 부상이나 객주들의 참여가 이루어짐으로써 장시의 활성은 물론 유흥문화의 발달을 가져왔다.

장시의 한쪽에서는 씨름, 줄다리기, 윷놀이, 보부상놀이 등이 펼쳐졌다. 또한 기녀들의 노랫가락이 끊이지 않았다. 봉건사회의 분화에 따라 토지를 잃고 유랑하며 걸식하는 이들이 집단을 이루어 광대짓을 하는 사당패(寺黨牌)나 걸립패(乞粒牌)도 목계지역 장시의 유흥을 돋우는데 일익을 담당하였다. 이렇게 자급·자족적인 소농경영체제를 기반으로 했던 봉건사회에 있어 목계지역 장시의 새로운 변화는 당대 사람들의 삶의 질을 향상시켰다. 특히 유흥문화의 발달은 경제적인 성장과 함께 민중의식의 성장을 기하였으며, 나아가 새롭고 다양한 민속문화를 창출하기에 이르렀다.

목계지역은 이렇게 중원문화의 발상지로서, 중원문화의 중심지로서 전면에 부상했다. 그리고 문화의 발상지며 중심지에 부합하는 대단위 규모의 행사, 즉 '목계별신제(牧溪別神祭)'를 정기적으로 치렀다. 목계지역의 민속문화를 목계별신제가 주도했으며, 목계의 원주민들은 물론 이곳을 수시로 드나들던 상인들, 그리고 인근지역의 외지인들까지 한데 얼려 흥청댈 수 있던 장소와 시간을 제공했다. 지역의 수호신에게 마을의 안녕과 상권의 활성화를 기원하였고, 난장의 한복판에 남사당패를 불러놓고 대규모의 줄다리기를 행했다. 특정한 지역과 시간에 국한해서 이처럼 다양한 민속문화가 전승되었다는 사실에서, 목계지역에 대한 인식을 새롭게 할 만하다.

3) 목계별신제의 제의양상

목계별신제는 지역의 상권 활성 및 지역의 안녕을 기원하는 무속적 제의라고 할 수 있다. 보통 3~4년을 주기로 4월 초파일을 전후한 2~3일 동안 영신굿-오신굿-송신굿의 순으로 굿판을 벌였다. 지역의 동회장을 중심으로, 중원지역은 물론 전국 팔도의 무당들이 제의를 주관하였다. 무엇보다 팔도의 명무(名巫)들이 그들의 기예를 선보이면서 다양한 축원을 했기 때문에, 각지에서 구경꾼들이 몰려들었다. 지역의 원주민들은 물론 이곳을 수시로 드나들던 상인들, 그리고 인근지역의 외지인들까지 한데 얼려 흥청댈 수 있던 장소와 시간을 목계별신제가 제공했다.

중원의 모든 무당들이 별신제를 주관했다는 위의 제보를 통해, 별신제의 규모가 어느 정도였는지를 짐작할 수 있다. 그런데 근대화가 진척되면서 원형의 별신제가 단절되었다. 1925~1930년 사이에 중부의 내륙지역을 관통하는 도로가 개통되면서, 그리고 충주~조치원간 충북선 열차가 개통되면서 목계나루의 활기는 점차 시들었다. 이러한 분위기 속에서 별신제

의 명맥을 더 이상 유지할 수 없었던 것이다. 오늘날은 다만, 우륵문화제
(于勒文化祭)의 부대행사로서 '한국국악협회 충주지부'의 주관에 의해 목계
별신제가 시연되고 있다.4)

4) 오티별신제의 특징

동제는 지연(地緣)을 바탕으로 삶의 근거를 이루는 사람들이 모여 한 해
동안 마을이 평안하고, 사람들이 건강하며, 생업이 번성하게 해 달라는 공
동의 목적을 위해 드리는 마을 공동제의다. 따라서 동제는 특정 신분이나
집안의 것이 아니라 마을 사람 모두의 집단제의이기에 마을의 공동체적
삶의 조건들을 토대로 한다.

마을의 경계나 중심에는 서낭당이 있어 동제를 함께 지내며 그 과정을
통해 마을 사람들은 '우리'라는 의식을 갖게 된다. 요컨대 동제는 '우리
마을'이라는 공동체 의식을 높이고, 마을 전체의 평안과 번영을 위하여
마을 사람 전체가 참여하여 행하는 민속신앙적 제의라고 할 수 있다. 동
제가 갖는 이와 같은 성격은 오티별신제에서도 예외 없이 나타난다.

오티마을은 농사를 주업으로 하고 있는 전형적인 농촌 마을이기 때문
에 풍작과 가축의 번식 그리고 마을 사람들의 노동력의 극대화가 농경 생
산과 생활의 유지 및 번영에 가장 큰 비중을 차지한다. 이는 오티마을 사
람들의 더없이 중요한 희망이며, 그것에 대한 추구와 염원을 표출한 것이
'오티별신제'의 행위전승이다.

오티별신제는 오티마을의 수호신인 서낭신과 산신에 대해 농경 생활과
이러한 삶에서 오는 모든 기원을 염원하는 기복 행위로서 제의를 통해 그
들의 소원을 고한다. 이는 마을 신앙인 동제에서 흔히 볼 수 있는 가장 근
본적이고 원초적인 목적과 의의라고 할 수 있으며, 개인들의 집단적인 심

---

4) 우륵문화제(于勒文化祭)의 부대행사로서 1990년부터 '양진명소 오룡굿'과 '목계별신제'를
   격년마다 번갈아 거행하고 있다.

성이 종합화된 것이다.

일본인 학자 촌산지순(村山智順, ≪部落祭≫, 朝鮮總督府, 1937.)에 의한 1936년의 조사보고서에는 당시 제천지역 마을 중 90% 이상이 동제를 지냈고, 무당을 불러 굿을 하거나 경객(經客)을 불러 독경을 하였다고 보고하였다.[5] 이것은 오티별신제가 무당이 주관하던 대동굿 형태에서 유교식 제사로 변화된 것을 암시하고 있어 주목된다.[6]

촌산지순의 ≪조선의 향토오락≫ 제천지방 편에서는 '별신'을 놀이 항목에 제시하고, 4월 초파일 또는 수시로 놀고 주도 집단은 상인이라고 하였다. 시장의 번영을 위해 무녀(巫女) 등을 불러 음악을 연주하며 춤을 추게 하여 많은 사람을 모은다고 하였다. 혹은 흉사(凶事)가 빈번하게 일어날 때 여러 무녀나 점쟁이를 불러 여러 날 동안 음악을 연주하며 춤을 추고, 독경을 시키면서 논다고 하였다.[7]

오티별신제는 하당신의 성소(聖所)를 중심으로 이루어진 마을 거리 축제다. 그래서 일반적인 이웃 동제와 구분된다. 실제로 별신제는 마을 사람들이 모여 생기복덕(生氣福德)에 맞는 제주를 뽑아 유교식으로 제사를 지내고, 뒷풀이 형태로 농악놀이와 재액 방지 행위를 하며 노는 마을 굿이라고 할 수 있다.

오티별신제가 제천지역 여느 동제와 기본적으로 같으나 대보름날 서낭돌기의 거리제 형식은 독특한 것이다. 인근의 충주 목계별신제와 단양 갈천별신제와도 다르다. 그렇다고 무속적 별신굿의 형태와 유사한 면도 별반 없다. 오티리가 과거 봉수제, 역원제, 저자거리 등의 주요 길목이었다는 사실과 전형적인 농촌 마을임에도 불구하고 전통 지키기에 남다르다는 점이 오티별신제의 전승적 배경임에는 틀림없다. 본래부터 인간은 나약하고 유일한 존재이기에 현대와 같은 특정 종교가 완성되기 이전인 고

---

5) 촌산지순, ≪부락제≫, 조선총독부, 1937.
6) 김영진, ≪제원군 민속조사 보고서≫, 제원군, 1989, pp.24~25.
7) 촌산지순, ≪조선의 향토오락≫(박전열 번역), 집문당, 1992, p.129.

대 소단위 사회에서는 동물숭배사상과 무속적 신앙을 통해 생존 전략에서 요구되는 정신적인 위안을 얻고자 하는 관념이 있었다. 수호신으로 믿어지는 초월자에게 나약한 자신을 의탁하여 영원성과 불멸성을 체득하고자 한 것이다. 이러한 염원이 체계화되어 이후 민속신앙으로 변모하여 나타났던 것이다.

민속신앙은 수호신으로부터 자신을 비롯한 가족의 안녕과 보호 그리고 마을의 번영을 주된 기원으로 하고 있다. 그런데 이러한 기원은 지킴이 신격이 절대적 상징으로 형상화된 이후 가능하다. 주도하는 집단의 의례에 부합하는 쪽으로 조정되었다. 마을 신앙은 세시 의례에 기반 하여 지속성과 주기성을 보여준다.

오티마을에서는 기본적으로 여러 신령들을 좌정시킴으로써 마을을 안정되게 하려고 애쓴다. 마을의 주산에 마을 최고신인 산신을 모시고 마을 입구 및 다섯 봉우리 서낭신을 모심으로써 오티마을은 사람들만이 아니라 신들도 함께 사는 공간이 된다. 이른바 상·하당을 일컫는데 이곳에 종교적 상징이 내재하고 있는 것은 말할 나위가 없다.

민속신앙의 상징적 측면에서 보면 산신당과 상당이 위치하고 있는 오티마을의 주산은 하나의 소우주인 마을에 자리하는 '우주산'이다. 하당의 위치는 그 아래에 자리하고 있다. 우주산의 의미는 마을 사람들의 신앙적 관념 세계이고 또 다른 성공간(聖空間)이다.

우주산은 천상계와 지상계를 연결하는 가장 대표적이며 보편적인 교통로로서 주로 천상의 신들이 하강하는 거룩한 공간이다. 이 공간에서는 절대적인 행위만 존재한다. 이런 질서의식과 함께 오티마을의 주산은 엄격한 의미에서 인간의 영역이 아닌 신의 영역이라고도 할 수 있다. 그러나 오티마을의 주산은 인간계에 자리한 신의 영역이기에 신과 인간이 만나는 장소가 되며 이러한 연유로 마을도 신성화된 공간으로 만들어진다.

상당 아래에 위치하여 여러 서낭신을 좌정시키는 하당 및 마을 입구의 본당은 마을과 마을을 경계짓는 신앙 대상물이다. 곧 하당을 중심으로 수호신의 보호를 받는 마을 안과 그렇지 않은 마을 밖이 구분된다. 그 구분은 '마을'이라는 공동체 영역을 강조하는 동시에 오티다운 속성을 드러내는 데 있다.

하당은 다른 세계와의 연결과 차단이 이루어지는 통로로서의 의미가 부여되며, 본당과 하당에 설치된 시설물은 대체로 종교적 상징성을 강하게 내재하고 있다. 흔히 민속신앙의 숭배와 의례의 대상이 된다고 할 수 있는데, 오티마을 사람들이 이곳을 지나다니며 하는 비손 행위와 경건한 마음으로 배례하기 등이 바로 신앙 행위에 해당한다. 그래서 마을 신앙은 소박한 의례에서 출발하며 그 안에는 마을 사람들의 상징적 표현이 함축되어 있다.

3. 별신제의 축제화 방안

남한강 상류의 제의 중 원형성이 강한 것은 서낭신에게 지내는 별신제다. 목계별신제도 있지만 별신제의 고형은 단양군 대강면의 갈천별신제와 제천 수산면 오티별신제라고 할 수 있다. 올해 제11회 충북민속예술경연대회에서 제천 수산면의 오티별신제가 대상을 차지하면서 새로운 지역축제로서의 가능성을 엿보였다는 점에서 우리에게 많은 점을 시사한다. 그리하여 단양 대강면 성금리의 갈천별신제, 오티별신제, 목계별신제를 비교하여 검토하고 축제화 방안을 모색해 보고자 한다.

1) 원형에 근간을 둔 축제부각

지역축제의 뿌리는 그 지역의 고유제에서 찾아야 한다. 이러한 점에서 위의 별신제는 최적의 조건을 가지고 있다고 할 수 있다. 별신굿은 뱃길이 닿는 곳이나 교통의 주요 길목에 위치한 큰 마을에서 나타난다. 현재 제천의 오티별신제는 명맥을 유지하고 있지만 단양의 갈천별신제와 충주의 목계별신제는 전승되지 않고 있다. 제천의 오티별신제와 단양의 갈천별신제는 남한강 유역의 별신굿 원형을 간직하고 있다는 점이 주목된다. 이러한 전통성을 부각하여 사람들에게 홍보한다면 훌륭한 지역축제로 자리 잡을 수 있을 것이다.

제천의 오티별신제가 제천지역 여느 동제와 기본적으로 같으나 대보름날 서낭 돌기의 거리제 형식은 독특한 것이다. 그렇다고 무속적 별신굿의 형태와 유사한 면도 별반 없다. 오티리가 과거 봉수제, 역원제, 저자거리 등의 주요 길목이었다는 사실과 전형적인 농촌 마을임에도 불구하고 전통 지키기에 남다르다는 점이 오티별신제의 전승적 배경이다.[8] 단양의 갈천별신제도 제천의 오티별신제처럼 전통지키기에 애를 써야 할 것이다.

이와 같이 별신제의 가장 중요한 초점은 원형성 보존이다. 이러한 전통문화의 원형을 그대로 보존시키고 여기에다 지역축제의 재미와 감동, 테마코스의 활용을 통하여 지역축제로 활성화 시켜야 한다. 게다가 홍보용 안내책자의 배포와 함께 과거에 지냈던 제의 절차, 양상, 별신제의 중요성 등을 알리는 책자의 제작이 필요하다. 그리고 지역주민 자체가 전통 지키기의 파수꾼임을 인식하고, 사명감을 가지고 홍보를 한다면 훌륭한 지역축제로 발전할 수 있을 것이다.

2) 재현중심의 볼거리 제공

지역축제의 한계점은 다양한 볼거리를 제공할 수 없다는 것이 문제점이다. 아무리 좋은 취지에서 행사를 기획하고 홍보를 하여도 다양한 볼거

---

8) 이창식, 《마을축제 오티별신제》, 집문당, 2001.

리가 없다면 쉽게 잊혀질 것이다. 이러한 점에서 위의 별신제는 훌륭한 볼거리를 제공할 수 있을 것이다. 단양의 갈천별신제는 인근의 별신제와는 달리 무당이 제를 주관했다고 한다. 그렇다면 우선 '제(祭)'와 '굿'의 의미를 구별해야 한다. 두 가지를 구분하는 기준은 무당집단의 참석 여부를 들 수 있다. 곧 순수하게 마을 사람들로만 구성된 제관을 중심으로 제의가 이루어지는 경우와 마을 사람을 제관으로 두면서 제의의 진행은 무당을 중심으로 하는 경우를 분리할 필요가 있다. 전자의 경우 보통 의례에 비중을 두는 경우이고, 후자의 경우에는 의례 이외에 무당의 가무(歌舞)가 덧보태지는 경우다. 여기에서는 의례도 중요하지만 무당의 가무가 더 큰 비중을 차지한다. 이러한 점에서 오티별신제와 차이점을 가진다.

오티별신제는 마을 사람들이 함께 어우러져 즐기는 축제의 재미와 매력을 다양하게 간직하고 있다. 제의를 전후한 농악놀이, 제액방지 행위 등은 오락적인 축제의 분위기를 고조시킨다. 그리하여 오티별신제는 마을사람들에 의해 주관이 된다.

하지만 갈천별신제는 무당을 불러서 제를 진행했다. 밤낮으로 벌어지는 굿판에서는 무당의 춤과 노래가 멈추지 않으며, 사람들은 신과 더불어 이를 즐기는 것이다. 이러한 굿판과 제를 지내는 모습 등은 다양한 볼거리 제공을 할 수 있을 것이다.

여기서 철저한 고증을 통해서 원형그대로의 재현이 중요하다. 사람들에게 '별신제란 무엇이다'라는 인식을 확고하게 심어주고 훌륭한 공연을 한다면 많은 사람들에게 신선한 충격과 감동을 줄 수 있을 것이다. 대표적인 예로는 강릉의 단오제를 들 수 있다. 강릉의 단오제는 상설 굿판을 마련하여 단오제 기간동안에 쉬지 않고 계속 굿이 행하여진다. 그래서 축제기간 동안 계속해서 신명나는 굿판을 볼 수 있도록 관광객들을 배려하였다.

위의 별신제도 별신제 기간동안에 굿을 할 수 있는 장소를 따로 마련하여 일반사람들이 쉽게 접할 수 없는 다양한 굿들을 공연한다면 훌륭한 볼거리 제공이 될 것이다. 그리고 모든 사람들이 자연스럽게 굿판에 참여할 수 있도록 프로그램을 개발하는 것도 중요하다. 단순히 보는 것을 뛰어 넘어 같이 참여하고 즐길 수 있는 형태의 별신제가 되어야지만 많은 관광객들로 하여금 호응을 받을 수 있을 것이다.

3) 이벤트화 방안 제시

별신제를 지내는 기간에는 자연스럽게 난장이 열린다. 난장에는 술집과 노름판이 주로 형성되었다. 별신제를 하는 동안은 마을신의 놀이공간이라면 난장은 현세의 인간을 위한 놀이 공간이다. 난장에서는 하루 종일 술판이 벌어지고 노름판이 벌어진다. 말 그대로 흥청거림이 난무하는 난장판이 되는 것이다. 이러한 난장의 문화는 즐길거리의 이벤트화에 훌륭한 소스를 제공하는 것이다.

그리고 이러한 난장은 지역에 경제적인 도움을 주어야 한다. 그러기 위해서는 체계적이고 조직적인 관리가 필요하다. 대부분 이렇게 제를 지내면 경제적으로 부정적인 측면이 대두된다. 왜냐하면 제의를 행할 때 경비가 많이 들뿐만 아니라 일손을 놓고 참여하므로 소비적이며 비생산적인 면이 있기 때문이다. 그렇기 때문에 이러한 난장의 이벤트화는 지역경제 발전에 이바지해야만 한다.

제천의 의병제를 보면 의병제 기간동안에 난장이 선다. 예전에는 타지역 사람들에게 제공을 하여서 지역의 경제발전에 큰 도움을 주지 못하였다. 하지만 올해 개최된 의병제에서는 지역민들에게 난장의 형성을 주면서 몇 가지 문제점을 노출하였지만 지역경제발전에 많은 도움을 주었다. 위의 별신제도 제천의 의병제처럼 마을사람들에게 난장을 형성하도록 도움을 주고 제의기간동안 지역발전에 도움이 되도록 형성을 해야 할 것이다.

그리고 다양한 이벤트거리를 제공해야 한다. 과거 성금리에서는 윷놀이나 기줄다리기를 많이 했다고 한다. 이러한 역사적 근거들을 통하여 사람들이 참여할 수 있는 윷놀이와 기줄다리기, 투전등 다양한 이벤트를 계획

한다면 지역축제로의 발전가능성은 무궁무진하다고 할 수 있다.

또한 제의를 통한 연극공연화 방안도 모색해볼 필요가 있다. 기존의 제의 양상에 설화의 내용을 추가 시켜서 단막극 형식으로 만든다면 많은 사람들의 호응을 이끌어 낼 수 있을 것이다. 그리고 간단한 애니메이션을 통해서 별신제를 알린다면 보다 훌륭한 볼거리 제공이 된다 하겠다.

마지막으로 전통시장 형성을 들 수 있다. 난장이 서는 기간동안 단순히 먹고 마시고 즐기는 공간이 아닌 인근지방의 특산물이나 농산물등을 연계하여 다양한 판촉활동을 편다면 지역경제 발전에 이바지 할 수 있을 것이다.

4. 충북지역 별신제의 축제화

위에서 살펴본 바와 같이 별신제 축제화 활용방안을 살펴보았다. 별신제는 남한강 상류의 제의 중에서 원형을 보전하고 있는 별신제이다. 이러한 지역축제 활용의 장점을 가지고도 많은 사람들에게 알려지지 않았다. 별신제를 지역축제로 확대함으로써 역사적 특성을 살릴 수 있고 나아가 지역민에게 문화적 긍지를 심어줄 수 있을 것이다.

별신제를 지역축제로 만들기 위해서는 많은 시행착오와 수많은 노력들이 필요할 것이다. 우선 조직적이고 체계적으로 관리해줄 기구의 마련이 시급하다. 각 지역 군에서 관리를 할 수도 있겠지만 예전부터 행하여진 별신제이기 때문에 지역민만큼 별신제를 잘 아는 사람들은 없을 것이다. 우선은 마을 자체적으로 기구를 구성하고 군이나 시가 지원하는 형태의 모형이 가장 이상적이라 할 수 있겠다.

그리고 타지역과의 차별화된 전략적 콘텐츠개발이 시급하다. 취향문화 시대의 관광은 각 지역의 중요한 문화산업의 하나로 중시될 뿐만 아니라 문화전기의 가치로 활용되고 있다. 축제 또는 이벤트도 지역문화로서 내면화 실천이 요청된다. 지역축제가 관광 상품으로써 제대로 기능하기 위해서는 무엇보다 지역적 특성이 있는 이벤트 개발이 필요하다. 이러한 점에서 별신제는 발전방향이 무궁무진하다.

별신제가 지역의 축제로 자리 잡기 위해서는 다른 지역축제의 단점을 잘 보완하여 그 지역만의 특색을 살려야 한다. 현재 여러 지방에서 다양한 지역축제가 개최되고 있다. 하지만 전통성 부각의 한계점, 축제프로그램의 획일성, 볼거리 제공의 부족 등으로 많은 사람들에게 외면당하고 그들만의 축제로 전락하고 있는 것이 사실이다.

별신제가 확실한 지역축제로 자리 잡기 위해서는 위에서 말한 전통성과 이벤트성을 겸비한 축제로 거듭나야 한다는 것이다. 원형의 보존이 중요하고 거기에 재미와 감동을 줄 수 있는 다양한 프로그램 개발이 절실하다. 별신제가 지역축제로 자리 잡기 위해서는 많은 시행착오가 있을 것이다. 하지만 단순히 앞만을 보는 것이 아니라 커다란 숲을 볼 줄 아는 인식이 필요하다. 단기간에 이익이 나지 않고 사람들이 찾아와 주지 않는다고 해서 잠깐 반짝이 축제가 되어서는 안 될 것이다. 넓은 안목을 가지고 지역축제의 일익을 담당한다는 생각으로 모든 사람들이 한마음이 되어서 훌륭한 지역축제로 가꾸어야 할 것이다.

그리하여 지역적 색깔을 표현하고 지역민들에게 긍지와 자부심을 줄 수 있는 축제로 거듭나야 할 것이다. 그러기 위해서는 축제화 방향과 군·민의 유기적인 조화가 있을 때 다양한 볼거리 제공, 지역경제의 활성화, 전통문화의 계승이라는 측면에서 훌륭한 지역축제가 될 것이다.

참고문헌

이창식, ≪충북의 민속문화≫, 푸른사상, 2003.

＿＿＿, ≪마을축제 오티별신제≫, 집문당, 2001.

＿＿＿, <전통민요의 자료 활용과 문화콘텐츠>, ≪한국민요학≫ 11편, 한국민요학
회, 2002.

이창식·최명환, ≪단양 남한강 민속을 찾아서≫, 단양문화원, 2004.

충북 무형문화재 지정 민요의 현황과 활용 방안*

1. 머리말

민요는 일상생활에서 하는 일이나 행사와 밀접하게 관련되어 누구나 쉽게 부를 수 있는 보편적이고 일반적인 성격을 지닌다. 민요는 한 개인에 의해 새로이 창작·변이되기도 하며, 집단에 의해 굴절·수용되기도 하므로 개인의 소리이면서 동시에 집단의 소리다. 그만큼 민중의 생활에 밀착되어 있어 민중의 정서적 감정이 어느 양식보다 풍부하다. 곧 민중에 의해 공동작으로 생산된다는 것이다. 이러한 민요는 민요가 생산되고 수용되면서 그 사회조직과 문화양식을 반영하기도 한다.

민요의 보존과 계승은 오늘날의 대중문화를 다양하고 풍부하게 한다. 또한 지역문화와 한국문화 고유의 독자성을 부각시켜 경쟁력을 높이고 문화인으로서의 자긍심을 고취할 수 있다. 민요는 문화산업시대에 귀중한 문화자원으로 제 역할을 충분히 담당하는 데도 손색이 없다. 민요가 과거뿐 아니라 현재에도 변함없이 중요하게 여겨지는 것은 개인의 소리이면서도 집단의 소리로 예사 사람들의 삶과 고민의 세계를 분명하게 파악할

---

* 김영선

수 있기 때문이다. 그러므로 민요를 보존하고 계승하는 것은 필수 불가결하다. 그러나 민요가 현재에 와서는 점차 사라져 가는 과거 전통사회의 유산이 되어가고 있다. 더 많은 민요가 사라져가기 전에 민요를 수집하고 연구하여야 한다.

이 글에서는 민요가 민중의 소리임에 초점을 맞추어 공동체문화를 바탕으로 한 충북 무형문화재 지정 민요의 현황과 그에 따른 문제점을 살펴보는 데 일차적 목적이 있고, 충북 무형문화재 지정 민요의 활용방안을 제시하는 데 이차적 목적이 있다. 논의를 전개하기에 앞서 민요의 충북 민요의 분류체계에 대하여 살펴보도록 하겠다.

2. 충북 민요의 분류체계

충북지역은 산지가 많아서 대부분의 마을들은 산간분지에 입지한다. 농업을 주업으로 하는 농촌이 대부분이며, 경지 주변에 집촌(集村)을 이루어 배산임수(背山臨水)의 위치에 발달하였다. 이러한 자연환경으로 인하여 노동요가 압도적으로 많고 산간 전승문화와 수도 전승문화에 지배되는 노동요가 널리 전승된 것을 알 수 있다.[1]

충북지역은 노동요 중에서도 농업을 주로 하는 농촌이므로 논농사요가 발달되어 있다. 논농사요는 논을 갈고 다듬는 일부터 벼를 베고 타작하는 일에 이르기까지 논농사의 전 과정에 걸쳐 있다. 논농사요 중에서도 <모찌는소리>, <모심는소리>, <논매는소리>가 대표적이다.

한 해의 논농사는 먼저 4월경에 논의 한 부분에다 볍씨를 뿌려서 못자리를 만드는 것으로 시작된다. 5월에는(절기로는 소만에) 거름으로 산에서

---

1) 이창식, ≪충북의 민속문화≫, 푸른사상사, 2003.

갈나무순을 꺾어다 논에 넣은 다음 소를 몰아 쟁기질을 하여 흙과 섞는다. 이때 산에서 갈짚을 지고 내려오면서 부르는 소리가 <갈짚지고 오는 소리>이다. 소를 몰아 쟁기질할 때는 소리를 하지 않는다. 6월경에 모판에서 일정하게 자란 모를 뽑아서 넓은 논으로 옮겨 심게 되는데, 모를 뽑을 때 부르는 노래가 <모찌는소리>이고 모를 심을 때 부르는 노래가 <모심는소리>이다. 모를 심고 약 20일이 지나면 처음으로 잡초를 제거하는 아이짐(초벌 김)을 맨다. 아이짐을 매고 7일 후에 이듬(두벌 김)을 매며 이듬 매기가 끝나면 바로 이어서 세벌 김을 맨다. 따라서 논은 모두 세 번을 매며 이 일은 대부분 8월 이전에(백중무렵) 끝이 난다. 아이짐이나 이듬은 호미 또는 손으로 매게 되지만 각 지역의 지질에 의해서 달라진다. 그리고 세벌은 대부분 손으로 풀을 뜯거나 논을 훔쳐주기만 한다. 논을 매면서 하는 소리는 초벌, 두벌, 세벌에 각각 따로 있어서 다른 논농사의 소리보다 다양하다.

　논매기가 끝나고 가을에 추수와 관련된 노래로는 이삭을 털면서 하는 타작소리가 있다. 타작은 볏단을 나무토막이나 돌에다 때려서 터는 방법인 '개상질'로 하며 이때 부르는 노래가 <개상질 소리>이다. 다음은 털어놓은 나락을 말로 되면서 수를 세는 <말질하는 소리>가 일부지역에서 나타난다. 이 외에도 비가 오지 않아 가물었을 때 논에다 두레박으로 물을 퍼서 넣으며 부르는 <파래소리>가 있다. 충청북도는 밭농사와 관련된 소리는 거의 찾아 볼 수가 없다. 다만 일부 지역에서 부녀자들이 밭을 매면서 부르는 노래가 몇 곡 있을 뿐이다.

　의식요는 민중들이 치러내는 의식의 현장에서 부르는 민요를 뜻한다. 세시의식요, 장례의식요, 신앙의식요 등이 있는데, 충북 지역의 의식요는 다른 지역과 별다른 차이점을 찾을 수 없다. 유희요는 놀이의 진행을 돕거나 자위적 기능을 통해 불러지는 노래를 말한다. 세시유희요, 경합유희요, 가무유희요, 언어유희요, 가창유희요 등이 있다.

3. 충북 무형문화재 지정 민요의 현황과 문제점

민중의 소리인 민요는 마을을 중심으로 발생, 전승된다. 마을의 구성원이 향유하는 민요는 공동체 문화의 일부가 되며, 공동체의 형성은 대중의 삶을 결속하고 민속을 교화시키며 문화를 창조하는 기본적 기능을 수행한다. 농경사회에서는 농사일의 효율적 진행을 위해서 농요는 필수적이었으며, 소리를 맞추어 작업의 능률을 올리기 위한 결사 공동체가 조직되었다. 그러나 현대에 와서 농사의 농법 역시 기계식으로 바뀌면서 두레 조직과 같은 결사 조직체의 모습도 사라지게 되었다. 더불어서 인간의 정서도 사라지고 농요 역시 소멸하였다.

우리의 주체성과 정체성을 확립하기 위해서는 사라져 가는 농요나 농사법을 보존하는 것은 필연적 과업이다. 농경문화의 보존이 이루어지지 않고 있는데 민족의 주체성을 운운한다는 것은 역설적이다. 민족의 자주적인 인격형성이 그 민족의 고유한 생활양식과 문화를 통해 이루어진다고 볼 때, 전통문화를 이어받아 이를 보급·발전시키는 것은 중요하다.

현재 보존되어 있는 충북지역의 대표적인 마을 단위의 농요로는 충주 마수리농요, 영동 설계리농요, 진천 용몽리농요 등이 있다. 이들 세 농요가 어떤 특성을 가지고 있으며 문제점이 무엇인지 알아보고자 한다.

1) 충주 마수리농요

충주 마수리농요는 충주지방에서 예부터 조상들이 농사를 지을 때 풍년을 기원하며 부르던 노래다. 일제말기부터 차차 잊혀져 가던 것을 1970년대에 충주시 신니면 마수리 마제마을 사람들에 의해 재연됨으로써 보존하게 되었다.

충주 마수리농요가 전승되고 있는 마제마을은 조선조 세종이 인재를 구하러 지방을 행차하던 중 이곳에서 말에게 물을 먹이고 쉬어 갔다는 데서 유래되었다고 전한다. 비옥한 충주평야의 전형적인 농촌마을로 약 500여 전에 마을이 형성되기 시작하였다 하며 1970년 당시에는 농가가 70여 호에 이르렀으나 지금은 50여 가구만이 거주하고 있다.

충주 마수리농요는 제13회 전국민속예술경연대회(대전)에서 일명 <탄금대방아타령>으로 대통령상을 수상한 이래 끊임없는 시연활동을 전개하였으며 1994년에 충청북도 도 무형문화재 5호로 지정되었다. 이 지역은 농요와 더불어 마을이 발전하였다.

마수리농요 일명 <탄금대방아타령>은 고사형식이 무속과 유교, 불교의 혼합형이고, 남자와 여자의 역할분담이 농요에 뚜렷이 나타나며, 일할 때 풍물을 자주 사용하여 일판을 놀이판으로 만들어 신명을 돋운다는 특징이 있다. 마수리농요는 크게 3부로 나뉘어 구성된다.

제1부는 국태민안(國泰民安)을 기원하는 고사덕담과 함께 제사를 지내는 순서이며, 제2부는 남자들이 중심이 되어 농사일 과정에서 <모찌기노래>(절우자), <모심기노래>(아라성), <김매기노래>(긴방아, 중거리방아, 잦은방아) 순으로 이어지는데, 특히 <두벌김매기노래>는 풍년을 기원하는 '대허리'로 흥겨운 맛을 더한다. 제3부는 여자들이 주를 이뤄 벼 탈곡 과정에서부터 방아찧기까지의 노래로 <긴 방아타령>, <잦은 방아타령> 순으로 흥겹게 진행된다.[2]

　　　　〈**앞소리**〉 아라리요 아라리요
　　　　　　　　아리랑 얼사 아라성아

　　　　〈**뒷소리**〉 아라리요 아라리요
　　　　　　　　아리랑 얼사 아라성아

---

2) 권오경, <민요의 전승 및 계승과 공동체문화>, 제1회 한·일 국제학술 발표대회, 2004.

〈앞소리〉 여기꽂고 저기꽂고
　　　　　삼사백줄 자리로 심어만 주소 〈뒷소리〉

　　　　　이논배미다 모를심어
　　　　　장립이나 훨훨 영화로다 〈뒷소리〉

　　　　　긴긴해 서산에 해가지고
　　　　　월출은 뒷녘에는 달이뜨기전에 〈뒷소리〉

　　　　　이 논배미를 얼릉다 심고
　　　　　저 논배라를 마저심어 〈뒷소리〉

　　　　　앞뜰에다 논을사고
　　　　　뒤뜰에도 밭을사서 〈뒷소리〉

　　　　　오곡잡곡 잘자라서
　　　　　풍년이오니 영화로다 〈뒷소리〉

– 〈모심기노래〉(아라성)[3]

　　마수리농요는 산업화의 물결에 밀려 소멸하는 위기 속에서 1970년대 초 박석기 전 보존회 회장(78세)과 소리꾼 지남기 및 마을 청년 농악팀의 결성에 힘입어 잊혀져 가던 농요를 복원시키면서 전승의 실마리를 잡았다. 여러 번의 성공과 시련 끝에 1995년 '마수리농요보존위원회(화장 박석기)'를 새롭게 구성하면서 마을 전 주민이 농요 계승에 적극 앞장서게 되었다.

　　현재 이 마을은 1994년 건립한 마수리농요 전시관을 중심으로 지속적인 교육을 통하여 농요을 전승함과 동시에 저체발표회 및 시연활동을 통하여 전국적으로 소리를 홍보하고 있다. 마수리농요 홍보비디오 제작 및 농요홍보 책자를 제작하여 배포하는 사업 등이 홍보 작업의 일환으로 이

──────────────

3) 청주교육대학교편, 《논문집》 13, 1977.

미 완료되었다. 또한 충주의 지역축제인 우륵문화제의 중심행사로 이끌어 내면서 문화재 자체의 특색과 전통을 찾는 노력을 계속한다면 경쟁력 있는 농요로 발전해 갈 수 있을 것이다.

2) 영동 설계리농요

설계리는 조선조 14대 선조왕 때 경주 최씨가 제일 먼저 정착하여 일군 마을이다. 원래. '눈어치', '어미실', '구수골' 등 3개 자연부락이 있었는데, 그중 눈어치는 물고기혈로써 눈의 언저리라 하여 '눈어치' 또는 '목적동' 이라 불렸다. 그러다 일제 강점기 시절 설계리로 변경되었다.

설계리농요는 제16회 전국민속예술대회에 출전하여 대통령상을 수상하였고, 그해 무형문화재 제6호로 지정되었다. 기능보유자는 서정숙이다. 설계리농요는 경상도와 충청도의 특성을 두루 갖추었다. <모찌는소리>, <모심는소리>, <초벌논매기소리>, <두벌논매기소리>로 구성되어 있으며 5음 음단 계면조이다. 5음 음계는 평조와 계면조 선법 중에서 조선말엽에 계면조 선법이 3음 혹은 4음 음계로 변화하면서 사라진 음계인데 이 마을에서 재현되었다.

<모찌는소리>, <모심는소리>는 들어내세 사설을 주로 사용하며 선후창 형식으로 앞소리 사설 반복창이다. 여성이 앞소리를 매기고 또 뒷소리를 받는 소리꾼도 대부분 여성들이다. 사설은 첫 두 구절이 3행 형식으로 구성되어 있고 나머지는 2행 구조로 되어 있다. 이는 예전의 모습이 아니라 변형된 것이다. 선율구조는 경상도 정자소리와 같다. 다만 경상도처럼 앞소리를 질러내는 가창법이 없이 평탄하게 시작한다.

<논매는소리>는 '산이가 저러하네'를 전형적인 선후창 방식으로 부른다. '산이가 저러하네'는 상주, 선산을 중심으로 충북 영동, 보은에 전승하는 <논매는소리>다. <모심는소리>보다 훨씬 더 흥이 난다. 현재 선소리는 서병종(보존회장) 씨가 맡고 있다. 두벌매기소리는 초벌보다 리듬이 빨

라서 더 신이 난다. 첫음절을 짧게 하고 두 음절을 길게 뽑는 경상도식 가
창법을 유지한다.[4]

  ① 들어내세 들어를 내세
    전등같은 팔단지로
    뭉정뭉정 들어내세

    나무가락 세가락에
    날낸가락 들어내세
    뭉정뭉정 들어나 내세

    쌈을 싸에 쌈을 싸세
    요모 조모 구겨나 싸세

    곰달앞만 쌈일런가
    상추쌈도 쌈일러다

    무주용담 곰달잎에
    요모조모 우겨 싸세

    상추쌈만 쌈일런가
    해우쌈도 쌈일러다
    무주용담 곰달잎에
    요모조모 쌈을 싸세

  ② 불러주게 불러나 보세
    노래 한쌍 불러나 보세

    이삼십을 넘어 서면
    노래 정도 간 곳 없네

---

4) 권오경, <민요의 전승 및 계승과 공동체문화>, 제1회 한·일 국제학술 발표대회, 2004.

노래 두고 자시 하면
청방 예방 첩이 되네
청방 예방 첩이 되면
앉어 먹고 누어나 먹지

③ 예워주세 예워나 주세
노처녀를 에워나 주세

노처녀에 병난 것은
노총걱이 약이로다

④ 상주 함창 공갈못에
연밥 따는 저 처자야

연밥 풀밥 내 따줄께
내 품안에 잠을 자게

잠자기는 어렵잖아도
연분 없이 잠을 자나

연분이라 따로 있나
자고 나면 연분이지

⑤ 저기 가는 저 할머니
딸이나 있거든 사위 보세

사위 보기는 어렵잖아도
딸이 어려 못보겠네

아이고 할머니 그 말씀마소
참새가 적어도 알을 낳고

제비가 적어도 강남을 가고
할머니 갑년에 외손자 봤네

- 〈모찌기소리〉5)

현재 설계리는 영동대학교의 설립으로 마을의 모습이 현대적으로 바뀌었다. 사정이 이러하다 보니 마을의 농경문화는 점차적으로 쇠퇴하고 지역 공동체 문화가 훼손되면서 물질적 이해관계를 둘러싼 지역민의 화합이 예전만 못하게 되었다. 설계리 농요를 보존하기 위해서는 현대화, 상업화에 밀려 전통적인 농촌 문화가 쇠퇴한다 하더라도 농요 전수관을 하루 빨리 건립하여야 한다. 이를 중심으로 보존회를 강력하게 꾸려 나가야 한다. 또한 충주 마수리농요와 마찬가지로 홍보용 비디오를 새롭게 제작하고 홍보 책자를 발간해야 한다.

설계리농요는 설계리 농요다운 면을 많이 지니고 있기 때문에 그 보존의 가치가 크다. 특히 충북 민요의 전반적인 사정을 감안할 때 영동의 설계리농요는 보존되어야 한다. 그러기 위해서는 관-민의 강한 결속을 통하여 보존에 따른 제반 지원을 아끼지 말아야 한다. 설계리농요의 전승여부는 현대화되는 농촌문화를 감안할 때 민요전승 및 계승의 관건이 달린 실천 사례가 될 것이다.

3) 진천 용몽리농요

진천 용몽리농요는 진천군 덕산면 일대에서 농사를 하면서 전래되어 온 노동요다. 덕산면은 진척평야의 중심지를 이루며 진천군내에서 쌀 생산량이 으뜸이다. 대부분의 지역이 해발고도 100m 이하의 평지로 되어 있고, 중앙부에 미호천의 지류가 남류하며 앞부분의 구릉지를 제외하고는 대부분이 경지로 이용되어 경지이용률이 높다. 또한 곳곳에 소규모의 저

---

5) 충청북도, 《민속지》, 1987, pp.465~466.

수지와 방죽이 산재하여 농업용수를 공급하고 있다. 따라서 전형적인 논
농사 지역으로 논농사를 지으면서 부르는 농업노동요의 전승이 다른 지
역에 비해 활발하다. 특히 남성들은 선창이든 후창이든 관계없이 <모찌
기소리>, <모심는소리>, <논매는소리>, <논뜯는소리> 등을 자유자재로
구사하고 있다.

　용몽리농요는 선소리꾼 3인과 뒷소리꾼 70여 명이 농요를 연행하고 있
는데 대체적으로 충북지역의 특징을 양호하게 전승보존하고 있다. 전통
방식대로 황소를 이용해 논바닥을 고르는 써래질을 하고 논에 물을 대는
기구도 나무 두레를 사용한다. 복장은 아래 위 흰색 무명옷에 두건을 질
끈 동여매고, 모내기 도중 아낙네가 광주리에 이고 온 막걸리와 음식을
서로 나누며 노동의 힘겨움을 잊는다. 덕산면 전 노인회장 조용철(80) 씨
등은 용몽리농요 보존에 앞장서왔다. 그 결과 2003년 3월 14일 충주 마수
리농요, 영동 설계리농요에 이어 농요 부문에서 충북도내 세 번째인 무형
문화재 제11호로 지정되었다.

　　　뭉치세 뭉치세 어히야 이모판 뭉치세
　　　이모판을 뭉칠적에 세노콤박이로 뭉쳐주오
　　　뭉치세 뭉치세 어히야 이모판 뭉치세
　　　천하지 대본은 농사일대본 농사한철 지어보소
　　　뭉치세 뭉치세 어히야 이모판 뭉치세
　　　여보시오 농부님네 이네 말씀을 들어보소
　　　뭉치세 뭉치세 어히야 이모판 뭉치세
　　　먼데사람은 듣기좋고 옆에 있는 사람은 보기좋게
　　　뭉치세 뭉치세 어히야 이모판 뭉치세
　　　천지기감도 만물중에 사랑밖에도 또 있더냐
　　　뭉치세 뭉치세 어히야 이모판 뭉치세
　　　우리인생 살어갈제 누구덕으로나 사는거냐
　　　뭉치세 뭉치세 어히야 이모판 뭉치세
　　　하늘님을 복을 받고 어머님에 은을 받아

> 뭉치세 뭉치세 어히야 이모판 뭉치세
> 이미행답 아해들아 부모공경을 하여보세
>
> – 〈모찌는소리〉〈뭉치세소리〉[6]

용몽리농요는 〈모찌는소리〉, 〈모심는소리〉, 〈논매는소리〉, 〈논뜯는 소리〉의 논농사와 관련된 소리만이 농요로 전승되고 있고, 밭농사 소리 나 벼베는소리, 벼타작소리 등의 논농사소리는 전승되지 않고 있다. 이들 의 가사와 가락은 경기도 지역과 유사하다. 이는 진천군이 경기도와 인접 해 있다는 지역적 특성의 반영인 것이다. 그러면서도 진천다움이 나타나 있다.

용몽리농요는 관 주도가 아니라 주민들 스스로 일궈낸 값진 문화재라 는 데 큰 의의를 지닌다. 앞으로 젊은 층에서 많은 관심을 가져 보존에 힘 써야 할 것이다.[7]

4. 충북 무형문화재 지정 민요의 활용 방안

제보자들의 기억 속에서 점차 사라져가고 있는 민요를 수집, 연구하는 일의 필요성이 절실하다. 요즘은 과거의 전통적인 민요현장을 찾기가 어 려워지고 있는 실정이다. 제보자들의 고령화로 민요 원형의 보존 위기라 는 현실에 비추어볼 때 민요의 전수가 이루어져야 하며 학술적 검증을 통 해 문학적, 민속학적, 음악적, 문화론적 입장에서 총체적 정리가 있어야 한다.[8]

그런 점에서 중원 마수리농요, 영동 설계리농요, 진천 용몽리농요는 비

---

6) 지역문화연구소편, ≪생거진천 용몽리 농요 조사보고서≫, 2003, p.19.
7) 지역문화연구소편, ≪생거진천 용몽리 농요 조사보고서≫, 2003.
8) 김진순, 〈문화산업과 민요콘텐츠〉, ≪구비문학연구≫ 제18집, 한국구비문학연구회, 2004.

교적 잘 전승되는 지역이라 꼽고 있으며 그 가치 또한 높다. 이 노동요들은 현대인의 삶에 주술적, 실용적, 정서적 기능이 다시 재생산될 가치를 가지고 있는 것이다. 하지만 영동 설계리농요는 마을의 현대화 상업화 현상에 따라 전승 및 계승의 위기를 맞고 있다. 이러한 농요들은 개방된 세계에 우리만의 특색있는 문화를 제시할 수 있는 귀중한 자료인 동시에 이를 바탕으로 새로운 문화상품을 개발할 수 있고, 다양한 공연물도 제작될 수 있다. 학술적 연구와 문화상품으로의 개발은 한번에 끝낼 수 있는 것이 아니라 오랜 시간 동안 여러 사람들의 다양한 생각을 바탕으로 이루어져야 할 일이므로 당연히 농요는 보존되어야 한다.

그 방법으로 정보화 사회라는 시대적 변화에 부응하여 문화론적 성찰과 그 가치를 새로운 정보화 기술과 접합시키려는 노력을 하여야 한다. 근래에 들어 일부 방송국이나 연구기관 농요보존단체 등에서는 민요를 수집하여 CD로 만들어 배포하고 있다. 이와 더불어 민요의 DB(데이터베이스)를 구축하는 작업이 이루어져야 한다. 중원 마수리농요, 영동 설계리농요, 진천 용몽리농요에 대한 현장성을 보여주는 자료를 체계적으로 정리하고 그 정리된 정보를 담을 데이터베이스를 구축하는 일은 중요하다. 또한 DB 마스터를 전문적으로 양성하여야 한다.

구축된 DB를 단지 보관과 전승만 할 것이 아니라 활용을 이용해야 한다. 동영상을 제작하여 교육에 활용한다면 좋은 결과를 얻을 수 있을 것이다. 교육용 콘텐츠 개발 및 보급은 민요의 정보화에서 핵심적인 과제이다. 민요를 교육에 활용하는 것은 조상들의 정신적 삶을 이해할 수 있는 좋은 자료가 된다. 이를 통해서 우리 문화의 정체성 확립에 큰 영향을 줄 것이다.

학생들은 직접 답사를 통해서 얻을 수 있었던 예전의 방법에서 벗어나 쉽게 접함으로써 전통문화 중에서도 가치가 큰 문화자원이라 할 수 있는 민요에 대해 알 기회가 확대될 것이다. 텍스트만을 이용하는 학습방법에서 벗어나 디지털 시대에 걸맞은 새로운 교육방법은 민요의 혁신을 가져다 줄 것이다. 이는 세계화시대에 우리의 문화를 세계에 알릴 수 있는 방안이 될 것이며, 조상들의 우월성을 알고 미풍양속을 계승하는 데도 효과적이다.

5. 맺음말

이제까지 충북의 민요에 대해 살펴보았다. 충북지역은 산지가 많아서 대부분의 마을들은 산간분지의 입지조건을 갖추고 있으며, 농업을 주업으로 하는 농촌이 대부분이다. 이러한 자연환경으로 인하여 노동요가 압도적으로 많다.

노동요는 농사일의 효율적 진행을 위해서 결사 공동체가 형성되는데, 그 속에서 마을의 구성원이 향유하는 공동체 문화의 일부가 되며, 공동체의 형성은 대중의 삶을 결속하고 민속을 교화시키며 문화를 창조하는 기본적 기능을 수행한다. 그러나 오늘의 문명과 사회상황 속에서 이러한 공동적 유대가 점차 사라져감에 따라 예전의 민요가 지닌 기능 또한 그대로 존속하기 어려워졌다. 새로운 문화가 반드시 예전의 모든 것을 대신할 수는 없다. 따라서 민요 원형의 계승과 보존은 필수적이다.

충북 지역의 공동체문화를 살펴볼 수 있는 대표적인 노동요로는 충주 마수리농요, 영동 설계리농요, 진천 용몽리농요가 있다. 이들 노동요는 충북무형문화재로 지정이 되었으며 비교적 전수가 잘 이루어지고 있다. 그러나 영동 설계리농요는 마을의 현대화 상업화 현상에 따라 전승 및 계승의 위기를 맞고 있다. 설계리농요뿐 아니라 민요의 보존과 전승이 체계적으로 이루어져야 할 때이다. 보존책 마련과 함께 현재적 활용성과 문화상품화의 개발에도 염두에 두어야 한다.

민요는 보존과 전승에 그치는 것이 아니라 활용을 해야 한다. 활용방안에 대하여 DB 구축, DB 마스터의 전문화, 동영상 제작과 같은 교육용 콘텐츠 개발 등이 있다. 이 외에도 잠재해 있는 문화콘텐츠화 할 수 있는 항목의 개발에 힘써야 할 것이다. 그만큼 민요는 문화산업시대에 귀중한 문화자원으로서의 역할을 담당할 수 있는 충분한 가능성을 보여준다.

참고문헌

권오경, <민요의 전승 및 계승과 공동체문화>, 제1회 한·일 국제학술 발표대회, 2004.
김진순, <문화산업과 민요콘텐츠>, ≪구비문학연구≫ 제18집, 한국구비문학연구회, 2004.
이창식, <강원도 민요의 실상과 의미>, ≪강원민속학≫ 제9집, 강원도민속학회, 1992.
＿＿＿, ≪충북의 민속문화≫, 푸른사상사, 2003.
지역문화연구소 편, ≪생거진천용몽리 농요 조사보고서≫, 2003.
청주교육대학교 편, ≪논문집≫ 13, 1977.
충청북도, ≪민속지≫, 1987.

한국의 전통무술 : 택견과 태권도*

1. 택견의 유래

택견은 우리 민족 고유의 전통 무예이다. 택견의 역사는 굉장히 오래되었다고 추측이 된다. 체육활동이 인류의 생활과 더불어 행해진 것이라면, 무예는 원시인들의 생존을 위한 본능에서 출발한 것이다. 때문에 원시적 이동과정과 형태에서 수렵이나 섭취 등의 의식주 해결과 이민족과의 갈등으로 인하여 자기 방어적인 강인한 요소가 필요하였다.

택견

또한 구석기 및 신석기 시대를 거치며 씨족사회에서 부족국가로, 부족국가에서 고대국가형태로의 변천에 따라 그 용모가 더불어 발전하게 되었다. 결국 역사의 시작과 함께 무예는 그 자체의 중요성과 필요성이 더

욱 커지게 된 것이다. 우리 민족도 고대국가의 체제가 더욱 정비되면서 무예가 군사체육으로서의 비중이 가중되었다.

신채호는 <조선상고사>에서 "그리스에 제천경기와 같이 제천행사에 무예의 시범적 경기도 있었음직하며, 그것은 곧 무예를 통한 유희적 행사인 것이다."라며 무예의 기원을 설명하였다. 나현성은 <한국 체육사 연구>에서 "원시인들의 생활은 한마디로 생존을 위한 본능적 충동에서 출발되었고 시대가 흘러 제천 행사에서 그들은 기원 내지는 감사의 제례의식으로 가무 음주하였으며 무예의 시범 경기, 즉 제례경기로 수박, 격검, 사예, 기마, 씨름 등이 행하여 졌다."는 데서 무예의 기원을 설명하기 시작하였다. 그리고 신철호의 <한국무술의 기원>에서는 초기의 고대국가 형태가 싹트기 시작한 구석기 시대에서 설명하기 시작한다. 따라서 우리나라 전통무예 택견의 기원은 제천행사가 있었던 제정일치의 지배자 단군왕검이 고조선을 건국한 B.C. 2333을 전후한 시기에서 찾는 것이 옳을 것이다.

그리고 이러한 택견이 본격적으로 문헌에 개재가 되기 시작한 것이 ≪고려사(高麗使)≫에 한문으로 수박희(手搏戲)라고 기록한 택견이다. 택견은 오늘날의 태권도 원류로서 우리의 전통적인 놀이이다. 일찍이 삼국시대에 우리 선인들은 이 경기를 행하였으며 그 명칭을 택견이라고 불렀다.

고구려 시대의 고분(古墳) 중에 무용총(舞踊塚) 현실(玄室)에는 고구려 사람들의 생활 풍속을 묘사한 벽화가 그려져 있는데, 주실(主室) 북쪽 벽의 천장 고임 부분에는 두 사나이가 맞겨루기 자세를 취한 택견 그림이 그려져 있다. 무덤 벽면에 생활 풍속을 그림으로 표현한 것은 고구려에서 특히 발달한 방법으로서, 벽화의 소재는 그 무덤에 묻혀 있는 주인공의 생전 행적을 나타냈다든지 혹은 그 사람을 장례지낼 때 있었던 사실이나 행사의 모양을 묘사한 것이다. 그러므로 무용총 택견 그림은 피장자가 생전에 택견을 행했다든가 또는 그의 장례 행렬에서 죽은 사람의 영혼을 위로하기 위해서 노래와 춤과 유희를 행하는 가운데 택견을 행한 모양을 그린 그림인 것이다.

　신라에서도 택견을 행한 증거로서 '택견'이라는 명칭이 바로 신라어라는 사실이다. 그리고 경주(慶州) 석굴암(石窟庵) 입구에 조각되어 있는 금강역사상(金剛力士像)이 택견의 막기와 겨누기자세를 취하고 있는 것이라든지, 또 경주 분황사(芬皇寺) 층탑(層塔) 출입문 좌우에 부조(浮彫)된 인왕상(仁王像)의 택견형은 신라 택견의 면모를 실증하는 유적이다. 이 택견을 화랑도(花郎徒)는 정신 통일의 기본 동작으로 행하였다.

　백제에서 택견을 행한 기록이나 유적은 오늘날에 남아 있지 않으나, 백제의 옛 땅이었던 전라(全羅)·충청(忠淸) 경계가 되는 곳에 있는 작지(鵲旨)라는 마을에서 인근 사람들이 모여서 택견 경기를 해마다 베풀었던 사실은 백제 택견의 유풍이 전승된 것이다. 이와 같이 삼국시대에 이미 체계화한 택견이 고려시대에 와서는 무인들 사이에서 무예로 행하게 되었다.[1]

　이처럼 반만년 우리민족의 역사와 더불어 흥망성쇠를 같이하며 전래된 택견은, 개항과 더불어 밀려온 서구문물과 일제의 강압으로 인해 우리의 세시풍속에서 멀어져 갔다. 그러나 1960년대부터 초대 인간문화재(예능보유자) 신한승(辛漢承, 1928~1987)선생에 의해 전국 방방곡곡의 택견이 충주에서 체계적으로 정립되었고, 1983년 6월 1일 무예로서는 국내 유일하게 중요무형문화재 제76호로 지정되어있다.

　활개짓, 얼름새, 본대뵈기, 그 명칭들만으로도 친근함이 느껴지는 택견은 한말까지 민중들의 민속 경기로서 대중적 인기를 누렸을 뿐더러, 생활무예로서 유사시 국난극복의 실질적인 원동력이 되기도 했었다.

2. 택견의 중요성

　택견은 타 무술처럼 형(形)을 중시하여 동작을 길게 흘리지도 않고, 타

---

1) 조완묵, 《우리민족의 놀이문화》, 정신세계사, 1996. pp.346~349.

무도처럼 절도 있게 짧게 끊어대지도 않는다. 또한 동물을 흉내내지도 않으며 인정 없이 무조건 질러대지도 않는다. 택견은 언제나 항상 우리 산하의 모습처럼 부드럽게 춤을 추듯 굼실대다 순간 몸을 놀려 탄력 있게 공방을 이루어 낸다. 처마끝 풍경을 울리고 달아나는 바람처럼 여유 있게 우쭐대며 가볍게 상대를 제압한다.

또, 공방의 어느 한 가지에만 치우치지도 않고, 단순한 자세로 멈추어 있지도 않는다. 그리고 또 아무렇게나 움직이는 듯 의도 없이 기교를 부리며, 넘어진 상대를 배려하는 인간애도 숨어있다. 그래서 능청스럽게 굼실대는 그 독특한 몸짓엔 합리적이고 과학적인 우리 조상들의 슬기가 담겨 있고, 여유 있고 민첩한 몸놀림엔 우리 선조들의 운치와 멋이 배어 있는 것이다. 택견은 무술의 도를 넘어 예술의 경지로 승화되었다 할 만하다.

이렇듯 택견은 조상들의 얼과 혼이 담겨 있는 소중한 전통문화유산인 것이다. 즉, 우리 선조들의 민족정신과 삶의 이치를 몸짓으로 담아 전승하고 있는 우리 역사의 훌륭한 자랑이다.

3. 택견의 콘텐츠화 방안

1) 생활체육으로서의 택견

구한말까지 택견은 민중들의 민속놀이였다. 따라서 그 경연 방법과 짜임새가 흥겨워 유희적 요소가 많고 실용적이면서도 여유가 있다. 또한 생리학적 운동 효과면 에서도 그 우수성이 하나씩 밝혀짐 으로서, 현대인들의 여가 활동이나 생활 체육으로서의 활용가치가 높아지고 있다. 95년 이후 국민생활체육으로서 택견생활체조를 개발 보급하고 있으며, 각종 대회와 행사를 통해 범국민적 생활체육으로서의 도약을 하고 있다.

2) 현대스포츠로서의 택견

민속놀이로서 민중들에게 사랑 받던 택견은 그 자체가 우리 민족의 생활스포츠였다. 개인은 물론 윗마을 아랫마을 단체경기로서 단오나 백중에 많이 실시하던 민속놀이였기 때문이다. 그 견주는 방식이 대단히 긴박하면서도 재미가 있어 현대인들에게도 여전히 흥미와 관심을 끌기에 충분하다.

1996년 5월의 건국대학교의 도움으로 처음 전국대회가 실시되기 시작하여, 현재는 매년 실시되는 각종 전국대회와 각 대학의 택견대회가 계속 늘어나고 있는 추세다. 차후 경기 방식에 있어 현대적 스포츠 개념도입과 선진화를 통한 택견의 대중화 노력으로 세계적인 스포츠로 도약을 준비하고 있다.

3) 전통문화로서의 택견

택견은 선조의 얼이 깃든 훌륭하고 소중한 문화유산이다. 택견에는 우리 민족의 역사 속에서 겪어온 삶의 애환과 지혜의 혼과 기상이 담겨있다. 전통과 문화의 고장 충주에 우리 민족의 대표적인 전통무예 택견이 있고, 충주는 한반도의 중심에서 전국은 물론 세계적인 택견 보급을 위해 노력하고 있다.

이제 새로이 도래하는 문화의 세기에 택견인은 물론 모든 충주시민과 나아가 온 국민이 다함께 택견의 새 역사 창조를 위한 시대적 사명감으로 택견을 지켜 나가야 할 것이다. 그리고 혹시라도 택견이 일개 단체나 영예를 위한 수단으로 전락하는 일은 절대 없어야 할 것이다.

4) 택견의 콘텐츠 활용

택견-견이의 하루

견이가 태어난 것은 한창 고조선이 건국되던 시기였다. 견이는 허약한 체질로 태어나 그 몸을 가누기가 어려웠다. 그렇게 태어난 견이가 7살 되던 해에 견이의 집으로 한 늙은 스님 한분이 들어 왔고 가난하던 견이네는 견이를 스님에게 딸려 보낸다…

견　이 : 스님 여기 와 보세요 여기에 송사리들이 뛰어 다녀요
스　님 : 이놈아 송사리가 뛰어 다니느냐 송사리는 헤엄치는 것이 아니냐.
견　이 : 그런가요?(갸우뚱하며) 스님 그래도 송사리 들도 달리기는 하지요?
스　님 : (흐뭇한 미소를 지으며) 그렇지 암 그렇고 말고.
견　이 : 스님 부쩍 요즘 세상이 궁금해 집니다.
스　님 : (골똘이 생각하며) 네가 자라긴 자랐나 보구나.
　　　　그래 무엇이 그토록 궁금하단 말이냐.
견　이 : 다름이 아니오라 사찰에 오시는 분들께 듣자하니 크고 작은 전쟁들이……
스　님 : 견아~ 네게 가르쳐 줘야 할 것들이 많구나.
견　이 : 무엇을 말입니까?
스　님 : 이제 너도 나라에 대한 관심이 생겼으니, 컸느니라 그럼 너는 어떻게 도움을 주고 싶으냐.
견　이 : 아무래도 힘이 필요하겠지요.
스　님 : 그래 그럼 그 힘을 길러 보도록 하자 어떻느냐~.
견　이 : (폴짝폴짝 뛰며) 좋습니다.
　　　　그럼 이제부터 제게 무엇을 가르쳐 주십니까?
스　님 : (미소지으며) 견아 네게 가르쳐 줄 것은 무술이니라.
　　　　무고한 사람들을 위해서 쓸 수 있는 그런 무술이니, 어디서나 함부로 힘 자랑을 해서는 아니되는 것 명심하거라.
견　이 : 예 알겠사옵니다.

많은 시간이 흐르고…….

견 이 : (급하게 뛰어 들어오며) 스님 스님.

스 님 : (넌지시 바라보며) 왜 그러느냐.

견 이 : 제가 해냈습니다 제가 해냈다고요. (희망찬 목소리 밝은 어조로)

스 님 : 어 허 무술을 한다는 것이 왜 이렇게 ……
　　　　자 숨을 고른 뒤 차근차근 말 해 보도록 하여라.

견 이 : 제가 드디어 무술의 찌르기와 활개펴기 동작 등을 이용하여 제압
　　　　하는 것을 깨달았습니다.

스 님 : ('견이가 저토록 많이 건강해 졌구나. 엄마 젖도 빨지 못한 갓난
　　　　쟁이가 용하다 장하다 견아') 그 무술은 너의 무술이다 너의 이름
　　　　대로 견이라 하겠다. 이곳의 지명과 합쳐 너의 그 무술을 택견이
　　　　라 하자 어떻느냐?

견 이 : 스님 부끄럽습니다. 어찌 이것이 제 이름을 붙여 답니까.
　　　　이것은 스님의 무술이지 않습니까?

스 님 : 견아 이것은 내가 너에게 가르쳐 줬을 뿐 내가 통한 것이 아니지
　　　　않느냐.
　　　　네가 깨닫고 실행한 것이니 네것이다. 이제부터 택견이다.
　　　　너의 호 여기 택견으로 하겠다. 알겠느냐?

견 이 : 그렇다면 전 더욱더 열심히 하겠습니다.
　　　　제 몸과 정신을 만들어 준 이 택견을 전 사람들을 위해서 유용하
　　　　게 사용하겠습니다.

　견이의 하루에서도 보듯이 이야기화하면 얼마든지 콘텐츠 산업으로써 택견을 알릴 수 있으며 태권도와 함께 우리나라의 자부심 강한 운동으로써 발전시켜 나갈 수 있도록 우리는 많은 홍보 방안을 세워야 한다. 그리고 웰빙열풍과 맞물린 자기 가꾸기 산업이 한창인 이 시대에 있어서 택견 역시도 자기 발전의 한 형태의 운동으로 요가 같은 운동처럼 사람들 곁에 가까이 갈 수 있는 산업으로써 번창할 수 있도록 해야 할 것이다.

4. 태권도의 기원

태권도의 가장 오래된 실증은 고구려의 고분벽화에 그려진 풍속도에서 찾아볼 수 있다. 즉, 고구려가 도읍으로 정했던 국내성과 환도성이 위치했던 지금의 중국 땅인 뚱빼이 통화성 지안현 퉁꼬우 지방에 있는 고구려시대의 고분 중 하나인 무용총 현실의 천장 지송부에 두 사나이가 서로 마주서서 겨루는 그림이 있다. 또 삼실총(뚱꼬우 지방에서 발굴된 고분)의 삼실 동벽과 서벽에 품새의 자세가 그려져 있다. 백제에는 택견 즉, 태권도가 행해졌다는 기록이나 유적을 볼 수 없으나 이승휴의 《제왕운기》에 의하면 백제의 무술로 수벽타의 오묘한 기술을 묘사한 시구가 전해지고 있다.

고구려, 백제, 신라 삼국의 정립시대로 들어가 서로 분쟁이 심하게 되자, 자연히 무예진흥을 서두르게 되었고, 특히 진흥왕(신라 24대, 534~576년) 때 편제를 개편하여 범국가적인 청소년 수양단체가 되었던 화랑들의 무예수업을 빼놓을 수 없다. 신라의 무예는 화랑도의 수련기술을 대표적으로 꼽는다. 그들은 학문을 닦는 한편, 신체를 단련하는 무술의 하나로써 수박을 행하였다. 고구려, 신라 때 어느 정도 틀을 갖춘 택견이 더욱 체계화된 것은 고려시대에 이르러서이다.

《고려사》에서는 태권도를 수박 또는 수박희라고 기록하였으며 무인들의 사회에서 주로 돋보였던 고려시대의 수박희와는 달리 조선왕조에 와서부터는 일반화되어 대중들의 수련과 겨루기 등 일반 백성들의 생활영역까지 크게 파고들었다. 이 때에는 이미 수박희가 무예의 영역에서 벗어나 순전한 스포츠적인 내용으로까지 확대되고 있음을 알 수 있다.[2]

2000년 시드니 올림픽부터 그동안 시범종목으로 경기가 벌어졌던 우리의 태권도가 당당히 올림픽의 정식종목으로 채택되어 세계 속에 한국의

---

2) 조완묵, 《우리민족의 놀이문화》, 정신세계사, 1996, p.349.

위상을 높여주는 상징이 된 것이다. 이는 물론 우리나라의 국력 신장과 더불어 태권도의 세계화가 이루어졌음을 반증하는 것이다. 명실상부한 지구촌 스포츠로 부상하고 국내에만 400만의 유단자와 500만 동호인 조직이 있으며 전 세계적으로 2만 2천명의 사범이 2천만의 수련자를 기르고 있다. 또한 중남미나 아프리카 등지에서는 태권도가 한국을 대표하는 상징으로 인식되어 체육교류를 통해 외교에 이바지하고 있다. 이제 태권도는 종주국인 한국의 전유물로만 남아있을 때는 지나고 국제 스포츠로서의 토착화도 이미 끝났으며 세계 속의 스포츠로 승화된 것이다.

5. 태권도의 실상

우리나라에는 소위 인기 스포츠라 불리는 야구, 축구, 농구 등의 종목 이외의 다른 종목들을 비인기 종목이라 부를 수 있을 만큼 스포츠의 인기 편중 현상이 심하다. 우리나라의 국기인 태권도도 예외가 아니어서 태권도 대회가 열리는 경기장의 관중 수는 인기 스포츠의 관중에 비할 바가 못 되고 그나마도 대부분이 선수 가족이나 소속팀의 관계자, 응원단들일 뿐 실제로 태권도를 관전하고 환호하며 지지, 성원해주는 팬들의 모습은 별로 눈에 띄지 않는다. 또한 신문이나 공중파 방송과 같은 매스 미디어에서 태권도와 관련된 소식은 인기 스포츠에 밀려 찾아보기 힘들고 경기 중계는 특별한 세계 대회마저도 평일 낮에 방송되는 실정이다.

이의 해결을 위해 태권도에 관한 관심도를 높이고 다양한 계층의 태권도 팬을 확보하기 위한 태권도의 인기스포츠화 방안이 절실히 필요하다. 거시적인 안목에서 태권도의 발전을 이룩하기 위해서 제시된 여러 방안들이, 태권도에 관한 국민들의 관심과 인기가 없이는 맹목적인 선동 정책이 될 것임에 분명하다.

또한 태권도의 인기스포츠화는 태권도 인구의 저변 확대와 동시에 이루어져야만 가능한 일이다. 전 국민이 축구에 열광하는 브라질이 축구에 관한 한 세계 최강국이자 축구 선진국인 것처럼 태권도 인구의 저변 확대는 태권도의 인기스포츠화에 필수 조건이다.

태권도가 올림픽의 정식종목에 채택되었다고 해서 안심해서는 안 될 것이다. 20세기 태권도가 급속한 성장을 거듭해온 이면에는 사상적 정체성, 이론과 기술체계의 혼란, 기구 조직과 인력의 비경제성 등 수많은 문제를 안고 있음을 알아야한다.

과제의 해결과 문제의 개선에 필수적인 비판의 수용과 대안을 모색해야하고 유료 관중을 찾아보기 힘든 태권도 대회장, 5%에도 미치지 못하는 성인 태권도 인구, 공정성을 의심받는 승단심사 등을 보면서 과연 21세기 한국 태권도의 미래가 밝은가 하는 생각이 든다.

지난 세기가 태권도의 보급과 홍보를 중점으로 한 시기였다면 이제는 시작을 벗어나 발전을 이루어야 하는 시기가 되어야 한다. 단순히 태권도의 외형만 키우는 활성화가 아닌, 내실을 기하고 자기반성을 할 수 있는 성찰의 기회를 이번 글을 통해 가져봄은 반드시 필요하다.

6. 태권도의 활성화 방안

1) 태권도의 대중화

태권도 발전사의 초기 단계에는 성인위주의 태권도가 이제 초등학생 중심의 태권도로 전락해 버렸다. 이러한 이유에는 초등학생에게 많은 신체적, 심리적 혜택을 주기 때문이기도 하지만 중고생이나 성인들에게 알맞는 프로그램의 다양화가 빈약하기 때문이다.

최근 외국의 프로그램을 국내에 적용하면서 더욱더 유희 위주의 태권도 프로그램화가 되었고 중고생이나 성인들은 더욱더 태권도장을 멀리하고 있는 상황이다. 이러한 연유에는 중고생들에게 맞는 지도자의 능력이나 프로그램의 문제점도 있다. 또한 중고생이 태권도장을 찾지 않는 또 다른 문제는 우리나라 교육정책의 문제점에서도 물론 찾을 수 있다. 입시위주의 교육정책과 아직까지 공부만이 최고라고 생각하는 부모들의 지배적인 편견반응이 바로 연령의 저하원인을 일으킨다. 이러한 문제점을 가지고 태권도의 대중화 방안을 모색하여야 한다. 보다 다양한 계층을 태권도로 끌어들일 수 있는 다양한 프로그램의 개발이 시급하다.

2) 태권도 드라마의 제작

TV는 가장 광고효과가 확실한 대중매체이다. 따라서 TV에서 태권도 드라마를 만들어 방송을 한다면 가장 확실한 홍보가 되는 것이다. 간혹 방송에 태권도장이나 태권도사범, 또는 수련하는 모습들이 비취긴 하지만 지속성이 없고 테마가 없는 그런 방송에 불과하다. 방송국과의 지속적인 상호관계를 가질 필요성도 있고 드라마 제작에 필요한 경비를 협회차원에서 지원을 하여 홍보를 할 수도 있다. 검도가 드라마 모래시계에서 방영됨으로 인하여 한때 엄청난 검도 수련인기가 불어닥친 것을 기억한다. 이러한 테마가 있는 TV 프로그램을 만든다면 태권도장의 활성화에 큰 힘이 되리라 본다.

3) 태권도 만화의 지속적인 방송

어린이 위주의 태권도장으로 태권도에 대한 어린이들의 자원은 상당하게 큰 비중을 차지한다. 최근 태권도 만화가 방영되고 이에 어린이들이

태권도 애니메이션

태권도를 동경하여 수련하게 되는 계기가 되고 있다. 그러나 이러한 방송이 단기가 아니라 장기적인 방송으로 꾸준한 홍보활동에 나서야 한다.

더욱 발전하기 위해서는 만화단계에서 태권도 영화로서 제작이 된다면 더욱 좋지 않을까 생각된다. 이와 같이 태권도에 관한 효과를 대중에게 알림으로서 태권도의 정의성과 우수성을 인식하게 하여 누구든지 태권도를 배우면 건강과 강인한 정신력을 가질 수 있다는 것을 적극적인 홍보를 통하여 알릴 필요가 있다.

4) 태권도 경기의 이벤트화

태권도 경기는 너무 딱딱하다는 말들을 한다, 그리고 경기방식이나 득점방식을 모르기 때문에 재미가 없다고 한다. 또한 태권도 경기가 전문선수들, 즉, 중고 대학생 위주로 되어 있기 때문에 재미가 없다고 한다. 우리는 이러한 목소리를 가볍게 들어서는 안 된다. 태권도가 발전하려면 태권도 축제가 열려야 한다. 이와 비슷한 경기로 태권도 한마당이 매년 열리고 있지만 이 또한 성공했다고 볼 수 없다. 이를 증명하는 것은 관중이 없다는 것이다. 관중이 없는 스포츠는 죽은 스포츠나 마찬가지다. 관중이 많다는 것은 반대로 흥미와 볼거리가 충분하고 그곳에는 영웅이 있다는 것이다. 또한 그 영웅한테는 항상 따라다니는 팬이 있다는 것이다. 팬들을 확보하기 위해서 영웅을 만들고 이벤트를 해야 한다.

5) 국기로서 정부의 지원

태권도는 우리나라를 대표하는 문화상품으로서 국위선양에 일익을 담당하고 있는 것은 자타를 불문하고 사실이다. 체육단체에서 태권도는 단일단체로서 그 조직이 방대하여 국가의 지원 없이도 운영되는 단체이다.

그러나 사실 태권도가 국기로서 그 역할을 담당하고 세계에서 그 자리를 굳건히 하기 위해서는 국가적인 차원에서 적극적인 관심과 지원이 필요하다. 2002년 한·일 월드컵 때 어마어마한 돈을 투자했다고 한다. 물론 월드컵 종료 후에 상당한 부가가치를 창출했다고 한다. 이와 같이 다른 스포츠종목에 투자하는 기금에 비해 태권도에 투자하는 기금이 어느 정도인지는 정확히 알 수 없다. 국가적인 차원에서 다른 종목에 투자할 기금을 태권도에 투자한다면 이것은 확실한 투자일 수 있다.

태권도는 우리의 국기이고 올림픽에서도 효자역할을 하는 종목이다. 이러한 종목에 국가는 더욱더 투자와 관심을 가질 필요가 있다. 매년 태권도의 종주국을 찾는 외국 태권도 수련생이 늘고 있다. 그러나 이들이 종주국인 한국에 와서 감탄보다는 실망을 하고 가는 경우가 더 많다고 한다. 태권도의 메카인 한국이 태권도 관련 상품이 없다는 것이다.

때가 늦긴 하지만 최근 들어 태권도 공원을 조성하기 위한 장소 선정에 고민하고 있다. 단순한 관심이 아닌 정부의 적극적인 관심과 지원이 태권도의 활성화에 이바지 할 수 있다.

7. 맺음말

태권도의 활성화 방안도 스포츠 마케팅의 관점에서 보아야한다. 태권도가 더욱 쉽게 대중에게 호응을 얻을 수 있는 인기 스포츠로 만들기 위해서는 태권도의 스포츠 상품적 가치를 높여야 한다. 이를 위해 태권도의 경기 기술력의 부족이나 경기 내용 향상을 위한 재원 확보 등을 해야 한다.

물론 이를 위해서는 태권도 경기 운영 시 흥미와 재미를 높일 수 있는 대중성을 보장해야 하고 경기 외적인 요소에서 다양한 스포츠 상품을 개발해야 한다. 태권도 경기에 쓰이고 있는 도복 및 장비, 용품들을 무도 정신을 훼손시키지 않는 범위 내에서 과감하게 교체함으로써 TV화면 등의 시각적 효과를 높이고 TV홍보 해설 등을 곁들여 시청자의 흥미를 유도해야 한다.

또한 격투기로서의 흥미를 높이기 위하여 경기 규칙이나 기술 등도 개선, 발전시켜야 한다. 그리고 현재 기념품 수준에 머무르고 있는 태권도 관련 상품들을 다양한 아이디어로 개발하여 마케팅 전략을 수립해야 한다. 미국의 농구 스타 마이클 조던의 스포츠 용품 기업의 농구화가 10만 원이 넘는 높은 가격에도 불구하고 유행처럼 선풍적인 인기를 끌었던 것처럼 스포츠 용품의 산업화는 스포츠 발전의 재원을 확보함은 물론 대중에게 상품성을 높일 수 있는 기회가 됨을 주목해야 한다.

이러한 아이디어는 스포츠 용품뿐만 아니라 다양한 태권도 관련 이벤트 개최, 각종 태권도 대회의 엠블렘 창작, 태권도를 대표할 수 있는 마스코트 제작 등의 상업화를 통해 실현될 수 있을 것이다.

오늘날의 스포츠는 특정 집단의 전유물이 아니라 대중의 스포츠로서 매스미디어는 스포츠를 홍보해주고 스포츠는 미디어를 팔아주는 상호 보완적 관계를 통해 서로 이익을 가져오고 있다. 서로간의 이러한 결합은 대중적 여가 활동과 대중 소비를 향한 사회적 성향이 그 근거가 되고 있다.

세계는 계속 변하는 가운데 이에 대한 대응과 각오를 새로이 다져야 한다. 태권도의 활성화 방안들을 적극적으로 실천함으로써 태권도의 미래를 밝혀 나가야 하며 이를 위한 노력만이 태권도의 발전을 이루며 다시금 세계인의 스포츠로 발돋움 할 수 있을 것이다.

찾아보기

저자 소개

김의숙

현재 강원대학교 스토리텔링학과 교수
강원대학교 대학원 원장 역임
아시아민속학회 이사
강원도민속학연구소 소장

[저 서]
≪한국민속제의와 음양오행≫, ≪강원도 민속문화론≫, ≪금강산이야기≫,
≪김삿갓 구전설화≫, ≪우리불교설화≫ 등 다수

이창식

현재 세명대학교 한국어문학과 교수
충청북도 문화재위원
비교민속학회 이사
세명대학교 지역문화연구소 소장 역임

[저 서]
≪한국의 유희민요≫, ≪한국의 보부상≫, ≪민속문화의 정체성 연구≫,
≪전통문화와 문화콘텐츠≫, ≪충북의 민속문화≫ 등 다수

지역문화읽기시리즈⑥

문학콘텐츠와 스토리텔링

초판 인쇄 2008년 2월 25일 | **초판 발행** 2008년 3월 5일
지은이 김의숙 · 이창식
펴낸이 이대현 | **편집** 이소희
펴낸곳 도서출판 역락 | **등록** 1999년 4월 19일 제303-2002-000014호
주소 서울시 서초구 반포4동 577-25 문창빌딩 2층
전화 02-3409-2058 | **팩시밀리** 02-3409-2059 | **이메일** youkrack@hanmail.net

ISBN 978-89-5556-598-0 93810
정 가 18,000원

* 잘못된 책은 교환해 드립니다.